EVA KLINGLER

Alsace, mon amour!

EIN HALBES HAUS IM ELSASS! Die hübsche und lebenslustige Frankfurter Grafikerin Marian Färber hört zum ersten Mal, dass ihre Großmutter eine Elsässerin war. Und nicht nur das! Oma Arlette hat ihrer nie gesehenen Enkelin zu deren 30. Geburtstag ein halbes Haus in einem reizenden Winzerdörfchen vermacht. Zusammen mit ihrem skeptischen Verlobten Jeff reist Marian nach Eguisheim und betritt staunend eine neue Welt. Sie muss lernen: Das Elsass ist mehr als Flammkuchen und Guglhupf. Doch genau um den scheint sich ein uraltes Geheimnis zu ranken, dessen Aufklärung brisant ist und mitten hinein führt in die Geschichte des Elsass und Frankreichs. Wer verfolgt Marian die ganze Zeit über und hinterlässt ihr mysteriöse Hinweise? Ist es ein Freund oder ein Feind? Und welche Rolle spielt der attraktive Mann ihrer Cousine, zu dem sich Marian hingezogen fühlt …

© Reinhard Vollmannshauser

Eva Klingler wurde im oberhessischen Gießen geboren. Ihre Jugend und die Studienjahre verbrachte sie in Mannheim, bevor sie nach Baden-Baden zog, um ein Volontariat beim Südwestrundfunk zu absolvieren. Nach einigen Jahren entschloss sie sich, selbstständig zu arbeiten, und wirkte als Dozentin, Autorin und freie Journalistin in Redaktionen in Baden-Baden und Bretten. Nach einem kurzen Zwischenspiel als Bibliotheksleiterin in Rheinstetten wurde sie endgültig als freie Autorin sesshaft. Ihre Bücher spielen meistens in Baden und im Elsass. Mit ihren zwei Katzen lebt Eva Klingler nun in einem grünen Stadtviertel von Karlsruhe und betreibt die von ihr gegründete Wohltätigkeitsorganisation »20 Stühle«.

EVA KLINGLER

Alsace,
mon amour!

ROMAN

Immer informiert

Spannung pur – mit unserem Newsletter informieren wir Sie
regelmäßig über Wissenswertes aus unserer Bücherwelt.

Gefällt mir!

Facebook: @Gmeiner.Verlag
Instagram: @gmeinerverlag
Twitter: @GmeinerVerlag

Besuchen Sie uns im Internet:
www.gmeiner-verlag.de

© 2023 – Gmeiner-Verlag GmbH
Im Ehnried 5, 88605 Meßkirch
Telefon 0 75 75 / 20 95 - 0
info@gmeiner-verlag.de
Alle Rechte vorbehalten
1. Auflage 2023

Lektorat: Claudia Senghaas, Kirchardt
Herstellung: Mirjam Hecht
Umschlaggestaltung: U.O.R.G. Lutz Eberle, Stuttgart
unter Verwendung eines Fotos von: © Xantana / istockphoto.com
Druck: CPI books GmbH, Leck
Printed in Germany
ISBN 978-3-8392-0451-1

Dieses Buch widme ich
meinem lieben Mann Günter Läufer, der das Elsaß
so sehr geliebt hat und leider letztes Jahr
zu früh verstorben ist.

1. Kapitel
Frankfurt

Also, ich mochte die Frau Färber immer gut leiden. Freundlich zu mir, dem Postboten, und meistens gut gelaunt. Sie lacht oft. Und sie ist eine hübsche Frau. Sie ist blond und ein bisschen mollig, aber es steht ihr gut. An dem Tag damals hat sie einige Briefe bekommen, einer war von der Bußgeldstelle. Die erkennt man gleich, und wenn man sie einwirft, achtet man besser darauf, dass der Empfänger nicht zufällig in der Nähe ist, sonst kriegt man die schlechte Laune von den Leuten mit. Und dann war da an dem Tag noch ein Brief mit ausländischer Marke dabei. Weiß natürlich nicht, was drinstand, aber er sah ein bisschen offiziell aus.

»Guten Morgen, Frau Färber!«

Der in Gelb und Blau gewandete Postbote ließ die Klappe des Briefkastens zufallen und bedauerte im gleichen Moment:»Jetzt ist die Post schon drin.«

Marian lachte:»Wenn Sie die jetzt einfach so wieder rausfischen könnten, müsste ich mir Sorgen um die Sicherheit meiner Rechnungen machen.«

Der Austräger war ein junger Mann, der meistens gute Laune ausstrahlte und den Marian dennoch manchmal bedauerte. Zum Beispiel am Wochenende, wenn er die Werbebeilagen schleppte. Manche Leute aus dem Viertel regten sich hinter vorgehaltener Hand darüber auf, dass er offensichtlich einen Migrationshintergrund hatte, wahrscheinlich sogar aus dem arabischen Raum stammte. Man hatte sich ja an diese Leute gewöhnt, und die könnten ja alles Mögliche arbeiten, aber deutsche Post austeilen? Das war doch früher ein Respektsberuf gewesen.

Marian lächelte über solche Vorurteile. Ihr Verlobter, Jeff Bartels, war ausnahmsweise ihrer Meinung, allerdings aus anderen Gründen als sie. Er erklärte überall und gerne seine Philosophie:»Für mich sind die Menschen Arbeitskräfte, und wenn sie gut sind, dann haben sie für mich keine Hautfarbe oder Religion. Dann sind sie einfach nur gut.« Eigentlich, dachte Marian, war seine Einstellung ja sehr lobenswert, und trotzdem hatte es immer einen kleinen Beigeschmack, wenn er so etwas sagte. Zumal er des Öfteren hinzufügte:»Ich sehe ja sowieso nicht, wie einer aussieht. Außer ich gehe ganz nah ran, und das lohnt sich nur bei schönen Frauen, und dann kriege ich Ärger mit meiner Regierung.« Abgesehen von dem eher geschmacklosen Witz mit der Regierung war die Bemerkung eine kleine Anspielung darauf, dass Jeff sehr schlecht sah. Natürlich hatte er sich die Augen lasern lassen, das machte man so in seinen Kreisen, aber leider hatte es nicht ganz geklappt, und beim Studium des berühmten Kleingedruckten brauchte er auf jeden Fall eine Brille. Und Jeff las eine Menge Kleingedrucktes. Als Autoverkäufer war das, was andere überlassen, sein Erfolgsrezept.

Marian wandte sich jetzt wieder dem Postboten zu.

»Macht nichts«, gab Marian gut gelaunt zurück.»Ich habe es nicht eilig. Erwarte nur einen freundlichen Gruß vom Ordnungsamt der Stadt Frankfurt. Mit anderen

Worten einen Strafzettel. Zu lange geparkt oder zu wenig eingeworfen. Wie man es nimmt.«

Der junge Mann wandte ein:»Aber da war noch was anderes dabei. Ausländische Briefmarke. Schönen Tag noch und hoffentlich was Erfreuliches.« Der Postbote kletterte auf sein Dienstfahrrad und fuhr die wenigen Meter weiter zum nächsten Haus. Er hätte auch laufen können, aber wenn man schon ein Dienstfahrrad hatte, dann benutzte man es auch.

Der Brief, der alles verändern sollte, hatte sich einen freundlichen und sonnigen Tag ausgesucht, um in Marians Briefkasten landen. Die Welt sah aus wie frisch gewaschen, und die vor Geschäftigkeit summenden Straßen Frankfurts wirkten ungewohnt heiter.

Der Frühsommer war aus den Startlöchern gekommen und gab ein bisschen an, was alles in ihm steckte. Die spärlichen Bäume hatten das kahle Wintergewand schon vor langer Zeit entschlossen abgeworfen und trugen jetzt ein saftiges Grün. Die sorgenvollen Mienen der Banker hatten sich erhellt, weil es schön warm wurde.

Auch Marian war bester Laune, als sie jetzt den Postkasten öffnete und neben Werbematerial einige Briefe herausfischte. Aufmachen würde sie sie später. Nach einer Tasse Kaffee. Leise vor sich hin summend, erklomm sie die Stufen zum vierten Stock. Leicht fiel ihr der Aufstieg nicht, und sie wusste auch ganz genau, warum das so war. Sie hatte wieder ein kleines bisschen zugenommen. Nicht an bestimmten Stellen, sondern so ganz unauffällig überall. Wenn man auf die Frage nach einem Lieblingshobby ehrlicherweise mit »Kochen und das Gekochte dann aufessen« antworten müsste, hatte man wahrscheinlich ein Problem.

Marian trug ihren ungewöhnlichen Vornamen aus einem etwas bizarren Grund. Als es darum ging, ihren Vornamen Marianne in das Geburtsregister einzutragen, geschah das auf dem Standesamt mit der Hand, da die elektrische Schreibmaschine nicht verfügbar war. Der Standesbeamte hatte eine ungeheuer große Handschrift, und das entsprechende Feld war bei Marian zu Ende. Das hatte Charlotte Färber so gut für ihre Tochter gefallen, dass sie es dabei belassen hatte und dem Standesbeamten zwei Buchstaben geschenkt hatte. Marianne hätte sowieso einer stattlichen Frau besser gestanden, und für die eher kleine und mit sehr weiblichen Formen ausgestattete Marian passte der Name. Knapp sitzende Jeans enthüllten einen ziemlich rundlichen Po unter einer zierlichen Taille. Jeff hatte in einem unbedachten Moment gesagt, sie sehe aus wie eine Fruchtbarkeitsgöttin, doch das Kompliment hatte ihr nicht gefallen. Göttin ginge ja, aber Fruchtbarkeit? Kinder wünschte sie sich schon, aber so weit waren sie und Jeff noch nicht in ihrer Lebensplanung.

Und wenn Marian schon an ihre Pfunde zu viel dachte, dann befiel sie sofort die Unsicherheit, wie sie sich in Zukunft wegen einer weiteren Unzulänglichkeit verhalten sollte. Als Kind war sie stolz darauf gewesen, doch jetzt störte sie die kleine Eigenheit. Ihr linker kleiner Zeh war größer als der sogenannte große Zeh. Es sah nicht schlimm aus, eher lustig, aber auch sehr sehr unperfekt. Wobei ihr Gedankenkarussell bei Jeff ankam, dem sie diese Tatsache bisher hatte irgendwie verbergen können. Stichwort: immer Socken im Bett. Keine Aufenthalte am Strand ohne stylische Strandschuhe. Der kleine Defekt war erblich; ihre Mutter hatte ihn auch, wenn auch etwas schwächer ausgeprägt. Jedenfalls hielt Marian ihre Füße geheim, wie sie auch andere Passionen vor Jeff geheim hielt.

Oben angelangt, genoss Marian erst einmal ganz leise schnaufend die vertrauten Geräusche und Gerüche der Wohnungen um sie herum. Marian Färber liebte das Haus, in dem sie wohnte. Im Unterschied zu Jeff, der Marians Wohnung stets mit Unbehagen betrat. Es verging kein Tag, an dem Jeff sie nicht drängte, endlich zu ihm in das schicke Penthouse in der Nähe der Miquelallee zu ziehen. Schließlich waren sie verlobt, was er sowieso nie verstehen konnte. Man hätte doch gleich heiraten können. Altmodische Sache in seinen Augen, diese Verlobung, doch Marian hatte nun mal ein Faible für Altmodisches und für englische Teerosen und für bestickte Täschchen, in die sie Tempotaschentücher steckte und die nach Lavendel rochen.

»Die klaren Formen«, beschrieb Jeff sein eigenes Zuhause, als sei er Immobilienmakler und müsste es einem Kunden anpreisen, »und der Blick über das Bankenviertel bis zum Main. Wie kannst du stattdessen hier wohnen, Marian? Vierter Stock. Ohne Aufzug. Altbau. Schlechtes Viertel. Unordentlicher Hinterhof. Gegenüber trocknen die Handtücher der Italiener im Nachbarhaus. Es sieht ja aus wie in Sizilien. Und riecht auch so.«

Na ja, das gebe ich schon zu. Was Marian als Wohnung bezeichnet, wäre für mich eine Abstellkammer. Da soll sie doch ihren Vater in Kanada anrufen, der wird ihr das bestätigen. Der hatte doch damals, glaube ich, mal mit Immobilien zu tun, wenn auch nicht mit denen, die ich als Erste Klasse bezeichnen würde. Der hat ja sowieso für Geld fast alles gemacht. Aber immerhin. Ich habe so meine Ansprüche. Schließlich bin ich schon Ü 30, und irgendwann muss man eine Duftmarke setzen, was man will im Leben, und ich will auf jeden Fall schick wohnen. Marian sagte nichts dazu. Es hätte auch keinen Sinn. Jeff war sich immer seiner Sache so sicher, und er schien immer die vernünftigeren Argumente zu haben. Doch gerade die multikulturelle Atmosphäre gefiel ihr so gut an diesem Viertel im Südosten von Frankfurt. Studenten, Künstler und natürlich Familien aus aller Welt.

Zu den vor Jeff verborgenen Leidenschaften gehörten ihre regelmäßigen Besuche bei der kleinen Kindertagesstätte vorne an dem Platz mit dem Kiosk und dem türkischen Lebensmittelhändler. Sie betrachtete gerne die spielenden Kinder. Immer waren es die Kinder mit den schwarzen Locken, der getönten Haut und den dunklen Augen, die sie mit ihrem Blick verfolgte. Obwohl es mehr als unwahrscheinlich war, dass sie jemals ein Kind mit südländischem Aussehen bekommen würde. Denn sie selbst war hellhaarig, mit dem Porzellanteint der echten Blondinen und den hellblauen Augen, die fast schon skandinavisch wirkten. Und doch fühlte sie sich zu den Schwarzhaarigen hingezogen, so, als habe sie in einem früheren Leben im Süden gelebt.

Sie hütete sich, diese Gedanken mit Jeff zu teilen. Er war zu rational und lief im Leben immer auf der vernünftigen Seite der Straße. Was manchmal auch von Vorteil war. So hatte er sie vor Kurzem davor bewahrt, einen alten knallroten 2 CV zu kaufen, den ihr ein früherer Studienkollege, der nach Australien auswandern wollte, angeboten hatte.

»Um Himmels willen«, hatte sich Jeff empört, »einen Knallfrosch wie den können wir uns später mal leisten.

Als Drittwagen. Für die Clique als Gaudi. So ein Auto ist doch nur originelles Statement, das vielleicht bei manchen Kunden gut ankommt, aber doch nicht für dich als Erstwagen. Und unsere Kinder fährst du damit bestimmt nicht spazieren.«

Marian hatte ihm zuvor vergeblich das Bild von sich und der *Ente* mit farbigen Worten entworfen. »Ein 2 CV ist wie eine Lebenseinstellung. Ich sehe mich, wie ich zu einem italienischen Markt fahre, einen rustikalen Korb heraushole und frische Kräuter oder Gemüse einkaufe …«

Jeff war aufgesprungen. »Schatz, du weißt, ich liebe dich. Ich bewundere deine Fähigkeiten als Grafikerin und als Zeichnerin von leckerem Essen. Hättest du die Speisekarte für den Geburtstag meines alten Herrn nicht entworfen, hätten wir uns nie kennengelernt. Aber ich habe es dir von Anfang an gesagt: Ich mag keine Frauen, die nach Essen riechen, und ich mag keine Frauen in Schürzen. Das ist nicht meine Welt.«

Marian seufzte. Ja, das hatte er gesagt, und deshalb gingen sie auch fast immer aus zum Essen. Meistens zum Edelitaliener. Oder zum Japaner. Oder zum Deutschen mit mindestens einem Stern. Vor allem überall dahin, wo die Chance bestand, dass man einen potenziellen Klienten traf und sich über die Tische zunickte. So ein Nicken war Gold wert.

»Es ist gut für mein Renommée, mit einer so attraktiven Frau gesehen zu werden«, bekannte Jeff offen. »Das ist die weiche Seite meines Geschäfts. Der Kunde will wissen, mit wem er es zu tun hat. Schließlich ist er bereit, fast 100.000 Euro für einen prächtigen SUV von Mercedes auszugeben. Es gibt ihm und seinem Geld ein gutes

Gefühl, wenn er sich uns beide harmonisch auf einem *Rolf-Benz*-Sofa vorstellt.«

Marian löschte gedanklich das Bild von sich und dem Weidenkorb und versuchte, es gegen ein Bild von einem modernen Sofa auszutauschen, das überhaupt nicht ihrem Geschmack entsprach, welcher sich jahrelang auf Flohmärkten geformt hatte. Jeff lachte und strich ihr über das Haar. »Außerdem würdest du an keinem Wochenmarkt in Frankfurt einen Parkplatz finden. Das gilt auch für die gesamten Stadtteile und das Universum. Also lass den Weidenkorb, wo er ist. Worauf hast du heute Abend Lust? Ich dachte an die neue Lounge am Römer. Fingerfood und Drinks. Und es gibt Jazz. Live.«

Ein wenig verlockendes Angebot, denn Marian mochte keinen Jazz. Kann man gedankenverloren tanzen zu Jazz oder sich geborgen in den Armen dieser Klänge fühlen? Jazz verstörte Marian. Sie liebte Folkloremusik, bretonische, irische, schottische, denn das brachte in ihr etwas zum Klingen, das sonst schwieg. Hinzu kam eine verhängnisvolle Leidenschaft für bunte Taschen, ebensolche Röcke und Indienhemdchen, die eigentlich aus der Mode waren. Marian vergötterte die 60er-Jahre und die Folkrockbewegung der USA. Joan Baez. Jim Croce. Natürlich Bob Dylan. Doch solche Kleidchen konnte sie nicht anziehen, wenn sie sich irgendwo als Grafikdesignerin um einen Auftrag bewarb. Graues Kostüm, schicker cooler Style waren angesagt.

Natürlich wusste Marian, dass Jeff und sie vollkommen unterschiedliche Blicke auf die Welt warfen. Ganz abgesehen von seiner Sehschwäche. Doch er war zu einem Zeitpunkt in ihr Leben getreten, als es ihr nicht gut ging. Ihre Mutter, Charlotte Färber, war überraschend und viel zu früh an einem nächtlichen Herzinfarkt gestorben. Schnell für sie und grausam für ihre Tochter, die von nun an die Nacht fürchtete. Marian, eigentlich mit Talent zum Glücklichsein ausgestattet, war damals sehr betroffen gewesen. Ihre Entwürfe, die sie für Kunden anfertigte, hatten viel zu viel Grau und Schwarz aufgewiesen. Klienten der kleinen Agentur, in der sie arbeitete, hatten sich bei ihrem Chef, beschwert.»Wir sind doch kein Beerdigungsinstitut.« Doch dann kam Peter Bartels senior. Heizungs- und Sanitärtechnik. Fotovoltaik. Modernste Technologie. Und sein Sohn Jeff, der sich nicht für Heizungen, sondern für schnelle Autos interessierte, war Juniorchef eines schicken Autohauses. Es einte Vater und Sohn, dass sie begeistert waren. Der Vater von Marians Entwurf für Einladung und Speisekarte zum Firmenjubiläum.»Das schwarze P und das graue B unterstreichen unsere Seriosität und haben etwas mit Architektur zu tun. Wir sind sehr zufrieden.« Und sein Sohn war angetan von der Künstlerin selbst, deren offene Fröhlichkeit und herzliche Schönheit ihn hinriss.

Das alles hatte sie gerettet. Der Chef ihrer Agentur war versöhnt, und sie war dankbar und deshalb nahm sie Jeffs Einladung zum Essen gerne an. Kurz darauf wurden sie ein Paar, und in seinem Designerbad standen von nun an zwei Zahnbürsten. Für alle Fälle.

Jeff sah auf eine smarte Weise gut aus und wusste sich auf eine leicht überhebliche Art in bestimmten Kreisen zu benehmen. Er war sachlich und kompetent, hatte immer den Überblick und wusste, wo er im Leben hinwollte. Nämlich irgendwo nach oben. Schließlich war er Frankfurter. Mainhattener, wie er immer sagte. Die Stadt mit ihren Hochhäusern und mit ihren Büropalästen war wie ein Biotop für ihn. Und dann putzte er bedächtig seine Designerbrille, die er tragen musste, da das Lasern nicht geklappt hatte, und setzte sie wieder auf, um selbstbewusst in die Welt um ihn herum zu blicken. Die bestand aus einfachen Strukturen: Dinge, die er schon hatte, Dinge, die er haben wollte und auf dem Weg dorthin war. Und der Weg war mit Kaufverträgen gepflastert.

Ja, das stimmt. Ich bin ein echter Frankfurter aber kein Würstchen. Ich mag es, dass hier in der Stadt was geht. Gerade in meiner Branche. Ich bin stellvertretender Chef eines großen Autohauses. Keine spezielle Marke, alles, was gut und teuer ist. Auch Gebrauchtwagen, wenn sie richtig gepflegt sind, verkaufen wir vor allem nach Russland und in die arabischen Länder. Stichwort: Vintage. Ganz ehrlich, ich bin da anders als Marian. Sie mag ja dieses Multikultigedöns, aber das ist nicht meins. Andere Kultur. Nehmen die Hand, wenn du ihnen den Finger gibst. Deshalb gebe ich keinen Finger. Nur klare Deals. Ich mag an Marian, dass sie anders ist und mich zum Lachen bringt. Und sie ist eine richtige Frau. Kein so emanzipierter Hungerhaken. Diese Spinnereien mit den exotischen Früchten und den Gewürzen, die sie zeichnet und was sie danach zu essen draus macht, also das muss ich ihr noch ausreden. Macht zu viel Dreck in der Küche. Und von der Küche in unserem ersten gemeinsamen Haus habe ich ziemlich genau Vorstellungen. Alles weiß. Edel. Und schwarz und silber.

Marian dachte an Jeff, schüttelte schmunzelnd den Kopf, setzte sich an ihren Küchentisch und sortierte die Post. Mist.

Der befürchtete Strafzettel war natürlich dabei. Diese Computer vergaßen nie. Und sonst noch Werbung. Gartenmarkt. Baumarkt. Konnte sie alles entsorgen. Sie hatte schließlich nicht einmal einen Balkon. Der fehlte ihr wirklich. Schließlich standen ihre Modelle in Blumentöpfen und nicht auf dem Laufsteg. Seit sie sich auf das Zeichnen von Lebensmitteln spezialisiert hatte, machte ihr der Beruf als Grafikerin wieder Spaß.

Zwischen den Gartenmöbeln und dem Strafzettel hatte sich noch ein anderes Kuvert versteckt. Mit einer ausländischen Briefmarke. Sie sah genauer hin. Ein Brief aus Frankreich?

Von einem Monsieur Bonner. Notaire. Aus einem Ort namens Châtenois. Nie gehört. Ein Notar also. Notarbriefe sind ein bisschen wie Schreiben vom Finanzamt. Sie lösen Bedenken und schlechtes Gewissen aus. Etwas vergessen? Unterschlagen? Angestellt?

Marian schüttelte den Kopf. »Nein, da kann nichts mehr sein«, sagte sie zu sich selbst. »Es ist viele Jahre her, dass ich das letzte Mal in Frankreich war. In Paris. Ewig.«

Doch ihre ohnehin leicht zu entfesselnde Neugierde war geweckt. Aufgeregt riss sie den Brief auf. Ein dicht beschriebenes Schreiben war darin mit Zahlen und Nummern und fettgedruckten Lettern und einer Unterschrift. Wunderbar, doch leider alles in Französisch. Und dieses Fach hatte Marian in der Schule so schnell we möglich abgewählt. Sie hätte lediglich noch einen Kaffee bestellen können oder nach dem Weg fragen.

Keine Chance, den Brief zu lesen und ihn dabei von *Google* übersetzen zu lassen. Dazu war sie zu ungeduldig.

»Tja, mein lieber Jeff, das ist der Vorteil eines Hauses mit Multikulti«, sprach sie ins Leere, doch es klang fast so, als sei es ein Argument für ihre Wohnung und gegen das Designerloft. Gegenüber wohnte nämlich die

Familie Ghalalfi. Algerier. Eine Kinderschar, eine etwas gestresste Mama, deren Kopftuch im Alltagstrubel mehr als einmal verrutschte, ein gutmütiger und müde aussehender Ehemann und Vater, der sich zu nachtschlafender Zeit in Schichtarbeit zu seiner Firma begab. Raima, eine große Frau mit offenbar starken Nerven, hatte in Algerien Jura studiert, doch das Examen war hier nicht anerkannt worden. Jetzt hatte sie eine wachsende Familie zu betreuen und kam nicht dazu, sich um ihr eigenes Leben zu kümmern. Doch sie wirkte trotz allem nicht unglücklich, eher gelassen.

Ich bin Raima. Mein Mann wohnt schon lange in Deutschland und arbeitet bei Siemens. *Wir haben uns über Verwandte kennengelernt. Er wollte eine Familie gründen, und ich war noch zu Hause. Ich habe in Oran gewohnt. Das ist die Stadt, in der das Buch spielt, das viele in Deutschland kennen.* Die Pest. *Marian ist meine Nachbarin gegenüber, und ich mag sie sehr. Sie grüßt immer und nimmt meine kleine Amira auf den Arm, wenn sie sie sieht. Amira liebt sie und nennt sie Tatta, was bei uns Tante heißt. Schade, dass Marian keine Kinder hat. Sie wäre bestimmt eine gute Mutter. Aber sie hat ja einen Verlobten. Er gefällt mir gut. Ich glaube, er verdient viel Geld. Ach, und sie hat mir geholfen, die deutsche Sprache zu lernen. Schwer!*

Marian verstand sich gut mit Raima und hatte ihr zu einem Deutschkurs verholfen. Inzwischen sprach Raima einigermaßen Deutsch, aber sie konnte eben auch Französisch. Und sie war immer zu Hause.

Marian sprang auf, griff nach ihrem Schlüssel, widerstand der Versuchung, den Kindern Gummibärchen mitzunehmen – aber die durften sie nicht essen, denn Gummibärchen enthielten Gelatine und waren damit nicht *halal* – und klingelte bei Raima.

»Raima, ich habe einen Brief aus Frankreich bekommen. Keine Ahnung. Von einem Notar. Könntest du mir in etwa sagen, was drinsteht?«

Raima ließ sie wortlos und wie selbstverständlich eintreten.

»Tee?«

»Danke!«

»Tatta, Tatta!« Amira, schwarze Augen, schwarze Locken und süße drei Jahre alt, versuchte, auf Marians Schoß zu klettern. Marian wusste, dass Tatta so etwas wie Tante hieß, und war stolz auf diesen Titel.

Raima nahm den Brief und ließ sich etwas schwerfällig auf einem Küchenstuhl nieder. Es roch nach fremden Gewürzen. Etwas brutzelte im Backofen.

Sie las. Las noch einmal. Sah dann hoch, mit Erstaunen im Gesicht.

»Marian«, sagte sie feierlich. »Großes Glück. Du hast, wie sagt man, erbst. Geerbst. In Frankreich. Ein Haus.«

Marian setzte Amira auf den Boden, worauf sie heftig protestierte und das Gesichtchen zum Weinen verzog. Hastig strich ihr Marian übers Haar. Sie konnte Kinder nicht weinen, Katzen nicht miauen und Hunde nicht winseln sehen.

»Wie bitte? Ich habe ein Haus in Frankreich geerbt? Wieso denn das? Das gibt es nicht. Wo denn?« Das waren zu viele Fragen für Raima. Sie seufzte, drängte Söhnchen Karim und Töchterchen Amira sanft zur Seite und nahm den Brief noch einmal in die Hand. »In … ich nicht weiß, wo das ist. Hier Rue Strasbourg Nummer 8. Strasbourg! Vielleicht *en Alsace.*«

»Was? Ein Haus in Frankreich? Im Elsass? Wie komme ich denn dazu?«

Marian fühlte sich wie in einem dieser älteren Filme, in denen die Hauptpersonen plötzlich Häuser irgendwo von einem schrulligen Onkel erben, der damit seltsame Mutproben und Forderungen verknüpft.

»Tatta! Kuss!« Amira drückte ihr noch einen klebrigen Kuss auf die Wange und verschwand ins Kinderzimmer, um sich mit ihrem Bruder Karim zu streiten.

»Ja. Du hast ein Haus. In Frankreich!«, jubelte Raima.

Marian lachte. Noch immer schien alles irreal. »Oh je. Wenn das Jeff erfährt. Ein Haus. Ganz ohne die Vermittlung seiner zahlreichen Immobilienfreunde. Ich kann es nicht glauben.«

Dann stand sie auf und schüttelte immer noch den Kopf.

»Ich glaube, jetzt brauche ich einen Schnaps. Ich geh rüber zu mir.«

Raima sah sie tadelnd an. »Kein Alkohol, Marian. Nicht gut. Wirst du nicht schwanger.«

Marian zwinkerte:. »Heute riskiere ich das mal. Und heute werde ich sowieso nicht schwanger.«

Doch sie fand keinen Schnaps in ihren Schränken. Natürlich war sie keine Trinkerin, aber manchmal hatte sie Hochprozentiges zu Hause, denn Marian liebte es, alles Mögliche selbst herzustellen. So hatte sie eine Kräuterlikörphase gehabt, in der sie alle möglichen ungewöhnlichen Substanzen durcheinandermischte. Legendär war ihr Vanille-Basilikum-Likör, dessen hobbymäßige und wahrscheinlich illegale Produktion sie einstellte, weil ihre Freundinnen nur noch wegen dem Getränk zu ihr zu Besuch kamen.

Kopfschüttelnd wanderte Marian unruhig durch ihre eher kleine Wohnung und versuchte, den Inhalt des Schreibens irgendwie zu verstehen. Viel wandern konnte sie nicht, denn die Immobilie, wie Jeff sie etwas abstrakt nannte, war vollgestellt mit buntem Kleinkram und deshalb auch schwer zu reinigen. Vor allem für Marian, die keinerlei Hingabe für Putzen hatte. Zum letzten Geburtstag hatte Jeff ihr Frei-Stunden von einer Putz-fee geschenkt, die daraufhin einmal im Monat unter den Schränken Sachen hervorholte, die Marian dort vergessen hatte. Leinwände etwa, auf denen Marian »einfach so« malte, Stricknadeln mit Wolle für Strumpfprojekte, die im Sommer aufgegeben worden waren, und kleine Schachteln mit Ansichtskarten, die Marian immer wieder als Anregung für ihre Zeichnungen dienten.

Die Enge war ein Grund mehr, um bald zu heiraten und in eine von Jeffs anvisierten Räumlichkeiten umzuziehen. Etwa in der Nähe der Villa Kennedy, einem besonders noblen Viertel von Frankfurt. Als Autoverkäufer der Oberschicht konnte Jeff durch seine Kontakte gute Mietobjekte sichern, bevor sie in die Angebote kamen. Ein eigenes Haus konnten sie sich noch nicht leisten, trotz Jeffs gutem Verdienst. Jeffs Vater hielt nichts davon, Wohltaten zu früh zu vergeben. »Ein gewisser Hunger schadet nicht«, verkündete er gerne symbolisch nach dem Abendessen, wenn alle satt waren. »So wie unsere künftige Schwiegertochter hier. Sie ist nicht mit einem goldenen Löffel im Mund aufgewachsen. Das gefällt mir.«

Marian setzte sich nun an ihren Küchentisch, schob die Tageszeitung zur Seite und studierte noch einmal das höchst seltsame Schreiben, das in ihren Briefkasten gesegelt war. War es überhaupt an sie gerichtet? Wieder und wieder las sie die Adresse und den Namen. »Marian Färber.«

Wer konnte ihr ein Haus vererbt haben, und das auch noch in Frankreich? Seriös war das natürlich nicht. Man hörte immer wieder von Schwindlern. Wahrscheinlich forderte man sie in dem nächsten Brief auf, 2.000 Euro auf ein dubioses Konto zu überweisen, und dann erst würde sie einen Schlüssel geschickt bekommen. Ähnliches war ihrer Freundin Dotto passiert, die sich für eine Wohnung in Wiesbaden interessiert hatte. Leider war das Geld, das sie einer Firma mittels *Moneygram* geschickt hatte, verschwunden und der Schlüssel nie zugeschickt worden. »Da könnt ihr lange warten«, grollte Marian den Brief an. Er schwieg zurück, nicht mehr enthüllend als das, was man bereits gelesen hatte. Marian lief durch die Wohnung. Versuchte, den Brief zu vergessen. Sie würde ihn einfach wegwerfen. Die Hand schwebte schon über dem Papierkorb. Doch halt. Etwas war seltsam. Etwas hatte sich verändert. Es war auf einmal um sie herum so still. Kein Geräusch von draußen war zu hören. Als wäre die Welt in eine Wehe aus Schnee oder in dichten Nebel getaucht.

Und dann geschah es zum ersten Mal. Etwas wie ein süßlich duftender Luftzug umwehte sie. Wie ein Fön auf niedrigster Stärke. Es fühlte sich an, als ob weiße weiche Vögel sie ganz sanft mit ihren Schwingen berührten. Und dann schien dieser Luftzug die Richtung zu wechseln, als reiche er ihr die Hand und zog sie fast hin zu dem Brief, der auf dem Tisch lag. So etwas hatte Marian noch niemals erlebt. Es war nicht direkt unangenehm, aber es war ungewöhnlich und auch unheimlich, denn sie hatte das Gefühl, als könnte sie gegen diesen Luftzug einfach nichts machen. Er war sanft, aber bestimmt. Und dann war es auch schon zu Ende.

So nahm sich Marian trotz ihrer Zweifel den Brief noch einmal vor. Und wehrte sich dagegen, ihn ernst zu nehmen. Unglaublich, wie ausgefeilt dieser Betrug war, dachte sie. Die goldgepresste Anschrift des Notars, Monsieur Bonner, sowie das Emblem der französischen Republik sahen täuschend echt aus.

Sie schob den Brief beiseite. Und musste doch immer, magisch angezogen, wieder hinschauen. Griff nach langer Zeit des Hin- und Wegschauens entschlossen zum Hörer und rief ihre Freundin Brigitte an. Brigitte war mit allen Wassern gewaschen, ließ sich niemals ein X für ein U vormachen und konnte recherchieren wie ein Teufel.

Mein Name ist Brigitte. Ich kenne Marian seit der Schulzeit, und sie ist immer ein kleiner Chaot gewesen. Eigentlich war sie keine gute Schülerin, zu unkonzentriert und hat immer in ihr Heft gemalt, aber die Lehrer mochten sie und haben sie deshalb bis zum Abi mitgeschleift. Sie sei wichtig für die soziale Hygiene der Klasse, habe ich mal Frau Schumann, Englisch, sagen hören. Ich war gut in Mathe, habe Versicherungskaufmann gelernt und berate Marian in Fragen, bei denen man mit Humor oder Kinderglauben nicht weiterkommt. Sonst? Sie hat was an den Füßen. Ungleich große Zehen. Aber sie zeigt sie niemandem und spricht nicht drüber. Ich habe es mal durch Zufall von einer Klassenkameradin von ihr erfahren. Es ist anscheinend erblich. Ihre Mutter hatte es angeblich auch.

Es dauerte nur eine Stunde, und Brigitte erstattete Bericht. »Ich glaube, so unwahrscheinlich es sich anhört, du hast wirklich ein Haus in Frankreich. Der Notar, der dir geschrieben hat, existiert. Ich habe ihn angerufen und sogar mit ihm selbst gesprochen. Sehr freundlich. Schönes Französisch. Er hat dir tatsächlich einen Brief geschrieben, alles andere ist vertraulich. Dazu gibt er natürlich keine Auskunft. Das ist wie in Deutschland.« Marian wusste nicht, wie sie sich jetzt fühlen sollte. Einerseits wie ein Kind, das ein aufregendes Geschenk bekommen hatte, andererseits ungläubig und irgendwie verärgert. Wer brach da in ihren Alltag ein, der sowieso schon chaotisch genug war, wenn man Jeff glaubte? Die Jagd nach Aufträgen und gleichzeitig der Versuch, eine schöne coole Frau an der Seite eines smarten Mannes zu sein. Mokassins und High Heels waren ihr täglich Brot. Da konnte sie nicht noch Überraschungen dieser Art brauchen.

Sie untersuchte den Briefumschlag. Es war kein Foto von dem Haus dabei. Lediglich die Rede von 115 Quadratmetern, wenn man den Begriff *mètres carrés* richtig interpretierte. Das war nicht viel. War das mit Grundstück? War das Haus vermietet, und wie wurde es beheizt? Und natürlich, wo lag es. Lage. Lage. Lage. Das sei angeblich das Wichtigste. All das würde Jeff fragen. Sie wollte nur wissen: Wer hatte ihr ein Haus in einem anderen Land vermacht?

*

»Ist das Haus vermietet? Welches Baujahr? Wohnfläche oder auch Grundstück? Denkmalgeschützt?« Das waren erwartungsgemäß die ersten Kommentare von Marians Verlobten. »Dann ist es schwer verkäuflich. Außenfassade muss in dem Fall erhalten werden. Keine Solarkacheln.

24

Fenster und Läden historisch. Ersatzteile teuer. Aber vielleicht hast du Glück, und das Haus ist modern. Wohnanlage. Französische Billigbauweise. Vielleicht kann man es sogar abreißen. Manchmal ist das Grundstück mehr wert als die Bude drauf.«

Marian verstand Jeff wie so oft nicht. Ja, sie hörte die Worte akustisch, aber sie verstand ihren Sinn nicht. Er lebte ganz einfach auf der anderen Straßenseite. Sie hatte sich in ihn verliebt, da er ihrem zum Chaos neigenden Gemüt eine klare Linie verlieh. Außerdem hatte er noch eine weitere gute Eigenschaft. Er war ein Kümmerer. Er kümmerte sich um alles und jedes in Marians Leben. Versicherungen. Vorsorgeuntersuchungen. Den Computer und ihre Heizung. Marians Vater, Harry Färber, war ein Hallodri gewesen. Ein charmanter Nichtsnutz und Fremdgänger. Deshalb waren Jeffs Eigenschaften für Marian anziehend, wenn auch manchmal skurril. Ironisch merkte sie an:»Jeff, bevor wir das Haus abreißen, könnte man es sich ja durchaus ansehen. Interessiert es dich gar nicht, wer es mir hinterlassen hat?«

Jeff zuckte die Achseln.»Schon. Aber ich kenne das alles. Teure Autos gehören nämlich nur zu oft auch zur Erbmasse oder werden irgendwie weitergegeben. Das kommt immer mal wieder vor. Ein ehemaliger Liebhaber von dir oder ein früherer Verehrer deiner Mutter? Keine große Sache.«

»Keine große Sache? Na, für mich schon. Und wie sprichst du denn von ehemaligen Liebhabern, die ich vielleicht gar nicht hatte.«

»Sachlich, Marian. Immer sachlich. Du warst Ende 20, als wir uns kennenlernten. Ich denke nicht, dass du da noch niemals Kontakt mit Männern hattest. Nicht bei deinem Aussehen.«

Marian wusste, dass Jeff nicht so abgebrüht war, wie er tat. Sie legte ihm eine Hand auf den Arm. »Vergiss die imaginären Liebhaber. Lass uns nächste Woche zusammen hinfahren.«

Jeff tätschelte ihre Hand. »Lohnt doch nicht. Wir können es erst verkaufen, wenn der Notarvertrag rechtskräftig ist. Ich nehme an, dass das in Frankreich nicht anders ist als in Deutschland. Musst du eigentlich persönlich hinfahren oder kannst du jemanden ermächtigen? Unsere Kunden lassen die Autos oft einfach abholen. Etwa vom Hausmeister.«

Jeff nickte Marian wohlwollend zu. Sie schüttelte den Kopf. »Ich habe bekanntlich keinen Hausmeister, aber vielleicht leiste ich mir in Frankreich eine Concierge. So eine Neugierige, die nebenher noch Liebesbriefe überbringt. Aber im Ernst, Jeff, dein Beruf verdirbt dich. Ich fahre natürlich persönlich hin.«

»Aber wieso denn das?«

»Weil man durchaus auch einfach mal so ins Elsass reisen kann. Gemütlich. Sachen angucken. Kirchen. Museen. Und bevor ich irgendwas unterschreibe, will ich das Haus erst sehen.«

Bei den Worten Kirchen und Museen verzog Jeff das Gesicht, als habe er auf eine Essiggurke gebissen. Dann zog er sein Handy hervor, setzte seine Brille auf, um irgendetwas zu checken. »Hast recht. Hypotheken drauf. Mieter, die man nicht rauskriegt, Am schlimmsten sind alte Behinderte. Da brauchst du einen richtig guten Anwalt. Ich nehme an, dass das in Frankreich auch nicht anders ist. Also gut. Zeitfenster drei Stunden, nein vier, weil du es bist. Nächsten Donnerstag von 13 bis 17 Uhr.«

Marian schüttelte empört den Kopf. »Jeff! Oh nein, nein. Ich brauche richtig Zeit. Ein Wochenende musst du dir schon freinehmen. Das Universum der Autokäufer wird es ja wohl mal ein paar Stunden ohne dich aushalten.«

»Du weißt, dass nächste Woche *Vintage-Messe* in Hamburg ist, und dann hätte ich mit Bau-Schieder einen Termin in Zürich. Wer garantiert mir, dass die da in der Pampa ein ordentliches WLAN haben.«

»Wir reisen nicht nach Zentralafrika, sondern wir begeben uns lediglich ein paar Kilometer weiter südwestlich von hier. Aber gut. Dann fahre ich eben alleine.«

Jeff widerstand der Versuchung, seine Brille erneut aufzusetzen, und musterte seine zukünftige Frau nachdenklich. Der Gedanke, dass sie ganz alleine um ein wie auch immer geartetes Anwesen in Frankreich strich und vielleicht jene übereilten Entscheidungen traf, die er bei ihr stets befürchtete, gefiel ihm nicht. Marian war manchmal unkalkulierbar, und es war ihm immer noch nicht gelungen, die Formel herauszufinden, nach der man sie berechnen könnte.

Ich mag diese Frau wirklich, auch wenn ich weiß, dass einige meiner Freunde meinen, sie passt nicht. Aber ich habe noch viel Arbeit mit ihr, denn ich verkaufe nun mal keine bunten Kinderwägelchen, sondern Wagen der oberen Klasse. Da muss man manchmal einfach nur rechnen, sonst nichts. Die Gefühle in den Kühlschrank und gut verhandeln. Das kann sie nicht. Als mein Vater ihr damals anbot, für uns eine Werbebroschüre zu gestalten, hätte sie niemals gleich das erste Angebot annehmen dür-

fen. Ich vergesse nie, wie sie zu ihm sagte: »*Das mache ich gerne. Wird Spaß machen.*« *Spaß! Das muss man sich mal vorstellen.*

»Also gut. Wir fahren Samstag nach meinem Morning Meeting mit dem Steuerberater und bleiben über Nacht in dem Kaff. Buchst du uns was im Ersten Hotel am Platz?«

Das war mehr, als Marian verlangt hätte, aber jetzt war es gut, wie es war. Und was das Erste Haus am Platz anging ... man würde sehen, ob es nicht das Zweitbeste auch tat.

Und dann tat sie noch etwas, das Jeff eigentlich nicht mochte. Sie ging in ihre altmodisch eingerichtete Küche und trug etwas heraus, das sie selbst gekocht hatte. Jeff ging lieber essen, und zwar in letzter Zeit besonders gerne japanisch, da man davon nicht dick wurde.

»Was ist denn das?«

»Eine Überraschung. Um dich auf das Haus einzustimmen. Eine elsässische Spezialität. Sie nennen es *Baeckeoffe*, und es besteht aus drei Sorten Fleisch, Karotten und Zwiebel und Kartoffeln.«

»Nein, nein«, rief Jeff entsetzt. »Doch nicht etwa Schweinefleisch?«

Marian schmunzelte. »Oh doch. Wir sind keine Muslime, und zweitens ist das Elsass nun mal ein bäuerlicher Landstrich. En Guete. Ich redd jetzt Elsässisch.«

Jeff schüttelte verzweifelt den Kopf und pickte sich zwei Karotten heraus. Das konnte ja heiter werden!

Marians Familie war vergleichsweise überschaubar, aber ein wichtiger Mensch war ihre Cousine Barbara. Barbara war die Tochter von Hubert Färber, dem älteren Bruder ihres Vaters, den man forsch Hupsi nannte. Barbara

28

hatte letztes Jahr ihren 40. Geburtstag gefeiert, und sie hatte es als durchaus zufrieden wirkende, alleinstehende Person getan. Warum die Frau mit den kurzen braunen Haaren, dem intelligenten Gesicht und den ernsthaften blauen Augen sich niemals gebunden hatte, wusste niemand, und sie sprach auch nicht darüber. Irgendjemand hatte behauptet, sie habe eine schwere Enttäuschung niemals verwunden.

Obwohl die gesellige Marian etliche wohlmeinende Freundinnen hatte, war Barbara ihre erste Ansprechpartnerin.

Ich bin die Barbara. Mein Vater Hubert und Marians Vater Harry sind Brüder. Sie sehen sich allerdings überhaupt nicht ähnlich. Ähnlichkeit scheint in unserer Familie sowieso nicht üppig verteilt worden zu sein. Ich bin mehr der strenge Typ. Marian dagegen sieht nett aus, und ich habe immer das Gefühl, die Leute, die ihr entgegenkommen, lächeln automatisch. Eine klassische Schönheit ist sie hingegen nicht. Muss sie auch nicht, denn sie hat eine fröhliche und aufgeschlossene Art, die jeden für sie einnimmt. Manchmal beneide ich sie darum. Man kann nicht sagen, dass sie sorglos ist, aber sie versucht, aus allem noch etwas Gutes zu machen.

»Du hast *was*?«

»Ich habe ein Haus im Elsass geerbt. In einem Ort namens Eguisheim. Nie davon gehört. Ein Weinort.«

Barbara war sehr gebildet. Sie arbeitete in der Dokumentationsabteilung des *Hessischen Rundfunks,* und sie wusste mehr als das, was die Reporter im Fernsehen erzählten, da sie die Hintergrundinformationen beschaffte. Man nannte sie auch respektvoll »Mrs Google«.

»Den Ort kenne ich. Das ist ein kleines Städtchen nördlich von Colmar. Touristenort. Keine Industrie. Aber eine Kirche, um die sich irgendwelche Geheimnisse ranken. Irgendwas mit einem Papst. Du hättest es schlechter treffen können.«

Marian runzelte die Stirn. Eine blonde Locke fiel ihr ins Gesicht.

»Aha, ich kenne mich nicht aus in Frankreich. Wir waren meistens nur mal schnell was essen über der Grenze bei Baden-Baden. Wie heißen die Orte da drüben. Roppenheim. Seltz. In die Restaurants, in die alle gehen und in denen jeder Deutsch spricht. Ich habe mich dabei immer ein bisschen unwohl gefühlt.«

Die beiden Cousinen saßen noch eine Weile zusammen. Manchmal schwiegen sie, dann wieder fielen ein paar Worte.

Barbara sinnierte stirnrunzelnd: »Wer kann dir ein Haus vermacht haben? Also, aus unserer Familie bestimmt niemand. Da hatte keiner viel Geld zu vererben. Mein Vater hält sich mit seinem Bistro am Friedhof gerade so über Wasser, und deiner ist sowieso mitsamt seinen Geschäften über den großen Teich verschwunden. Keiner von unseren Vätern hat es zum großen Player gebracht. Sie sind alle irgendwie ...« Barbara krauste die Stirn und suchte das richtige Wort. »Labil! Gut aussehend, ja. Charmant, aber letztlich keine harten Burschen. Zu ihrem Vorteil könnte man sagen, sie haben eine romantische Seite, die sich finanziell nicht auszahlt. Du hast diese Seite übrigens auch. Oder wie lange hast du gebraucht, bis du deinem Jeff erzählt hast, dass du anstatt Heizkörpern, Autos und Karosserien lieber Essen zeichnest. Zwiebeln und Kartoffeln etwa?«

Nachdenklich nickte Marian erst und schüttelte dann den Kopf, um die zweite Frage zu verneinen. Barbara hatte recht. Sie hatte auch diese weiche Seite in sich, die noch an Märchen und Wunder und an Wiesen voller bunter Blumen glaubte. Das kam wahrscheinlich tatsächlich von der väterlichen Linie, denn ihre Mutter war eher eine praktische und energische Frau gewesen. Und im Märchenerzählen hatte es ihr Vater tatsächlich zu einer gewissen Meisterschaft gebracht. Wenn man nur an seine ewigen Frauengeschichten dachte. Marian nickte ihrer Verwandten gutmütig zu. »Recht hast du. Aber ich liebe meinen Beruf. Schau dir eine Kartoffel genau an und entdecke ihre verborgene Schönheit.«

Barbara lachte. »Nächstes Mal, bevor ich sie grausamerweise ins kochende Wasser werfe. Das ist kein schöner Tod. Oder dem Ei den Kopf abschlage. Wie Marie Antoinette.«

Ein seltsamer Vergleich, dachte Marian. »Wieso?«

»Wieso was?«, fragte Barbara. »Was meinst du?«

»Naja«, meinte Marian achselzuckend. »Die Bemerkung eben über Marie Antoinette.«

Barbara runzelte die Stirn. »Ich habe doch gar nichts von Marie Antoinette gesagt. Wie käme ich denn dazu?«

Marian lachte, doch es war ein verunsichertes Lachen. Sie war sich doch sicher gewesen. »Dann habe ich mich getäuscht. Oder verhört. Noch Kaffee? Und was meine romantische Seite angeht, da hast du wohl recht.«

Marian nippte an ihrer Tasse. Nachdenklich. Bisschen unsicher. War da nicht wieder dieser merkwürdige Hauch gewesen? Nur schwächer diesmal. Sie ermahnte sich zur Vernunft. Manchmal bin ich wirklich durcheinander, dachte sie. Bräuchte Urlaub.

Vielleicht hatte sie sich deshalb mit Jeff einen Lebenspartner ausgesucht, der genau wusste, was er wollte. Und der sich mit Dingen beschäftigte, die einen Motor hatten, der laufen musste, sonst waren sie nichts wert. Und der wusste, wohin er wollte. Nach oben. Wo auch immer das war.

Was die Kartoffel betraf: Tatsächlich zeichnete Marian mit Leidenschaft Essen und Zutaten. Kein normaler Mensch tat das, heutzutage, wo es so perfekte Food-Fotografen gab. Wer malte denn schon Nahrungsmittel? Wer konnte sich einer Tomate und einer Scheibe Salami so hingeben? Marian Färber konnte. Sie kochte auch leidenschaftlich gerne und dachte sehr oft, dass sie eigentlich besser kochte als jene preisgekrönten Herren in den Sternelokalen, die Jeff sehr schätzte.

Scheinbar, um den wunderbaren Moment festzuhalten, machte Marian manchmal ein Foto von den Gerichten, die auf dem Teller prangten, kaum war die silberne Haube feierlich gehoben worden – im Übrigen ein merkwürdig antiquiertes Ritual, das aber zur Preisgestaltung auf der Karte passte.

Die Fotos kamen in ihre Sammlung. Zeichnen oder nachkochen war die Devise.

Marian kehrte zurück ins Hier und Heute. »Ich werde es mir anschauen, und dann wird sich das Geheimnis lüften, von wem das Haus ist.«

Barbara sah sie nachdenklich an.

»Seltsame Sache wirklich. Irgendwie habe ich ein komisches Gefühl dabei. Niemand vererbt einfach so Häuser an Leute, die er nicht kennt. Ich bin froh, dass Jeff mit dir fährt. Es könnte eine Reise in ein Abenteuer werden.«

2. Kapitel
Eguisheim

Sie starteten von Jeffs Wohnung aus. Verreisen mit Jeff war immer wie Chefsache. Man konnte meinen, dass der Bundeskanzler verreiste. Einfach so fortfahren war unmöglich. Morgens musste er noch irgendwelche Papiere unterschreiben und zwei Angebote abgeben. Es waren Luxuswagen, die Jeff am liebsten verkaufte, und die erforderten einen langen und komplizierten Kontakt zu dem Interessenten. Leute, die sich einen halbhistorischen Aston Martin für 110.000 Euro leisten konnten, waren meistens schwierig. Nicht selten musste man mit dem Kunden essen gehen oder sich sonst etwas einfallen lassen, um ihn in Spendierlaune zu versetzen. Jeff wusste wie immer Bescheid:»Die kaufen kein Auto, die kaufen einen Lebenstraum. Ein Lebensgefühl. Und auf dem Weg dahin wollen sie begleitet werden. Da komme ich ins Spiel.«

Marian hatte Jeff ein paarmal auf seinen Wunsch zu derartigen Gesprächen begleitet. Schicker als sonst angezogen, hatte sie sich unwohl gefühlt. Jeff war allerdings bei diesen Abenden überraschend locker gewesen. Hatte sich nicht anmerken lassen, dass er gerade um eine Provision von 10.000 Euro kämpfte.»Der Trick ist«, erklärte er einer ermatteten Marian später,»dass du dir vorher

33

ganz fest einredest, dass du sehr reich bist, es überhaupt nicht nötig hast, dieses Auto zu verkaufen, im Gegenteil, dass du es eigentlich lieber behalten möchtest. dass du es nur verkaufst, wenn der Typ da es wirklich will. Dieser Gedanke muss dir in Fleisch und Blut übergehen, bis du es selbst glaubst. Selbstsuggestion nennt man das.«

Marian staunte über Jeffs Fähigkeit, sich in die Rolle eines reichen Mannes zu versetzen, der eigentlich nur als Hobby einem Berufsleben frönte.

Ihr selbst war es immer ein wenig peinlich gewesen, wenn es darum ging, ihre Zeichenkunst zu verkaufen. Ihr Papier, ihr Stift und ihre Zeichnungen waren fast etwas Intimes für sie. So als gehörten sie zu ihr wie ein Arm oder ein Bein.

»Also, los geht's!«, sagte Jeff und legte den Sicherheitsgurt an. »Wie fahren wir? Was für eine Route haben Madame ausgesucht?«

»So wenig Autobahn wie möglich! Du weißt, ich mag die Raserei nicht.«

Jeff verzog das Gesicht. Das war noch eine Eigenheit von Marian, mit der er sich nur schwer arrangieren konnte: ihre Abneigung gegen Autobahnen. Sie lebte in der ständigen Angst und den Visionen von einem schweren Autounfall. Jeff hatte ihr einen Kunden empfohlen, der Psychotherapeut war, und Marian war einmal hingegangen.

Mein Name ist Doktor Freund. Nicht Freud. Freund mit n. Marian, die Verlobte von Jeff Bartels, war einmal bei mir. Ich habe sie als vollkommen normale junge Frau erlebt, die lediglich Angst vor schnellem Fahren hat. Ich habe sie gefragt, warum sie sich so vor anderen Autos fürchtet und sie hat geantwortet – warum nicht? Und sie wundere sich, dass nicht mehr Menschen Angst haben. Ich dachte insgeheim, dass sie recht hat. Und trotzdem glaube ich, dass sie ein Erlebnis mit einem Auto verbindet. Und wenn nicht sie, dann einer ihrer Vorfahren. An manches kann sich niemand außer unserer Seele mehr erinnern. Und diese Seele kann ein Eigenleben entwickeln.

Etwas mürrisch folgte Jeff Marians Vorschlägen, wie man diesen seltsamen Ort irgendwo im Nirgendwo erreichen würde. Zuerst ging es natürlich über die Autobahn nach Karlsruhe, alles andere wäre zu umständlich gewesen. Dort kannte sich Marian aus, denn sie hatte kurz in der Fächerstadt gelebt.

»Am besten jetzt nach Rastatt und dann am Rhein entlang bis Straßburg.« In Rastatt fuhren sie über eine kleine Eisenbahnbrücke, die sehr romantisch den mächtigen Fluss überspannte und durch deren altes rostiges Stahlgeflecht der Rhein glitzerte, als sei er mit Diamantenstückchen übersät. Marian ließ das Autofenster am Beifahrersitz herunter und schnupperte wie ein Hase in die Luft. »Es riecht fast wie am Meer«, sagte sie träumerisch. »Und schau mal, wie das Licht auf dem Wasser tanzt.«

Jeff schaue nach links und sah nichts glitzern oder gar tanzen. Vielmehr erinnerte er sich an Geschäfte. »Da hinten ist ein Jachtclub. Ein Kunde von mir hatte dort ein Boot liegen. Ein paar Cocktails später hatte er den hellblauen Citroen gekauft. Der Klub gehört schon zu Frankreich, aber die meisten Bootsbesitzer sind natürlich Deutsche.«

Hinter der Brücke hielten sie sich links und fuhren Richtung Straßburg. Sie passierten farblose Dörfer, die schmucklos in der Ebene lagen. Straßendörfer, deren Namen sich Jeff nicht merkte.

Marian wies nach rechts:»Schau mal. Da drüben liegt Sessenheim. Wo Goethe sich in die Pfarrerstochter verliebte.«

»Pfarrerstochter?«, fragte Jeff, der sich nicht für Literatur interessierte.»Na, da wird nicht viel gelaufen sein. Musste er halt dicke Bücher schreiben. So was nennt man Ersatzbefriedigung.« Und er streichelte Marians appetitliches Knie.

»Ach, Jeff. Sie hat ihn nie vergessen können.«

»Klar. Für so ein Mädel vom Land war der Goethe schon ein Fang. Frankfurter wie ich. Und aus gutem Stall.«

Marian seufzte. Aus Jeff würde sie keinen Theaterbesucher machen. Allmählich wurde der Verkehr dichter. Die Großstadt Straßburg kündigte sich an.

Marian schaute in ihre Karte und grübelte. Jeff hatte vorgesorgt.

»Nein, pass mal auf. Ich habe mir schon gedacht, dass wir deine Schleichwege fahren, und ein Kunde hat mir sicherheitshalber einen guten Tipp für eine Zwischenrast gegeben. Wenn wir da vorne nicht auf die Autobahn einbiegen sondern uns links am Rhein entlang halten, werden wir zu einem Golfklub kommen mit einem wunderbaren Restaurant. Stern! Heißt *Le Kempferhof.*«

Marian lächelte und verdrehte die Augen.»Ich hätte es wissen müssen. Golfklub. Unter dem tun wir es nicht, oder?«

»Man muss die Augen und Ohren auch im Ausland offenhalten. Mal schauen, was da für Autos einparken.«

Marian seufzte. Jede Wette, hatte er Visitenkarten vom Autohaus einstecken. Mit Homepage. Die hatte er nämlich immer dabei. Seine Welt bestand aus Kunden. Und aus Leuten, die Kunden werden könnten oder jemanden kannten, der Kunde sein könnte.

Wie bei Golfklubs üblich, führte eine lange gepflegte Straße zu dem schlossartigen Anwesen, in dem die Verwaltung sowie das Restaurant untergebracht waren. Es war nicht viel los, nur zwei oder drei weiß gekleidete Golfspieler tranken etwas in den Korbstühlen mit Blick auf das gepflegte Grün. Lässig. Nur ein paar kurze Worte flogen hin und her. Hier war die kleine weiße Kugel der Boss.

Jeff bestellte einen Salat mit Garnelen, und Marian folgte seinem Beispiel, nur ohne Garnelen. Als er serviert wurde, stellte er keine Überraschung dar. Großer Teller und ein appetitlicher kleiner Berg auserlesener grüner Salate mit einem Himbeerdressing. Drei Garnelen glotzten einander über einen Hügel von Salat an. Bei Marian waren es drei Kugeln in Basilikum gewälzte Mozarellakugeln. Es sah lecker aus. Sie widerstand der Versuchung, ihren Skizzenblock hervorzuholen.

»Ach …«, sagte Jeff und lehnte sich behaglich zurück und ließ den Blick über den weitläufigen Rasen gleiten, der sich immer wieder in kleinen Büschen und Baumgrüppchen verlor. Weiter hinten funkelte das Wasser in einem kleinen See.

»So kann man es aushalten. Rasen, den jemand anders für dich hegt und pflegt, gehobene Klientel um dich herum und ein erstklassiger Service.«

»Auf Dauer langweilig«, bemerkte Marian. »Luxus ist nur gut, wenn er eine Ausnahme bleibt.«

»Eben nicht. Das Zauberwort ist Dauer, Marian. Luxus ist etwas, an das du dich verdammt schnell gewöhnst.«

Wahrscheinlich hat er sogar recht, dachte Marian. Sie stand auf, suchte die Toilette und genoss den Besuch des piekfeinen, supersauberen Waschraums mit Schminkspiegel, Textilhandtüchern und duftenden Trockenblumen. Vielleicht war das Leben zu kurz, um es anders als mit purem Genuss zu verbringen. Wenn man es sich leisten konnte.

Nun ging es weiter nach Süden durchs flache mittelelsässische Land. Kleine Dörfer, gewundene Landstraßen, baumgesäumt, Bäche und manchmal an einem der ruhigen idyllischen Kanäle eine Schiffsanlegestelle mit einem Boot, das darauf wartete weiterzufahren. Gelegentliche Supermärkte säumten die Ränder der Dörfer, aber es waren wenige. In den Orten gab es Bäckereien, die meistens geschlossen waren. Eine Vorliebe schienen die Elsässer für kleine Autowerkstätten zu haben, die überaus zahlreich waren und in denen ein gemächlicher Betrieb herrschte. Ansonsten natürlich in jedem Ort mindestens eine Kirche mit jeweils gepflegten Rabatten drumherum. Manchmal Bistros mit Besuchern, vor denen Weingläschen in der Sonne glitzerten. Hier war eine Mischung aus Deutschland und Frankreich, die wie eine Landzunge in die Französische Republik ragte.

»Wie weit noch?«, murmelte Marian schläfrig. Das Essen hatte sie ein wenig müde gemacht. Jeff warf einen kurzen Blick zu ihr hinüber. Ihre Füße steckten wie immer in geschlossenen Leinenschuhen, doch ihr Rock war hochgerutscht und legte braune kräftige Beine frei. Ein netter Anblick. Vielleicht gar keine schlechte Idee mit diesem Aufenthalt in Frankreich. Hotel. Wein. Laues Lüftchen. Man würde sich endlich mal wieder näherkommen.

Irgendwann tauchte das weiße Straßenschild mit den schwarz aufgetragenen Buchstaben »Sélestat sieben Kilometer« auf. Immer noch war alles grün und saftig. Kühe grasten. In einem Gehege rannten Hühner hin und her. Zwei majestätische Kirchtürme schoben sich vor den Ausblick auf einen Berg mit einer Burg, die mächtig auf einem Bergrücken thronte.

»Hochkönigsstein«, stellte Marian fest, die sich eingelesen hatte, in welcher Gegend das Haus lag, das sie vielleicht geerbt hatte und das sie eigentlich »nur mal angucken« wollte. »Eine Stauferburg. Eines der meistbesuchten Monumente in Frankreich. Von da konnten die jeweiligen Herrscher das ganze Land überblicken. Ach, 1899 hat die Stadt Schlettstadt, an der wir gerade vorbeifahren, die Burg dem Deutschen Kaiser, Wilhelm II., als Präsent geschenkt.«

»Burg als Geschenk? Nicht schlecht.« Jeff streifte das über der Landschaft thronende eindrucksvolle Gemäuer nur mit einem kurzen Blick.

»Man kann sie besichtigen. Vielleicht können wir morgen mal hochfahren. Bevor wir auf dem Heimweg sind.«

»Siehst du«, sagte Jeff verärgert und bog auf eine kleinere Landstraße ein, deren Ziel mit Mulhouse angegeben war. »Das habe ich mir gedacht. Marian, wir wollten ein Haus anschauen. Kurz anschauen, noch schnell was essen gehen und dann wieder los. Jetzt wirfst du mir eine Burg zwischen die Füße. Das alte Zeug interessiert mich nicht. Ich lebe nach vorne, nicht nach gestern. Und ein Hotel hast du auch einfach gebucht, ohne die Bettchen zu checken, die es in *Travel Treasure* hat.«

Bettchen zählen. Beste Voraussetzungen für ein Haus in einer mittelalterlichen Stadt, dachte Marian.

Nun ging es an der Elsässischen Weinstraße vorbei in einem fast lückenlosen Konvoi von Touristenautos nach Süden, Richtung Colmar. Einmal tauchte auch der Name Châtenois aus. Da wohnte also der Notar. Aufregend.

Links grüßten die majestätischen Vorberge der Vogesen mit grünen Taleinschnitten und wie versehentlich von der Hand eines Riesen dahingestreuten kleinen Dörfern oder Weilern.

Das Wetter half mit, um ein idyllisches Bild zu zeichen. Am Himmel spielten dicke weiße Wolken ihr ewiges Spiel von sich treffen und wieder auseinandergehen. Sie schwebten zeitlos über Dörfer und Burgen, über Hügel und Straßen und zwischendurch erlaubten sie der Sonne, ihre Kraft zu entfalten.

Marian lehnte sich zurück in ihrem Beifahrersitz. Sie schloss die Augen und dachte an ihre Jungmädchenzeit zurück, als sie am Rande eines Fußballspielfeldes lag, im duftenden Gras, die Wolken ziehen sah und sich in eine glorreiche Zukunft träumte. Sie hatte überhaupt nur deshalb am Rande des Spielfeldes gelegen, weil sie in Zoran verliebt war, einen muskulösen Kroaten mit leuchtenden Augen und kurz geschnittenem Haar. Irgendwie hatte sich die Liebe zerschlagen und damit auch die Leidenschaft für Fußballplätze in der Provinz.

Und doch stach ihr noch bis heute der süße, warme Duft des Grases und der Erde in die Nase. Damals hatte man sich keine Sorgen um Grasflecken gemacht. Sie war noch zu jung und irgendwie ja doch unschuldig gewesen, um in verdächtigen Grasflecken ein Indiz für ein Liebesabenteuer in freier Natur zu sehen.

Es war der Beginn des Erwachsenwerdens gewesen. Nur wusste man es nicht.

Colmar umrundeten sie auf einer ausgeschilderten

Umgehungsstraße, die aber den Namen kaum verdiente. Es war ebenfalls eine kleine Straße, die durch umliegende nicht besonders reizvolle Ortschaften führte und letztendlich ein kurzes freies Stück unbebauten Landes erreichte, bevor das Ortsschild von Eguisheim zu sehen war. Die Berge rechts waren ein wenig zurückgewichen und wirkten doch mächtiger als im Norden dieser fruchtbaren Region. Dies hier war das südliche Elsass, nicht weit davon würde Lothringen beginnen. Die Täler waren weiter und offener und die Berge höher.

»Eguisheim«, murmelte Marian. »Ganz viele Blümchen auf dem Ortsschild, das ist ein gutes Zeichen. *Village fleuri* nennen sie das hier. Blumendorf. Der Ort war mal der schönste in ganz Frankreich, habe ich gelesen. Das will etwas heißen, wenn du bedenkst, wie viele schöne Orte es in diesem Land gibt.«

Jeff verzog das Gesicht. »Ist aber nicht *mein* Lieblingsland, um ehrlich zu sein. Schon alleine die Sprache. Ich hatte mal einen Kunden aus Metz. Konnte Französisch, sonst nichts. Nicht mal Englisch, und das kann jeder. Also, ich fühle mich auf Malle wohler.«

Marian scherzte: »Da gibt es Bettenburgen, und hier gibt es richtige Burgen. Gib diesem Land eine Chance. Aber wahrscheinlich hast du Glück, und man spricht Deutsch und kocht deutschen Filterkaffee in Eguisheim. Ist ja ein Touristenort und nicht sehr weit von der Grenze.«

Jeff zwinkerte ihr zu. »Naja, eine Nacht werde ich es aushalten. Die französischen Betten sind doch schmal, oder? Das könnte ein Vorteil sein, was, Mari?«

»Jeff! Übrigens ist angeblich ein Papst in Eguisheim geboren. Schon eine Weile her. Warte mal, ich habe es aufgeschrieben. War wohl im Jahr 1002. Ein Papst Leo IX.! Immerhin.«

»Für mich kein Grund, den Ort zu mögen.« Jeff war aus der Kirche ausgetreten, aber nicht unbedingt wegen Kritik am Klerus, sondern wegen der Kirchensteuer.

Langsam fuhren sie entlang an den ersten Häusern des kleinen Ortes. Ein Schild verwies auf einen Parkplatz gleich am Ortseingang links. Es handelte sich um einen großen Parkplatz, der Urlaubsfeeling verbreitete, denn er erstreckte sich bis in die Weinhänge, und auf den schattigen Kringeln, die die schönen Bäume warfen, hatten sich Campingbusse einen Platz gesichert.

Jeff schwenkte zackig in eine Parkbucht, stieg aus und dehnte sich. Marian folgte ihm, aber als Beifahrerin war sie entspannter. Sie fuhr nicht gerne, denn sie neigte dazu, immer langsamer zu werden, je weiter sie sich von zu Hause entfernte.

Der Platz war sauber und einladend.

Ein ordentlich gemauertes Toilettenhäuschen, ein paar Bänke in den beginnenden Weinbergen und ein Schild »Centre Ville«.

»Naja, schöne *ville*!«, meinte Jeff. »Dorf trifft es eher. Wie viele Leute wohnen in dem Kaff?«

»Um die 1.800 Einwohner«, sagte Marian und strahlte. »Ich mag kleine Orte.«

»Ich nicht. Aber jetzt schauen wir mal. Sieht ja alles einigermaßen zivilisiert aus, hier. Nehmen wir uns dann später Wein mit?«

Gleich am Anfang der Straße, die wohl in das Innere des Örtchens führte, befanden sich zwei Weinverkaufsstellen mit Ausschank. Große hölzerne Fässer ließen keinen Zweifel an der Bestimmung dieser Orte.

»Jetzt lass uns erst mal das Haus suchen. Ich bin total gespannt. Kann es kaum erwarten. Rue Strasbourg Nummer 8.«

Jeff grinste. Zog sein Smartphone aus der Tasche. »Time is Money, Baby. Ehe wir in diesem Steinhaufen herumirren, habe ich die Strecke vom Parkplatz, also hier, zu der Straße um die es geht, berechnet und als Map eingespeichert. Wir würden also von hier bis zu deinem angeblichen Haus genau zwölf Minuten brauchen. Da habe ich eingerechnet, dass du langsam läufst und ab und zu stolperst.«

Wie schrecklich, dachte Marian. Und wenn ich mal stehen bleiben will? Weil es was anzugucken gibt?

Unverdrossen versuchte sie dennoch, Jeff den Ort näherzubringen.

»Man nennt Eguisheim auch eine Zwiebel, weil sich wie zwei Häute die Gassen um den Kern winden. Es sind wunderschöne und original erhaltene Ringstraßen.«

»Und am nördlichen Ende des äußeren Rings befindet sich das Haus, wenn ich das richtig sehe.« Jeff nickte mit sich hochzufrieden. Immer ergebnisorientiert denken.

Marian folgte ihm in den ersten Ring. Rechts und links kuschelten sich die Häuschen aneinander. Sie säumten die engen gewundenen Gassen mit ihrem Kopfsteinpflaster, vorbei an geradezu winzig kleinen Cafés und an ebenso kleinen Lädchen, die alles Mögliche, aber auch Salami, Kräuter und Öl anboten. Die mittelalterlichen Gassen waren so eng, dass man sich über sie hinweg die Hände schütteln könnte. Die Häuser sahen nichtsdestotrotz alle gepflegt aus; manche verkündeten, sie seien Gästehäuser mit Ferienwohnungen.

»Das Haus, das du angeblich geerbt hast, befindet sich am Ende dieser komischen Kringel. Komm, lass uns gehen. Oder erst mal kurz einkehren. Hier ist doch eine Bäckerei. Ich bekomme allmählich Kaffeedurst.« Das dritte Haus im äußeren Ring war tatsächlich eine Konditorei, aus der es verführerisch duftete. Und selbst wenn nicht. Ein paar Häuser weiter schien noch ein weiterer Bäcker zu sein.

»Das ist gut«, bemerkte Jeff. »Konkurrenz belebt den Laden.«

Sie setzten sich an einen der einfachen wenigen Resopaltische. Von dort hatte man einen Blick in die Backstube. Marian sah einen gut aussehenden kräftigen Mann mit kurzen messingfarbenen Locken, der dort herumwerkelte. Als er Marian und Jeff sah, überflog er sie kurz, lächelte und blieb dann mit dem Blick an Marian hängen. Stutzte offenbar, schaute noch mal hin. Kam dann aus seiner Backstube. »Salü bisamme. Dütsche?«

»Ja, wenn Sie nichts dagegen haben. Zwei Tassen Kaffee, bitte!«

Wieder ein bewundernder Blick zu Marian, fast ein wenig zu bewundernd. »Und noch paar Bredele dazu?« Ein Blick, der fast in Marians Augen fiel. Die Stimme schmeichelnd. Was für ein erstaunlicher Bäcker, dachte Marian. »Oder ein Stück von unserem exzellenten, wie sagt man deutsch, vorzüglichen traditionell hergestellten Gugelhupf.«

»Nein, danke. Nur Kaffee.«

»Gerne. Übrigens, mein Name ist Renard Lamier. *Boulanger artisan.*«

»Was heißt denn das?«, fragte Jeff unfreundlich. Er hatte absolut kein Interesse an einem Gespräch mit irgendeinem Bäcker in diesem Kaff. Doch der Mann ignorierte ihn und richtete den Blick seiner hellbraunen Augen auf Marian. »Künstler des Backens«, sagte er. Und dann ging er. »Merci vielmols.«

Jeff legte Geld neben das grüne kleine Tellerchen. »Komm, gehen wir.« Ein paar Schritte weiter lockte schon die nächste Konditorei. Auch hier duftete es bis auf die Straße, auch hier lockte Köstliches aus Teig und Butter. Auch hier ein Schild, schön gestaltet in Gelb und Blau mit einem gezeichneten dahineilenden Bäcker mit einer Bäckermütze und blauen flatternden Hosen. *Boulangerie Alfonse Schreck.* Ein schmaler, kleiner Mann stand in der Nähe der Tür zur hinteren Backstube. Aufmerksam betrachtete er die Straße. Stockte. Sah genauer hin. Drehte sich um und ging in die Werkstatt, wo das Telefon stand. »Hier wird man ja mit Gugelhupfen gemästet. Ungesund, dieses Teigzeug.«

Jeff strebte nun mit großen Schritten vorbei an den gemütlich schlendernden Touristen, die zu seinem Unmut auch noch stehen blieben. Die Wein trinkenden Menschen, die vor kleinen Gläschen saßen, ignorierte er ebenso wie die eine oder andere Katze, die sich an die Hauswände drückte. Der Kaffee hatte seine Kräfte wieder geweckt.

»Da vorne muss es sein. Nummer acht.«

Schnaufend blieben sie am Ende der schmalen Straße stehen. *Nummer 8. Rue Strasbourg.* Ein schmalbrüstiges Haus in sehr schrillem Grün mit Fachwerk und einem spitzen Giebel. Die verblichenen Läden waren geschlossen. Es waren typische Holzläden mit einem geschnitzten Hahn darauf.

Das Haus stand tatsächlich an der Ecke, da wo die touristenträchtige Ringstraße endete und in den moderneren Teil des Ortes auslief, der aus dem üblichen Straßen- und Häusergewirr bestand. Nicht weit von hier war das Städtchen sowieso beendet und wucherte dann mit karger werdender Bebauung in die Weinberge hinein, die sich, eingeteilt durch Wege, zu mehreren bewaldeten Bergspitzen emporhangelten.

»Naja«, befand Jeff. »Jetzt hast du es gesehen, das Haus. Nichts wirklich Besonderes! Ich würde sagen, mehr als 70.000 ist da nicht drin.«

Marian traute einmal mehr ihren Ohren nicht. »Nichts wirklich Besonderes? Wenn alles stimmt, dann ist das hier *mein* Haus. Und damit ist es schon etwas Besonderes. Zumindest für mich.«

»Nun beruhige dich, Schatz. Wir klingeln mal.«

Jeff versenkte seinen langen schmalen Zeigefinger energisch in der Klingel, und es schrillte bis nach draußen gut hörbar im Inneren. Nichts geschah.

»Wohl kein Garten!«, sagte Marian enttäuscht, als sie die Umgebung des Hauses näher musterte. »Nicht mal ein Balkon. Und laut Plan auch kein Keller.«

»Ohne Keller ist nicht gut. Wo will man denn etwas verstecken, wenn nicht im Keller. Aber was hast du gedacht, dass du erbst, Schatz? Ein Schloss?«

Nachdem sie dreimal geläutet hatten, öffnete sich gegenüber ein Holzladen, der ebenso aussah wie der an Marians Haus, nur dass er blau war und nicht grün. Eine energisch aussehende Frau mittleren Alters blickte heraus.

»Salü. Sie wollen dort eintreten?«

»Ja«, entgegnete Jeff streng wie ein deutscher Beamter. Die Frau: »Es ist ein *double maison*. Klingeln sie hinten. Gehen Sie um die Haus herum in die Nachbarstraße.

Da sind die Besitzer d'heim. Sahmek. *Rue du Chateau numero trois.*«

»Da wohnen ganz bestimmt nicht die Besitzer dieses Anwesens«, tadelte Jeff, ohne seinen Verweis näher zu begründen. »Aber danke. Wir kommen schon zurecht.« Die Frau zuckte mit den Achseln und schloß das Fenster geräuschvoll.

»Komisch«, bemerkte Marian. »Wieso ist der Eingang in einer anderen Straße, wenn es ein Doppelhaus ist?«

Jeff strebte erneut mit raschen ausholenden Schritten um die Ecke in die Straße, auf die die Nachbarin gewiesen hatte. Ein Schild kündete von ihrem Namen »Rue du Chateau«.

Marian staunte. »Das heißt Schlossstraße. Ich sehe gar kein Schloss. Doch, da oben, schau mal, oberhalb der Weinberge ist doch eine Burg. Nein, gleich mehrere.«

Jeff antwortete nicht, sondern baute sich vor dem Haus Nummer drei auf. Andere Straße, andere Hausnummer, aber ansonsten sah das Haus in etwa gleich aus. Nur war es nicht grün gestrichen, sondern gelblich. Und es wirkte bewohnt. Vorhänge und ein Kerzenleuchter im Fenster. Oben ein paar Blumen auf den Fenstersimsen.

»Lass uns klingeln. Ich möchte jetzt doch mal wissen, was hinter all dem steckt.«

Die Tür öffnete sich. Eine jüngere, leicht mollige Frau stand im Rahmen.

»Hallo«, sagte sie in klarem Deutsch mit einem kleinen Anklang von Dialekt. »Da seid ihr ja. Ich hab euch erwartet!«

Und Marian machte den Mund auf und wieder zu, und sogar Jeff schwieg ausnahmsweise. Der Anblick, der sich ihnen bot, war zu erstaunlich.

Denn Marian sah sich ihrem eigenen Spiegelbild gegenüber.

Ja, also ich stelle mich vor. Mein Name ist Catherine Sahmek. Geborene Romanus, mein Vater Jean Luc Romanus war Belgier. Ich bin 1990 geboren. Meine Mutter hieß Sylvie Romanus und war eine geborene Krissel. Joseph Krissel, das war mein Opa. Er hat meine Oma Anabelle geheiratet. Ihr Mädchenname war Minstrel. Kompliziert. Ach, da gewöhnt man sich dran. Die Minstrels waren eine alte Eguisheimer Familie. Ich bin ein bisschen ausgebrochen, denn mein Mann Alain kommt nicht aus dem Ort. Er stammt aus der Gegend von Toulon.

Seit wir von dem Testament dieser Frau wussten, habe ich damit gerechnet, dass die kommt. Aber auch noch mit einem Mann. Naja, warum soll sie keinen haben. Ich habe ja auch einen. Deutsche! Zwei Deutsche stehen vor meiner Tür. Typische Deutsche, wenn ich das mal so auf den ersten Blick beurteile. Ehrlich, ich habe nichts ... nein, das stimmt nicht. Ich hab schon was gegen Deutsche. Nicht nur wegen der Vergangenheit, aber die sehen uns als einziges großes Freilichtmuseum. Und wehe, wir sprechen kein Deutsch. Dabei sind wir ein eigenes Volk. Ich sehe die Frau an, die da vor mir steht, und ich weiß, wer sie ist, und ich sehe auch, dass wir uns ... ja, verdammt, wir sehen uns wirklich richtig ähnlich.

»Hm«, Jeff räusperte sich. Das war einer der durchaus seltenen Momente, in denen er um einen flotten Spruch verlegen war. Er starrte die Frau ihm gegenüber an. Dann fasste er sich wieder. »Also, wir kommen wegen des Hauses.«

Marian blickte die Frau an, konnte es immer noch nicht fassen.

Es platzte geradezu aus ihr heraus. »Warum sehen Sie denn aus wie ich?« Ihr Gegenüber war blond wie sie. Die Haare waren etwas weniger lockig. Die Nase gerader und der Mund etwas dünner. Ebenso lichtblau wie Marians Augen waren die Augen der Frau, die ihr die Tür geöffnet hatte. Doch sie hatten einen anderen Ausdruck. Etwas härter vielleicht, etwas kälter. Aber wer es nicht wüsste … er würde sie fast für Zwillinge halten, auf jeden Fall aber für Schwestern.

Dann schlug sich Marian an den Kopf wie jemand, dem in letzter Sekunde noch etwas einfällt. »Ach, ich habe ja gar nicht gefragt, ob Sie überhaupt Deutsch sprechen.«

Ihr Pendant gegenüber musterte sie spöttisch. »Nett, dass Sie immerhin fragen. Aber keine Sorge. Ich bin Lehrerin. Deutsch und Englisch. Deshalb spreche ich so gut Deutsch, auch wenn ich manchmal kleine Fehler mache. Mein Mann kann auch Ihre Sprache, denn er hat in einem Hotel in der Schweiz gelernt und für eine deutsche Firma gearbeitet. Er macht auch manchmal etwas falsch. Der die das, die drei sind schwer für uns.«

Marian schaute verwirrt angesichts dieser nicht eingeforderten Entschuldigung. »Aber natürlich. Sie sprechen super, und wir können ja nur wenig Französisch.«

Schweigen herrschte.

Dann sagte die Frau, indem sie mühsam ein Lächeln zustande brachte: »Mein Name ist Catherine Sahmek. Ich wohne hier. Und Sie sind die Erbin, nicht wahr?« Sie griff hinter sich an ein Brett mit Nägeln und nahm einen Schlüsselbund herunter. Marian sah genauer hin. Das Brett war liebevoll angemalt und mit Abbildungen von Kräutern verziert. Genauso würde ein Brett auch bei ihr aussehen. Catherine bemerkte ihren Blick. »Hat mein

Mann in den Wintermonaten gebastelt. Er liebt solche Dinge. Ich eher nicht. Wir gehen hinüber, und Sie können das Haus gleich anschauen. Dann werden wir über alles sprechen.«

Betreten folgte Marian der nicht allzu herzlichen Aufforderung. Ihr Mann hatte das Brett gemacht, das ihr gefiel. Vielleicht ein gutes Zeichen, dass man sich verständigen konnte.

Jeff straffte sich und folgte mit männlicher Haltung. Man bog wieder um die Ecke. Gegenüber der Rue Strasbourg Nummer 8 bewegten sich sanft die Vorhänge. Bestimmt klebten neugierige Augen hinter der Scheibe. Es fiel ihr auf, dass das Haus extrem gut verschlossen war. Der Schlüssel befand sich in einem einbruchssicheren Kästchen, das sich nur nach Eingabe einer bestimmten Zahlenkombination öffnete. Zunächst drehte Catherine dann diesen Schlüssel zweimal in dem sehr modernen und sehr zuverlässig aussehenden Schloss, dann öffnete sie mittels eines weiteren Schlüssels und drehte ihn ebenfalls noch zweimal. Verschlossen wie Fort Knox, dachte Marian. Seltsam.

»So, jetzt können Sie hineingehen. Ich mache die Läden im Erdgeschoss auf.«

Die Frau namens Catherine öffnete die historischen Klappläden, wobei Marian auch hier auffiel, dass sie im Inneren noch einmal mit einer Art verlängertem Vorhängeschloss gesichert waren. Hier kam keiner rein, zumal es ja auch keinen Hintereingang zum Haus gab. Ob es in diesem idyllischen kleinen Städtchen so gefährlich war? Jeff starrte stumm um sich. Es war einer der wenigen Momente im Leben, wo er zu erstaunt schien, um etwas zu sagen.

Marian atmete tief durch und tat dann den ersten Schritt in ein altes Haus und ein neues Leben.

Es roch leicht muffig und abgestanden. Eine kleine Spinne mit sehr dünnen Beinchen huschte aufgeregt davon. Staub lag auf den alten, dunklen Möbeln, die im Erdgeschoss standen. Eine Kommode, ein kleiner Tisch, etwas wie ein Schuhregal.

Die Türen waren in einem nicht besonders schönen Grün gestrichen, eine Tür führte in ein Badezimmer. Im Erdgeschoss, dachte Marian. Ungewöhnlich für deutsche Verhältnisse.

Eine steile Treppe führte in den ersten Stock. Catherine ging so zügig hinauf, dass man die jahrelange Übung sah. Sie sagte dennoch kurz und eher trocken:»Halten Sie sich gut fest. Dies ist alles ziemlich alt.«

Im ersten Stock empfingen sie eine braune Einbauküche, ein alter Schrank und ein Tisch mit vier Stühlen.

Auch hier öffnete Catherine die Läden. Luft und Sonne strömten herein. Der Staub tanzte. Eine Taube ließ sich sofort auf dem Fenstersims nieder und gurrte erstaunt darüber, dass jetzt die Läden offen waren.

»Nehmen Sie doch Platz!«

Jeff ließ den Blick schweifen und richtete die Augen nach oben.»Geht es da etwa noch weiter hoch?«

»Ja. Natürlich. Es ist auf jedem Stock nur ein Zimmer. Noch zwei Treppen, und Sie sind unter dem Giebel. Das Zimmer dort ist aber nicht klimatisiert. Wird sehr warm.«

Jeff schüttelte lachend den Kopf.»Also, Häuser gibt es hier in Frankreich. Wenn man das Häuser nennen will! So hat man bei uns kurz nach dem verlorenen Krieg gelebt.«

Marian warf ihm einen warnenden Blick zu. Catherine setzte sich und faltete die Hände. Ihr Blick war so streng wie der eines Generaldirektors einer Firma, der eine Rede halten wollte. Sie wirkt fast wie eine Politikerin, dachte Marian. *Jetzt redet der schon vom Krieg. Leider verloren, wollte er wohl sagen.*

Den Blick fest auf Marian gerichtet, begann sie langsam zu sprechen, und man merkte, dass sie sich bemühte, die Worte sorgfältig zu wählen und richtig zu setzen. Im Grunde, dachte Marian, hätte sie es uns auch viel schwerer machen und einfach Französisch sprechen können. Ob wir das jetzt beherrschen oder nicht.

»Nun, ich kann Ihnen jetzt alles erklären. Sie sind Marian Färber, nicht wahr? Wir sehen uns so ähnlich, weil wir eben verwandt sind. Unsere Großmütter Anabelle und Arlette Minstrel waren Schwestern. Sie waren die Töchter von Louis Minstrel, einem *tailleur de pierre*, einem Steinmetz. Wir sind also, wie sagt man auf Deutsch, Große Cousinen.«

»Na, große nicht gerade!«, lachte Jeff. »Ihr seid beide eher winzig. Wie mein Zwuckel hier.«

Catherine warf Marian einen fragenden Blick zu, der ein allererstes Einverständnis zwischen den zwei Frauen darstellte. *Zwuckel? Was ist denn das für ein Wort? Kenne ich nicht.*

»Meine Großmutter lebte immer hier in Eguisheim, aber deine Großmutter Arlette, sie war als ... *comment on dit* ... als verpflichtete Arbeiterin in Deutschland. Sie arbeitete auf einem Hof, bei Mannheim, als Ernterin für Spargel. Gemüsehof Burger.«

Marian konnte all das kaum fassen, was sie hörte. »Warum denn das? War sie als Gefangene dort? Das hört sich ja schlimm an.«

Marian war 1993 geboren und nach der Jahrtausend-
wende herangewachsen. Die meisten Menschen, die die
Nazizeit erlebt hatten, waren gestorben oder schon älter
und hatten bereits gesagt, was gesagt werden musste. Man
hatte die Verbrechen der Hitlerzeit nicht vergessen, aber
deren Bewältigung stand nicht mehr im Vordergrund. Es
gab neue Krisen auf der Welt. Der Gedanke an Zwangs-
arbeiter katapultierte sie urplötzlich in eine andere Zeit.
Und ihre Großmutter sich so vorzustellen, das war fast
irreal. Und aus irgendeinem Grund ärgerte es sie auch.
Stumm sah sie ihre Großcousine an. Auch Jeff hielt
ausnahmsweise den Mund.

»Sie war ergriffen worden von einem deutschen Poli-
zisten, wie sie gestohlen hatte. Sie hatte ein Stück Stoff
gestohlen, auf einem Markt. Und dann hat sie böse Worte
gesagt, dass das Stoff sei, den sie brauche, weil sie friert,
weil sie von den Deutschen keine Kohlen bekommt, und
sie haben sie wegen Widerstand verurteilt. Zur Arbeit auf
einem Hof in Deutschland. Schweine füttern. Kartoffeln, wie sagt man, ausmachen. Sie brauchten halt Leute
dort. Die Männer waren ja alle im Krieg. Hier und bei
euch auch.«

Marian schwieg. Plötzlich war Geschichte, die man
sonst nur als Dokumentation im Fernsehen sah, ganz nah.
Ein Schatten legte sich kalt auf ihre heitere Welt.

Jeff räusperte sich und fand seine Stimme wieder. »Nun,
das sind natürlich schlimme Sachen, aber auch ziemlich
alte Sachen.«

»Deine Oma hat sich dann …«, sichtlich fiel es Catherine schwer weiterzusprechen, »verliebt in den Sohn des
Besitzers des Hofes für Spargel. Er hieß Rudolf. Rudi
nannten sie ihn. Sie sagte Rüdi. Sie wollten sie natürlich

nicht haben, seine Leute auf dem Hof. Doch irgendwie hat sie sich doch durchgesetzt, und sie hat ihn heiraten dürfen. Deine Mutter ist ihre Tochter. Sie sind aber von dem Hof weggezogen. Ich kenne den Ort nicht genau. Bei der Stadt Heidelberg. Der Mann ist dann gestorben, und sie ist nach der Stadt Mannheim gezogen.«

»Ach?« Es war Marian beinahe peinlich, dass sie diese Dinge über ihre eigene Großmutter aus dem Mund einer Fremden erfahren musste.

Marian wusste gar nicht, was sie sagen und wie sie reagieren sollte. Das war ihr alles neu. Von einer elsässischen Großmutter war niemals die Rede gewesen. Ihre Großmutter hatte Arlette geheißen, das hatte sie gewusst, aber es war immer nur von Oma Letti die Rede gewesen. Oma Letti war zwei Jahre vor ihrer Geburt gestorben. Ganz undeutlich sah sie das Foto einer hageren Frau mit straff zurückgebundenen Haaren vor sich, das auf der Anrichte stand.

Fast peinlich berührt und scheu sah sie sich um in dem Haus, in dem Vorfahren gelebt haben sollten, von deren Existenz sie nichts gewusst hatte. Die Tapete, altmodisch mit Blümchen, aber hübsch. Der alte Schrank. Die Gardinchen.

Catherine fuhr fort:

»Nachdem sie nicht zurückkam nach dem Kriegsende haben meine Oma und der Mann, den sie geheiratet hatte, also mein Opa Joseph Krissel, nichts mehr mit ihr zu tun haben wollen. Zu frisch noch die Erinnerung an den Krieg in unserem Land. Aber trotzdem haben sie zusammen dieses Haus ihrer Eltern geerbt, in dem sie aufgewachsen sind.«

Marian hörte stumm zu. Catherine fuhr fort.
»Die Teilung in der Mitte gab es schon länger. Im 19. Jahrhundert, als die Leute hier so arm waren, haben sie unser Haus mal vermietet und deshalb an der Rückwand geteilt Als es dann besser ging, hat Anabelles und Arlettes Vater, also unser Uropa, das Vermieten aufgegeben und in unserem Teil eine Werkstatt eingerichtet. Bei dir im Haus hat die Familie ihr tägliches Leben gelebt, was natürlich sehr eng zuging. Später ist meine Oma in unseren Teil eingezogen mit ihrer Familie und hat es an meine Mutter, und meine Mutter hat es an mich weitergegeben. Deiner Oma fiel das andere Haus in der Rue Strasbourg Nummer acht zu. Sie hat hier natürlich nicht gewohnt, hat ihre Hälfte leer stehen lassen und bestimmt, dass du es bekommen sollst, wenn du 30 wirst.«

Marians Kopf schwirrte. Sie hatte sich nie zuvor viele Gedanken gemacht, wo ihre Großmutter herkam und was sie für ein Mensch gewesen war. Ihre eigene Mutter hatte nie viel von ihr gesprochen. Es schien kein herzliches Verhältnis zwischen den beiden Frauen geherrscht zu haben, und Marian vermochte sich nicht an eine einzige Anekdote dieser fremden Oma zu erinnern, die weitererzählt worden wäre. Immer noch war sie verlegen, dass sie nichts von ihr gewusst hatte, so als trüge sie einen Mangel mit sich.

»Bist du auch 30?«, fragte sie Catherine, nur um etwas zu sagen.

»Ich bin zwei Jahre älter«, kam es kurz zurück.

»Leben deine Eltern noch? Wie ist es ihnen ergangen?«

»Meine Eltern leben in Belgien am Meer. Mein Vater hat Asthma und ist nicht mehr sehr kräftig. Er fühlt sich da wohler. Meine Mutter Sylvie ist … nun, sie hat kein gutes Gedächtnis mehr. Ich besuche sie zweimal im Jahr.«

Pause. Stille.

»Und bei dir?«

Wieder nur kurz: »Mein Mutter Charlotte Färber ist vor Jahren gestorben. Sie hatte einen Herzinfarkt. Doch bei der Obduktion hat man festgestellt, dass sie einen fortgeschrittenen Krebs in sich trug und einen qualvollen Tod vor sich gehabt hätte. Also war es fast ein Glück oder etwas wie Vorsehung, was geschehen ist. Mein Vater hat die Familie früh verlassen und lebt mit seiner zweiten Frau in Französisch-Kanada.«

Catherine nickte. Was gab es dazu noch zu fragen? Sie waren beide alleine und hatten beide keine Idylle zu Hause gehabt.

Catherine fuhr fort: »Ach, das habe ich vergessen zu sagen. Unsere Omas waren keine Zwillinge, auch wenn sie sich so ähnlich sahen wie wir beide. Die Gene haben eine Generation geschlafen und sind bei uns wieder aufgewacht. Meine Oma war übrigens die Jüngere.«

»Na, beste Aussichten«, ließ sich jetzt Jeff vernehmen, der das Gespräch kopfschüttelnd verfolgte.

Catherine sah ihn fragend und nicht besonders freundlich an.

»Na, wenn wir mal Kiddies haben, wär mir recht, wenn die gleich im Doppelpack kämen. Spart Zeit. Wir sind verlobt. Jeff Bartels, mein Name. Und wenn Sie mal an ein neues Auto denken … ich liefere auch über die Grenze. Allerdings bei Franzosen Anzahlung in bar.«

Und er grinste.

»Jeff!«

Jeff zuckte die Achseln.»Man wird doch mal …« Er verstummte.

Hoffentlich ist dieses Schauerdrama hier bald zu Ende. Mein Gott, wie lang ist denn der Krieg jetzt her? Das will doch keiner mehr wissen. Und dieses alte Gemäuer. An der Rückwand geteilt? Wo gibt es denn so was?

Marian seufzte.»Catherine, von alledem habe ich nichts gewusst. Es ist mir fast peinlich, aber ich wusste nicht mal, dass meine Oma aus dem Elsass stammte. Ich konnte mich nicht an ihren Nachnamen erinnern. Und ihr habt das Haus die ganze Zeit betreut?«

»Ja, so stand es in dem Testament. Es blieb im Besitz unseres Zweiges der Familie, bis du 30 warst. Bis dieses Jahr durften wir das Haus nutzen. Doch wir haben nix damit gemacht. Einmal hatten wir es an Familie von Alain vergeben. Er kommt aus dem Süden. Da geht man nicht ins Hotel.«

»Umsonst vergeben?«, fragte Jeff misstrauisch.»Können wir da mal drüber reden?«

»Aber ja! Ich werde doch kein Geld von Familie oder Freunden verlangen.«Catherine schüttelte ungläubig den Kopf.

Jeff machte den Mund auf, Marian stupste ihn an, und er machte ihn wieder zu.

Catherine musterte ihn verwirrt.

Also, sie geht ja, sieht ganz nett aus, aber er ist genauso schlimm, wie ich die mir vorgestellt hatte. Ein deutscher Angeber. Auf jeden Fall hoffe ich, dass sie das Erbe ausschlagen. Zu viel zu renovieren. Ach, nein, das machen sie sicher nicht. Wahrscheinlich werden sie es verkommen lassen. Können es sich ja leisten. Und wie soll ich ihnen erklären, dass man Leute, die in Deutschland geblieben

waren, nach dem Krieg nicht gerade mochte. So viele
Elsässer sind gestorben. Für eine fremde Sache. Das kön-
nen die Leute hier nicht einfach vergessen. Ob sie das ver-
stehen würde? Sie wirkt auf mich wie ein Kind, das mit
Sonnenkringeln spielt.

Marian sah sich in der Küche um. Ihr Blick schweifte
bis zu dem Fenster, das nicht allzu viel Licht herein-
ließ. »Wieso ist denn eure Häuserhälfte in einer anderen Straße?«

Catherine trocken: »Weil das Haus eben, wie gesagt,
nicht an den seitlichen Wänden aneinanderhängt ist wie
ein, wie sagt man, Doppelhaus, sondern weil es Rücken
an Rücken steht. Es war ganz früher einmal ein großes Gebäude. Dann hat man es eben in der Mitte geteilt.
Andernfalls wäre es zu schmal geworden. Die Art der
Teilung ist ein bisschen ungewöhnlich, aber kommt ab
und zu vor.«

»Wie alt ist denn die Immobilie?«, fragte Jeff streng
und musterte Catherine wie ein deutscher Beamter eine
auskunftspflichtige Person mustert.

»Das Haus stammt, so wie es jetzt ist, aus der Mitte
des 17. Jahrhunderts. Damit ist es für Eguisheim fast ein
Neubau. Unser Ort ist nämlich einer der ältesten im Süd-
elsass. Eine Burg gab es seit dem 13. Jahrhundert, aber
nur ein Teil der Mauer ist erhalten. Und wie es immer
ist, wenn es eine Burg gibt, siedeln sich die Menschen in
ihrer Nähe an.«

»Und was ist mit der energetischen Sanierung?« Jeffs
Worte verhallten unbeantwortet. Marian stand auf und
lief zu einer Wand, die wie die ganze Küche mit einer
bunten Tapete geziert war. Es war ein Muster, wie man es
manchmal in alten französischen Filmen sah. Sie atmete

Nostalgie, und fast hatte man das Gefühl, gleich käme die wunderbare Romy Schneider um die Ecke. Marian sah sich zu ihrer Cousine um. »Man müsste es streichen und anders einrichten. Ihr habt es euch bestimmt auch schön gemacht da drüben. Aber es gibt keinen Balkon, keinen Innenhof und keinen Garten?« Catherine zögerte. Man sah ihr an, dass sie sich sichtlich schwertat, das jetzt Folgende zu erzählen. »Zum Haus, das wird euch der Notar sagen, gehört seit jeher noch ein kleines Grundstück … da hinten am Hang am Ortsausgang, in Richtung der Burgen, aber für Wein eignet sich der Boden nicht. Es ist eine Art Garten. Ein Kräutergarten.«

Marians Herz schlug schneller. Ein Kräutergarten. Fast zog es sie sofort dorthin. Das wollte ich immer, dachte sie. Astern und Malven ziehen, die so hübsch aussehen. Rosen gegen die grüne Blattlaus spritzen, für die Wicken tiefe Rillen ziehen. Lobelien, Sommerchrysantemen. Vergissmeinnicht. Lupinen sollen in meinem Garten wachsen.

»Er gehört zum Haus. Die, wie sagt man, *arrière-grand-parents*, die Urgroßeltern haben das Stück dazugekauft, weil das Haus kein Land hatte, wo man etwas anbauen konnte.«

Jeff versuchte es erneut.

»Ist das Grundstück zur Bebauung ausgewiesen und an die Versorgung angeschlossen? Etwa an die Autobahn?«

»Wie?« Catherine blickte Jeff verwirrt an. »Versorgung? Autobahn? Meinen Sie unseren Acker? Mach mi jetzt nit lache.«

»Ist es Bauland?«, fragte Jeff erneut geduldig. Schließlich ging es hier vielleicht um ein Geschäft. »Kann man was drauf bauen?«

Catherine schüttelte den Kopf. »Darauf bauen wir doch nicht. Es ist Alains Himmelreich.«

Na, das werden wir ja sehen. Die Hälfte gehört uns. Das schauen wir uns im Grundbuchamt mal ganz genau an. Gut, dass Marian mich hat. Sie schaltet gerade eben nämlich den Verstand aus, das merke ich ganz deutlich. Genau wie damals bei dieser Katze und bei diesem 2 CV. Und dann braucht sie dringend jemanden, der den Schalter kennt und den Verstand wieder einschaltet. Und dafür ist meine Wenigkeit von Jeff da. Diese Catherine ist allerdings bisschen schwierig. Typ Lehrerin. Naja, man wird sehen. Jedenfalls lasse ich meine Marian hier nicht alleine. Ob man diesen Leuten und ihrer komplizierten Geschichte überhaupt glauben kann.

Marian seufzte. »Das ist jetzt alles neu für mich. Eine Oma aus dem Elsass. Meine Mutter hat nur ganz selten über ihre Mutter gesprochen. Sie habe auf einem Bauernhof gearbeitet, den Besitzer geheiratet und sei von der Badischen Grenze gekommen. Ich habe nicht nachgefragt, woher genau von der badischen Grenze und natürlich erst recht nicht von welcher Seite der Grenze. Die Auskunft hat mir damals gereicht. Mein Vater hatte eine große Familie, und die hat eigentlich alle Aufmerksamkeit auf sich gezogen.«

Marian wandte einen kurzen inneren Blick zurück zu der lauten, trinkfreudigen Sippe ihres Vaters, deren Ursprung im Gelsenkirchener Raum lag. Sie hatten alle einen deftigen Dialekt und einen ebensolchen Humor gehabt.

Catherine schwieg. Wieder breitete sich eine fast feindselige Stille des gegenseitigen Unverständnisses aus.

»Als Maidala, kleines Mädchen, hab ich mei Oma sehr liab gha«, sagte sie schließlich fast trotzig und im elsässi-

chen Dialekt und wechselte dann wieder zu ihrem nahezu
perfeken Deutsch. »Sie war auch im Widerstand in der
Nazizeit. Sie und ihr Mann. Sie ist alt geworden und sie
hat mir Geschichten und Märchen erzählt. Mein Opa hat
sich für die elsässische Tradition und Geschichte einge-
setzt. Er hat alles gesammelt, was er finden konnte, und es
dem Historiker unseres Ortes gegeben.« Sie machte eine
kleine Pause und lächelte dann überraschend ein wenig.
»Gut, dass jemand sich da heute auch noch drum küm-
mert. Und ich fühle auch für das Elsass.«

Ob sie das versteht, meine Cousine? Sie ist immerhin
zu einem Viertel Elsässerin. Das ist nicht viel. Und sie
kommt aus der Stadt. Die Deutschen verstehen uns nicht.
Sie denken, wir sind nur Bauern. Jedenfalls hat sie sich
gefreut, als ich den Garten erwähnt habe. Das wird Alain
gar nicht gefallen, denn er ist vernarrt in seinen Garten.
Nicht mal ich darf darin etwas unternehmen. Aber spä-
testens beim Notar wird sie auch von dem Grundstück
alles erfahren. Ihr steht auch daran die Hälfte zu, denn
es ist ein Besitz mit dem Haus. Wie nennt man das? Ich
habe es nachgelesen in dem deutschen Buch über Gesetze.
Sondereigentum. Wie eine Garage. Mon dieu. Er wird
ausbrechen wie ein Vulkan.

»Zumindest hat sie überlebt«, befand Jeff trocken. »Die
Zeit ist ja nun vorbei. Wir sind alle Europäer. Ich lebe
nach vorne und nicht zurück.«

Marian sah ihn an. »Jeff, da bin ich anderer Meinung. Die Vergangenheit ist wichtig. Wie eine Treppe.
Du kannst die oberste Stufe doch nicht ohne die zuvor-
kommenden betreten.«

Marian hielt an. Schweigen herrschte plötzlich in dem
Zimmer.

»Verdammt guter Vergleich. Für eine Deutsche!«, kam es von unten aus dem Hausflur. Dort stand ein Mann, der fast zu vital für die kleinen Räume wirkte, und schaute nach oben. Er war groß, muskulös, braun gebrannt mit dunklen Locken, die ihm etwas verschwitzt in die Stirn fielen. Seine bernsteinfarbenen Augen hatten etwas Rätselhaftes. Waren sie grünlich, gelblich oder wechselten sie die Farbe?

Was ist das denn für einer? Also, mit dem ist nicht gut Kirschen essen. So ein richtiger französischer Bulle. Jede Wette fährt der einen Lastwagen. Nee, Jeff, hier machst du keine Geschäfte. Der Kerl hat was von einem Tiger an sich. Vorsicht.

Indem er zwei Stufen auf einmal nahm, stand der Fremde blitzschnell oben im Zimmer.

»Das ist mein Mann. Alain. Alain, c'est Marian et ... son copain.«

Catherine betrachtete ihren Gatten mit sichtlichem Stolz. Der wischte sich seine schwarzen Locken aus der Stirn und betrachtete die Besucher mit aggressiver Neugierde. Er war ein Mann, der einen Raum füllte, kaum hatte er ihn betreten.

»Ach, die Deutschen. Ihr habt nicht lange gebraucht, um euch eure Beute anzusehen.«

Marians Augen bohrten sich erstaunt und verletzt in die seinen. Er hielt einen Moment inne, als habe man ihm einen Stoß versetzt.

Dieses Blau. Sie sind noch viel intensiver als die von Catherine. Catherines Augen sind klare bläuliche Eiskristalle. Diese hier sind wie Lavendel. Solche blauen Augen gibt es nicht, da, wo ich herkomme. Aber Lavendel gibt es. Alain, das ist doch egal. Sie macht einen halbwegs net-

*ten Eindruck, er war mir sofort unsympathisch. Ich war
vielleicht ein wenig unfreundlich, aber ich mag es einfach
nicht, wenn Deutsche die Häuser hier kaufen. Das heißt,
mir könnte es ja egal sein, ich komme aus dem Süden, da
sind es die Engländer, die die schönen Grundstücke kaufen.
Aber ich weiß, dass Catherine den Ausverkauf ihrer Heimat verurteilt. Aber diese Augen sind wirklich wunderbar.*

»Ich sehe das Haus doch nicht als Beute«, erwiderte
Marian ruhig. »Es ist ein Vermächtnis meiner Oma. Auch
wenn ich sie nicht gekannt habe. Sie hat aber an mich
gedacht, und alleine das ist schön für mich.«

Catherines Mann wischte sich wieder eine Strähne aus
der Stirn. »Entschuldigung. Ich wollte nichts gegen Ihre
Oma sagen. Auch wenn sie mit den Deutschen war.«

Jeff fixierte sein Gegenüber.

»Was haben Sie denn alle eigentlich gegen die Deutschen? Würde mich jetzt mal sehr interessieren.« Jeff
fand, es sei an der Zeit, einen Standpunkt einzunehmen.
»Wir sind Europäer und leisten ziemlich viel für euch
und alle anderen. Finanziell meine ich. Und wer nimmt
die meisten Geflüchteten auf? Wer fischt Leute aus dem
Mittelmeer? Und wer zahlt schön brav in den europäischen Topf? Wir! Wir arbeiten beispielsweise ganztags.
Nix Siesta.«

Alain schaute Jeff fassungslos an. Bevor er etwas erwi-
dern konnte, legte ihm Catherine die Hand auf den kräftigen braunen Unterarm. Mit kühlem Blick fasste sie Jeff
ins Auge.

»Natürlich. Alles gut und alles perfekt *en Allemagne*
und alles ein bisschen größer als bei uns. Nichts haben
wir gegen euch. Wie könnten wir? Wenn wir etwas gegen
euch hätten, wären die Restaurants leer. Ach übrigens,

wir sind im Elsass und nicht in Spanien. Wir machen keine Siesta.«

Jeff grinste kumpelhaft. »Alles gut, Madame. Alles gut.« Im Grunde war er nicht bösartig, das wusste Marian. Er war nur furchtbar unsensibel.

Catherine bemühte sich um einen neutralen Gesichtsausdruck, doch man sah ihr an, was sie dachte. Tolle neue Verwandtschaft. »Also, wie gefällt Ihnen das Haus drüben?«

Marian schluckte. »Gut. Doch ja, ganz gut. Da kann man sicher etwas draus machen.«

Das ist wieder typisch deutsch. Sie müssen aus allem etwas machen. Sie können nichts einfach so lassen, wie es ist. Nein, es muss optimiert werden und verbessert. Dieses Haus hier steht mehr als 300 Jahre. Und außer ein paar Kleinigkeiten, die meine Urgroßeltern verändert haben, hatte niemand etwas »daraus gemacht.«.

»Das ist dann Ihre Sache«, sagte Alain kurz. »Solange Sie allerdings unsere Zwischenwand nicht tangieren. Und natürlich steht die Fassade des Hauses unter Denkmalschutz.«

Jeff machte ein ungläubiges Gesicht. »Heißt das, wir müssen diesen Holzkram außen an der Wand behalten? Und die kitschige Farbe?«

Catherine und Alain sahen sich an. Ein paar ganz kurze französische Vokabeln gingen hin und her.

Catherine raffte sich zu einer Antwort auf. »Ja. Der Holzkram heißt übrigens Fachwerk, und die Farbe ist original und typisch für das Elsass und ist ebenfalls als Denkmal geschützt. Es gibt einen Verein im Elsass, der sich speziell der Erhaltung von historischen Fachwerkhäusern widmet. Man sagt nämlich, dass durchschnittlich jeden Tag ein traditionelles Haus bei uns verschwindet!«

Jeff schlug sich an den Kopf. »Heißt das, es ist keine Solaranlage möglich? Hier unten knallt doch bestimmt im Sommer der Planet aus vollem Rohr.«

Wieder ein stummes Seufzen. Alain blickte Jeff an, wie man ein interessantes, nie gesehenes Bild betrachtet. Mit einer Art staunendem Interesse.

»Nein. Wir nehmen es sehr ernst mit, wie sagt man, *patrimoine.* Mit unserer Heimat. Es geht darum, unsere Identität zu bewahren.«

Marian dachte an die unzähligen Bausünden der Städte, in denen sie sich aufgehalten hatte. Frankfurt. Mannheim. Karlsruhe. Niedergerissene Altstadtviertel, Begradigung enger Gassen, vernichtete Häuser, um Parkplätze und Supermärkte entstehen zu lassen. Vernichtung nicht nur von Häusern, sondern auch von Atmosphäre.

»Ich finde das ganz sinnvoll. Dies ist ja wirklich ein alter Ort mit viel Geschichte. Wenn man alleine an den Papst denkt, der von hier kam.«

Catherine musterte ihre Cousine mit einem kleinen Hauch von Sympathie.

Natürlich der Papst. Unser Highlight in der Ortsgeschichte. Das musste ja kommen. Aber sie ist trotz allem nicht so schlimm wie er. Sie scheint sich ein wenig für ihr Erbe zu interessieren. Ich könnte ihr unsere kleine Stadt zeigen. Immerhin ist sie eine Blutsverwandte.

»Wie lange bleibt ihr?«, fragte sie deshalb zögernd.

Marian wirkte erleichtert, so als habe sie die Frage irgendwie erwartet.

»Wir sind in einem Hotel. Bis morgen sind wir noch in Eguisheim.«

»Eigentlich wollten wir ja gleich wieder zurückfahren, aber meine Lady hier wollte eine Nacht bleiben und hat ein Hotel gebucht. Wir sollten uns vielleicht dort mal blicken lassen.«

Catherine gab sich einen Ruck. »Wenn das so ist. Also ihr müsste nicht ins Restaurant. Alain kocht ganz wunderbar, wenn auch nicht unbedingt elsässisch. Er kocht mit seinen Kräutern und manchmal mit Heimweh nach dem Süden. Wollt ihr heute Abend zum ...« Alain unterbrach seine Frau etwas barsch. »Nein. Nein. Wollt ihr zum Aperitif kommen? Um 19 Uhr?«

Eigentlich wollten wir ja schick essen gehen, heute Abend, und nicht bei diesen Bauern herumsitzen. Aber wenn ich meine Marian betrachte, habe ich den Eindruck, sie möchte annehmen. Naja, einen Abend werden wir aushalten. Vielleicht kennen diese beiden einen Käufer für die Bruchbude. Also stellen wir uns bisschen gut mit ihnen. Diese Katrin, sieht ja ganz gut aus. Bisschen wie Marian tatsächlich, aber sie müsste halt mal paar Pfündchen abnehmen. Und ich glaube, sie hat Haare auf den Zähnen. Anders als meine Marian. Mit der kann man immer noch verhandeln.

Das Hotel *Au Soleil* lag zwar außerhalb der pittorsken Ringstraßen, die den Reiz des Ortes ausmachten, befand sich aber dennoch noch in der Innenstadt und war in wenigen Minuten erreichbar. Diesmal liefen Jeff und Marian über die Hauptstraße zu Auto und Hotel zurück. Die gerade und etwas breitere Straße war ebenfalls von Geschäften gesäumt und verzweigte sich rechts und links in kleine Gassen, an deren Ende Plätze lockten. Alles sprudelte von Leben. Hübsche Läden mit Andenken, Tischwäsche, ein ganz kleiner Supermarkt, Cafés,

Bistros, Restaurants. Überall baumelten Störche aus Plüsch von großen Ständern. Die Sonne stand hoch am Himmel und verlieh dem Ort, der flach vor den tiefgrünen Bergen lag, etwas Südliches.

»Da muss das Zentrum sein«, stellte Marian fest. »Da vorne der Platz mit der Kirche.«

»Zentrum?« Jeff lachte. »Nun, so könnte man es auch nennen.«

Er blieb stehen, zückte sein Handy, steckte es wieder weg, so als wollte er sagen, lohnt sich nicht, das hier zu fotografieren.

Dabei war die bunte, von Tausenden von Blumen unterlegte Szene an dem zentralen Platz durchaus sehenswert. Ein romantischer, kleiner buckliger Platz, eine auf graziöse Weise verfallene Burganlage, damit fast verschmolzen eine Kapelle sowie ein Brunnen mit einer Figur. Kopfsteinpflaster. Tauben und Touristen.

Jeffs Augen schweiften zu der Figur.

»Die Franzosen müssen überall irgendeinen Politiker oder Dichter hinstellen. Das ist einfach ihr Ding«, stellte Jeff fest.

Marian musterte die Steinskulptur von oben bis unten.

»Das ist überhaupt kein Politiker. Ich habe es nachgelesen. Die Statue stellt eben diesen Papst dar, der hier geboren sein soll.«

»Hier kommt ein Papst her. Hast du schon erwähnt, aber für mich noch ein Grund mehr, schnell wieder das Weite zu suchen«, murrte Jeff. »Du weißt, wie ich über die katholische Kirche denke.« Missbilligend schweifte sein Blick hinüber zur Kapelle.

Marian lachte. »Ist aber schon eine ganze Weile her. So etwa 1.000 Jahre.«

»Papst bleibt Papst.«

»Außerdem ist es nicht 100-prozentig bewiesen, soweit ich das feststellen konnte. Solche Vorkommnisse, in denen eine berühmte Person der Geschichte eine Rolle spielt, sind natürlich immer werbewirksam für einen kleineren Ort.«

Bei dem Wort werbewirksam horchte Jeff auf. Da kannte er sich aus. Die Sache mit dem Papst könnte man bei einem eventuellen Verkauf in die Waagschale werfen. Vor seinem geistigen Auge sah er bereits einen wohlhabenden Katholiken, der das Haus zu einem guten Preis erstand.

Das Hotel, das Marian gebucht hatte, war ein typisch elsässisches, oder war es schon französisches, Gasthaus, wie man sie in kleineren Städten oder Orten findet, wo noch Platz ist, dass sie sich ausbreiten und eine Terrasse sowie einen bewirtschafteten Innenhof vor dem Eingang anbieten können. Komfortabel war der Parkplatz hinter dem Haus, der gut belegt war.

Innen war das Hotel gemütlich und traditionell eingerichtet, eine Rezeption wartete auf Gäste und sah mit ihrer altmodischen Holztäfelung aus wie aus einem frühen *Maigret*-Kriminalfilm. Rechts neben dem Empfang gab es eine breite, mit Teppichfliesen bedeckte Treppe, die nach oben zu den Räumen führte. All das wirkte behaglich und traulich.

»Was für eine Zimmernummer haben wir, Schatz?«

»Nummer elf«, erwiderte Marian nach einem Blick auf die ausgedruckte Reservierung.

Eine schicke junge Frau im Kostüm brachte sie nach oben. Die Treppe knarzte unter ihren Schritten. Im ersten Stock öffnete kein modernistisches Kärtchen, das man nur über eine Schaltfläche zog, die Tür, sondern ein altmodischer großer Schlüssel an einem birnenförmigen Metallanhänger drehte sich im Schloss. Diesen Schlüssel würde man zumindest nicht allzu leicht verlieren. Es duftete ganz leicht nach Kaffee, nach Lavendel und nach Holz auf dem Gang. Leise Stimmen drangen aus den anderen Zimmern. Irgendwo in der Ferne bellte heiser ein Hund.

Das Zimmer selbst war behaglich eingerichtet mit einem großen Kleiderschrank, einem schönen Bad und einem deutschen Doppelbett, wie Jeff wohlwollend registrierte. Der Blick aus den kleinen Fenstern reichte über die Ausläufer des Ortes nach Osten, sodass man im Hintergrund die Hochhäuser von Colmar erahnen konnte.

»Legen wir uns bisschen hin?«, sagte Jeff, ließ sich aufs Bett fallen, streckte seine langen Beine von sich und klopfte auf den Platz neben sich. »Schließlich sind wir in Frankreich. Im Land der Liebe.«

Marian legte sich neben ihn, spürte seinen vertrauten Körper, seine manchmal etwas zu hastigen Liebkosungen, mochte sich ihm nicht entziehen und dachte: Immerhin gibt es also etwas, das ihm an diesem Land gefällt.

Sie hatten den Tisch im Restaurant storniert, jetzt, da sie schließlich am Abend bei Catherine und Alain eingeladen waren. Marian mit ihrem Schulfranzösisch hatte die Absage übernommen und hatte den Eindruck, sie würde verstanden. Jedenfalls war sie hungrig. Sie hätten vielleicht doch von dem Gugelhupf dieses Konditors, der sie so angestarrt hatte, probieren sollen. Angestarrt. Es stimmte, er hatte sie ein bisschen zu intensiv angesehen. Warum das? Doch dann fiel ihr eine sehr einfache Erklärung ein. Er hat meine Ähnlichkeit zu Catherine erkannt? Dies ist ein kleiner Ort. Gewiss kennt hier jeder jeden. Und vielleicht ist auch bekannt, dass eines Tages die Enkelin von Arlette, der schlimmen, schlimmen Arlette, kommen würde, um das Haus in Beschlag zu nehmen. Aber trotzdem ... er hat mich ein bisschen angeschaut, als wollte er mit mir flirten. Auch nicht schlecht. Eine französische Eroberung.

In der Hand hielten sie als Mitbringsel eine Flasche Wein, die sie hastig in der Winzergenossenschaft neben dem Hotel erstanden hatten. Der Verkäufer war höchst erstaunt gewesen, wie schnell sich dieses deutsche Paar für eine Rebsorte entschieden hatte. Seine Landsleute brauchten lange, bis sie probiert, die Vorzüge abgewogen, die Schwächen diskutiert, sich besprochen und dann noch einmal probiert hatten.

Ein Pinot noir, hatten Jeff und Marian gedacht, würde sich eignen. Den Namen kannten sie. Das trank manchmal auch die Clique. Damit konnte man nichts falsch machen.

Die beiden Deutschen verließen ihr Hotel. Sie gingen Arm in Arm und lächelten einander zu. Sie waren sehr bemüht, ineinander verliebt zu sein. Vielleicht bemerkten sie deshalb nicht den Schatten, der ihnen folgte. Obwohl. Einmal runzelte Marian die Stirn und drehte sich um, ohne dass sie wusste, warum sie sich umdrehte. Es war ein Gefühl. Doch sie sah nichts. Sie konnte nichts sehen, doch das wusste sie noch nicht.

Um 19 Uhr klingelten Jeff in Edeljeans sowie eine frisch geduschte Marian an der Hausnummer *3, Rue du Petit Chateau*.

Catherine öffnete die Tür. Sie hatte sich umgezogen, trug jetzt eine bunte bestickte Jacke zu einem schwarzen Rock. Alain, der aus dem Hintergrund trat, wirkte zwar weniger verschwitzt, so als habe auch er geduscht, doch er hatte sich nicht umgekleidet. Das weiße Hemd hatte er an den Armen hochgekrempelt. Sein schwarzes Haar glänzte vom Wasser. Er hatte seine Locken sichtlich glatt gestrichen, doch begannen sie sich schon wieder in kleine Kringel zu legen. Seine Haut war tiefbraun, um den Mund lagen die Schatten eines Bartes.

Marian, die inzwischen Hunger hatte, schnupperte diskret. Es roch allerdings nicht nach Essen. Das konnte ein gutes und ein schlechtes Zeichen sein.

Dann sah sie sich neugierig um, auch wenn sie versuchte, die Neugierde zu verbergen. Andererseits – sie beide teilten sich eine Wand. Dies hier war also Catherines Hälfte. Man sah, dass jemand dieses Haus liebte, aber auch das Land, in dem es stand. Es war reizend und sehr individuell eingerichtet, ein wahres Schmuckstück. Überall hingen Bilder und gerahmte Fotos von elsässischen Motiven. Schöne alte Möbel, die gemütlich aussahen. Ein Sofa mit Ohren. Ein Büffet, wie man es früher hatte. Darauf waren hübsch gerahmte, sehr alt aussehende verblasste Familienfotos arrangiert. Marian versuchte, die Abbilder nicht allzu neugierig anzustarren. Doch ihre Augen flogen interessiert über die alten ernsten Mienen in verblichenem Schwarz-Weiß, und ihr grafisch begabtes Hirn versuchte, sich die Gesichter zu merken, ohne zu wissen, wer zu wem gehörte. Da war einer mit einem sehr langen Kinn. Ein Urgroßvater wahrscheinlich. Und ein auffallend kleiner Mund über dem langen Kinn. Der Mann schaute so trotzig. Sie riss sich los. Wanderte mit den Augen durch den Raum. Ein Webstuhl. Ein nostalgischer Kinderwagen.

Farbenfrohe Decken. Eine Gitarre lehnte an der Wand. Geheizt wurde im Winter wohl mit einem traditionellen Holzofen. »Wir haben viele alte Dinge aus dem Elsass zusammengesammelt. Von Familien, die wir kennen. Bei all den praktischen Sachen aus dem Möbel-Discounter soll das traditionelle Leben im Elsass nicht verloren gehen.« Marian dachte einen Moment, dass sie sich ähnlich einrichten würde, wenn sie alleine entscheiden könnte und wenn sie eine größere Wohnung hätte. Gab es also doch so etwas wie Gene, selbst wenn man sich noch niemals im Leben getroffen hatte und streng genommen nur eher entfernt miteinander verwandt war?

Catherine hatte ihren Blick gesehen.

Es scheint ihr immerhin bei uns zu gefallen. Sie leuchtet ein bisschen. So von innen heraus. Vielleicht haben die beiden aber auch Sex gehabt. Zeit genug war ja. Daran erinnere ich mich noch, obwohl Alain und ich ... naja, wir haben im Moment nicht viel ... Egal. Aber was haben wir gemeinsam? Sie sieht mir zwar ähnlich, doch sie hat ein vollkommen anderes Leben gehabt. In Deutschland aufgewachsen, mit der deutschen Geschichte im Rücken. Etwas anderes kannte sie ja gar nicht. Sie versteht mich nicht. Ich liebe mein Land. ich kämpfe für seinen Erhalt. Und den unserer Sproch.

»Was möchtet ihr? Anis? Campari? Weißwein?«

Einige Flaschen standen auf dem Tisch, daneben befanden sich in kleinen flachen Schüsselchen Nüsse, Oliven und Trauben sowie eine Art Salzgebäck. Auf einem extra Teller lag ein Gugelhupf in Scheiben geschnitten.

»Die sind von der besten Boulangerie am Ort«, ergänzte Catherine. »Monsieur Lamier ist ein ausgesprochen künstlerischer Typ. Er legt sehr viel Liebe in diesen Kuchen! Er gehört ja auch zu unserer Kultur.«

Marian und Jeff blickten eher leidenschaftslos auf das Gebäck. »Ich glaube, ich esse jetzt nichts!«, sagte Marian unschlüssig.

Catherine protestierte. »Marian, du musst. Das ist unser Nationalstolz. Er stammt aus dem Elsass und hieß *Kougelhopf* oder *Kouglof,* und angeblich haben die Heiligen Drei Könige auf dem Rückweg von Bethlehem in Ribeauvillé Station gemacht und den Bürgern als Dank einen Kuchen in Form eines Turbans vermacht. Deshalb feiert man dort am zweiten Sonntag im Juni ein Gugelhupffest. Und wie gesagt, dieser hier ist besonders köstlich.«

Alain legte seiner Frau mit einer flüchtigen Geste den Arm um die Schulter.

»Da streitet man sich, Chérie. Schreck ist durchaus auch sehr gut. Seine Croissants sind übrigens ungeschlagen.«

Catherine und Alain lachten einander an. »Das ist ein typisch elsässischer Streit. Sie schnappen sich sogar die besten Lehrlinge weg. Und die verraten schamlos Küchengeheimnisse. Aber es stimmt schon. Der Genuss ist bei uns sehr wichtig. Welcher Bäcker wird heute beehrt, um den Sonntagshupf zu liefern. Das ist hierzulande eine Philosophie.«

Ich glaube, die ticken nicht richtig. So viel Theater um einen trockenen Kuchen, der aussieht wie ein Maulwurfshügel. Wenn ich Tom und Tanja das erzähle, halten die mich für irr. Meine Marian guckt ganz ehrfürchtig. So hat sie beim Sushi-Japaner noch nie geguckt.

»Mama hat mir erzählt, dass mein Großvater ein

kleines Lebensmittelgeschäft betrieb. Er kannte sich
ja durch seine Zeit auf dem elterlichen Hof mit Gemüse
aus«, sagte Marian und fühlte sich plötzlich unsicher
bei der Erwähnung des Hofes. Nach der Geschichte,
die sie von ihrer Oma gehört hatte, war der Hof kein
Ort mit gutem Klang mehr. Überhaupt – Opa? Er war
vor Oma gestorben. Man hatte niemals viel von ihm
gesprochen.

Catherine pickte eine Olive von dem Tellerchen auf
dem Tisch.

»Opa Minstrel, der Vater unserer Großmütter, war
Schneider wie manche in der Familie zuvor. Er hat in
Mulhouse gearbeitet. Das war das Zentrum der Tuch-
fabrikation. Aber er hatte auch etwas Künstlerisches an
sich. Sein eigener Papa, Louis Minstrel, war ja bekanntlich Steinmetz und hat vor allem in Kirchen gearbeitet«

Jeff nahm sich eine Olive. Biss hinein, verzog das
Gesicht.

»Also, nur falls es hier jemanden interessiert: Mein
Großvater war ein deutscher Kaufmann. Hat Sanitär verkauft. An Mieter von einfachen Wohnungen. Da hatten die endlich ein Klo in der Wohnung. Spricht da was
dagegen?«

Alain lachte. »Nein, denn ein *lavabo* ist etwas wirklich
Nützliches. Wenn die Engländer nicht das Wasserklosett
erfunden hätten, dann wären es bestimmt die Deutschen
gewesen. Schwamm drüber. Wasser drüber.«

Etwas besser gelaunt, schenkte Alain erneut ein, man
stieß nochmals an. »Cin Cin.« Die verschiedenen Gläser klirrten. Marian nuckelte eher vorsichtig an der milchigen Flüssigkeit, die süß nach Anis roch und doch
scharf die Kehle herunterrann. Hastig griff sie nun doch

nach einem Stück Gugelhupf. Das neutral schmeckende Gebäck beruhigte ihren Gaumen. Beim zweiten Schluck war es schon besser, und sie fühlte, wie eine angenehme Wärme sich in ihr ausbreitete.

»Woher kommt eigentlich der komische Name Gugelhupf?«

Alain wies auf seine Frau. »Nun, du Elsasskennerin und Liebhaberin üppiger Gebäcke. Sprich.«

Catherine warf ihm einen kurzen ärgerlichen Blick zu: »Nun, *Gugel* nannte man das Tuch, das die Bäuerinnen um den Kopf trugen und worin sie auch etwas transportieren können. Im Badischen ist eine Tüte bis heute eine *Gugg*. Und *Hupf* bezieht sich vielleicht auf das Lüpfen oder Heben der Backform.«

Alain legte eine braune kraftvolle Hand auf den Unterarm seiner Frau. »Ich war mal im Laden, und da hat der verehrte *Maître* Schreck gegenüber einem deutschen Kunden gesagt, es sei mit Gugel die Kappe der Kapuziunermönche gemeint.«

Catherine schmunzelte: »Also wird er doch noch ein *connaisseur d'Alsace*, mein lieber Mann. Wie auch immer er zubereitet ist, er schmeckt. Salzig mit Fleisch oder mit Kartoffelteig, manche tauchen ihn in Most, andere ersetzen die Milch durch Obstsäfte und das Mehl durch Biskuitbrösel und Nüsse. Man kann ihn füllen: mit Quark, mit Mohn, mit Nuss oder Zwetschgenmus. Jeder hat sein Rezept, und jeder meint, er hat das ultimativ beste.«

Alain hob das Glas. Über den Rand hinweg musterten seine bernsteinfarbenen Augen die Gäste. »Doch die alten Rezepte sterben langsam aus. Solche Dinge dürfen nicht verschwinden.«

Marian nickte. »Das stimmt. Deshalb zeichne ich sie.«

»Zeichnest sie?«

»Ja, ich bin Werbegrafikerin mit Schwerpunkt Restaurants, Speisekarten, Kochbücher …«

Marian brach ab, als sie ein Leuchten in Alains Augen sah. Ein Leuchten, das da eigentlich nicht hingehörte.

»Nun, dann bin ich gespannt. Auf gute Nachbarschaft.«

Dieser Jeff sieht nicht gerade aus, als läge ihm etwas an unserer Nachbarschaft. Und wie der sich bei uns umsieht. Wenn er es geschickt anstellt, muss er uns ja eigentlich nie sehen, da wir Nachbarn sind, aber in verschiedenen Straßen wohnen. Ob er überhaupt sich hier aufhalten will? Mein Alain kommt nicht mit ihm zurecht, da bin ich mir sicher. Aber mit ihr hat er immerhin etwas gemeinsam. Sie zeichnet Essen, und er züchtet Kräuter.

Von nun an entfaltete sich eine eher mühsame Diskussion unter den vier Menschen, die das Schicksal zusammengewürfelt hatte. Man plauderte artig über das Wetter und wie schön der Ort war. Und erst die erhabene Landschaft, in der er lag.

Catherines Lieblingsthema ließ ihre kühlen Augen leuchten. »Wir sind ein sehr kleiner Ort, nur etwa 400 Meter im … wie sagt man… Durchmaß .. aber ein traditionsreicher Ort. Schon bei den Römern stand hier ein Kastell. Die Burg mit ihrer Mauer, die teilweise erhalten ist, muss im frühen Mittelalter eindrucksvoll ausgesehen haben. Man weiß, dass die Bauern ihre Mauern einst als Sonnenuhr nutzten.«

»Und was ist das jetzt mit dem Papst?«, fragte Jeff, der sich innerlich Notizen machte. »Ist da was dran?« Er sah in Alains Richtung, als könnten nur Männer unter sich Fragen des Papsttums erörtern.

Alain wies auf Catherine. »Sie ist hier die wahre Patriotin. Eigentlich müsste sie die erste elsässische Präsidentin Frankreichs werden.«

Catherine wehrte ab und sprach weiter.

»Die Burg war der Stammsitz der Grafen von Eguisheim, einem der ältesten elsässischen Fürstengeschlechter. Von ihm stammte auch Bruno ab, der ...«

»Echt? Bruno?«, unterbrach Jeff und grinste.

Marian stupste ihn an. »Du wolltest es doch ganz genau wissen.«

»Bruno war dann Bischof von Toul und wurde später zum Papst Leo IX. gewählt.«

»Ist 'ne Ecke her, das Ganze?« Jeff schüttelte den Kopf und lachte.

»Allerdings. 1054 ist er gestorben. Überhaupt ist das ganze Geschlecht ausgestorben, und der Ort fiel an Straßburg. Leider hat man die ursprüngliche Wasserburg in der Französischen Revolution mutwillig abgebrochen. Alles, was auch nur entfernt an royale Geschichte erinnerte, musste verschwinden.«

Jeff gähnte. »Wen es interessiert.«

Catherine musterte ihn streng. »Wir leben hier nun mal mit der Vergangenheit. Eguisheim ist ein einziges Zeugnis der Geschichte. An der Fünf-Burgen-Straße. Und überall stolpert man über die Zeugen der Vergangenheit. Wenn ich schreiben könnte, würde ich all die Geschichten meiner Heimat aufschreiben. Alleine die drei Exen, die Burgen über unserem Ort, sind geheimnisumwoben.«

»Ja, die Burgen haben wir gesehen. Wie heißen sie denn?« Marian schob das Glas weg. Mehr von diesem Zeug würde sie nicht vertragen.

Catherine freute sich indessen sichtlich über das Interesse an ihrer Heimat.

»Dagsburg, Wahlenburg und die Burg Weckbund.«

»Hört sich alles deutsch an!«, sagte Jeff lässig. Er bemerkte nicht, wie Catherine und Alain innerlich die Fäuste ballten.

»Deutsch oder französisch? Einer unserer berühmtesten Elsässer, der wunderbare Künstler Tomi Ungerer, hat einmal gesagt: ›Das Elsass ist wie die Toilette Europas; immer ist es besetzt.‹ Viermal wechselte die Nationalität der Elsässer, mal waren sie deutsch, mal französisch. Und alles meistens unfreiwillig.«

Jeff verdrehte unsichtbar die Augen. Immer dieses Gerede vom Krieg. Es gab jetzt jede Menge neue Kriege. Ukraine natürlich, aber vor allem auch Wirtschaftskriege, die im Internet stattfanden. Kriege, die natürlich Traumtänzerinnen wie Marian nicht wahrnahmen. Die dachten, Strom kommt für immer und ewig aus der Steckdose. Und dann der Krieg in der eigenen Firma. Wer machte die besten Abschlüsse? Wer verkauft, hat recht.

»Moment mal«, sagte Alain und schenkte sich noch einmal nach. Es war sichtlich Lebensfreude und nicht die Gier nach Alkohol, die ihn trinken ließ. »Ich versuche es mal, um meiner Gattin zu imponieren.« Und dann deklamierte er feierlich: »Der Hans im Schnokeloch, der alles hat, was er will, doch was er het, des will er nit, un was er will, diss het er nit. Das heißt, die Elsässer können sich auch oft nicht entscheiden, wo es ihnen besser geht.«

Catherine lachte und hakte sich bei ihrem Mann ein. »Ich liebe es, wenn du Elsässisch versuchst.«

Alain lachte und zeigte sehr weiße Zähne. »Also, wenn es schon nicht die Burgen sind. Für euch ist bestimmt der

Caveau d'Eguisheim interessant. Er stammt von 1603, hat eine alte Weinkelter, und in dem vorzüglichen Restaurant könnt ihr den berühmten Eguisheimer Gewürztraminer trinken. Den kultivierten schon die Römer in ihrem Kastell.« Marian war beeindruckt. »Wieso sprichst du so gut Deutsch? Man kann sich das kaum mit deiner Ausbildung in der Schweiz alleine erklären.«

»Erstens war da die Ausbildung, und dann hatte ich tatsächlich einen deutschen Freund, als ich ein Kind war. Sein Vater war Meeresbiologe. Und ich habe ihn so bewundert. Sie hatten ihr Labor auf der wunderbaren Île des Embiez im Mittelmeer. Das bedeutet Bieneninsel. Gewohnt haben sie in Toulon. Dann habe ich auf dem Lycée Deutsch gewählt. Da war ich fast der Einzige. Später, nach der *formation*, wie sagt man, Ausbildung, habe ich für eine deutsche Firma gearbeitet und hatte deutsche Kollegen. Wir haben Küchengeräte in Restaurants geliefert. So bin ich ins Elsass gekommen und habe mich in Catherine verliebt.«

Marian hörte dem Klang seiner Stimme zu und beneidete Catherine. Alain hatte für sie und die Liebe so viel zurückgelassen. Jeff aber starrte unbeteiligt aus dem Fenster und war überraschenderweise noch bei der Vergangenheit. »Kastell, sagst du? Ich kenne nur *Faber Castell*. Das sind Stifte. Deutsche Bleistifte. Weltklasse.«

Wenn der noch oft deutsch und Weltklasse sagt, werfe ich ihn hinaus. Als ob wir in Frankreich keine guten Bleistifte herstellen könnten. Ich mag ihn nicht. Hoffentlich hört man ihn nicht dozieren durch die Wand hindurch, die wir uns teilen.

Catherine wandte sich an Marian. »Wir reden und reden von unwichtigen Sachen. Dabei möchtest du doch bestimmt etwas über deine Oma erfahren. Magst du ein paar Fotos von ihr sehen? Wir beide sehen Anabelle und Arlette Minstrel schon sehr ähnlich.«

»Vielleicht nach dem Essen«, sagte Marian tapfer. Sie hatte nun wirklich Hunger. Seit dem Snack im Golfklub hatte sie nichts mehr gegessen, und der Tag war anstrengend gewesen. So viel Neues. Eine Großmutter, von der sie nichts wusste. Ein Haus, das ihr in den Schoß fiel, und eine neue Familie, die ihr fremd war.

»Essen?«, fragte Catherine erstaunt.

»Ja ... ich meine, das ist mir jetzt peinlich, aber sind wir nicht zum Essen eingeladen?«

»Aperitif«, erwiderte Catherine zögernd und warf einen Hilfe suchenden Blick zu ihrem Mann, der amüsiert die Schultern hob. »Das ist eine französische Tradition, die wir hier im Elsass auch pflegen. Aperitif dauert von 19 bis etwa 20 Uhr, und dann geht jeder zum Essen nach Hause.«

Na, jetzt bleibt ihm die Spucke weg, dem Deutschen. Wollte sich satt essen bei uns. Willkommen in Frankreich, boche. Meine Catherine hat dir wohl jetzt den Appetit verdorben. Ja, das kennt ihr nicht. Einfach kultiviert zusammenstehen, etwas plaudern und etwas trinken und dann nach Hause gehen. Bei uns wird nicht gegessen, bis ... wie sagt ihr so schön ... bis der Arzt kommt. Obwohl, die nette Cousine hat zwar Hunger, das sieht man, aber sie nimmt sich zusammen. Könnte schlimmer sein mit ihr.

Marian wurde rot: »Ach so, das wussten wir nicht. Dann gehen wir jetzt in ein Restaurant. Aber du hast recht – ich möchte wirklich mehr von meiner Großmutter erfahren. Warum haben sich die Schwestern auseinandergelebt? Nur wegen dem dummen Krieg?«

Catherines Miene wurde frostiger. »Weißt du überhaupt etwas über das Elsass im Krieg? Hitler überfiel Polen, die Franzosen hatten die Maginotlinie, um sich abzusperren, doch Hitler kam erst einmal gar nicht. Wir dachten schon, wir kommen davon, doch 1940 eroberte er Belgien und griff die Maginotlinie von hinten an. Das Elsass und Lothringen wurden annektiert und unterdrückt. Elsässer wurden gegen ihren Willen als Soldaten für Deutschland verheizt. Die *Malgré-nous*. Den Begriff wirst du immer wieder hören. Das heißt übersetzt *trotz uns*. Viele Männer, junge Männer, sind gestorben. Als Soldaten und als Arbeiter für eine fremde Sache. Wagner war schlimm.«

»Wer war denn dieser Wagner?«

»Man nannte die Leute, die sie in besetzte Gebiete einsetzten, Gauleiter, und Wagner war verantwortlich für Baden und das Elsass. Aus uns wollte er unbedingt wieder Deutsche machen, und dafür war ihm jedes Mittel recht. Man hat ihn nach dem Ende des Krieges zur Verantwortung gezogen. Seine Frau starb in Paris durch einen Fenstersturz. Ja, ausgerechnet in Paris, wo die stolzen, jungen deutschen Soldaten damals auf den Eiffelturm geklettert sind und ihre Fahne ge... wie sagt man ... aufgehängt haben.«

Marian schwieg und unterdrückte das Wort gehisst. Sie war nicht hier, um ihre Cousine zu verbessern. Sie wusste sowieso zu wenig von der Vergangenheit. So hatte sie niemals von diesem Wagner gehört. Ihr unermüdlich positives Wesen versuchte, solche schrecklichen Ereignisse auszuklammern. Man mochte es oberflächlich nennen, doch war es ihre Philosophie, dass man sich an sie als jemand erinnern solle, der Menschen gute Gedanken geschenkt hatte.

»Deine Großmutter, wie gesagt, musste dann auf dem Hof dieser Burgers mitarbeiten. Ohne die fremdländischen Arbeiter hätten sie ihre Ernte nicht einbringen können, denn die jungen Männer waren ja alle im Krieg. Doch sie hat sich in Deutschland offenbar recht wohl gefühlt. Man war offenbar freundlich zu ihr. Sie hat es in Briefen nach Hause geschrieben. Sie durfte mit am Tisch sitzen und essen. Die Arbeiter aus westlichen Ländern wurden viel besser behandelt als die Polen. Für die Besatzer waren wir immerhin so etwas wie ein germanisches Volk. Und sie war so blond wie wir beide.«

Catherine sah zu Alain. Er lächelte.

»Und dann, nach dem Krieg, wollte sie dort bleiben. Sie hatte sich in einen der Söhne des Besitzers verliebt. Begeistert werden die alten Burgers über eine Liaison mit einer sogenannten ›Erbfeindin‹ nicht gewesen sein, aber sie war vom Elsass, gerade über der Grenze, und irgendwie muss sie sich bei der Familie beliebt gemacht haben. Sie haben dann ihre Einwilligung gegeben, dass sie den jüngeren Sohn heiratet und erst einmal bleibt.«

Marian rechnete nach.

»Aber meine Mutter ist nicht Jahrgang 1945, sondern ist 1959 geboren. Da hat die Oma aber lange gewartet, bis sie Mutter wurde. Wie alt war sie da? Jahrgang 1924. Nun ja, sie war 35 bei Mamas Geburt. Heutzutage normal. Mama war ja auch 34, als ich kam.«

Catherine wirkte verlegen. »Nicht so lange. Sie hatte dazwischen noch einen Sohn. Er wurde 1947 geboren und hieß Sebastien. Wusstest du das etwa nicht? Sie hat das einer Frau hier aus dem Ort erzählt, mit der sie in die Schule gegangen war. Mit ihrer Schwester und der eigenen Familie hat sie nicht viel gesprochen. Ja, du hättest damit einen älteren Onkel gehabt, der schon als junger Mann gestorben ist. Es war wohl ein Unfall mit dem Auto. Er fuhr auf der Autobahn mit einem Freund. Sie wollten zu einem Fußballspiel. Und dann kam ein anderes Auto auf der Einfädelspur. Es muss schrecklich gewesen sein. Seltsamerweise war er zwar tot, aber er sah wohl aus wie unverletzt. Nur seine Brille, er trug eine Brille, lag weit weg von ihm. Weggeschleudert ...«

Marian starrte sie betroffen an. Wie eine Schockwelle trafen sie die Worte. Von diesem Onkel hatte sie noch niemals gehört. Immer hatte sie sich mehr Familie gewünscht. Wenn sie ihre Mutter nach der Verwandtschaft gefragt hatte, nein, geradezu gelöchert hatte, war Mami immer ausgewichen.

»Das ist ein bisschen viel«, brachte sie jetzt im Angesicht ihrer neuen Familie hervor. »Eine Oma aus einem Ort namens Eguisheim, ein Onkel, von dem nie gesprochen wurde ...«

Catherine sah ihr Ebenbild mitfühlend an.

»Dein Onkel ist zwar verstorben, aber er wurde nicht vergessen. Ich habe gehört, dass deine Oma immer mit ihm gesprochen hat. Sie hat behauptet, er habe sie mit Zeichen durch ihr Leben begleitet und sei manchmal im gleichen Raum gewesen wie sie. Sie sah ihn nicht, aber sie spürte ihn. Seine Seele sei immer bei ihr und behüte sie und auch seine kleine Schwester.«

Jeff verdrehte die Augen.

Das wird ja immer toller hier. Jetzt schweben schon Seelen von Toten herum. Im Geschäft glaubt mir das keiner. Besser auch nicht erwähnen. Aber ich weiß, dass Marian so etwas gefällt.

»Aber ihr hattet doch immerhin ein wenig Kontakt mit

meiner Oma?«, wollte Marian wissen. Sie fühlte sich, als liefe sie durch ein unsichtbares Minenfeld.

»Ja, gelegentlich hat man von ihr gehört. Über Dritte. Oder sie schrieb auch kurze Briefe. Wenn es etwas zu regeln gab. Man hat versucht, das Alte zu vergessen. Sie ist ja dann 1991 gestorben.«

»Und mein Onkel? Ist gestorben, ohne seine Heimat zu sehen«, murmelte Marian, deren Gedanken noch bei ihrem Onkel weilten.

Alain legte einen Arm um Catherine.

Sie sagte freundlicher als bisher: »Doch, im Herzen war er hier gewesen. Man hat gesagt, er trug ein Amulett, als man ihn barg. Es zeigte die Heilige Odilia, die Schutzpatronin des Elsass. Deine Oma war im Herzen trotz allem eine Elsässerin geblieben.«

Jeff rührte sich unruhig. »Leute, das ist alles ganz gut und schön, von toten Leuten zu hören, die Zeichen geben und deren Seelen hier mit mir im Zimmer sitzen, aber ich habe Hunger, und wenn es hier traditionell um die Uhrzeit hier nichts Nahrhaftes gibt, dann muss ich eben schauen, wo ich was zwischen die Zähne bekomme. Let us go, Marian!«

Catherine schaute ihre neu gewonnene Großcousine bedauernd an.

»Dann die alten Fotos nächstes Mal. Ich glaube, wir machen wirklich für heute Schluss.«

Jeff und Marian liefen schweigend Richtung Zentrum des winzigen Ortes. Aus unterschiedlichen Gründen schwiegen sie. Jeff, weil er hungrig war und sauer, dass man ihn hinauskomplementiert hatte, und Marian, weil sie über alles nachsinnen musste. Die Oma aus Frankreich, und der Onkel, der viel zu früh aus dem Leben gerissen worden war und im inneren Leben seiner Mutter und seiner kleinen Schwester, ihrer Mama, offenbar eine Rolle gespielt hatte. Er würde von nun an auch durch ihre Träume geistern. Sie fühlte sich, als habe ihr jemand den Teppich unter den Füßen weggezogen. Oder die tröstliche wärmende Decke der Gewissheit, wer man war und was man war, war ihr weggenommen worden. Ihre Mutter war tot und konnte keine Antworten mehr geben. Ihr Vater lebte einen Ozean entfernt, interessierte sich nicht für seine erste Familie, sondern hatte eine Neue, die ihn voll und ganz beanspruchte.

»Da vorne hat noch eine Pizzeria offen. Auf ein Festessen habe ich nach all den Nüsschen und dem Gugelhupf keine Lust mehr. Was die an diesem Gugelhupf finden? Das esse ich doch nicht zum Abendessen. Also, eine Kleinigkeit würde mir heute ausreichen.« Das war ungewöhnlich für Jeff, dachte Marian. In gewissem Sinne musste ihn das Gespräch auch beeindruckt haben.

Die Pizzeria war mehr ein Schnellimbiss. In einem eher schmucklosen Raum, in dem ein Fernseher flimmerte, würgten Jeff und Marian einen Teigfladen herunter.

»Den Abend hatte ich mir kulinarisch etwas reizvoller vorgestellt«, murrte Jeff. »Komische Leute, deine Verwandtschaft.«

Marian wandte ihren Blick vom Fernseher zu ihrem Verlobten. »Wieso? Ich finde die beiden eigentlich sehr nett. Das mit dem Aperitif ist halt eine Sitte. Eine Sitte, die wir nicht kennen, die ich aber ganz charmant finde.«

»Du findest alles Fremdländische charmant, das wissen wir ja. Marian, sei froh, dass du mich hast, damit du auf dem Teppich bleibst.«

Schlecht gelaunt und viel zu früh liefen sie durch den mittlerweile still gewordenen kleinen Ort zu ihrem Hotel. Einzelne Gruppen von Touristen saßen noch in den Restaurants, doch die tiefe Nacht begann bereits hinter den Weinbergen und den grünen Hügeln hervorzukriechen. Es wurde auch ein wenig kühler durch den sanften Wind aus den Bergen, doch es war Juli, und der Höhepunkt eines warmen Sommers war erreicht.

»Schau mal, Störche. Sie klemmen die Federn ein und schlafen. Vielleicht bringt uns das Glück. Ich meine, die Störche.« Marian sprach mit Jeff selten über den schlummernden Kinderwunsch aus ihren Träumen, denn er hatte vermutlich im Moment noch andere Prioritäten.

Jeff legte ihr etwas unbeholfen einen Arm um die Schultern. »Aber etwas warten wir schon, oder? Du weißt, ich habe Ansprüche an Haus und Wohnlage. Da sollte schon alles stimmen.«

»Wir haben doch jetzt hier ein Haus«, sagte Marian ironisch.

»Wir haben eine Fachwerkbruchbude.«

»Jeff! Mir gefällt es.«

Und da es schon fast dunkel war, bemerkten sie die dunkle Gestalt nicht, die ihnen auf Schritt und Tritt gefolgt war, nachdem sie Catherines Haus verlassen hatten. *Man muss auf sie aufpassen. Ja, das muss man. Schließlich gehört sie zur Familie.*

3. Kapitel
Da fahren wir übers Wochenende hin

Jeffs Freunde waren gekommen, um das große Ereignis zu besprechen. Natürlich waren es Marians und Jeffs Freunde, aber aus irgendeinem Grund nannte Marian sie innerlich immer »Jeffs Freunde«. Man saß auf der *Rolf Benz*-Sofalandschaft und schlürfte aus angesagten Glasstrohhalmen sogenanntes *infused water*. Hinter dem hippen Ausdruck verbarg sich schlichtes Wasser mit Früchten und einem Rosmarinzweig. Tom und Tanja, die zwei Ts, achteten sehr auf ihre jeweiligen Figuren, und in diesem Punkt glichen sie Jeff selbst. Marian mochte die beiden trotzdem recht gerne, weil sie sie trotz deutlich offensichtlicher Unterschiede zwischen ihnen freundlich aufgenommen hatten und in ihrer kindlich anmutenden Großspurigkeit fast ein wenig rührend waren.

Tom war Versicherungsmakler und kämpfte um die Vorherrschaft inmitten der anderen Versicherungsmakler, die meisten davon smarte Gymnasialabbrecher mit flottem Mundwerk, und Tanja arbeitete bei einem Zahnarzt, dessen Lebensstil sie geradezu verzweifelt nachahmte.

Dabei würde sich die Frau ihres Chefs die Haare wahrscheinlich nicht färben wie ein Vogelgefieder, und die

Klamotten, die Tanja anzog, waren immer einfach einen winzigen Tick zu bunt, zu grell und stammten aus den falschen Läden. Tanja schnorchelte an ihrem Wasser mit Zweig und fragte mit großen Augen: »Also, ihr habt jetzt ein Häuschen im Elsass. Wie schräg ist das denn und so ländlich und ich denke, da kann man noch günstig essen. Lasst uns da ab und zu hinfahren. Die sprechen doch Deutsch, oder?«

Jeff setzte sich und schenkte nach. Marian hielt die Hand auf ihr Glas. Sie hegte eine geheime und eigentlich unpopuläre Leidenschaft für *Coca Cola*. Nicht *Zero* sondern nur *Cola*. Mit richtig viel Zucker.

»Ja, also diese Verwandte von Marian, die ist Deutschlehrerin und spricht perfekt Deutsch, und ihr Mann eigentlich auch. Er hat angeblich was in der Schweiz gelernt.«

»Naja, das Elsass war ja eigentlich auch mal Deutschland. So wie das Saarland.«

Tom nickte zufrieden und prüfte gedanklich die historischen Fakten nicht nach. Marian dachte an das, was Catherine von diesem Ungeheuer namens Wagner erzählt hatte, und schwieg. Im Grunde wusste man hier auf der badischen Seite des Rheines sehr wenig von dem wirklichen Leben in dem ach so romantischen Hügelland auf der anderen Seite.

»Und das Haus hat echt deiner Oma gehört, Marian? Und die hast du gar nicht gekannt?«

Tanja schien interessiert, wahrscheinlich mehr an der Erbschaft als an dem Haus.

»Ja, sie hat es gemeinsam mit ihrer etwas jüngeren Schwester von ihren Vorfahren übernommen, aber sie hat bestimmt, dass ich es an meinem 30. Geburtstag bekommen soll. Ich habe sie nicht gekannt und nicht viel mehr von ihr gewusst als ihren Vornamen.«

Tom sah zu Jeff. »Irre Geschichte. Könnt ihr direkt an die *BILD* verkaufen. Die drucken so was. Familienzusammenführung nach 100 Jahren.«

»Na ja, Familienzusammenführung«, erwiderte Jeff achselzuckend. »Also um ehrlich zu sein, möchte ich mit den Leuten jenseits unserer Wand nichts zu tun haben. Sie sind nicht besonders entgegenkommend.«

Na, wenn das mal keine Probleme gibt mit den beiden. Marian ist anders als mein alter Kumpel Jeff. Sie findet es bestimmt schön da unten, so wie sie immer von Blumen schwärmt und von dem Gemüsezeug und was sie immer kocht. Wie die Küche hinterher aussieht. Kann man alles tiefgefroren kaufen oder liefern lassen. Na, wir fahren da mal runter und lassen es richtig krachen in diesem Elsass. Hier in den Restaurants direkt über der Grenze wird man ja nur abgezockt von den Froggern. Da unten ist es bestimmt noch natürlicher. Ursprünglicher. Wie heißt der Ort noch mal? Nie davon gehört. Auf jeden Fall schau ich mal, ob man grenzüberschreitend was versicherungstechnisch machen kann.

»Klar, wir machen nächste Woche einen Termin beim Notar, und dann gehört die Laube uns.«

»Das Ding könnt ihr vermieten! Oder gleich an diese Nachbarn verkaufen ... wir kommen euch auf jeden Fall vorher mal besuchen. Stell schon mal den *Crémant* kalt ...«

Während Jeff und die beiden Ts sich unterhielten, schweiften Marians Gedanken ab und wanderten über die Grenze. Klatschmohn? Ob es in Alains Garten wohl Klatschmohn gab? Sie hatte nämlich den Auftrag, das

Logo einer neu gegründeten Laientheatergruppe zu entwerfen. Sie wollten sich *Klatschmohn* nennen und wünschten sich natürlich ein Klatschmohnblatt als Erkennungszeichen. Marian ertappte sich dabei, wie sie sich diesen unbekannten elsässischen Garten vorstellte. Bunt war er. Und reich an Gerüchen und am Summen der Bienen. Es sah so aus, als bewirtschaftete vor allem Alain den Garten. Gartenarbeit passte zu ihm. Er hatte in seiner Körpersprache etwas Kraftvolles und Geerdetes, aber auch etwas ungeheuer Selbstbewusstes. Sie blickte in die Runde und musterte ihren Verlobten. Jeff breitete gerade einen Autoprospekt auf dem Tisch aus. Irgendein Hybridwagen mit einem besonders langlebigen Akku. Jeff hatte nichts mit Grünem im Sinn. Er war ein im Grunde netter Kerl, der angestrengt den Hai der Frankfurter Wallstreet spielte und dabei ein wenig im Provinziellen stecken blieb.

Auf jeden Fall war sie gespannt auf dieses Grundstück, das offenbar zu ihrem Haus gehörte. Wie würde es sich anfühlen, Haus und Grund in Frankreich zu besitzen? Wie gut, dass die Notare in Frankreich auch samstags arbeiteten. Marian träumte.

Die Wege der vier Freunde trennten sich bald darauf, und eine müde Marian ließ sich von Jeff zu Hause absetzen.

Wie immer, wenn Jeff und sie längere Zeit zusammen gewesen waren, brauchte Marian eine Nacht in ihrer eigenen Wohnung, in der sie sich ganz alleine zu Hause fühlte. Sie kochte sich dann etwas, das dick machte, schaute ihre eigenen Lieblings-DVDs und blätterte ihre Kochbücher durch. Und trank heimlich ein Glas zu viel Rotwein, der ebenfalls nicht gerade figurfreundlich war. Manchmal schlief sie dabei ein.

Und dann – ausgerechnet heute – geschah es wieder: das Seltsame, das Unerklärliche, und diesmal war es unheimlicher als zuvor. Auch heute Abend hatte sie sich eine DVD eingelegt. Nach längerem Überlegen hatte sie sich für den ersten Teil von *Sissi* entschieden. Der Moment, an dem Kaiser Franz Joseph anstatt auf Nene geradewegs auf Elisabeth zusteuert, verursachte ihr immer Gänsehaut. Sich neu zu entscheiden in der Liebe, war eine Mutprobe. Für einen Kaiser und für sie auch. Jeff rechnete fest damit, dass sie beide bald heiraten würden. Sie konnte sich nicht mehr frei und neu entscheiden. Die bayerischen Berge tauchten auf dem Bildschirm auf. Marian seufzte zufrieden. *Sissi* gefiel ihr immer. Jeff würde diesen Film niemals mit ihr schauen. Fanfaren ertönten, Walzermelodien, die Berge und die reitende Sissi im Kostüm, im Abendkleid auf dem Schiff nach Österreich, auf dem Schloss. Marian wurde schläfrig, und ihr fielen die Augen zu. Und Sissis Stimme verklang, und sie hörte nun etwas anderes. Machte die Augen auf. Und sah eine Fernsehkamera, wie sie durch einen tiefen Wald fuhr, ein einsames Tal entlang, ein hoher Berg grüßte im Hintergrund, ein bescheidenes Dorf rückte in den Blickpunkt, und dann erschien mitten in dieser Einöde zunächst ein Torbogen, eine kurze gewundene Straße, links ein umzäunter Garten, und dann kam eine Kirche mit zwei Türmen und einem mächtigen Vorbau ins Bild. Die Kamera wanderte langsam in das Innere der Kirche und zeigte reichen Schmuck sowie Skulpturen weit oben an der Decke. Ein alter Mann. Ein Engel. Ein Weinstock, karikaturartige Gesichter. Dann sieht man einen gemauerten Mann, der einen Dorn aus seinem Fuß zieht. Darüber auf einem Giebel streiten sich zwei Männer um einen Kelch oder um einen Würfelbecher.

Eine sanfte Stimme sprach. Sie sprach Französisch. Marian streckte sich verwirrt. War die DVD schon zu Ende? Sie musste dringend ins Bett. Sie stand auf und ging zum DVD Spieler. Er war aus, hatte sich von selbst abgeschaltet. Der *Sissi*-Film war längst vorbei. Der Fernseher war eingeschaltet, doch es lief ein amerikanischer Streifen. Keinerlei Kirche darin zu sehen. Sie war verwirrt. Wo konnte sie denn diesen Film gesehen haben, und was war das für eine Kirche gewesen? Marian setzte sich und blätterte in der Programmzeitschrift. Sie schaute nur öffentlich rechtliches Fernsehen und hatte dieses auf die ersten Plätze programmiert. Andere Sender wählte sie gar nicht erst an. Nirgends kam um diese Uhrzeit eine Reportage über eine Kirche.

Seltsam.

Mit ungutem Gefühl verdrängte sie das Vorkommnis. Vielleicht hatte sie nur geträumt. Und beschloss, die Sache einfach zu vergessen. Doch sie ahnte tief in ihrem Inneren, dass diese Kirche sie irgendwann einholen würde ...

.Am anderen Tag tat sie etwas, das sie schon lange hätte tun sollen: Sie rief ihren Vater an. Die Verbindung war gut, die Rechnung würde teuer sein, denn zuerst kam ihre kleine Halbschwester ans Telefon und brabbelte etwas auf Englisch, dann meldete sich die freundliche Stimme der zweiten Frau ihres Vaters, Betsy. Auch hier mussten erst Neuigkeiten ausgetauscht werden, bevor Marian zur Sache kam. »Papa, hast du gewusst, dass meine Oma aus dem Elsass war?«

Ihr Vater zögerte nicht. »Ja natürlich, wenn schon, aber das hat sowieso niemanden interessiert. Ich kannte sie kaum. Sie war immer kränklich und bisschen depressiv. Und ist ja gestorben, als du noch nicht auf der Welt warst. Sie hat einen komischen Dialekt gesprochen, aber eigentlich war sie sehr schweigsam. Dass die Oma ein Haus besaß, wusste ich nicht. Ich kann mich wirklich an nichts erinnern. Dass sie noch einen Sohn hatte, der gestorben ist, hat mir deine Mutter erzählt, aber sie wollte dich nicht damit belasten. Manchmal hat Charlotte im Schlaf von ihm gesprochen. Oder vielmehr mit ihm gesprochen. Er sei in Gedanken immer bei ihr und passe auf sie auf. So ein Quatsch. Aber naja, es wäre ja ihr Bruder gewesen.«

Marian schwieg einen Moment.

»Du weißt also nichts weiter von Oma?«

Ihr Vater lachte über den Atlantik. »Doch. An eine Sache erinnere ich mich noch. Sie konnte sehr gut kochen, aber vor allem backen. Ich erinnere mich, dass sie einmal sagte, das Backen läge ihr im Blut. Ich muss Schluss machen. Die Kleine muss zum *Junior Drama Club*. Diese Sachen sind hier sehr wichtig, Ich melde mich wieder.«

Marian legte auf. Wie so oft war sie enttäuscht nach einem Telefonat mit ihrem Vater. Er interessierte sich nicht wirklich für sie. Sie war nur eine Altlast. Im Grunde stand sie alleine auf der Welt. Nein, jetzt war sie ja gar nicht mehr ganz so alleine. Es gab urplötzlich eine Cousine. Und da war noch der Mann der Cousine …

Marian und Jeff fuhren am darauffolgenden Samstag erneut Richtung Straßburg, wieder an Straßburg vorbei und folgten wieder der Straße in den Süden des Landstrichs.

»Wird fast schon zur Gewohnheit. Bin ich jetzt nicht so begeistert davon«, äußerte Jeff. »Ich hätte heute eine Probefahrt gehabt. Quer durch Frankfurt. Irgendein Scheich will seinem jüngsten Sohn ein Auto kaufen.«
Marian blickte aus dem Auto, auf die vorbeifliegende Landschaft. Grün. Blau. Wolken. Berge.
»Wie alt ist denn der Sohn?«
»Elf!«
»Und dann kriegt er ein Auto? Der darf doch gar nicht fahren.«
Jeff schüttelte den Kopf über so viel Naivität. »Der kriegt natürlich ein Auto *und* einen Fahrer.«
Marian seufzte. »Dekadent. Findest du das nicht total daneben? Auch umwelttechnisch gesehen.«
Jeff drehte das Radio lauter und schlug mit den Fingern im Takt auf das Lenkrad. »Umwelt? Das Wort kann der Scheich nicht mal buchstabieren. In seinem Glaspalast in Abu Dhabi ist dem das so hoch wie breit, was bei uns ein paar Bäume machen.«
»Und wenn sich das Klima immer mehr erwärmt? Wenn es heiß und heißer wird?«
»Dann stellt er seine Klimaanlage eben eine Nummer höher. Jetzt sag mir mal die genaue Adresse. Chatenois? Ein Notar in Frankreich? Mit dir erlebt man vielleicht Sachen.«
Gut bei den Deutschen ist ja, dass sie pünktlich sind. Die zwei standen um Schlag 11 vor meiner Tür. Er schlank und drahtig, kurzes blondes Haar und so zackige blaue Augen. Ich bin ja schwul, ja, ich bin ein schwuler Notar, und das ist kein Problem, aber obwohl er nicht übel aussieht und gut riecht, ist er nicht mein Typ. So einer, der dir ein Auto verkauft, selbst wenn du keinen Führerschein

hast. Sie ist eine nette Frau. So eine, die man gerne als
Schwester haben würde. Nicht allzu schlank, alles an der
sieht rund aus, aber auch warm und appetitlich. Wenn ich
hetero wäre, würde ich es vielleicht mal bei ihr versuchen.
Die erben eine Häuserhälfte in Eguisheim. Ihre Oma hat
das Testament vor vielen Jahren bei meinem Vorvorgän-
ger hinterlegt und auf dem Rathaus von Eguisheim auch,
und die anderen, mit denen die sich jetzt das Haus tei-
len müssen, haben auch eins. Die Oma war in Deutsch-
land verheiratet. Warum nicht? Ich nehme das keinem
übel. Mein Land ist das nicht – Deutschland. Ich will nach
Paris. Naja, jetzt an die Arbeit. Bei uns muss man viele,
viele Dokumente unterschreiben, und zwar jede einzelne
Seite … da hat sie ganz schön zu tun.

»Gut, also Sie wissen ja vielleicht, dass für die Nachlass-
abwicklung einer französischen Immobilie das französische Erbrecht gilt. Ihr Notar in Frankfurt hat Sie bera-
ten und hat die Unterlagen bereitgestellt. Es liegen vor:
die Sterbeurkunde des Erblassers, die Personenstands-
urkunden, das Familienbuch des Erblassers, die Offen-
kundigkeitsurkunde, das ist das, was ihr in Deutschland
Erbschein nennt. Es kann also die Grundbuchberichti-
gung erfolgen.«

»Sie sprechen aber mal wirklich richtig gut Deutsch«,
bemerkte Jeff und nickte Marian ermutigend zu. »Ich
meine, dieser Juristensprech ist ja nicht gerade einfach.«
Der Maître lächelte dünn.

»Ich habe in Straßburg studiert. Da war Deutsch für
viele so selbstverständlich wie eine Haut. Ich komme aus
Hagenau. Da haben die alten Leute sowieso auch noch
Deutsch gesprochen.«

Maître Bonner strich sich übers Haar. Jeff beobachtete ihn misstrauisch.

Der Typ könnte schwul sein. Doch, das könnte er. Auch, wie er angezogen ist. Bisschen zu schön, um wahr zu sein. Ein Haus in Frankreich, eine unbekannte Omi, ein schwuler Notar. Was ist denn eigentlich in unserem schönen ruhigen Leben los. Naja, wenn wir erst mal das Haus sicher haben, werde ich schon dafür sorgen, dass das nach Plan läuft. Und wenn meine Marian erst einmal eine fette Spinne in irgendeiner Ecke entdeckt hat, werde ich sie dazu bringen, die Hütte zu verkaufen. In diesen jahrhundertealten Balken kann sich sonst was verstecken.

»Ich werde die Unterlagen fertigmachen und Ihnen die Duplikate zuschicken. Es ist wie in Deutschland, das Haus und das dazugehörige Flurstück werden in dem, was Sie Katasteramt nennen, eingetragen, und dann sind Sie Besitzer eines Hauses in Frankreich. Ich gratuliere.«

Als sie wieder draußen auf der Straße waren – inzwischen war die Sonne zwischen den Wolken hervorgekrochen und es war warm geworden – fühlte sich Marian wie nach einem Langstreckenlauf. Ganz erschöpft. Ausgelaugt. Ihre Knie zitterten. Ist es überhaupt richtig, so ein Erbe anzunehmen? Gibt es viel zu renovieren, und wie ist der Zustand des Daches?

»Eigentlich sollten wir feiern«, meinte sie mit wenig Begeisterung in der Stimme.

Jeff erwiderte mit einem Blick auf die Uhr: »Marian, ich muss zurück. Um 18 Uhr habe ich eine Kundin, die einen gehobenen Pflegedienst gründen will und sich für eine Flotte kleiner wendiger Autos interessiert.«

»Eine Flotte! Und das am Samstag. Naja, schade«, meinte Marian. »So ein Ereignis müsste man eigentlich begehen. Mit Champagner und Austern.«

»Kommt alles noch. Wie ich dich kenne, sind wir nämlich öfter hier, als mir lieb ist.«

Die beiden stiegen ins Auto ein. Jeder war mit seinen eigenen Gedanken beschäftigt. Wie hätten sie also die schemenhafte Gestalt an der Straßenecke gegenüber dem Notariat bemerken sollen, die dort stand, seit sie das Haus des Notars betreten hatte?

So, jetzt gehört es also ihnen. Ab jetzt beginnt die Jagd auf sie. Ich muss an ihr dranbleiben.

Marian sah aus dem Autofenster. Die Bäume, die Wiesen und die kleinen Weiler flogen vorbei. Es ging schon wieder Richtung Norden, Richtung Deutschland.

Marian plante: »Es sind ja schon ein paar Einrichtungsgegenstände drin, aber der Rest … ich denke, man könnte es so richtig gemütlich einrichten. Mit Möbeln vom Flohmarkt.«

Jeff sagte nichts dazu, sondern vertraute auf die Zeit und die Entfernung zu dem Gemäuer.

Wenn es nach mir geht, richten wir gar nichts ein. Wir verkaufen die Bude, so wie sie ist, und gut ist alles. Was sollen wir denn in diesem Nest? Ich muss ihr das ausreden. Aber wie? Sie hat eine Stupsnase, und wenn die gerade nach oben ragt, dann will sie ihren Willen durchsetzen. Ich muss abwarten.

4. Kapitel
Eine andere Welt

Warum sie Jeff von ihrem Ausflug nach Mittelbaden nichts sagte, wusste sie selbst nicht. Und auch nicht, warum sie ihn nicht fragte, ob er hätte mitkommen wollen. Aber der Besuch bei der angeheirateten Familie ihrer Großmutter war etwas, das nur sie etwas anging.

Eine Recherche im Internet hatte ergeben, dass der einstige *Gemüsehof Burger* heute von einem Kai Burger geführt wurde.

Marians Mutter Charlotte hatte niemals von diesem Hof gesprochen. Niemals war von diesen Burgers oder von einer landwirtschaftlichen Hintergrund der Familie die Rede gewesen. Der Mädchenname ihrer Mutter war aber Burger gewesen; deshalb musste besagter Kai Burger ein Verwandter sein.

Die Vergangenheit lag im Dunkeln. Die Geschichte ihrer Mutter begann für Marian im Grunde mit dem Umzug nach Mannheim, nachdem die lang verwitwete Oma in ihrem Ort bei Heidelberg gestorben war. Dort hatte man ein Lebensmittelgeschäft besessen. Schon zu Omas Lebzeiten war eine Art Lottolädchen daraus geworden. Oma hatte weiterhin im ersten Stock über dem Laden gewohnt. In Mannheim begann alles neu. Das Familienleben bestand dann aus der relativ kurzen

Ehe, die Charlotte mit Hartmut, genannt Harry, Färber geführt hatte.

Charlotte Färber selbst hatte dann ebenfalls in einem Schreibwarenladen im Viertel gearbeitet. Die Frühschicht war »ihr Ding« gewesen, wie sie immer sagte. Sie liebte es, mit den Arbeitern, den Lehrern und den müden Müttern zu reden, die ihre Kleinen in den Kindergarten bringen mussten.

Auf der Fahrt war Marian in aufgeregter Stimmung. Die scheinbar fast vergessene Oma entpuppte sich als spannende Geschichte. Alles in Marians Leben war jetzt geregelt gewesen, doch die Eckpfeiler dieser Sicherheit waren ins Wanken geraten und gaben den Blick frei auf ein neues Bild. Und alles wegen eines Briefes aus Frankreich.

Schon von Weitem wiesen Schilder auf den *Gemüsehof Burger* hin. Gurken und Tomaten mit fröhlich lachenden Gesichtern und ein Pfeil deuteten schließlich auf einen Parkplatz, der sich vor einem flachen Holzgebäude erstreckte. Das hölzerne Haus verfügte über einen Glasanbau, in dem sich laut Hinweisschild ein Café befand. Natürlich hieß es *Hof-Café*, um jene anzulocken, die biologisch Angebautes essen wollten.

Marian parkte ein und erfreute sich an dem Anblick einiger kleiner brauner Ziegen, die in einem Gehege standen und sie fröhlich anmeckerten. Gewiss am Wochenende ein Anziehungspunkt für die Kinder.

Vor dem Holzgebäude standen große Tische mit Körben, in denen buntes Obst und Gemüse appetitlich arrangiert waren. Die Paprika und die Äpfel glänzten fast unnatürlich, als wienere jemand sie morgens mit einem Tuch. Es gab noch späte Erdbeeren im Angebot, aber auch Kartoffeln und sogar Melonen warteten auf Käufer. Gespannt betrat Marian das Innere des Hofladens. Es war ein großer und schöner Laden. Hinter dem Glas einer Theke neben der Kasse lockte aufgeschnittener Kuchen, der wahrscheinlich nicht nur aussah wie selbst gebacken, sondern bestimmt auch so schmeckte.

In einer weiteren Kühltheke wurden Würste und Schinken zu Herausforderungen für Vegetarier, ansonsten strotzte der Laden von geschickt präsentierten Dips und Gläschen mit selbst gemachten Chutneys, Marmeladen und eingelegten Früchten. Nudeln und Reis in Holzregalen und in rustikalen Verpackungen sowie Gewürzmischungen ließen in Hobbyköchin Marian das Herz schneller schlagen. All das hier gehörte ihrer Verwandtschaft. Kein Wunder, dass auch sie selbst Nahrungsmittel so sehr liebte, dass sie sogar einen Lebensunterhalt damit bestritt.

In der Mitte des gut besuchten Geschäftes lockte eine Insel mit Kartoffeln, Tomaten, Bohnen und Gurken sowie Zucchini und Auberginen und Salaten wie Eichblatt oder Romana. Geschickt angebrachte Spiegel vergrößerten das Angebot optisch.

»Kann ich Ihnen helfen?«, erkundigte sich eine Verkäuferin, nicht mehr ganz jung, Typ Landfrau, die noch ein paar Stunden arbeiten wollte. Bestimmt war sie bereits Oma und froh, hier angestellt zu sein.

Marian hatte sich nicht im Vorfeld überlegt, was sie eigentlich sagen oder fragen wollte, wenn sie erst einmal hier war. Das war Familie. Es würde sich ergeben.

»Ich würde gerne mal mit jemandem von den Burgers sprechen«, brachte sie etwas ungelenk hervor. Die Frau, mit dieser ziemlich unerwarteten Bitte konfrontiert, zog die Augenbrauen hoch, bis fast unter ihre schwarzen Locken, die von der Friseurin etwas zu dunkel für ihr Alter gefärbt worden waren.

»Burgers?«

»Ja, ich hätte etwas Persönliches zu besprechen.«
Die Frau zögerte einen Moment und zog sich dann in ein Büro hinter der Kasse zurück. Flüchtig erhaschte Marian einen Blick auf einen Mann um die 30, der an einem Schreibtisch saß. Kurz darauf öffnete sich die Tür; der Mann trat heraus und sagte weder freundlich noch unfreundlich: »Guten Tag, Kai Burger. Geht es um eine große Bestellung, ein Catering?«

Marian sah sich um. »Könnte ich Sie kurz alleine sprechen? Es wäre etwas Familiäres.«

Komische junge Frau. Was will sie denn? Sie sieht sympathisch aus, aber sie wirkt irgendwie unsicher. Muss sie doch nicht. Wir machen seit Jahren Bio-Buffets und alle sind glücklich. Irgendwie kommt sie mir bekannt vor, aber bewusst habe ich sie hier in der Gegend noch nie gesehen. Naja, soll sie halt mit in mein Büro kommen. Bisschen Zeit habe ich, bevor ich zu diesem neuen Schlachter nach Kehl fahren muss. Ich mag die lila Strickjacke, die sie anhat.

»Nehmen Sie Platz. Womit kann ich dienen?«
Marian blieb stehen. »Mein Name ist Färber. Ich wohne bei Frankfurt.«

»Färber?«

Ihm kam vor, als hätte er diesen Namen schon einmal irgendwo weit weg und weit zurück gehört. Eine frühere Kundin?

Marian knetete nervös ihre Hände. »Ich glaube, wir sind verwandt«, sagte sie schließlich mit etwas rauer

Stimme. »Meine Oma hat früher hier gearbeitet und auch geheiratet. Einen Rudolf Burger. 1950 etwa sind sie wohl hier weggezogen, und ein Friedrich Burger hat den Betrieb übernommen.«

Kai starrte sie verblüfft an. »Das war mein Opa. Opa Fritz. Er hat den Hof ausgebaut und modernisiert. Und mein Vater hat ihn dann erweitert. Das heißt, Großonkel Rudi war dein Großvater.«

Marian konnte es manchmal selbst nicht so richtig glauben. »Ja, er war mit meiner Oma Arlette verheiratet. Die beiden sind dann ja weggezogen, in ein Dorf bei Mannheim, und haben ein Lebensmittelgeschäft gehabt. In Edingen.«

Kai sah sie unverwandt an. »Ja, stimmt. Opa Rudi hat seinen Anteil am Hof verkauft und ist Richtung Mannheim und Heidelberg gezogen. Sein Traum war es ja, Tabak anzubauen, aber irgendwas hat nicht geklappt, und er hat später, glaube ich, zuerst in einer Großbäckerei gearbeitet und dann ein Lebensmittelgeschäft aufgemacht. Und Sie sind also wirklich seine Enkelin. Schön. Und damit meine Großcousine. Möchten Sie etwas trinken? Kaffee. Ein Stück selbst gebackenen Hofkuchen?«

»Nein. Danke. Und ich bin nicht nur eine Burger, sondern auch eine Minstrel. Und damit auch die Enkelin der Frau Ihres Großonkels. Ich kannte sie nicht. Was wissen Sie denn noch von ihr?«

Jetzt ein bisschen Vorsicht, mein Lieber. Sie könnte das Tor sein, das uns ein kleines Vermögen aufschließt.

Kai Burgers Gesicht wurde ein wenig ernster. »Naja, das war, wie Sie sagen, die Frau vom Rudi. Die hat in Kriegszeiten auf dem Hof gearbeitet, und er hat sich in sie verliebt. Warum auch nicht? Sie war ledig, er war ledig und brauchte eine Frau an seiner Seite. Ich denke, das ist öfter mal vorgekommen.«

»Sie war aber eine Zwangsarbeiterin«, sagte Marian.

»Ja, aber sie war doch wie eine von der Familie. Ich meine, sie war keine Polin oder so. Sie war aus dem Elsass. Nur über die Grenze«, erwiderte Kai Burger verlegen.

»Sie war Zwangsarbeiterin«, wiederholte Marian störrisch. Sie hatte ihre Oma nicht gekannt, kaum ein Bild vor Augen. Sie hatte also keine Beziehung zu ihr gehabt, und trotzdem hatte sie jetzt das Gefühl, sie müsste ihre Partei ergreifen.

Kai schwieg. Nach einer Weile sagte er: »Sie wurde bestimmt gut behandelt bei uns. Habe ich jedenfalls immer gehört. Sonst wäre sie ja wohl nicht geblieben.«

Marian nickte. »Das glaube ich Ihnen. Und doch war sie zunächst einmal nicht freiwillig hier.«

Das Gespräch verlief wie ein unausgesprochenes Pingpongspiel. Kai verlegen: »Sie hat bestimmt eine Entschädigung bekommen.«

Marian ruhig: »Davon weiß ich nichts. Erinnert man sich hier noch an sie, und hat sie irgendeine Spur hinterlassen, und wie wurde sie in der Familie aufgenommen? Ich meine, sie war mittellos. In solche Höfe haben doch bestimmt gerne Töchter anderer Hofbesitzer eingeheiratet, die etwas mitbrachten. Da waren die Eltern Burger bestimmt nicht begeistert.«

Die redet, als ob sie etwas weiß. Doch ich glaube nicht, dass Arlette davon gesprochen hat. Jedenfalls nicht zu uns, obwohl sie es versprochen hatte. Sie hat uns reingelegt.

Kai wurde das alles sichtlich peinlich. Er räusperte sich, zog die Schultern ein wenig nach oben wie ein Rabe. Wie ein schwarzer Blitz schlug die Vergangenheit in einen heiteren Sommertag ein.

Mit etwas belegter Stimme fuhr er fort:»Viel ist nicht geblieben von ihr. Das Ehepaar hat sich irgendwie auf dem Hof nicht wohl gefühlt. Nun, bei der Vorgeschichte kann man das verstehen. Der Rollenwechsel von der Dienstverpflichteten zu einer der Chefinnen auf dem Hof war wahrscheinlich nicht leicht. Und dann war sie ja, wie Sie selbst sagen, auch wirklich offiziell Ausländerin.«

Er sah Marian verlegen an.»Natürlich keine richtige Ausländerin. Zuerst war sie eine Deutsche, dann plötzlich wieder die Französin. Und die Franzosen haben sich nicht gerade benommen wie Gentlemen, als sie 1945 im Frühjahr über die Grenze kamen. Bei Knielingen in Karlsruhe sind sie marschiert. Viele Marokkaner, die lange keine Frau hatten. Muss ich mehr sagen?«

Marian war ein wenig ratlos. Marokkaner und keine Frau?

Dann griff sie das Thema wieder auf:»Also, sie war nicht ganz so wie eine von euch.«

Man sah, dass Kai Burger überlegte. Dann gab er sich einen Ruck.

»Doch, sie hat eine Spur hinterlassen. Sie hat nämlich offenbar ganz wunderbar gebacken. Ihr Marmorkuchen und ihre Apfeltarte sollen legendär gewesen sein. Und sie hat uns ein kleines Notizbuch zurückgelassen, in das sie ihre besten Rezepte aufgeschrieben hat.«

Marian atmete schneller.»Könnte ich das Notizbuch einmal sehen?«

Kai Burger, ihr neu entdeckter Verwandter, zögerte. Dann sagte er kurz:»Ja, ich hole es.«

Seine Bereitwilligkeit rief in Marian fast eine Art Schuldbewusstsein hervor. »Es ist nur … wissen Sie, ich habe noch nie ein Zeugnis von ihr gesehen. Ein Zeugnis ihrer Existenz, meine ich. Außer einem sehr undeutlichen Foto. Vielleicht hat sie ja die gleiche Handschrift wie ich.«

Kai nickte, stand auf und sagte: »Frau Färber, Färber war der Name, nicht wahr, ach was, sagen wir Du, wir sind doch verwandt, also Marian, das kann schon sein. Ich hole es.«

Er ging und ließ Marian in seinem Büro zurück. Sie lehnte sich zurück in dem Stuhl, sah aus dem Fenster, das den Blick freigab für weite Felder, die erst an den zart blaugrünen Vorhügeln des Schwarzwaldes zu enden schienen, und fragte sich verwundert:

»Er weiß, dass ich mit Vornamen Marian heiße. Meine Existenz war ihm also bekannt. Dagegen hatte ich keine Ahnung von ihm. Seltsam.«

Als Kai zurückkam, war Marian immer noch nachdenklich, doch die Miene ihres Großcousins war freundlich und vollkommen natürlich.

Kai, du bist ein Dummkopf. Es war ein verdammter Fehler, sie Marian zu nennen. So weiß sie, dass wir sie auf dem Schirm hatten, während sie wahrscheinlich von uns gar nichts ahnte. Sie sieht ziemlich harmlos aus, aber ich glaube, sie ist schlauer, als man denkt. Eine Naturblondine. Die werden oft ein bisschen unterbewertet. Sagt meine Frau, und die muss es wissen, denn sie ist auch blond. Tatsache ist, dass sie dieses Haus verkaufen soll, und zwar möglichst bald. Und wir werden den Käufer kennen. Sehr gut kennen. Ich habe da unseren Cousin Hans im Auge, den Enkel unseres mittleren Großonkels Hermann. Den kennt sie nicht, hat ihn nie gesehen, und

er trägt einen anderen Namen, weil seine Mutter noch-
mals geheiratet hat.

Kai setzte sich wieder und schob ihr das kleine dunkelrote Büchlein hin. Fast scheu musterte Marian es, bevor sie das zerschlissene dünne Leder ehrfürchtig anfasste. Kai erläuterte: »Hier hat sie Rezepte und Haushaltsratschläge aufgeschrieben. Wie man selbst Bohnerwachs herstellt und wie eine Vinaigrette wirklich gelingt. Sie war eben doch eine Französin. Oder sie verriet, wie man eine gelungene Crème Brûlée herstellt. Flambieren! So etwas kannten wir ja gar nicht.«

Marian schlug das Büchlein auf. Eine feine, kleine Handschrift. Ordentlich. Sprach für eine eher disziplinierte Person. Manchmal hatte sie einen kleinen Topf dazu gemalt, aus dem es fröhlich dampfte, oder eine verblüffend echte Zwiebel. Marian schmunzelte. Zumindest wusste sie jetzt, woher sie ihr eigenes zeichnerisches Talent hatte. Endlich. Denn weder ihre Mutter noch ihr Vater hatten jemals einen Strich zu Papier gebracht, der einen tieferen Sinn ergab.

Etwas wie Ehrfurcht breitete sich in Marian aus. Eine unsichtbare Linie schien gezogen zu sein; von der Oma, die hier im Nachkriegsdeutschland gewirtschaftet hatte, und ihr, die sie bald einen wohlhabenden Mann heiraten würde, der leider lieber ins Restaurant ging als zu kochen. Ironie der Generationen.

Ich gebe es ihr einfach. Dann wird sie nicht weiter fragen. Wir haben sowieso seit Langem alles Interessante daraus abgeschrieben. Sie darf keinerlei Verdacht schöpfen, dass da noch mehr sein könnte. Sie ist offensichtlich gerührt. Aber wenn mich meine Menschenkenntnis nicht trügt, ist sie sowieso schnell gerührt. Von wem sie das wohl hat … nicht von ihrer Oma in dem Fall. Soweit ich gehört habe, war sie eine sehr kühle und zielstrebige Frau und sie hat uns reingelegt. Naja, wir werden sehen. Marian hob den Blick und sah sich um. »Schönes Büchlein. Jedenfalls habt ihr euch hier ein kleines Paradies aufgebaut.«

Kai seufzte. »Nach vorne sieht es aus wie ein Paradies. Mit vorne meine ich jetzt den Laden. Da ist alles Gemüse frisch, appetitlich, geputzt und schön arrangiert. Dahinter stehen aber unzählige Bücklinge, die wir auf den Feldern machen müssen, in der Erde wühlen, bei Hitze und Regen raus müssen, damit nichts verdorrt oder verfault. Trotzdem, du hast recht, wir lieben unseren Hof.«

»Und ihr habt auch eine eigene Bäckerei?«

»Ja, genau. Wir backen Brot und Hefezopf, solche Dinge.«

Verträumt blätterte Marian durch das kleine rote Buch. »Sie hat wohl auch gerne gebacken. Zumindest sind ziemlich viele Rezepte in dem Buch, die eher süß als salzig sind.«

Kai setzte ein entgegenkommendes Lächeln auf. »Oh ja. Da hat deine Oma ein großes Verdienst um unsere Familie. Sie hat ihnen beigebracht, wie man Flammkuchen bäckt. Dein Opa und mein Großvater haben gemeinsam einen ganz einfachen, heute würde man sagen rustikalen Flammkuchenofen gebaut. Das war damals schon eine Neuigkeit. Gut, Rahmfladen hatten wir hier im Badischen auch gekannt, aber original elsässische Flammkuchen … die gehen bei uns in der Cafeteria immer noch gut.«

Aus irgendeinem Grunde freute sich Marian, als ihre Großmutter gelobt wurde. So als könnte sie sie dadurch wieder zum Leben erwecken.

Kai zeigte ihr dann noch einmal die Verkaufsräume, wies auf selbst gemachten Senf hin, auf Melonenmarmelade, eine Spezialität des Hauses. Er öffnete sogar eigens für sie ein Glas mit Schraubverschluss und ließ sie schnuppern. Dabei stellte er fest, dass sie eindeutig die Nase ihrer Großmutter geerbt hatte, so wie er sie auf den Fotos in Erinnerung hatte. Niedlich, aber zielstrebig. »Wir machen auch unser Bärlauchpesto selbst. Dafür sind wir berühmt. Ja, wir müssen uns schon ein wenig regen. Die Konkurrenz an Biohöfen schläft nicht. Unweit von hier gibt es den sogenannten *Erdbeerhof* mit einem *Erdbeercafé.* Die sind sehr beliebt bei den Fahrradfahrern. Erst verkauften sie nur Erdbeeren, und jetzt bieten sie plötzlich auch Hausmacherwurst an oder Kuchen. Es ist ein Trend. Die Leute fahren mit dem Rad. Kinder im Anhänger. Und dann speisen sie unterwegs, fahren wieder zurück, haben das Auto stehen gelassen und fühlen sich gut dabei.«

Marian warf einen Blick in das freundliche Café, modern, fast in schwedischem Stil eingerichtet, das sich an den Verkaufsraum anschloss und auf einen kleinen künstlichen See hinausging. Im Hintergrund sah man zart die noch sanften Rundungen des mittleren Schwarzwaldes.

»Möchtest du nun nicht doch eine Tasse Kaffee und ein Stück Schwarzwälder Kirschtorte? Geht natürlich aufs Haus.« Kai zwinkerte.

»Also gut, dann gerne«, meinte Marian, die den Kuchen zuvor schon bewundert hatte und nicht umsonst ein paar Pfunde zu viel hatte.

Sie isst gerne. Man sieht es. Ein bisschen mollig. Das bunte Kleid steht ihr und holt das Beste aus ihr heraus.

Warum sie wohl geschlossene Schuhe bei der Wärme trägt?
Ich habe eine Ahnung, aber ... Sie ist eine nette Person,
aber leider hat sie etwas, das ich haben will. Deshalb sollte
sie lieber nicht unsere Freundin sein. Aber für unseren
Cousin wird es eine einfache Sache, ihr das Haus abzu-
schwatzen. Sie wirkt gutmütig.

Marian sah sich um. Ein paar Leute saßen entspannt
und locker an den runden weißen Tischen, die von gelben Sonnenschirmen beschützt waren. Vor ihnen standen Teller mit knackigen Salaten, mit Kuchen in allen
Variationen und großen rustikal wirkenden Bechern, die
wohl mit Kaffee gefüllt waren. Die Kinder hatten Becher
mit bunter Milch oder mit anderen gesunden Sachen vor
sich. Laut dem Aufsteller auf dem Tisch empfahl man die
hausgemachte Birkenzucker-Holunder-Thymian-Limo-
nade, in der ein Minzezweiglein sowie ein farbiger Eis-
würfel schwammen. Das Getränk schmeckte so gut, dass
Marian die Kellnerin fragte: »Was ist denn da alles drin?
Schmeckt ja einmalig.«

Die Kellnerin zwinkerte. »Geheimrezept des Hauses. Wenn wir es jedem sagen, ist es ja nichts Besonderes
mehr. Die Leute kommen extra wegen dieser Limonade.
Rezepte, die man nicht kennt und die auch nicht verraten werden, sorgen für Umsatz.«

Marian lachte gutmütig. »Dann eben nicht. Und das
scheint mir ein guter Werbegag zu sein. Ich wüsste auch
gerne das Rezept für die Frankfurter Grüne Soße meines Lieblingsrestaurants, aber er rückt sie nicht heraus.
Ich versuche, sie nachzumachen, aber es ist immer ein
geheimnisvolles Kraut, das fehlt. Obwohl jeder Frankfurter seit dem berühmten Rezept von Goethes Mutter
eigentlich wissen muss, was für Kräuter hineingehören.

Aber das eine einzige geheimnisvolle Kraut kann den Unterschied zwischen gut und köstlich machen.« Die Kellnerin schaute streng und etwas ratlos. »Wir sind hier im Badischen.«

Später holte Kai Marian ab und zeigte ihr die Ziegenställe, deren Milch beitrug zum selbstgemachten Ziegenfrischkäse. Er nahm sie mit in das große Wohnhaus, in dem einst ihre Großmutter gewohnt und gearbeitet hatte. Es handelte sich um eine weiße Schachtel aus Beton mit angebauten kleineren weiteren Betonschachteln. Drei Garagen, ein sehr kleiner Garten, eine Halle, eine Auffahrt. Eher praktisch als romantisch. Und eher einsam gelegen. Ganz anders, dachte Marian, als die Straße, aus der die Oma gekommen war. Wie muss sie sich denn hier gefühlt haben? Zum Gratisschuften gekommen. Und doch noch glücklich dran, denn sie befand sich unweit ihrer Heimat und war besser angesehen als die polnischen Arbeiter.

»Es ist viele Male umgebaut worden. Trotzdem, oben unter dem Dach, da waren die Gesindezimmer.«

»Die Zimmer für die fremden Arbeiter, meinst du?« Er sah wieder verlegen drein. »Wir nannten sie Gesinde. Das war ein üblicher Ausdruck.«

»Schon gut«, meinte Marian beschwichtigend.

Sie wird es noch schaffen, dass wir ein schlechtes Gewissen kriegen. Ich mag Leute nicht, die so moralisch tun. Aber ich glaube, sie tut nicht nur so. Sie ist wahrscheinlich eine von der Sorte, die einer Ameise auf einem Waldweg Vorfahrt lässt.

»Leider sind meine Frau und die Söhne nicht da. Sie sind nach Frankreich, ins Elsass, nach Seltz auf den Abendmarkt gefahren. Der geht von 16 bis 21 Uhr. Es ist ein Versuch von der Gemeinde, ein bisschen Leben in den Ort zu bringen. Um 15 Uhr nachmittags spätestens müssen wir da aufbauen.«

Marian seufzte. »Ich werde sie schon noch kennenlernen. Wir sind ja jetzt verwandt. Für heute habe ich genug gesehen.«

Kai ließ sie ziehen. Zuvor hatte man Handynummern und E-Mail-Adressen ausgetauscht und sich einen Besuch versprochen.

»Es würde uns freuen, mal den Ort zu sehen, in dem deine Oma geboren ist.«

»Das machen wir gerne, aber ich glaube, erst einmal müssen wir selbst ein bisschen heimisch werden. Es sind nur wenige Möbel im Haus und kein einziger persönlicher Gegenstand.«

Kai verzog keine Miene. Sein Gesicht blieb eine glatte Fassade.

Marian verabschiedete sich und ließ ihr kleines rotes Auto große Kurven und Schleifen ziehen bis zur Autobahnauffahrt Baden-Baden. Im Hintergrund verschwanden die Berge des nördlichen Elsass und vermischten sich mit dem hellgrauen Sommerhimmel.

Marian hörte Jeffs Schlüssel, wie er sich etwas knarzend in ihrem Schloss drehte. Schon die ganze Zeit hatte sie geplant, das Schloss zu ölen, doch irgendwie war es immer untergegangen. Jeff hatte einen Schlüssel angefordert und auch bekommen, nachdem klar war, dass sie zusammenbleiben würden.

»Ich will nicht klingeln wie ein Postbote, wenn ich zu meiner künftigen Frau will«, hatte seine Begründung gelautet, und der konnte man kaum widersprechen. Marian hingegen hatte niemals nach einem Schlüssel für sein schickes Loft gefragt. Sie wollte nicht in seine Wohnung, wenn er nicht da war. Was sollte sie da? Sie konnte dort nicht wirklich zeichnen, denn Jeffs Schreibtisch war aus Glas, und sie wollte ihn nicht verkratzen, wenn sie mit dem Stift versehentlich über die Kante des Blattes fuhr. Kochen mochte sie bei ihm auch nicht, denn mit dem mehrere 1.000 Euro teuren Dampfgarherd kam sie nicht zurecht. Die elektronischen Anweisungen und die blinkenden Lichter irritierten sie. Manchmal verlangte er elektronisch nach Reinigung, und wenn sie dann mit einem feuchten Tuch anrückte, sperrte er sich, weil er auf eine spezielle Tablette wartete. Das Ding war fast wie ein verwöhnter Teenager.

Jetzt betrat Jeff mit einem zufriedenen Gesichtsausdruck Marians Wohnung. Er war korrekt gekleidet wie immer, wirkte straff und energisch. Ebenso energiegeladen fühlte sich der Kuss an, den er Marian auf den Mund drückte. Es war dennoch ein eher flüchtiger Kuss, dem man anmerkte, dass Jeff seine Gedanken woanders hatte. Vermutlich bei dem großen Paket an Broschüren, das er unter dem Arm trug.

Jeff legte die Prospekte mit einer großen Geste auf den großen alten Holztisch, der das Zentrum von Marians Leben war und dem man das auch deutlich anmerkte: Bleistifte, Zeitungsausschnitte, Rechnungen, das Kinoprogramm sowie eine Haarbürste teilten sich den begrenzten Platz. Jeff schob die Sachen zur Seite. »Jeff, lass das. Ich finde sonst diese Kiwi nicht mehr.«

»Kiwi?«

»Ich habe heute die beste Kiwi meines Lebens gezeichnet. Weißt du überhaupt, wie verdammt schwer es ist, ein so langweiliges Ding wie eine Kiwi zu zeichnen.« Sie seufzte und hob die Schultern. »Aber es ist ein Auftrag. Marmeladen aus der Bio-Küche einer gewissen Jennifer. Sie nennt ihren Betrieb *Jennys Gläschen*. Und Kiwi ist ihre Spezialität. Sie kommt nämlich passenderweise aus Neuseeland.«

»Wieso passenderweise?«, fragte Jeff.

»Weil Kiwis aus Neuseeland stammen, du Ess-Ignorant.«

Jeff starrte eher gleichgültig auf die zwei Blätter mit grünen, leicht stacheligen Früchten. Landeten sie in irgendeinem der Schickimickidrinks, die er in angesagten Bars zu bestellen pflegte, würden sie ihm vielleicht etwas bedeuten.

Er wechselte das Thema. »Hasi, ich brauche trotzdem Platz. Ich habe dir was mitgebracht.«

Etwas vorsichtiger geworden, schob er die verschiedenen Dinge zur Seite, die den Tisch bedeckten. Dann breitete er vor Marians erstaunten Augen einige Prospekte aus. Sie trugen Titel wie *Home Furniture* oder *Möbel Funktion* sowie *Tipptopp: Ihr Ferienhausausstatter seit 1956*.

Marian sah verständnislos auf die Hochglanzprospekte. »Und? Was ist das?«

Jeff setzte sich auf einen Stuhl und beugte sich, auf der Kante sitzend, nach vorne, so als sei er schon auf dem Sprung. »Marian, wir werden ja doch niemals in diesem Kaff da unten wohnen. Klar können wir mal ein kleines Schlemmerwochenende machen, mit Freunden. Ich habe schon mal nach Sternerestaurants geschaut, da gibt es unter anderem das Restaurant von diesem Häberlin in einem Nest namens Illhäusern. Grenznah!«

»Und was sollen die Prospekte?«

»Wir werden das Haus deutschlandweit als Ferienhaus anbieten. Und so zweckmäßig einrichten, wie es irgend geht. Ich habe deiner Cousine bereits eine Mail geschrieben, ob sie das Putzen jeweils nach dem Auszug der Gäste übernimmt. Sie hat aber noch nicht geantwortet. Du, das ist ein hübscher Nebenverdienst.« Jeff klopfte auf die Prospekte. »Also, ich bin für Kieferoptik. Sieht frisch aus, und das kann Catherine schnell abwischen.«

Marian starrte ihren Verlobten an und konnte es nicht glauben. »Du willst dieses wunderschöne alte Haus mit Kiefernmöbeln aus einem Katalog einrichten? Und Catherine ist doch Lehrerin und keine Putzfrau.«

»Ja«, sagte Jeff und nun klang es fast trotzig. »Und dein Jeff hier hat sich informiert. Lehrer sind keine Beamten in Frankreich. Das heißt, die kann auch ein kleines Zubrot brauchen. Bei dem Mann, der nix heimbringt mit seinen Kräutern und Rezepten und was der so macht.«

»Ich fass es nicht. Catherine soll für fremde Leute putzen? Ich glaube, du spinnst.«

Jeff sah unbehaglich aus. »Sie hat doch vielleicht Zeit. Dachte ich.«

Marian schob ihm die Kataloge wieder zu. »Das kommt nicht infrage, Jeff. Ich möchte das Haus nicht vermieten.«

Mal wieder verstehe ich sie nicht. Warum denn nicht? Es ist doch nur ein Haus. Aber ich kenne den Gesichtsausdruck. Der verheißt nichts Gutes. Ihre Augen blitzen wie zwei Verkehrskontrollen auf einmal. Ich muss vorsichtig sein. Sie nicht reizen. Ihr Zeit lassen. Am Ende bekomme ich ja doch, was ich will.

»Weil ich ausgerechnet mit diesem Haus keine

Geschäfte machen will. Es ist die einzige Verbindung zu meiner Großmutter.«

Jeff seufzte.

»Schatz, einer Großmutter, von der du bis vor Kurzem nicht mal wusstest, dass sie hier gelebt hat.«

»Aber jetzt weiß ich es. Mit allem Möglichen können wir handeln und handelst du ja auch, aber bitte nicht mit der Erinnerung an meine Oma.«

Jeff kassierte die Prospekte wieder ein.

»Gut, also nicht. Wir müssen es ja nicht kommerziell anbieten. Aber unseren lieben Freunden können wir es schon mal zeigen, nicht wahr?« Und er trat hinter sie, umfasste ihre rundlichen Schultern und küsste sie auf den blonden Scheitel.

Marian befreite sich unwillig. »Jeff, nächstes Wochenende fahren wir wieder hin, ja? Bitte. Am Freitag vielleicht. Und bleiben eventuell bis Montag. Nimm dir frei. Ich möchte doch die Räume ausmessen und mir überlegen, wie ich es einrichte. Und ganz bestimmt nicht in steriler Kieferoptik.«

»Schon wieder? Am Wochenende?«, stellte Jeff entsetzt fest. »Ich habe ab Freitag Schnupperkurs Golf mit Matze ausgemacht.«

»Dann fahre ich eben alleine. Auch gut. Geh du schnuppern.«

Jeff klatschte sich mit der Hand aufs Knie. »Kommt nicht infrage. Ich fahre mit.«

Als er aufstand und sich in der Küche ein Glas Mineralwasser holte, überlegte Marian, dass sie sich eigentlich nicht besonders freute, dass er mitkam.

Nun kannten sie die Strecke schon. Fast routiniert passierten sie Straßburg. Keinen Blick warfen sie auf das in der Ferne aufragende weltberühmte Münster, das sie normalerweise zumindest mit »Da müssen wir unbedingt mal hin« kommentiert hätten. Ihr Ziel lag weiter südlich, und es hieß mehr denn je Eguisheim.

Obwohl Marian sich einen Moment lang fragte, ob ihre Großmutter jemals als junge Frau oder auch später in der großen Stadt Straßburg gewesen war. Oder ihre Vorfahren, von denen sie noch soviel wissen wollte? Nicht für sich alleine, aber vielleicht für kommende Generationen. Marian fühlte, wie ihr ein Stich durch den Magen ging, wie immer, wenn sie wieder an dieses Thema »Nachwuchs« mit Jeff dachte. Es wurde langsam Zeit zu planen, auch wenn sie sonst keine große Planerin war. Doch die Jahre schritten voran, und sie wollte mindestens zwei Kinder haben.

Wieder schweiften ihre Gedanken ab zu dem kleinen Mädchen im Kindergarten. Das mit den schwarzen Locken, den riesigen Augen, den Wimpern so lang wie ein Fächer, der das hübsche alabasterfarbene Gesichtchen fast bedeckte. Und der Mund, der so perfekt war wie der in einem Bildnis eines italienischen Malers. Doch sie würde solch ein Kind nicht bekommen. Niemals. Sie selbst war blond und Jeff eher ein blond-brauner »Mischmasch«, wie sie zu seinem Leidwesen immer sagte. Deshalb fragte sie sich oft, warum sie immer, wenn sie an sich als junge Mutter dachte, ein Kind wie das Mädchen aus der Kita vor sich sah. Ein Kind kann man sowieso nicht programmieren, dachte sie. So etwas habe ich doch immer abgelehnt, wenn meine Freundinnen sagten: »Ich bin schwanger und ich hoffe, es wird ein Junge mit blonden Locken.«

Straßburg verschwand hinter ihnen, und die Vogesen begannen zu ihrer Linken zu entstehen. Vorbei an Sélestat mit seinen imponierenden zwei Kirchtürmen und weiter entlang den Dörfern der Weinstraße, die wie Perlen aufgereiht waren.

»Die zwei T haben übrigens gestern Fuerteventura gebucht. Für Anfang September«, sagte Jeff, und man hörte einen kleinen Anflug von Neid durchklingen. »Wellness. All inclusive. Es ist jetzt Anfang Juli, also noch Zeit, und vorher besuchen sie uns deshalb in deinem Dorf. Tom braucht Wein für die Kundschaft. Weihnachtspräsente. Ich habe ihm gesagt, er kann kommen, und wir plündern diese Winzergenossenschaft am Ortseingang. Das war doch recht, oder?«

»Ja. Klar«, murmelte Marian. Sie stellte sich die beiden Ts in Eguisheim vor. Das Pärchen kam ihr immer vor wie in einer Reality Soap. Gestylt, vollkommen bildungsfern, herzlich polternd auf ihre Weise, redselig, und sie rochen immer wie frisch geduscht. Tina blieb immer eine Spur zu lange im Sonnenstudio und war brauner, als es die Natur mit ihr vorgesehen hatte. Aber es waren Jeffs Freunde, und Marian war gutmütig.

Da Marian keine Geschwister und nur wenige ihr nahestehende Verwandte hatte, waren Freunde stets für sie etwas sehr Wichtiges gewesen. Doch jetzt gab es etwas noch Wichtigeres. Das Erbe ihrer Großmutter zu schützen und dem alten Haus neues Leben einzuhauchen.

Es herrschte lebhafter Verkehr auf der Landstraße, die an Colmar vorbei nach Eguisheim führte. Auffallend viele Familien saßen in den Autos. Und dann fiel Marian auf, dass die Geschäfte geschlossen wirkten.

»Die Läden sind zu«, murmelte sie. »Ach, es ist ja Mittagszeit. Die Glocken läuten. Das nimmt man hier auf die Minute ernst. Midi. Da essen sie warm. Wir müssen uns, wenn wir hier wohnen wollen, mit den Lebens-gewohnheiten und auch mit den französischen Feier-tagen anfreunden. Der nächste …« Marian blätterte in ihrem Kalender, den Jeff schon lange als altmodisch ansah. Immer ermahnte er sie, ihre Kontakte mit Smartphone und Laptop zu verwalten, doch sie wollte keine Kontakte verwalten, sondern Freunde haben. »Der nächste ist der 14. Juli. Nicht mehr lange hin.«

»Ich will und werde hier bestimmt nicht wohnen. Auf Ideen kommen diese Franzosen! Feiertag mitten im Som-mer. Was soll denn das sein, der 14. Juli. Wahrscheinlich mal wieder ein Tag, an dem sie uns besiegt haben wollen.«

Marian holte Noitzbuch heraus, das gleichzeitig als Skizzenblock diente.« Frankreich, 14. Juli.«

Las laut vor. »Jeff, das ist der Tag des Sturms auf die Bastille. Als die Revolution begann. Die Französische Revolution, in deren Verlauf sie allen Adeligen die Köpfe abgeschlagen haben.«

»Ach, da haben sie doch dieses praktische Ding erfun-den, damit es schneller geht. Die Guillotine. Zack, und die Sache war erledigt.« Jeff lachte, und diesmal mit einer Spur Anerkennung. »Ich bin auch gegen Könige. Sau-gen das Volk aus. Aber die einfachen Leute mögen den Zauber. Sind noch dankbar, wenn sie Diener in einem Schloss spielen können. Guck mal nach England, was die da anstellen mit ihren Uniformen.«

Marian sah aus dem Fenster. Sie standen in einem Mini-stau aus vier Wagen an einer Ampel. »Als Kind habe ich einmal ein Buch über Maria Stuart gelesen. Es hat mich sehr beeindruckt. Sie war tapfer bis zum Schluss. Wür-devoll. Meinst du, Königinnen werden zum Hinrichten erzogen?«

»Als Jobbeschreibung meinst du? Der Bewerber sollte hocherhobenen Hauptes sterben können«, scherzte Jeff leichthin. »Makaber. Man mag sich die Henkersmahlzeit gar nicht vorstellen. Schottland. Gebratenen Fisch. Brrr.«

»Maria Stuart ist aber in Frankreich aufgewachsen.« Jeff schnalzte mit der Zunge. »Na, dann hat sie sich Chateaubriand als Henkersmahlzeit bestellt. Jeder wie er es kennt.«

Marian lachte. Doch viel später sollte sie sich an seine Worte erinnern.

Endlich gab die Ampel sie frei, und sie fuhren auf der weit geschwungenen Straße auf Eguisheim zu. Die Störche auf dem Kirchturm schienen sie mit einem Klappern zu begrüßen. Irgendwie war der Ort schon ein bisschen vertraut. Zumindest kam es Marian so vor. Etwas Heimeliges lag an dem Gewirr von Häuschen, das sich an die Berge schmiegte, wie beschützt von den uralten Märchenburgen, die sie krönten.

Da sie ja in ihrem Haus noch nicht wohnen konnten, denn es gab ja noch kein Bett, logierten Marian und Jeff wieder im Hotel *Au Soleil* auf der Hauptstraße. Aufmerksamerweise hatte man ihnen wieder das gleiche Zimmer gegeben. Der Parkplatz, auf den es schaute, war jetzt noch besser gefüllt. Die Plaketten der Autos verrieten, dass die Touristen aus Belgien, England und Italien kamen. Drei deutsche Autos reihten sich in die Flotte ein. Sie stammten aus Hannover, Berlin und München.

»Nicht schlecht«, bemerkte Jeff fachmännisch. »Ich sage doch, dass die Bude als Ferienwohnung geeignet ist. Lass mich mal machen.«

»Ganz bestimmt nicht«, schmunzelte Marian. Der Abend senkte sich schon unmerklich, die Sonne begann sich ganz langsam zurückzuziehen. Sie sah auf die Uhr. Heute konnten sie nichts mehr unternehmen. Außer essen zu gehen.

Sie blickte nochmals auf den Parkplatz, der an seinem Ende in ein wildes unbebautes Grundstück am Ortsrand überging. Und sie hatte plötzlich den Eindruck, als ob es hinter einem der üppigen Büsche eine Bewegung gebe. Vielleicht jemand, der eine ruhige Stelle zum Austreten suchte. Sie wandte sich ab. So etwas konnte schließlich immer passieren. Kein Grund, sich aufzuregen. Und trotzdem war sie einen kurze Moment lang beunruhigt. Und wusste nicht, warum.

Sie gingen wieder in das Restaurant, in dem sie letztes Mal gegessen hatten, und sie hatte das Gefühl, als ob die Wirtin sie wiedererkannte. Zumindest nickte sie ihnen freundlicher zu als beim letzten Mal und wies ihnen einen schönen Platz auf der Terrasse zu. Von dort konnte man wunderbar die Vorüberflanierenden beobachten.

»Ich nehme das Entrecote mit Kräuterbutter«, bestellte Jeff in selbstbewusstem Deutsch, und Marian registrierte, dass sich ein ganz leichter herrischer Ton in seine Stimme stahl. »Aber bitte gut durch. Nicht blutig. Ich bin ja kein Chirurg.«

»Bien cuit«, wiederholte die Kellnerin stur. »Et comme hors d'oeuvre?«

Jeff sah zu Marian hin. Die rettete, was zu retten war. »Bien sur. Nous prenons les … escargots.«

Die Kellnerin entfernte sich. Jeff runzelte die Stirn. »Wie wäre es mit einem Deutschkurs für die Dame? Was hast du da bestellt! Schnecken! Bist du verrückt? Ich esse doch nichts, was auf dem Waldboden umherkriecht.«

»Die sind gezüchtet und laufen in einem Eimer auf und ab«, versetzte Marian. »Ich esse sie eigentlich auch nicht gerne, weil die Zucht nicht gerade schön ist für die Tiere, aber sie erwarten, dass man eine Vorspeise isst. Die Franzosen fallen nicht mit der Tür ins Haus, beziehungsweise mit der Hauptspeise ins Lokal.«

»Also, das sind erstens keine Franzosen hier, zumindest keine richtigen, und zweitens wollte ich nicht so viel essen. Kein Mensch kauft ein Auto, das um die 100.000 Euro kostet, von einem Verkäufer, der unsportlich aussieht.«

»Jeff, du verkaufst heute und morgen sowieso keine Autos. Entspann dich einfach. Da kommen die Schnecken, und sie sehen ziemlich gut aus. Also, für Schnecken zumindest …«

Es wurde dann trotz allem ein netter Abend. Jeff erzählte von einem Trip, den er nach der Schulzeit nach Paris gemacht hatte. »Das ist schon was anderes als hier in der Pampa. Ich denke, wenn man was werden will, muss man in die Hauptstadt.«

»Dessert?«, fragte die Kellnerin.

»Für mich nicht mehr.« Jeff seufzte. »Und du solltest auch nicht, Maus. Denk an deine Taille.«

»Genau an die denke ich. Die soll auch was davon haben. Was ist das hier auf der Karte: *Glace traditionelle.*«

»Das ist die Gugelhupf Spezialität von Maître Renard Lamier. Gugelhupf gefüllt mit Erdbeereis. Der Gugelhupf schmeckt wunderbar. Es ist der beste der Region.«

Die Chefin eilte heran. Das Lokal hatte sich geleert, und sie hatte ein wenig Zeit zum Plaudern. »Mais on ne fait ca.«

Sie lächelte und sprach weiter auf Deutsch. »Man gibt

doch keine Bewertungen ab. Es gibt zwei wirklich gute Pâtisserien in Eguisheim. Maître Lamier und Alfonse Schreck. Wir kaufen einmal da und einmal da. Beide haben gewonnen. Preise. Medaillen. Wir sind gespannt, wer in die Geschichte einziehen wird als bester *Boulanger* von Eguisheim.«

Geschickt, dachte Marian. Sie will es sich mit keinem verderben.

Trotzdem bestellte Marian den Gugelhupf, und er schmeckte hervorragend.

»Er ist nicht wirklich süß«, teilte sie Jeff mit. »Ich habe gelesen, man isst ihn zu Trauben und trockenem Weißwein. Ich glaube, er passt sich jeder Situation an. Es ist ein ehrliches Hefegebäck.«

Jeff gähnte. »Ich muss ins Bett, Marian. Und ich habe mal wieder einen Schluck zu viel getrunken.«

Arm in Arm schlenderten sie entlang der jetzt ruhig gewordenen Hauptstraße. Die Tagestouristen waren wie immer verschwunden. Aus den Höfen der Gaststätten erklang noch Gläserklirren und letztes Lachen.

Einmal hatte Marian das Gefühl, als höre sie leise Schritte und als laufe jemand hastig hinter ihnen her und atmete flach und schnell. Sie wandte sich um, doch sie sah niemanden.

Kurz runzelte sie die Stirn. Hatten sie das nicht beim letzten Mal auch erlebt? Ach egal. Heute war ein schöner Abend, und die Sterne glitzerten über ihnen wie eine Wolke gedankenlos ausgestreute Diamanten.

Morgen würden sie das Haus noch einmal ansehen und mit Catherine sprechen. Morgen …. jetzt war erst einmal Heute. Und heute war eine wunderbare Nacht. In Jeffs Armen fühlte sie sich vertraut. Und irgendwie auch sicher. Doch die Umarmung war nicht aufregend, sie erschütterte nicht ihre Seele. Eine Träne nistete sich in ihrem Augenwinkel ein, doch sie weinte sie nicht.

Als Marian an diesem Samstagmorgen zur Rezeption kam, wurde ihr mitgeteilt, dass sie ja leider ohne Frühstück gebucht hatten. Dieses müsse in Frankreich immer mitbestellt werden. Und ebenso bedauerlich sei es, dass nun kein Platz in dem kleinen Frühstücksraum mehr frei sei, und außerhalb des Frühstücksraumes dürfe man aus Gründen des Brandschutzes, *protection incendie,* keine Mahlzeit servieren. Auf Jeffs Stirn bildete sich die Servicewüsten-Falte, die Marian bereits kannte, die aber normalerweise nur in Deutschland zum Einsatz kam.

»Das macht nichts«, erklärte Marian hastig. »Wir gehen woanders frühstücken.«

Die Dame an der Rezeption war erleichtert und schrieb ihnen die Adresse eines Boulangerie-Cafés im Inneren des Ortes auf und verband die Empfehlung mit einer erneuten Lobpreisung. »Boulangerie Schreck. Er hat wunderbare Croissants und preisgekrönten Gugelhupf.« Marian wusste, dass Jeff gerne deutsch mit Wurst und Käse frühstückte, aber nur im Urlaub, denn zu Hause achtete er wie ein Fitnesspapst auf jede Kalorie.

Sie lächelte seinen aufkeimenden Groll weg und sagte: »Da werden wir hingehen.«

Auf der Ringgasse schlenderten sie entlang und diesmal vorbei an Boulangerie Lamier. Fast scheu und von der Seite warf Marian einen Blick in das Ladenlokal und den Nebenraum mit den wenigen kleinen Tischen. Und tatsächlich stand der gut aussehende Monsieur Lamier neben einer großen zischenden Kaffeemaschine. Eine

Sekunde trafen sich ihre Augen. Lamier lächelte. Marian drehte den Kopf weg.

Kurz darauf betraten sie die Konditorei oder das Café Schreck, wie man es nennen mochte. Es war kein typisches deutsches Frühstückslokal. Hier war alles möglich. Ältere Männer, die aussahen, als würden sie eigentlich nur zu gerne rauchen, saßen vor einem winzigen Glas, das einen hellgelben Inhalt hatte, zweifellos Wein. Ältere Frauen tranken hingegen Kaffee und hatten verblüffend identische Figuren und trugen ähnliche Kleider. Sie sahen ein wenig aus, als seien sie den 50er-Jahren entsprungen. Von dem Tisch, den sich Marian und Jeff aussuchten, konnte man in die Backstube sehen. Darin werkelten junge Männer in weiß-blau gestreiften Jacken. Ein schmaler kleiner Mann, den sie aus dem Augenwinkel schon gesehen hatte, trug eine mittelblaue einfarbige Jacke, durch die er als Chef erkennbar war. Lange Holzpaddel verschwanden in einem Ofen, nur um mit Brot und Fladen und Gebäck wieder hervorzukommen.

»Interessant«, murmelte Marian. Vom Nachbartisch lachte eine der älteren Damen und verkündete in Elsässisch: »Ja, Maître Schreck bei der Arbeit zuzusehen, ist wie Kunst. Er ist ein Künstler.«

Die andere Frau am Tisch warf ein: »Aber Maître Lamier macht es ihm gleich. Oder besser.«

Eine Dritte klopfte mit dem Löffel an ihre dickwandige Espressotasse: »Das muss jeder entscheiden. C'est un concours eternel!«

Und als ob es ihr jetzt erst klar wurde, dass sie mit Deutschen sprach. »Das ist ein Wettbewerb. Schon seit Generationen. Einmal hat ein Lehrling von Schreck im Streit mit seinem Lehrherrn zu Lamier gewechselt, der kleine Didier, und man sagt, er hat alle möglichen Geheimnisse dort ausgeplaudert. Küchengeheimnisse. Naja, der kleine Didier war ... wie sagt man ... Waise und gehörte bei Schreck fast zur Familie.«

»Generationen?«, fragte Jeff verständnislos, so als handle es sich um ein vollkommen fremdes Wort.

»Aber ja.«

Jeff seufzte. Streit um ein paar Croissants. Was war das für ein Land? Gut, dass ihn hier keiner kannte.

Gegen 10 Uhr klingelten Marian und Jeff bei Catherine und Alain. Es dauerte eine Weile, bis die Tür geöffnet wurde. Catherines Gesichtsausdruck sprach die Worte »Die beiden schon wieder«, bevor sie sagen konnte: »Na, dann kommt halt mal rein ...«

Alain saß an einem Computer in der Küche. E trug ein schwarzes T-Shirt und eine graue Hose und sah ziemlich elegant aus. Unter dem T-Shirt spielten seine Muskeln wie unabsichtlich. Er schrieb gerade am Computer.

Die beiden Deutschen wieder. Hoffentlich wird das nicht zur Dauereinrichtung. Obwohl sie ja wieder ganz nett aussieht. Wie die an diesen Kerl gerät, ist mir schleierhaft. So ein Verkäufer. Ich traue dem Typen nicht. Der würde seine Großmutter verkaufen, wenn es sich lohnen würde. Oder vielmehr ihre Großmutter.

»Ich muss gerade etwas fertigmachen, pardon. Wie geht es euch? Kaffee? Oder ein Glas Wein. Moment, noch speichern.«

»Was machst du da?«, fragte Marian.

Alain sah sie mit seinen unglaublichen bernsteinfarbenen Augen an, die wie Flusskiesel in dem braunen Gesicht schillerten.

»Ich betreibe einen Rezeptblog, der von Restaurants

in ganz Frankreich gebucht ist. Ich muss aber jeden Tag aktualisieren.«

»Wein? Um diese Uhrzeit!«, sagte Jeff fast empört und ging auf Alains Worte nicht weiter ein. »Da trinkt man doch keinen Wein.«

Alain erhob sich und schaltete den Computer aus.

»Man trinkt vielleicht als guter braver Deutscher keinen, aber ein Franzose tut es einfach.«

»Hat ein Franzose also auch den Computer in der Küche? Mehr als seltsam.«

Alains Miene nahm den Ausdruck von Verachtung an. »Bei euch ist alles in Schubladen und Kästchen versteckt, nicht wahr? In der Küche wird gekocht, dann sauber gemacht. Und natürlich eine Küche, wie sagt man, Einbau. Im Wohnzimmer wird Fernsehen geschaut und im Schlafzimmer natürlich nur geschlafen.«

Jeff fühlte sich natürlich angegriffen. »Was ist daran falsch? Oder deutsch? Was macht ihr denn im Schlafzimmer?«

Alain näherte sich Jeff, tippte ihm spielerisch an die Stirn und sagte: »Fantasie, Mann. Fantasie!«

Marian musterte ihn. Er erinnerte sie an ihre allererste Katze. Ein Kater. Sie hatte ihn Räuber genannt. Ein großes schwarzes Wesen mit geschmeidigen Bewegungen, fast wie ein Panter.

Catherine erschien mit einem Tablett, auf dem tatsächlich vier Weingläser standen. »Nun aber Schluss. Wir sind schließlich Familie!«

Zurückhaltend stießen die vier miteinander an. Ein eher unbehagliches Schweigen breitete sich aus.

»Und? Habt ihr euch schon überlegt, was ihr mit eurer Haushälfte macht?«

»Ich wollte sie als Ferienwohnung einrichten und vermieten. Aber Mademoiselle hier wollte nicht. Sie will sich hier ihr kleines zweites Nestchen bauen.« Catherine schien erfreut und trotz allem auch erleichtert.

»Wie auch immer. Sollen wir mal nach Möbeln bei *Emmaus* schauen? Gebrauchte Sachen für guter Zweck. Es gibt eins in Scherwiller. Ist eine große Halle, bisschen außerhalb, voller schöner alter Möbel und ... wie sagt man ... Gebrauchsgegenstände von die frühere Zeit. Damit kannst du das Haus sehr schön machen. Heute ist Samstag. Da haben sie geöffnet.«

Marian, die Gebrauchtes sammelte und deren heimlicher Traumberuf Restauratorin gewesen wäre, nickte begeistert. »Ich liebe Möbel mit Vorleben. Nimmst du mich mit?«

»Wir können heute Nachmittag dorthin fahren, wenn du möchtest. Ihr habt zwar drei Stockwerke und auf jedem ein Zimmer so wie wir, aber viel ... wie sagt man, Fläche zum Hinstehen ... habt ihr nicht.«

»Das heißt Stellfläche«, warf Jeff streng ein und wiederholte wie ein Lehrer. »Stell-fläche!«

»Oh, danke. Wie gut, dass du so perfekt Französisch sprichst«, bemerkte Alain kühl.

»Muss ich gar nicht. Ich mache meine Geschäfte nämlich in Deutsch.«

Die beiden Männer waren Kampfhähne, von denen man nicht wusste, worum sie eigentlich rangen. Bald verabschiedeten sich Marian und Jeff und waren danach erstmals längere Zeit in ihrem neuen alten Haus alleine.

Jeff riss die Türen des Küchenschrankes auf. Es roch muffig. »Hier muss mal die Putzfrau ordentlich ran.«

Mit klopfendem Herzen kletterte Marian zum ersten Mal ins obere Stockwerk, das mittels einer schmalen steilen Treppe erreichbar war. Die Stufen knarrten, die Dielen ächzten. Oben erwartete sie das kleine Dachzimmerchen mit den dunklen alten Balken, einem riesigen alten Schrank, der sich widerstrebend und knarzend öffnete und einen Stapel alter französischer Modezeitschriften freigab. Eine kleine Spinne huschte erschrocken davon. Sie hatte ganz gewiss in ihrem Leben noch niemals einen Menschen gesehen. Zögernd und ein wenig ängstlich nahm Marian eine der Zeitschriften zur Hand. Sie stammten aus dem Jahr 1924. Die Damen auf den Bildern waren schlank, elegant und trugen Bubiköpfe. Viele waren mit Zigaretten abgebildet, oder sie tranken etwas aus Gläsern, die nach Alkohol aussahen. Marian kramte in ihren Geschichtskenntnissen. Damals, nach dem Ersten Weltkrieg, musste das Elsass französisch gewesen sein.

In dem Schrank waren noch ein paar sehr alte Ordner, die fast auseinanderfielen, sowie zwei Stoffstücke, die bestickt waren und wahrscheinlich Tischwäsche darstellten. Marian wagte nicht, sie zu zu berühren. Erstens, weil sie Angst vor weiteren und größeren Spinnentieren hatte, und zweitens, weil sie sich insgeheim in diesem Haus immer noch wie eine Fremde, wie ein Eindringling fühlte. Es war das Haus, in dem ihre Großmutter als junges Mädchen gelebt hatte. Eine Großmutter, die ihr immer noch fern war.

Sie schloss den Schrank sanft wieder. Lief zum Fenster hinüber. Öffnete es etwas mühsam, denn die alten Scharniere gaben dem Druck nur knarzend und widerstrebend nach und ließen sich bewegen. Frische Luft strömte in den Raum, in dem ebenfalls, wie im ganzen Haus, zu muffige Luft nach altem Staub hing. Der Blick war schön. Er wanderte über die Wellen von anderen Dächern in Rot und Grau sowie manchmal auch Grün hinüber zur Kirchturmspitze und verlor sich dann in den bewaldeten Hügeln der umliegenden Landschaft. Hier und dort ein Giebelchen, das in seiner Verspieltheit und Sinnlosigkeit einen Blick ins Mittelalter wie in ein Märchenbuch zu gewähren schien.

Marian verriegelte das Fenster und ging zu Jeff hinunter. Der saß für seine Verhältnisse unglücklich und verloren auf einem Küchenstuhl in der Küche.

»Also, so kann ich nicht leben«, sagte er düster. »Das ist peinlich.«

»Sollst du ja auch nicht. Geh heute Mittag ins Hotel oder fahr zu diesem Wellnessschwimmbad in Ribeauvillé, und ich gehe nach Möbeln schauen mit Catherine.«

Jeffs Gesicht legte sich in höchst ungnädige Falten. »Marian, ich will dieses Haus nicht einrichten, und ich will nicht darin wohnen. Ich fühle mich nicht wohl hier. Und deine Verwandtschaft mag ich ebenfalls nicht! Dieser Alain ist mir nicht geheuer. Er hat was Aggressives an sich. Also bitte!«

»Jeff, er meint es nicht so. Wir sind schließlich Fremde für ihn.«

»Für unsere zukünftige gemeinsame Wohnung hast du dich jedenfalls nicht so sehr interessiert wie jetzt für diese Bruchbude hier.«

»Es ist ein sehr altes Haus und keine Bruchbude. Es will einfach entdeckt werden. Was kann ich an einer hochmodernen Wohnung in Frankfurt entdecken? Aber beruhige dich. Ich möchte ja auch nicht allzu viel Geld reinstecken, bevor wir nicht wissen, was wir mit dem Haus machen. Egal, ich gehe trotzdem mit Catherine zu diesem Möbellager.«

»Gib aber nicht so viel Geld aus. Wenn die einen dummen Deutschen wittern, schlagen die für irgendein altes Gerümpel die Hälfte drauf.«

»Man meint, wir sind auf einem Basar. Jeff, dies ist unser hochzivilisiertes Nachbarland Frankreich. Außerdem habe ich nichts gegen Basare.«

»Weiß ich nicht, ob es das ist. Ich sehe nur, dass hier überall Renovierungsbedarf besteht. Also, wenn das nicht Häuser sondern Autos wären und ich sollte sie verkaufen, würde ich erst mal alles runderneuern.«

»Aber gerade in dem Alten, in dem Unperfekten liegt doch der Charme.«

»Für mich liegt in Unperfektem kein Charme, sondern nur eine Menge Arbeit.«

Marian gab es auf. Jeff würde ganz offensichtlich niemals mit der Hand liebevoll über die alten Balken oben in der Mansarde streichen. Wahrscheinlich würde er die Mansarde nicht einmal betreten.

Sie packte ihre Handtasche, überprüfte, ob sie ein wenig Bargeld dabei hatte, und machte sich daran, das Haus Richtung Catherine und Möbellager zu verlassen.

Catherine wartete schon. Sie trug einen kurzen blauen Rock und ein einfaches T-Shirt. Ihre Haare waren mit Klammern zurückgesteckt, und sie war ungeschminkt. Und wieder war Marian erstaunt, wie sehr sie einander trotz allem ähnelten. Es war immer noch wie in den Spiegel schauen, auch wenn sie selbst heute enge schwarze Jeans und eine weiße Bluse trug.

»Das Auto steht da vorne. Hier in den engen Gassen

bekommt immer nur einer pro Haushalt eine *permis de stationnement*. Und das ist in unserem Fall Alain. Er braucht das Auto. Schließlich fährt er zu den Märkten.« Wortlos folgte Marian ihrer Großcousine. Sie stieg ein, legte den Gurt an, registrierte, dass jemand in der kleinen Familie wohl rauchte, und sah zu Boden, ob Spuren von Tabak zu erkennen waren. Dabei fiel ihr Blick auf Catherines Füße, die in offenen Sandalen steckten. Mit Kennerblick und weil es ihr lebenslang so wichtig gewesen war, bemerkte sie, dass Catherine ganz normale Fußzehen hatte. Die kleine Besonderheit kam von der Linie ihrer Mutter, denn auch sie hatte die ungewöhnliche Zehenanordnung gehabt. Auch sie hatte sich geniert. Dabei war alles hinterher so egal gewesen. Ob ihr unbekannter Onkel auch diesen zu langen Zeh besessen hatte? Marian verdrängte rasch den Gedanken an den toten jungen Mann am Rand der Autobahn. Es war zu traurig.

Das erste Mal waren Catherine und Marian in einer so engen Situation alleine wie in diesem fahrenden Auto. Zunächst herrschte das bereits vertraute Schweigen zwischen ihnen. Ein Schweigen, das im Grunde nichts mit der unterschiedlichen Sprache zu tun hatte, die sie gelernt hatten.

»Ich bin die Enkelin einer Frau, die ihr ausgestoßen habt«, sagte Marian ganz plötzlich und war selbst überrascht über ihre eigenen Worte, die tief aus ihrem Inneren zu kommen schienen.

Plötzlich hielt Catherine an, setzte ein Stück zurück und bog mit kreischenden Reifen in einen Feldweg ein. Wäre Catherine ein Mann, so hätte sich Marian vor einem Übergriff gefürchtet. Solche Szenen kannte man aus Filmen, obwohl sie persönlich nie sehr ängstlich gewesen war.

»Jetzt hör mal gut zu, du kleine Deutsche. Der Stein da«, sagte Catherine rau, »der erinnert an sechs junge Männer, die hier mutmaßlich von den Schergen der Besatzer ermordet wurden. Man hat ihre Leichen niemals gefunden, aber die französische Pistole des einen ist später im Besitz eines deutschen Soldaten wiederaufgetaucht. Der Mann hat sich übrigens das Leben genommen, bevor man ihn zur Rechenschaft ziehen konnte.«

Marian schwieg und sah den Stein mit Grausen an. Sechs Namen standen darauf. Es waren meistens deutsch klingende Namen.

»Der eine da! Josephe«, versetzte Catherine trocken, »er war ein Nachbar. Arlette hat als Kind mit ihm gespielt.«

»Ein Freund?«

»Ja. Ein, wie sagt man auf deutsch, Sandkastenfreund. Keiner konnte deshalb verstehen, wie sie ausgerechnet in Deutschland leben konnte.«

»Es muss ein innerer Konflikt für sie gewesen sein«, sagte Marian langsam.

Catherine sagte nichts dazu und stieg aus dem Auto. Gemeinsam gingen die beiden Frauen ein Stück über die weiten Felder, die alle irgendwie mit den sanften Vorbergen der Vogesen zu verschmelzen schienen.

»Das Elsass war ein Sahneschnittchen, sagt man so, für die Deutschen. Es galt bei ihnen sowieso als deutsches Land, das wieder ins Reich aufgenommen werden sollte.«

Marian ahnte, dass es klug wäre, wenn sie jetzt schwiege und nur zuhörte.

»Jedenfalls wurde die Verwaltung ruckzuck, wie das in Kriegszeiten so ist, von Französisch auf Deutsch umgeschaltet, die Beamten wurden kurzfristig umerzogen und folgten nun der Idee des Führers. Es wurde gerne gesehen, wenn die Leute der Partei beitraten oder sich zumindest eine der angegliederten Organisationen anschlossen. Wer keinen Ärger wollte, folgte den Anweisungen und rieb, nein, wie sagt man, knirschte heimlich mit den Zähnen.«

»Was für eine schreckliche Zeit«, sagte Marian und blieb stehen. Sie waren jetzt eine kleine Anhöhe emporgestiegen. Vor ihnen dehnte sich das fruchtbare und von kleinen Weilern durchzogene elsässische Land aus, doch über dem Rhein grüßte bereits der Schwarzwald als grüner Zwilling der Vogesen. Sie waren Brüder, das Elsass und Baden. Und doch wieder nicht.

»Jedenfalls war es bei uns mal wieder soweit. Alles, was vorher galt, galt nun nicht mehr. Was an Frankreich erinnerte, wurde ausgemerzt. Unsere *Muttersproch* war verboten, französische Bücher oder elsässische Schriften wurden verbrannt, die Namen und die Vornamen eingedeutscht. Sogar die Grabinschriften mussten weggehämmert werden, und die Statuen von Leuten wie Kleber und Rupp wurden von den Plätzen in Colmar und Straßburg weggeschafft. Wer aufmuckte, wurde ausgewiesen, wobei das noch die mildeste Sanktion war. Über die anderen Strafen will ich nicht reden. Ich möchte dir nicht den Tag verderben.«

»Wohin sind sie gegangen, die ausgewiesenen Elsässer ...«, fragte Marian zaghaft. Eine Wolke schob sich vor die Sonne, ein dunkler Schatten legte sich über das Land.

»Meistens in den Südwesten. Sogar die Universität Straßburg haben sie nach Clermand-Ferrand verlegt. Und glaube mir, nicht überall in Frankreich war man mit der Einquartierung der Elsässer glücklich. Viele von uns waren Protestanten, und das gab Probleme mit den dortigen Katholiken.«

Marian schüttelte den Kopf. Das alles hatte nichts mit dem Touristenelsass zu tun, das aus Fachwerk, Wein und Flammkuchen bestand. Catherine nahm Platz auf einer Bank. Marian zögerte einen Moment, setzte sich dann mit gebührendem Abstand neben ihre Großcousine. Ein Vorübergehender mochte sie für Schwestern halten.

»In den Kirchen versuchte man, sich zu verabreden und den Widerstand zu planen. Doch dies war gefährlich, und Verräter lauerten überall. Doch es waren nicht viele, die ihr Land verrieten. Die Kirchen gingen in die Opposition und dienten als Orte, wo man sprechen konnte. Und so war dies eine Zeit, in der unsere Kirchen voll waren. Das Evangelium wurde endlich einmal als das verstanden, was es sein wollte und sein sollte: als Botschaft der Freiheit.«

Marian seufzte: »Heute in Deutschland unvorstellbar. In den Kirchen versammeln sich überwiegend ältere Leute. Für die Jungen hat die Kirche keine Botschaft mehr.«

Catherine lachte ein kurzes trockenes Lachen. »Das ist allerdings bei uns genauso. Dann reichte die wirtschaftliche Ausplünderung unseres schönen Landes nicht mehr. Nun wurden die elsässischen Männer zwangseinberufen und an die russische Front geschickt. Man nannte sie die *malgré nous*, von denen ich schon gesprochen habe. Das ist ein Begriff, den wir niemals vergessen und den wir ehren. Trotz uns. Sie waren nichts als Kanonenfutter für eine fremde Sache.«

»Das habe ich schon einmal gehört. Stalingrad. Auch bei uns ein Schreckenswort.«

Catherine ging nicht darauf ein. Sie riss einen Grashalm aus, der zwischen den Brettern der Bank hervorlugte, »Mindestens 40.000 sind tot oder vermisst gewesen. Alles in allem sind mindestens 50.000 Menschen im Elsass an dem Terror des Krieges gestorben – mehr als im übrigen Frankreich. Und da unten denken wir an sechs von ihnen.«

Marian wartete. Catherine stand auf, fast ein wenig mühsam, als habe die Last der erzählten Geschichte sie zu einer älteren Frau gemacht. Sie machten sich auf den Rückweg zum Auto.

»Wir haben keine Lust mehr auf Fremdbestimmung, verstehst du? Wir waren im Laufe unserer Geschichte Alemannen, Schwaben, Ostfranken – also Dütsche – dann Teil des revolutionären Frankreich, sodann des Deutschen Kaiserreichs, dann 1918 wieder Franzosen und so weiter. Es wäre schön, wenn wir mal einfach Elsässer sein könnten.«

Marian sah sie erstaunt an.

»Etwa ganz selbstständig? Ein eigenes Land also?«

Catherine zuckte die Schultern. Ihre Miene wandelte sich. Die Geschichtsstunde war beendet. »Warum nicht? Wir haben Straßburg und Mulhouse, den Wein und den Tourismus, wir haben Colmar und Haguenau ...«

»Diese Unabhängigkeit wollten die Badener drüben auch schon. Und haben es nicht geschafft. Trotz Mannheim und Karlsruhe. Und Pforzheim und Konstanz.«

Catherine schüttelte sich wie eine nasse Katze. »Egal. Egal. Jedenfalls kannst du vielleicht verstehen, warum wir nicht begeistert von der plötzlich aufgetauchten deutschen Verwandtschaft waren.«

Marian legte Wert darauf, ihre Worte sorgfältig zu wählen. Hier ging es um jahrhundertealte Verletzungen und um die Reibungen zwischen zwei Völkern, von denen sie vorher keine Ahnung gehabt hatte. Elsass, das waren für sie gutes Essen, Wein und Störche und Fachwerkhäuschen gewesen, nichts weiter.

»Aber ganz offensichtlich hat Arlette den Mann doch gerngehabt.«

Catherine schwieg. Marian sah aus dem Fenster. Ein Gehöft huschte vorbei. In einem großen Auslauf tummelten sich Hunderte von Hühnern. Immer noch besser als in engen Boxen, dachte sie.

»Wir fahren noch schnell bei Tante Marie vorbei«, sagte Catherine, und es klang spontan, beinahe als sei sie überrascht über ihre eigenen Worte.

»Wer ist denn Tante Marie?« Marian fühlte sich nach wie vor unsicher. Da drüben war doch die deutsche Grenze. Nur ein paar Kilometer entfernt, und dennoch schien es ihr, als sei sie ganz weit weg von zu Hause.

»Eine ältere Dame«, gab Catherine wenig aussagekräftig zurück. Sie fuhr schnell auf der kurvenreichen Landstraße, bei einem Weiler namens Winebourg bog sie ab und rauschte eine steile kleine Straße hinauf, dem leicht verwitterten Schild »Chateau« folgend. Rechts und links der Straße standen einfache Häuschen, nicht besonders romantisch, manche efeubewachsen, manche gaben sich durch üppigen Glyzinienbewuchs ein provencalisches Aussehen. Das Chateau, das nun in den Blick geriet, lag am Ende der Straße und bestand aus nichts als einem Tor, einem verwilderten Garten, einem Turm mit verfallenem Haus und einem schlichten Nebengebäude. Vor genau diesem brachte Catherine den Wagen zum Stehen. »Tante Marie ist eine ganz entfernte Verwandte. Sie ist um die 70.«

Marian stieg aus und sah sich um. Das sogenannte Schloss ging in die wilde Natur und deren ungepflegten Bewuchs über.

»Ihr Mann war Verwalter des Schlosses, als es noch ein Hotel war. Aber die Familie Drubaud ist ausgestorben, entfernte Neffen leben in Paris und haben kein Interesse an dem Anwesen und lassen es verkommen. Sie darf mietfrei hier wohnen, wenn sie verhindert, dass Vandalen mit Exzessen und Sexparties das Gelände entweihen. Dabei könnte es wunderbar sein. Aber in diesen Zeiten findet sich für so etwas kein Investor. In einer abgeschiedenen Ecke des südlichen Elsass.«

Wenn Marian eines hatte, dann war es visuelle Fantasie. Sie sah nicht das verfallene Anwesen, sondern erblickte ein kleines exklusives Restaurant, angebaut an den Turm, einen Innenhof mit Kräutergarten, mit einem Kiosk, wo man Flammkuchen essen konnte. Gläserklirren, laue Abende mit Musik. Und dann sah sie, wie in einer Vision, sich selbst. In einem langen bestickten Kleid, Gäste begrüßend. An ihrer Seite – hier versagte ihre Fantasie – sah sie vage einen Mann, doch er sah überhaupt nicht aus wie Jeff. Hastig, als sei sie bei einem Betrug erwischt worden, schaltete sie die Fantasie ab.

Catherine klopfte an dem Nebenhäuschen, und nach einigen Sekunden öffnete eine Frau mit langen, glatten grauen Haaren die Tür. »Catherine?«

Einige hastige Worte auf Elsässisch, so schnell, dass Marian nicht einmal die Chance hatte, sich etwas zusammenzureimen, etwas zu erhaschen, und dann ging es auf Deutsch weiter.

Tante Marie wirkte etwas zusammengeschrumpelt, was sicher auch an ihrem Buckel hing, der sie zum gekrümmten Gehen zwang und sie gewiss älter erscheinen ließ, als sie war.

Jedoch sah man in ihrem Gesicht durchaus noch Spuren einstiger Schönheit. Lebhafte Augen, eine gerade Nase und ebenmäßige Gesichtszüge.

Nicht übertrieben herzlich, eher sachlich, bat Tante Marie – einen anderen Namen trug sie für Marian noch immer nicht – sie ins Haus. Im Inneren des Gebäudes war es finster mit viel zu dunklen Bildern an den Wänden sowie Gobelins, die Licht und Luft geradezu aufzusaugen schienen. Tante Marie schien gerne zu lesen. Die Regale bogen sich von Büchern.

An einem großen Tisch, der mit Papieren, Zeitungsausschnitten und Büchern bedeckt war und Marian auf sympathische Weise an ihren eigenen Tisch in Frankfurt erinnerte, wurden sie aufgefordert, Platz zu nehmen. Kleine Gläschen kamen auf den Tisch, und aus einer Flasche ohne Etikett wurde eine helle Flüssigkeit ausgeschenkt. Marian nippte daran und musste an sich halten, um nicht zurückzuschrecken. Es handelte sich eindeutig um hochprozentigen Schnaps.

Catherine trank den Schnaps, ohne eine Miene zu verziehen, und erläuterte den bisher nebelhaften Grund des Besuches.

»Marian hat die Hälfte von unserem Haus geerbt. Oma Arlette hat sie ihr vermacht. Und jetzt ist sie da. Bei uns. Im Ort.«

Marie sagte nichts dazu. Ihre lebhaften dunklen Augen huschten ganz kurz über Marians Gestalt vom Kopf bis zu den Füßen. Dort blieben sie einen Moment lang hängen.

Catherine sprach weiter, nun in Marians Richtung.
»Tante Maries Vater war ein Schweizer. Deshalb spricht
sie perfekt Deutsch. Ihre Mutter Odette stammte aus
Thann. Sie wurde gemeinsam mit deiner Großmutter zwangsrekrutiert, zur Arbeit auf dem Spargelhof in
Baden. Sie war zuerst bei ihr in dem gleichen Betrieb,
doch dann kam sie auf einen Nachbarhof, wo auch Mais
und Spargel angebaut wurden. Odette war eine Frau, die
gerne schrieb. Sie hat Tagebuch geführt, abends todmüde
nach der Arbeit, wahrscheinlich auf ihrem Bett liegend,
vielleicht sogar bei Kerzenlicht, wenn Verdunkelung war,
doch das Buch ist leider verschwunden. Nach dem Krieg
packte sie ihre Sachen und sah zu, dass sie so schnell wie
möglich nach Hause kam. Sie wusste ja nicht einmal, was
von ihrer Heimat noch übrig war. Und *wer* noch übrig
war. Das war ein großes Durcheinander. Flüchtlinge, ent-
lassene Gefangene, jüdische Überlebende und verwun-
dete Soldaten. Doch Tante Marie hat mit ihrer Mutter
manchmal über die Zeit in Deutschland gesprochen und
auch über deine Großmutter.«

Tante Marie nickte unmerklich und richtete einen
forschenden Blick auf Marian, die unwillkürlich zaghaft
lächelte, um kein grimmiges, typisch deutsches Gesicht
aufzusetzen. Sie fühlte sich unbehaglich, wenn vom Krieg
die Rede war. Fühlte eine ferne Schuld, die nicht einfach
abzuschütteln war. Sie hatte das Gefühl, etwas sagen zu
müssen.

»Aber alle waren bestimmt überglücklich, wieder frei
zu sein. Das Gefühl kann man sich heute wahrscheinlich
kaum mehr vorstellen.«

Marie war offenbar eine bedächtige Dame. Sie hörte
Marians Worte, wog sie ab und nickte ernst.

»Ja, denn die Zwangsverpflichtung war ein hartes Schicksal. Für die jungen Frauen war das furchtbar. Sie waren zwar Arbeit auf einer *ferme* gewöhnt, aber in ihrer eigenen Sprache, mit ihren eigenen Leuten. Jetzt waren sie bessere Sklaven auf einem fremden Hof gemeinsam mit wütenden, wilden und fluchtbereiten Arbeitern aus Polen und Russland, die zusammenstanden und immer Pläne zur *résistance* zu schmieden schienen. Auf sie wartete schlimmstenfalls sowieso nur der Tod. Meine Mutter fühlte sich einsam und verängstigt und hoffte nur auf eine Ende dieser Zeit.«

»Und meine Oma? Die muss doch genauso empfunden haben.«

Tante Marie zupfte an dem bestickten Tischtuch herum.

»Sie fühlte sich sicher auch sehr einsam, doch sie hatte das Glück, dass die Maîtresse nicht gerne und nicht gut kochte. Deine Oma war eine prima Köchin, und vor allem konnte sie ausgezeichnet backen. Sie backte, oder sagt man, buk, wie eine Elsässerin bäckt. Traditionell, verstehst du. Die Rezepte trug sie bei sich in einem kleinen Buch.«

Marian nickte und musste jetzt gestehen: »Ich war auf dem Hof, wo sie gearbeitet hat. Er liegt ja praktisch auf dem Weg nach Mannheim. Und ich war neugierig, was das für Leute sind. Meine Verwandten auf der anderen Rheinseite.«

Catherine sah ihre Großcousine erstmals mit etwas freundlicherer Miene an, so als sei sie erstaunt, dass sich Marian überhaupt für ihre französischen Wurzeln interessierte.

Immerhin. Sie ist ein bisschen neugierig geworden.

»Sie haben mir dieses Buch gezeigt. Sie heben es dort auf.« Marian verzichtete darauf, die Familie beim Namen zu nennen. Er war bestimmt kein guter Klang in dieser Runde.

Tante Marie lächelte nun verschmitzt, was sie jünger und etwas zugänglicher erscheinen ließ. »Ja, das Buch. Aber ein Buch ist ein Buch, und ein Rezept ist ein Rezept.« Marian wollte nachfragen, was diese Worte bedeuteten, aber dann rief Catherine urplötzlich »Bandito«, und es öffnete sich wie von Zauberhand die Tür, und ein riesenhafter schwarzer Hund stand wie angewurzelt im Raum. Sein Blick aus merkwürdig hellblauen Wolfsaugen jagte Katzenfan Marian zuerst einen Schrecken ein.

Tante Marie stand auf. »Ich muss mit Bandito hinaus. Wenn es Sie interessiert, können wir ein anderes Mal über Ihre Großmutter sprechen. Sie war ursprünglich eine lebendige und vitale Frau. Und hübsch. So wie ihr beide. Und dann kam eben auf dem Hof eines zum anderen. Eine hübsche Frau, die gut bäckt, und ein Hoferbe, der eine Frau braucht und in Kriegszeiten wenig Gelegenheit hat, zum Tanzen zu gehen.«

»War es auch für Ihre Mutter schwer zu begreifen, dass sie dageblieben ist. In Deutschland?«

Tante Marie sah ihr direkt in die Augen. Ihr Blick wurde steinern.

»Meine Mutter hätte es bestimmt nicht getan, und auch keine von uns. Es war eine Schande.«

Die Worte trafen sie wie ein Pfeil aus Eis. Marian drehte sich um und ging hinaus zum Auto.

Catherine folgte ihr und sprach ihr in den abgewandten geraden Rücken. »Du musst das verstehen. Es war für die Leute ein Trauma«, sagte sie freundlicher als sonst.

»Nein«, erwiderte Marian kurz und ohne viel Gefühl.
Sie wandte sich um. »Muss ich nicht verstehen. Warum
sollte sie auf den Mann, den sie liebte, verzichten, nur
weil er Deutscher war? Ein paar Meter weiter geboren,
fast der gleiche Dialekt. Und es waren nicht alle Deutschen Verbrecher.«

Catherine hörte ruhig zu.

Marian etwas sanfter: »Ich fühle mit meiner Oma. Sie
hat bestimmt kein leichtes Schicksal gehabt. Von ihrer
Familie ausgeschlossen und verfemt. Und dann noch
einen Sohn früh verloren.«

Catherine nickte nachdenklich. Sie fuhr langsamer und
hielt an einer Kreuzung im nächsten kleinen Ort an. An
der Ecke standen etliche Leute vor einer nostalgisch wirkenden kleinen Bäckerei an. »Lassen wir das ruhen. Kurzer Stopp. Ich brauche noch Brot. Und dieses hier ist
bekannt dafür, dass man noch nach traditionellem Rezept
bäckt. Sauerteig. Die Leute kommen von weither.« Dann
drehte sie sich zu Marian um. »Deine Oma war noch einmal da, bei uns in Eguisheim. Die Haushälfte hat ihr ja
immer noch gehört. Sie hat ein Wochenende in Eguisheim
verbracht, aber sie war nicht im Haus. Sie hat nicht bei
uns geläutet. Man hat sie nicht gesehen, nur von ihr reden
hören. Wie ein Geist. Wahrscheinlich war sie damals bei
dem Notar und hat dein Erbe verfügt. Dem Vorvorgän-
ger von dem jetzigen Monsieur Bonner.«

»Wann war denn das?« Marian, die keine wirklich gute
Schülerin gewesen war und sich niemals besonders für
Geschichte interessiert hatte, hatte den Überblick über
die Zeiten verloren. Catherine hatte es ihr doch erzählt.
1945 war der Krieg zu Ende gewesen. 1946 hatte ihre
Oma dann in den ersten Friedensmonaten geheiratet,

und dann wurde 1947 der Sohn Sebastien geboren, der zu früh gestorben war. 1959, nach sehr langer Wartezeit, spät noch die Tochter Charlotte. Ihre Mutter. 1991 war die Oma gestorben. Eine Oma, die sie nie gekannt hatte. Denn sie, Marian wurde, 1993 geboren, als ihre Mutter schon 34 Jahre alt war.

»Vielleicht war sie 1970 da. Oder etwas später. Ich war noch lange nicht geboren, du ja auch nicht. Aber meine Eltern haben mir erzählt, dass sie da war und sich längere Zeit im Haus aufgehalten hat. Damals waren noch ein paar Möbel mehr drin. Sie hat die dann irgendwann abholen lassen.«

»Nur den riesigen Schrank oben in der Mansarde nicht.«

»Nein, oben ist noch alles erstaunlich unberührt. Vielleicht wegen der steilen Treppe.«

»Ich habe den Schrank oben übrigens kurz geöffnet. Es sind ein paar persönliche Dinge drin, aber auch alte Zeitschriften und irgendwelche Papiere. Bei Gelegenheit sehe ich sie mir an. Bringst du mir ein Brot mit, wenn es so gut ist, wie du sagst?«

Catherine schüttelte den Kopf.

»Nein. Du stellst dich mit mir in der Schlange an wie eine brave elsässische Hausfrau. Wir müssen eine Weile warten, und im Auto wird es für dich zu heiß. Alain wird verärgert sein, wenn ich Brot kaufe. Wir kaufen nicht, normalerweise backen wir selbst, und dann wird Alain zum Künstler. Er mischt irgendwelche Kräuter ins Brot. Gerösteten Fenchel habe ich im Verdacht. Du musst nur noch frische Salzbutter aus der Normandie drauf machen und hast das Paradies auf dem Tisch. Allerdings liebe ich am meisten sein Käse-Schnittlauch Brot, was köstlich ist.«

Catherine Stimme wurde hastiger, als habe sie sich selbst dabei ertappt, zu viel und zu freundlich mit ihrer deutschen Cousine zu sprechen. Marian lächelte in sich hinein und folgte ihr. Diszipliniert reihten sie sich in die Schlange der Wartenden ein.

Leise fragte Marian:»Wie hätte man meine Oma wohl empfangen, wenn sie euch besucht hätte?« Catherine sah verlegen in ihren Geldbeutel, als sei die Antwort darin.

»Ich meine, wirklich besucht. Und nicht nur kurz bei dem Notar gewesen wäre.«

»Nicht freundlich, natürlich. Aber es waren ja nun ein paar Jahre seit dem Krieg vergangen und die schlimmsten Wunden geheilt. Obwohl, die inzwischen verstorbenen Eltern unserer Nachbarn, die Greiners, haben zwei Söhne in Russland verloren. Einer war gerade Vater einer Tochter, Louise, geworden. Louise hätte sich bestimmt nicht gezeigt, wenn sie erschienen wäre, und das war ihr klar. Man hat von ihr gehört, hat sie im Ort gesehen, beim Einkaufen und bei der Bank, aber zu einem Besuch kam es nicht.«

Inzwischen waren sie an der Reihe. Die Vielzahl der gebackenen Köstlichkeiten überforderten Marian fast. Vieles war mit einem weißen kalorienreichen Zuckerguss überzogen, aber alles roch verlockend. »Also, backen könnt ihr hier im Elsass. Das müsste sogar Jeff zugeben.«

Und wandte sich in schönstem Schulfranzösisch an die Verkäuferin. »Je prends une baguette et trois des Baisers.«

Catherine lachte. »Du willst drei Küsse? Dafür ist dein Jeff zuständig. Und bei mir mein Alain.«

»Wie heißt es dann?«

»Meringue«, schmunzelte Catherine. Marian seufzte. »Nicht aufgepasst in der Schule. Soll ich noch einen Gugelhupf nehmen?«

Catherine zog sie zur Seite. »Wir haben den besten und den zweitbesten Gugelhupf direkt vor der Haustür in Eguisheim. Wenn du ihn nicht selbst bäckst, dann kauf ihn bei uns im Ort. Außerdem sind Maître Schreck und Maître Lamier beide im Stadtrat. Man muss sich gut mit ihnen stellen.«

Das Auto roch nach den Köstlichkeiten, die sie gekauft hatten, und als sie ihre kleine Fahrt fortsetzten, gelang es Marian, sich zu entspannen.

Nicht mehr weit ging die Reise, dann bog Catherine erneut ab und steuerte außerhalb einer Ortschaft auf eine Halle zu, die von Wildwuchs umgeben war und deren letztes Stück der Zufahrtsstraße nur noch aus Schotter bestand.

Im Eingang der Halle saß ein sympathisch aussehender Mann von stämmiger Gestalt, der vielleicht 60 Jahre alt sein mochte. Es roch nach Holz, nach Politur, nach altem Parfüm. Und ein ganz klein wenig nach Tabak.

Wie immer wechselten schnelle und für Marian nahezu unverständliche Worte den Besitzer. »Mithii, Georges und mithii bisamme. Mir wellet zisamme nach Möbel für des kleine Hüsle. Hasch was da? Neu ringekumme. Das isch au net iwwel.«

Es war wie Deutsch und doch nicht Deutsch. Was hatte Jeff kürzlich gesagt: »Ich weiß nicht, warum die Elsässer solch ein Aufhebens um ihre Sprache machen – sie hört sich an, als hätte jemand eine Kartoffel im Mund.«

»Also, Georges hier hat einen schönen Dielenschrank aus Weichholz, stammt aus der Bretagne, eine Vitrine für den Salon für Gläser und Geschirr, und er kann dir eine Sofasitzgruppe günstig liefern.«

Die angesprochenen Möbel wurden gezeigt und erwiesen sich als ausgesprochen schöne Stücke. Sie waren aus massivem Holz, poliert und restauriert und zudem günstig. Das Sofa war dunkelrot und aus einer Art Cordsamt, wirkte gemütlich und passte vom Stil perfekt ins Haus »Es sind alles Möbel aus Haushaltsauflösungen. Leute, die wegziehen. Leute, die aus Zentralfrankreich, wir sagen dazu Intérieur, kommen und nur kurze Zeit hier leben …«

Marian strich über das Sofa. Es fühlte sich wunderbar weich an. Sie sah sich schon darauf sitzen, an einem Glas Wein oder im Winter an einem Kakao nippen und mit Freunden reden. Während Jeff in der Küche werkelte und köstliche Gerüche und Aromen nach oben in den Salon drangen. Halt. Was war falsch an dem Bild und an der Vision? Jeff würde nicht in der Küche werkeln. Wein dekantieren. Das ja, das war etwas, das er leidenschaftlich gerne machte, vor allem, wenn es ein teures Etikett war, das den Wein zierte. Dekantieren war eine angemessene Tätigkeit für den aufstrebenden Abteilungsleiter eines großen Autohauses, der sich mit den Reichen und den Schönen an einen Tisch setzte.

Georges sprach jetzt ein wildes Gemisch aus Dialekt und Deutsch.

»Es ist den Lüt aus Bordeaux oder Marseille hier nit französisch gnug. Ich will Ihnen nicht herantreten, aber viele Franzosen sehen des Elsass als eine Art Dütschland an. Und leider haben wir auch einen deutschen Akzent in ihren Augen. Ich redd Elsassisch, und wir betonen wie die Deutschen auf der ersten Silbe eines Wortes und sind dadurch licht uszumache im Intérieur.«

»Es wird mir immer klarer: Elsässer zu sein, ist nicht einfach«, sagte Marian spontan. »Für die Deutschen seid ihr Franzosen und für die Franzosen Deutsche.«

»Ja, das isch wohr«, erwiderte Georges. »Dabei wollen wir eigentlich nur Elsässer sein und unsere Ruhe haben. Catherine und ich denken da glich. Wir sind politisch aktiv für unsere Ziele. Sie und Frank Strumpf sind wirklich engagiert und werden bestimmt zem Wohl fer alli noch eine Rolle spielen. Langsam kummt m' aui witer. Do hinte han ich e wirklich nettes kleines Stück.«

»Wer ist denn Herr Strumpf?«

Catherine errötete ganz leicht. »Ein Historiker, hier aus Eguisheim. Er kennt sich sehr gut aus. Er schreibt Bücher über das Elsass. Reiseführer auch für deutsche Verlage. Wir haben manchmal miteinander zu tun.«

Marian sah zu ihrer Cousine herüber. Da war ein besonderer Ton in ihrer Stimme gewesen. Ein bisschen Verlegenheit und noch etwas mehr.

Georges führte Marian und Catherine zu einem kleinen Tischchen mit einer Ablage und grün schimmernden Metallbeinen. Rechts von der Holzplatte war eine Aussparung, und oben befand sich eine Rille.

Catherine lachte.

»O je. Gut, dass du keine Kinder hast. Das ist ein französischer und damit auch elsässischer Schultisch aus dem Jahr 1922. Da waren das Elsass und somit auch das Schulsystem mal wieder Französisch. Nach dem verlorenen Ersten Weltkrieg.«

Marian klopfte leise auf den Schultisch. »Ich sehe es vor mir, wie ein kleines Mädchen mit blonden Zöpfen hier schreibt und lernt. Wie in einem alten Film.«

»Schön gesagt«, sagte Georges freundlich. »Du hast

beaucoup d'imagination. Französisch war damals fast
wie eine Fremdsprache für die Kinder. Sie kannten kaum
etwas anderes als ihr Dorf. Und zu Hause wurde der
elsässische Dialekt gesprochen. Der sollte ihnen natürlich abgewöhnt werden.«
»Das war bestimmt nicht einfach für die Kinder.«
»Deshalb haben auch nicht viele Elsässer Erfolg gehabt
in der Kultur in Paris. *Certainement,* Sie kennen nicht
einen einzigen berühmten Menschen aus dem Elsass.«
Marian schwieg verlegen. Nein, sie kannte keinen.
Catherine lachte: »Peinlich. Wie wäre es mit Albert
Schweitzer. Wenn du willst, fahren wir mal nach Kaysersberg zusammen und gehen in sein Museum.«
Marian entschuldigte sich: »Ich muss mich wirklich
mehr mit der Heimat meiner Oma beschäftigen. Aber
bestimmt gab es berühmte Köche, die aus dem Elsass
kamen. Das Essen hier ist wirklich wunderbar.«
»Aber es ist schon spät«, unterbrach Catherine. »Also,
nimmst du noch den Schultisch mit dazu? Georges, wann
hast du den Lieferwagen frei. Wann kannst du liefern?«
Auf der Heimfahrt und zurück im Auto rechnete
Marian am Handy zusammen, wie viel sie ausgegeben
hatte. »Na, da wird Jeff nicht begeistert sein. Wenn es
nach ihm ginge, wäre König Resopal bei uns eingezogen.«
Marian hielt an einer roten Ampel an und sah zu ihrer
Cousine hinüber. »Dein Jeff hat keinen Respekt für Tra-
dition und für ein solches altes Haus, habe ich den Eindruck.«
»Respekt würde ich nicht sagen. Das ist zu hart. Eher
Verständnis! Er ist in der Welt von Chrom und Leder
zu Hause.«
Catherine fuhr schwungvoll an. »Also, in Frankreich

sind Autos nicht so wichtig. Eine Beule hier und da zeigt Charakter.«

Und dann sagten sie beide gleichzeitig:»Hauptsache, es hat vier Räder, die rollen!«

Und erstmals lachten die beiden Cousinen, die einander so fremd gewesen waren, miteinander.

❋

Als Marian an diesem Samstag nach Eguisheim zurückkehrte, noch erregt von den Ereignissen des Nachmittags, fand sie Jeff unglücklich im Hotel sitzend, vor sich seinen Laptop. Auf dem Display waren die üblichen Autos zu sehen.

»Ganz, ganz schlechtes WLAN«, sagte er verdrossen. »Ich habe zwei Interessenten für den Aston Martin, aber die Bilder vom Getriebe bauen sich total langsam auf. Eines steht fest: Ich kann hier nicht arbeiten. Und da ich meine Urlaubstage schon so gut wie verbraucht habe, war's das mit Eguisheim.«

»Jeff, sie haben hier eine Bibliothek, *Mediatheque* genannt und dort gibt es schnelles Glasfaserinternet. Hat mir Alain erzählt, als mich Catherine noch kurz zu sich nach Hause genommen hat. Übrigens gehen wir heute Abend endlich mal den Garten, das Grundstück, anschauen, das zum Haus gehört.«

»Also, da kannst du gerne ohne mich gehen. Das Einzige, das mich an diesem Grundstück interessiert, ist sein Wert, denn die Hälfte gehört ja dir.«

»Daran denke ich nicht. Ich bin gespannt auf den Garten. Er stellt ja Alains Lebensunterhalt dar. Was wollen wir denn mit einer Wiese in Frankreich?«

»Schenkst du dem Typen jetzt auch noch dein Erbe? Aha, sage ich da nur. Was macht der da überhaupt?«

»Soweit ich verstanden habe, können die Restaurantbesitzer der Umgebung sich dort gegen eine Gebühr frische Kräuter schneiden und müssen keinen eigenen Garten bebauen.«

»Geld verdienen mit Kräutern? Also, das sollte mir einfallen. Sei mir nicht böse, Marian, aber ich finde das irgendwie schräg. Kräuterhexerisch.« Jeff lachte über seinen eigenen Scherz, seufzte, schaltete den Computer aus. »Also gut, ich gehe mit. Nicht, dass der Kräuterhexerich über dich herfällt.«

»Jeff!«

»Na ja. So wie der Kerl aussieht, ist er der typische Südfranzose. Habe ich recht? Und die lassen nichts anbrennen. Und er heißt auch noch Alain wie dieser Schauspieler, der unsere Romy betrogen hat.«

»Jeff! Falls du Alain Delon meinst – der hat immerhin bis zum Schluss zu ihr gehalten.«

»Na, wenn schon. Der wusste schon, wie man immer mal wieder in die Zeitung kommt. Mit diesem Alain möchte ich jedenfalls keine Geschäfte machen. Kräuter! Ich könnte übrigens wetten, dass da bei dem noch was Arabisches mit drin ist.«

»Ich mag ihn. Er ist bodenständig und keiner, der sich anbiedert.«

»Das kann man wohl sagen. Er mag uns nicht, Marian. Und ich traue ihm nicht.«

Sie trafen Alain an der Kreuzung ihrer beiden Straßen. Nach wie vor fand es Marian amüsant, dass die beiden Häuser, die zusammengehörten und einstmals ein Haus gewesen waren, in zwei verschiedenen *rues* angesiedelt waren.

Alain begrüßte sie tatsächlich zurückhaltend. Er hatte einen Weidenkorb dabei und ging zielstrebig auf den Ortsausgang zu, dahin, wo die Weinberge langsam in Sicht kamen. Die letzten Häuser des Ortes ließen sie hinter sich, er bog links auf einen Feldweg ab, marschierte ihnen auf einer schmalen gepflasterten Straße voraus bis zu einem kleinen gelben Gebäude, an dem das Schild »Herbes Sahmek« hing. Durch das Fenster konnte man sehen, dass sich darin eine Art Büro mit Computer und modernen Aktenschränken befand.

Das Gelände war durch ein Tor gesichert. Alain holte einen Schlüsselbund heraus und schloss auf. Marian fiel auf, dass der ausgedehnte Garten, obwohl doch sein Lebensunterhalt, dennoch weniger gesichert war als ihr Haus. Das Haus, das Alain und Catherine all die Jahre verwaltet hatten. Seltsam. Sie musste irgendwann fragen, warum das so war. Ein beinahe leeres Haus musste man doch nicht abschließen wie Fort Knox.

»Die Leute vom Restaurant kaufen die … wie sagt man deutsch … Berechtigung, hier frische Kräuter zu schneiden. Sie bezahlen eine Gebühr, und dann bekommen sie einen Schlüssel und können holen, was sie brauchen.«

»Und wenn die Kunden den Schlüssel einfach weitergeben an jemanden, der nichts bezahlt hat? Und der herein geht, wenn Sie nicht da sind. Frühmorgens oder nachts«, fragte Jeff scharf, dessen Autohaus natürlich videoüberwacht war.

Alain blickte ihn überrascht an. »*Franchement.* Auf den Gedanken bin ich noch gar nicht gekommen. Wer würde so etwas machen? Die Gastronomen und die Propriétaires, die Ladenbesitzer, die kennen sich alle. Das wäre doch gegen die Ehre.«

Marian schmunzelte. »In Jeffs Weltordnung würde das so ziemlich jeder machen. Er traut keinem, seit er einem arabischen Scheich ein teures Auto zur Probefahrt anvertraut hat. Der hat sich dann als ein Paketbote entpuppt, der aus dem Ruhrgebiet stammte und sich perfekt wie ein steinreicher Araber aufführte. Wasserpfeife rauchte und drei Frauen um sich herum hatte. Dabei war er aus Bochum und hätte sich nicht mal ein besseres Fahrrad leisten können.«

Alain schmunzelte und fasste seine neu erworbene angeheiratete Verwandte ins Auge.

Sie ist originell. Und witzig. Er passt überhaupt nicht zu ihr. Was verbindet die beiden? Und er ist grundsätzlich misstrauisch. Hat man ihm dazu Grund gegeben oder ist es nur ein Gefühl? Da muss ich aufpassen.

Jeff stolzierte wie ein Storch durch die eng bepflanzten Beete, die mit Kies und kleinen Buchsbäumchen voneinander getrennt waren. Auf nostalgisch aussehenden Schildern standen in einer schönen Schreibschrift die Namen der Kräuter sowie der Zeitpunkt des Erntens und die Menge, die man entnehmen durfte, um den Bestand nicht zu gefährden.

»Was sind das alles für Kräuter?« Marian sah nach oben. Die Sonne beschien zwar das Feld, und doch lieferten zwei große Obstbäume Schatten für manche der Beete. An einem azurblauen Himmel trafen sich wie zufällig ein paar weiße Wölkchen, berührten einander und trennten sich dann wieder.

Alain seufzte.

»Mal sehen, ob ich die Namen auf Deutsch nennen kann, aber ich habe auch drei Hotels im Badischen, die regelmäßig kommen. Hier, das sind Basilikum und Dill.«

»Das kenne ich. Tomaten-Mozzarella-Salat und Frankfurter Grüne Soße«, scherzte Marian und stupste Jeff an. »Magst du doch gerne!«

Jeff verzog das Gesicht, richtete seinen Storchengang in die andere Richtung und setzte sich auf eine Bank am Eingang. Dort sah man ihn, wie er minütlich seine *Apple Watch* auf neue Nachrichten kontrollierte. Marian hingegen schob ihren Hut nach oben und folgte Alain durch den üppig blühenden Garten. Es roch schwach nach Rauch, denn irgendwo verbrannte jemand Holz oder Gartenabfälle. Der Himmel war blassblau mit einem winzigen Hauch rosa darin, so als habe ein Maler mit einem ganz dünnen Pinsel einen Strich gesetzt. Ein wunderschöner Abend in einer wunderschönen Natur. Es surrte. Bienen setzten sich behäbig an ihren gedeckten Tisch. Alain wies mit Stolz auf sein Reich.

»Alles Kräuter für die feine französische, elsässische und badische Küche, und frisch schmecken sie einfach ganz anders als tiefgekühlt. Heute Abend beispielsweise nehme ich da hinten von unserem Fenchel mit. Es gibt frischen Fenchelsalat. Fenchel ist ein unterschätztes Gemüse«

Marian spürte Appetit aufkommen. »Ich sterbe auch für frische Kräuter.«

»Sag das nicht«, gab Alain ernst zurück. »Dafür lohnt es sich nicht zu sterben. Nicht für Essen.«

»Es ist nur eine deutsche Redensart.« Marian wollte noch anfügen, dass sie Kräuter sogar für ihr Leben gerne zeichnete, doch sie schwieg. Dies war Alains Stunde.

»Hier sind Borretsch, dort Thymian, der bleibt niedrig, deshalb pflanzt man ihn außen. Was da duftet ist Pfefferminze, aber dort ist Rosmarin, der wird hoch, der wächst in der Mitte.«

Marian beugte sich vor und schnupperte an einem unbekannten Gewächs in einem weiteren Beet. Alain erklärte: »Dieses hier ist mein exotisches Beet. Zitronengras, Koriander für das indische Restaurant *Taj Mahal* in Colmar. Nach Straßburg gehen wöchentlich Thai Basilikum und die Zitronenverbene sowie hier die Blüten des Currystrauches.«

Marian staunte und beugte sich zu einem Strauch vor. »Ist das Salbei? Das kenne ich vom Hustensaft. Der hier sieht ein bisschen anders aus.«

Alain zerrieb ein Blättchen zwischen den Fingern. »Ja, das ist Gewürzsalbei, etwas weniger streng, aber beliebt bei den Italienern. Saltimbocca geht eben nicht ohne Salbei. Und das hier sind Rucola und Ringelblume.«

»Herrlich.« Marian ließ ihre Augen über die bunte und summende Vielfalt schweifen. »Warum baust du keinen Wein an? Überall hier scheint schließlich Wein zu gedeihen.«

Alain zuckte mit den Achseln.

»Ich verstehe nicht viel vom Wein. Ich bin ja nicht aus der Gegend. Und dieser Boden hier ist nun mal ideal für Kräuter. Sonnig, aber da hinten ist auch Halbschatten. Sandige durchlässige Erde mit hohem Nährstoffanteil. Meine Oma unten bei Toulon hat Kräutersträußchen gebunden und verkauft. An englische Touristen. So etwas kannten die damals gar nicht. Ich glaube, sie hielten sie sowieso für eine Zigeunerin. Sie war ein sehr dunkler Typ.«

»Du ja auch«, bemerkte Marian. »Ich wette, du wirst beim ersten Sonnenstrahl richtig braun.«

»Ja, es gibt ein Gerücht, dass sich ein Nordafrikaner bei uns in die Familie eingeschlichen hat. Und das schlägt bis heute durch. Das hier ist beispielsweise meine Nichte.«

Alain holte ein schon mehrfach gefaltetes Foto aus seinem Portemonnaie, und Wärme stahl sich in seine Stimme.

»Die kleine Inez!«

Marian warf ein Blick auf das Foto und erstarrte. Konnte das möglich sein? Das Kind auf dem Foto sah mit den schwarzen Locken, den riesigen dunklen Augen und der Alabasterhaut genauso aus wie das Baby aus ihren häufigen Träumen.

Sie schluckte und atmete tief ein. Alain durfte nichts von ihrer Verwirrung bemerken. Und Jeff erst recht nicht, der jetzt seinen Standort auf der Bank verlassen hatte und auf sie zu schlenderte.

»Na, genug an Kräutern geschnuppert? Ich habe langsam Hunger. Wann gehen wir essen, Marian?« Absichtlich sah Jeff an Alain vorbei.

»Es ist doch noch ziemlich früh«, bemerkte Alain trotzdem erstaunt und zupfte ein Unkraut zwischen den Beeten. »Es bleibt lange hell in diesen Tagen. Das muss man ausnutzen.«

Marian sah Alain an und erwiderte etwas verlegen: »Deutsche essen zeitiger. Oder sagen wir mal ... manche Deutsche. Möchtet ihr mitkommen heute Abend? Ins Restaurant. Wir laden euch ein.« Sie merkte, wie Jeff sich geradezu empört versteifte.

Was soll denn das? Ich will keine Blutsbrüderschaft mit diesen Leuten. Sie ist ein Bauerntrampel, und ihm traue ich keinen Meter. Aber Marian fährt voll auf die Leute ab. Warum nur? Und dann auch noch einladen? Das kostet ein Vermögen. Aperitif. Schnaps und Kaffee nach dem Essen.

Alain nickte bedächtig.

»Merci. Das würden wir schon machen, aber ich muss jetzt zum *Boule*-Platz. Ich bin schon zu spät. Wir spielen noch ein bisschen *Boule*, bis es dunkel wird, und danach essen wir mit unseren Familien.«

Marian wusste nicht, was in sie gefahren war, aber sie sagte ganz spontan: »*Boule*? Darf ich mal mit? Das ist so typisch französisch.«

Alain lachte. »Ja, das sagt man, aber es gibt inzwischen auch gute Mannschaften im Badischen drüben. Manchmal kommen sie her, aber sie wollen immer schnell, schnell spielen. Disziplin, sagen sie immer. Und man könnte ja hinterher noch was zusammen trinken. Aber Arbeit ist Arbeit, und Schnaps ist Schnaps. Komischer Spruch für unsere Ohren. Wir trinken und rauchen beim Spiel. Das ist ja gerade das Schöne.«

»Das hört sich gut an«, erwiderte Marian. »Ich habe mich immer für *Boule* interessiert. Kann ich also mitkommen?«

Alain schüttelte bedauernd den Kopf.

»Heute geht es aber nicht. Heute haben wir ein kleines Turnier *entre nous*, aber wie wäre es morgen Abend? Oder wenn ihr wieder mal da seid.«

Jeff hörte der Unterhaltung mit schlechter Laune zu und rechnete insgeheim die Stunden aus, wann er wieder nach Hause konnte. Schließlich musste er im richtigen Leben arbeiten und das Geld für diese Narretei hier verdienen. Dies hier war nicht sein Revier. *Boule*! Was war denn das für ein Sport? Alte Männer spielten das. Es war wie Schach. Jedenfalls nichts für richtige Kerle.

Später saß Marian in dem Restaurant mit den karierten Tischdecken. Um ihren Tisch herum füllte sich das

Lokal mit Touristen, und sie war mürrisch. Wortkarg bestellte sie Salat als Vorspeise und dann nur einen Flammkuchen. Warum konnten sie nicht mit Catherine und Alain essen? Dieses Fenchelrezept hatte sich lecker angehört. Alleine an einem Tisch mit Jeff war ihr beinahe langweilig.

Ihre Gedanken schweiften zurück zu Alains wunderschönem Kräutergarten. Wie bunt und doch harmonisch die verschiedensten Pflanzen dort miteinander lebten. Und die Explosion an Gerüchen und Düften, an Aromen und Farben war an diesem warmen südlichen Sommerabend geradezu magisch gewesen. Sie hatte den Anblick vor Augen, wie Alain beinahe respektvoll an einem Lavendelbusch zupfte. Seine kräftigen braunen Finger und die lilafarbene Blüte. Das war ein Bild gewesen, das einfach stimmte.

Marian murmelte:»Ich denke, ich könnte diese Kräuter zeichnen. Man kann eventuell ein Buch daraus machen. Ich habe schließlich ganz gute Kontakte zu Kochbuchverlagen. Kräuter sind absolut angesagt bei den jungen Hobyköchen.«

»Was macht dieser Franzose eigentlich im Winter?«, fragte Jeff argwöhnisch.»Sich ausruhen vom Unkrautjäten? So schön wollte ich es auch mal haben.«

»Ich denke, im Winter macht er Soßen, Dips und Marmeladen. Hast du die Prospekte nicht gesehen, die am Eingang lagen? Und wahrscheinlich macht er tatsächlich das, was du ja auch machst. Kundenakquise.«

»Das will ich erst mal sehen. Ich würde dem nicht einen einzigen Schnittlauch abkaufen.«

»Warum denn nicht? Ich fand die Atmosphäre wunderbar in dem Garten.«

»Ich fand es absolut grässlich. Mindestens eine Wespe hat mich gestochen. Aber wenn es dir so gut gefällt – zieh am besten gleich hierher in die Einöde, Marian.«

»Warum nicht?«, gab sie zurück. »Es ist mein Haus. Wenn die Möbel erst einmal da sind, kann man immer mal eine Nacht dort schlafen und es sich gemütlich machen. Es wäre doch wunderbar aufregend, ein zweites Zuhause in einem anderen Land zu haben.«

»Aufregend? Erst muss die Immobilie mal gründlich geputzt werden, und ich brauche meine eigene Bettwäsche. Und meine Handtücher. Überhaupt, das Bad. Wer hat jemals etwas von einem Bad im Erdgeschoss gehört. Da trägst du doch den ganzen Dreck von der Straße rein.«

Marian seufzte. »Da hast du allerdings recht. Das Bad ist wirklich nicht schön. Es muss noch viel gemacht werden. Ich werde Catherine nach einem einheimischen Handwerker fragen. Sie hat bestimmt einen Tipp. Vielleicht kann er schon nächstes Wochenende anfangen.«

»Willst du etwa nächstes Wochenende wieder her?«

»Warum nicht? Jetzt ist Sommer. Warum nicht den Ort genießen? Andere beneiden uns darum.«

Jeff sagte nichts mehr. Er konnte nur hoffen, dass das Wetter bald schlechter würde.

Es war ein lauer Abend und die Gaststätten noch gut gefüllt. Das Stimmengewirr klang jetzt mehr nach Frankreich, die meisten Tagestouristen waren abgereist. Am Nachbartisch saß eine englische Familie, die offenbar auf dem Campingplatz logierte und sich einmal ein anständiges Essen gönnte.

»Da drüben der Mann kommt mir bekannt vor«, sagte Marian sinnend. »Irgendwo habe ich ihn den schon mal gesehen.«

Sie deutete möglichst unauffällig auf einen schmalen Mann mittleren Alters, der an der Bar saß und ein Glas mit der gelben milchigen Flüssigkeit vor sich hatte. Jeff folgte ihrem Blick. Er wusste, dass seine Marian einen ausgezeichneten Blick für Menschen und Gesichter hatte. Das kam von ihrer Eigenschaft als Zeichnerin. Sie hatte gelernt, sich Züge und Besonderheiten eines Gesichts einzuprägen.

»Wartet der auf jemanden?«

Marian wandte sich ihrem Salat zu. »Er sitzt nur da. Hier kann man eben auch einfach nur was trinken. Ich denke, er ist ein Einheimischer.«

»Hm, kann sein. Oder auch nicht.«

Marian spießte ein Maiskorn auf. »Jedenfalls ist es ein gutes Zeichen, wenn auch Einheimische in dieses Lokal gehen. Darauf soll man achten, schreiben sie in den Reisebüchern. Dann ist die Küche nämlich gut.«

»Na, Hauptsache, sie verwenden Kräuter von deinem Alain-Delon-Verschnitt«, bemerkte Jeff in ironischem Ton. »Dann ist alles in Kräuterbutter.«

»Es ist nicht *mein* Alain, sondern der Mann meiner Cousine.«.

Marian suchte in der Karte nach einer Nachspeise, beschloss aber dann zu verzichten. Als sie sich auf den Heimweg machten, achteten sie nicht darauf, dass der Mann kurz nach ihnen bezahlte und ebenfalls ging.

Am anderen Morgen, es war ein strahlend schöner Sonntag, und im ganzen Land hallten die schweren Kirchenglocken, stand Jeff schon früh im Garten des Hotels und telefonierte mit seinem Freund Tom. Er drosselte seine Lautstärke kaum, sodass ihn Marian vom Frühstücksraum aus hörte. »Ja, ganz nett, aber mehr als ein Wochenende mit diesen Bauern halte ich nicht aus. Und jetzt will sie auch noch den Tag heute dranhängen. Kommt ihr doch nächstes Mal mit. Was? Ihr würdet das Haus mal mieten? Aber klar doch, wenn die Kohle stimmt. Deutsches Fernsehen? Weiß ich nicht. Braucht man wahrscheinlich irgendein Tool. Was? Ohne Fernseher kommt ihr nicht. Da findet sich was. Marian ist gerade eifrig dabei, die Bude einzurichten.« Er hörte eine Weile zu.»Na, mit was? Du kennst doch meine Marian. Mit altem Gerümpel. Aber ich sage nichts dazu. Wir werden die Bude mittelfristig schon wieder loswerden. Das ist wieder eine ihrer verrückten Ideen.«

Marian wandte sich ab und schloss das Fenster. Ja, eine meiner verrückten Ideen ..., dachte sie.

Obwohl Sonntag war, erschien um 10 Uhr ein von Catherine empfohlener Handwerker, ein rothaariger Mann mit Sommersprossen, der sich als Frédéric vorstellte. Er könne alles: Malen, Schreinern, Montieren und Verlegen.

Catherine stand dabei und nickte zu jedem Wort.»Auf Frédéric könnt ihr euch verlassen. Gebt ihm, wenn ihr fahrt, die Schlüssel, und er wird alles machen, was er machen soll.«

»Aber lassen Sie bitte sonst niemanden ins Haus«, mahnte Jeff, der ewig Misstrauische.»Nicht, dass hinterher die ganze Sippe hier frühstückt.«

»Ganze Sippe?«, fragte Frédéric verständnislos.»Ich bin *célibataire*. Wie sagt man ... alleine stehend.«

»Schon gut, Herr Frédéric«, meinte Marian hastig. »Mein Freund hat es nur als Scherz gemeint. Wir überlegen jetzt und besprechen uns, was alles zu tun ist, und treffen uns später am Tag noch einmal hier und machen es fest. Könnten Sie heute gegen Abend?«

Frédéric nickte ein wenig ratlos und schlenderte davon.

»Dann habt ihr ein bisschen Zeit, und heute besuchen wir also zusammen den Odilienberg«, sagte Catherine ganz spontan. Jeff stöhnte: »Was ist denn das jetzt wieder? Können wir nicht nach Mühlhausen fahren? Dort gibt es immerhin ein Automuseum. Wahrscheinlich nicht so groß wie Sinsheim, aber man kann es sich ja mal anschauen.«

Catherine ging nicht auf seinen Einwand ein.

»Der Odilienberg ist der heilige Berg des Elsass. Ganz gleich, welchen Glaubens, wird jeder Elsässer und jede Elsässerin ihn einmal im Leben besucht haben.«

»Wäre mir neu, dass wir jetzt auf einmal Elsässer sind«, murrte Jeff.

Alain lachte spöttisch. »Das wird man schnell, wenn die Minstrel-Mädchen einen erst in den Fingern haben. Glaube mir!«

Catherine wurde allmählich ungeduldig. »Jeff, auch wenn es dir nicht gefällt, so ist deine zukünftige Frau zumindest zu einem Viertel Elsässerin, und deine Kinder werden auch ein bisschen von diesem Erbe in sich tragen.«

Na, das werde ich zu verhindern wissen. Mein Sohn wird bestimmt kein Bauerntrampel.

»Für Tausende aus Frankreich und Deutschland ist der Berg einmal im Jahr ein Pilgerziel. Es ist herrlich da oben. Nicht umsonst entstand dort im 12. Jahrhundert das Manuskript genannt *Hortus Deliciarum*, eine Beschreibung des irdischen Paradieses in der Klostergemeinschaft des Odilienbergs. Leider ist das Original verloren, es gibt nur noch Kopien.«

Jeff wachte auf.

»Pech. Wenn ein Original existierte, wäre es bestimmt viel wert, denn da liegt Kohle drin. Ein Klassenkumpel von mir hat in Heidelberg in einer Kneipe eine Frau kennengelernt, und dann war sie schwanger, und die haben geheiratet, und die Eltern haben so was wie ein Antiquariat, und erst dachte er, oh je, da ist kein Geld drin, doch jetzt kann er einen SUV Mercedes fahren. Du glaubst nicht, was manche Leute für eine alte Unterschrift von jemand Berühmtem bezahlen.«

Diese ungewöhnlich lange Rede von Jeff wurde allgemein mit ratlosem Schweigen quittiert. Nur Alain musterte Jeff rasch und aufmerksam.

»Aber warum soll ich jetzt dahin fahren, wenn es nichts mehr zu sehen gibt? Ich meine, Berge gibt es hier ja sowieso genug!«, fragte Jeff. Er zog bereits sein Handy heraus, suchte nach seiner Brille und rief in *Wikipedia* »Odilia« auf, doch das Handy war langsam, und er klappte es wieder zu.

Alain sah Marian an. »Odilia, das habe ich auch gelernt, als ich hierherkam, ist die Patronin – sagt man so – des Elsass. Sie hat eine interessante Geschichte, denn sie war als Kind blind, sollte von ihrem Vater getötet werden und ist geheilt worden. Er hat ihr dann dieses Kloster geschenkt. Deshalb gehen viele Blinde dorthin, um ein Wunder zu erhoffen. Und da oben gibt es das größte *monument*, Denkmal des Landes, nämlich eine Mauer, *un mur païen*, wie sagt man deutsch, eine Heidenmauer, die ist mehr als zehn Kilometer lang, und wenn man sie entlangläuft, hat man die schönsten Blicke, die die Vogesen offerieren. Ich weiß nicht, wie viele Dörfer und Höfe man von dort sieht. Es ist ein Blick über die ganze Zivilisation am Rheinufer entlang.«

»Das klingt wunderbar«, sagte Marian ehrfürchtig.
»Und diese Odilia hat wirklich dort gelebt?« Inzwischen
waren sie auf dem Weg zum Auto, das auf einem großen
Parkplatz stand. In den engen Gassen hatten Autos kei-
nen Platz. Die Türen öffneten sich, die vier stiegen ein.
Die Männer vorne, die Frauen hinten.

Catherine fuhr fort. »Ja, und sie ist dort auch begra-
ben. Ihre Reliquien ruhen in einem Steinsarkophag angeblich aus dem achten Jahrhundert. Nachdem sie ein Leben
der Buße und der Nächstenliebe zusammen mit anderen
Jungfrauen geführt hat und durch ein Wunder eine Quelle
aus dem Felsen hat springen lassen, stehen ihr bei ihrem
Tod im Jahre 720 Engel zur Seite. Ihren Vater hat sie übrigens durch Gebete aus dem Fegefeuer errettet. Also war
Odile ein Vorbild an Sanftmut und Vergebung.«

»Wie du, *ma chérie*!«, scherzte Alain und sandte über
den Rückspiegel einen Kuss auf die hintere Bank. Beinahe hätte Marian ihn instinktiv zurückgeworfen, aber
er gehörte ja nicht ihr, der Kuss. Er gehörte Catherine.

»Da freue ich mich drauf. Dies ist wie ein magischer
Ort«, bemerkte sie.

Jeff setzte seine Brille ab und verstaute sie mit generv-
tem Gesichtsausdruck.

»Ich persönlich freue mich keinesfalls, aber ich habe
ja hier keine Meinung zu haben. Es gibt nachgewiese-
nermaßen keine Legenden und keine Heiligen und deshalb auch keine Wunder. Das sind, wie ich zugeben muss,
geschickte Märchen der Katholiken, um auch Leute in
ihre Kirchen zu locken, die sonst morgens lieber im Bett
geblieben wären. Und mich hier meiner zukünftigen Frau
zuliebe in einem halbwilden Landstrich herumzutreiben,
ist auch eine gute Tat. Fast bin ich ein Heiliger.«

»Halbwilder Landstrich?«, fragte Catherine ungläubig und hielt Alain von hinten an der Schulter zurück, der sich fast auf Jeff stürzen wollte, wozu er allerdings hätte rechts ausscheren müssen.

Marian beschwichtigte: »Er meint es natürlich scherzhaft. Ironisch. Ironie ist seine große Stärke!«

Jeff war unbeeindruckt von der Stimmung gegen ihn. Er hob nur die Augenbrauen und fühlte sich im Recht. Klöster auf Bergen interessierten ihn nicht. Zeitverschwendung. Und überhaupt hasste er es, Beifahrer zu sein, aber die Fahrt mit zwei Autos wäre zu umständlich gewesen. Jeff beschäftigte sich vielmehr erneut mit seinem Handy. Er hielt es auf seinem Schoß, suchte die Route heraus und hielt es aufmerksam vor sich, Brille auf der Nase und schiefe Seitenblicke nach links, so als ob er Alain misstraute, den Weg finden zu können.

Die Fahrt erstreckte sich erst einmal über flaches Land, dann zunächst über weite Kurven und wurde am Ende sehr steil und kurvig. Busse kamen ihnen entgegen, auf dem Weg nach unten. Die Bäume rauschten über ihnen, als sie auf der Bergkuppe ankamen und das Kloster sie mit einer offenen Pforte in einen schönen gepflegten und ausgedehnten Innenhof mit uralten Lindenbäumen willkommen hieß.

Langsam schlenderten sie entlang an Ruhebänken, Blumenrabatten und bestaunten den gut erhaltenen Klosterbau mit der Kirche. Die Aussichtsplattform, die abenteuerlich über einem Felsen erbaut war, summte geradezu von Menschen aus aller Welt und bot einen spektakulären Blick über die dunstige Rheinebene.

»Schön, was?«, fragte Marian in Richtung eines mürrischen Jeff.

»Geht so! Ich wundere mich nur, wie viel Geld unsere Regierungen in solche alten Gemäuer stecken, anstatt ...«
»Anstatt in Zufahrten zu modernen Autohäusern«, ergänzte Marian schmunzelnd und zu Catherine gewandt: »Er würde es nicht zugeben, dass es ihm gefällt, und wenn man ihn kitzeln würde.«
Marians Blick fiel gleich auf eine überlebensgroße Statue, die gewiss die Heilige Odilia darstellte. Marians Augen wanderten hoch zu der stummen Figur. Auf seltsame Weise fühlte sie sich zu der steinernen Frau, von der sie nicht viel wusste, hingezogen. Jeff, der immun gegen diese Art von Kunst war, dessen einzige Heilige eine Kühlerfigur darstellte, warf demonstrativ durch seine Brille immer wieder Blicke auf Uhr und Handy. Dann hatte er Durst. Schließlich war Hochsommer. Gemeinsam mit Alain und Catherine steuerte er die Wirtschaft an, die mit Tischen und Getränken lockte. Marian verlangte es eher nach Ruhe und Nachdenken und nicht nach Limonade. Sie wollte die Tradition, die Geschichte und die Symbolik dieses uralten Klosters auf sich wirken lassen. Dies gelang ihr meistens nur, wenn sie mit einem Ort alleine war. Längst hatte sie beschlossen, sich kurz abzusondern. Sie entfernte sich dahin, wo laut Schild die »Heidenmauer« begann. Über Stock und Stein und entlang eines abenteuerlichen Pfades folgte sie der roh aufgeschichteten Mauer. Die Touristen verloren sich allmählich. Den meisten war der Waldweg wahrscheinlich zu mühsam. Sie hörte das Knacken des trockenen Holzes unter ihren Füßen. Manchmal huschte etwas Kleines und Braunes oder etwas Grünes über den Weg. Marian fürchtete keine Tiere, nicht einmal Schlangen. Nur Spinnen. Wilde Heidelbeeren links des Weges erinnerten sie an

ihre frühe Kindheit mit den Eltern in den Bergen, als sie in einem Glas die kleinen blauen Köstlichkeiten gesammelt hatte. Damals waren Mama und Papa noch zusammen gewesen, und niemals mehr schmeckten Blaubeeren so wie in der Kindheit. Manchmal schöpfte sie Atem. Immer wieder zwischendurch ergaben sich spektakuläre Blicke ins Tal, wo der Rhein die Trennlinie zwischen badischem und französischem Land war. Marian lief und lief, als werde sie an einer geheimnisvollen Schnur gezogen, und plötzlich merkte sie, dass sie sich weit vom Kloster entfernt hatte. Das Stimmengewirr war verstummt. Es war ruhig um sie herum. Sie erschrak beinahe, als sie über sich ein Geräusch hörte. Ein schwarzbrauner Vogel mit weiten Schwingen jonglierte sich geschickt zwischen den Ästen hindurch. Irgendwo rief klagend ein Waldtier.

Auf einmal hörte Marian hinter sich ein Knacken. Schritte. Sie fuhr herum, doch niemand war zu sehen. Oder doch? Bewegte sich da etwas hinter der Baumgruppe? Es wäre besser, sie ginge zurück. Doch zurück bedeutete, dem Wesen hinter ihr, wer und was es auch immer war, direkt in die Arme zu laufen. Doch nach vorne zu gehen, war auch ein Risiko. Sie kannte ja den Weg nicht, hatte keine Vorstellung, wo er endete, und die Felsen links waren sehr steil. Der Wald war jetzt im Hochsommer trocken, wenn sie ausrutschte, würde sie weit hinabgleiten auf der festen Erde und im Nirgendwo landen.

Wieder das Geräusch, und diesmal meinte sie auch, ein Atmen zu hören, das in der stillen Natur viel lauter klang als normalerweise. Wer auch immer da hinter ihr war, er versteckte sich. Und sie war weit und breit alleine. Marian war im Grunde kein ängstlicher Mensch.

Sie blieb unschlüssig stehen. Ihr Herz pochte angstvoll an einer ungewöhnlichen Stelle, ganz oben in ihrer Brust. Im Magen breitete sich ein flaues Gefühl aus – das war immer so bei ihr, wenn sie Angst hatte oder aufgeregt war. Sie zitterte leicht und ihr war kalt. Wie hatte sie so dumm sein können und sich alleine so weit von der sicheren Menschenmenge im Klosterhof zu entfernen. Wann würden die anderen merken, dass sie nicht zurückkam?

In dem Moment hörte sie Schritte aus der anderen Richtung. Sie spähte ängstlich zur Kurve, wo jetzt bald jemand erscheinen würde, und vor Erleichterung hätte sie beinahe geweint. Eine nicht mehr ganz junge mittelgroße und kräftige Frau kam direkt auf sie zu. Welch ein Glück. Marian würde mit ihr zurückgehen; die Frau bot ihr Schutz. Sie drehte sich um, um ein paar Schritte vorauszugehen. Die Fremde würde es gewiss seltsam finden, wenn sie hinter ihr herliefe. Da löste sich vor ihr der Schatten aus der Baumgruppe, und eine Schemengestalt flüchtete. Marian war sich sicher, dass es ein Mann war, und ganz kurz hatte sie das Gefühl, dass ihn schon einmal gesehen hatte.

Was bedeutete das, und wer verfolgte sie? Wenn er sie überfallen wollte, warum hatte er es nicht getan, als sie ganz alleine auf dem Weg gewesen war?

Sie wandte sich zu der Frau. Und auch die kam ihr merkwürdig bekannt vor.

»Das war ein Schrecken, nicht wahr?«, sagte die Fremde mit einer melodischen Stimme. »Aber keine Sorge. Er wollte Ihnen nichts tun. Im Gegenteil. Bleiben Sie mutig und lassen Sie sich nicht beirren. Ich passe ein bisschen auf Sie auf, ja?«

Marian starrte die Frau an. Was redete sie da? Die Spaziergängerin lächelte und lief an ihr vorbei. Marian folgte ihr rasch, doch als sie um die nächste Wegbiegung kam, war die Frau verschwunden. So, als ob es sie nie gegeben hätte. Stattdessen näherte sich eine fröhliche französische Familie mit einem Hund, der zickzack in die Büsche lief und schnüffelte. Das Gefühl des Grauens, das Marian kurzfristig beschlichen hatte, verschwand. Doch es verschwand nicht ganz. Es gab keine Erklärung für das, was sie gerade erlebt hatte. Mitten im Sommer unter blauem Himmel schien es finster zu werden.

»Du bist blass um die Nase«, sagte Catherine erstaunt, als sie die anderen in der Gaststätte antraf. »Ist etwas passiert? Wo warst du denn?«

»Nur so spazieren. Nein, alles in Ordnung. Es ist ziemlich warm, finde ich.« Ob die Ablenkung funktionierte, wusste sie nicht. Doch sie wollte keinesfalls über das Erlebte sprechen. Alain würde denken, sie sei überspannt. Er sah sie jedenfalls besorgt an.

Sie sieht aus, als habe sie einen Geist gesehen. Dabei war sie nur spazieren. Mir gefällt das alles nicht. Nein, es gefällt mir nicht.

Dann folgte Marian einem plötzlichen Impuls. »Jeff, komm bitte mal mit. Ich möchte mir etwas ansehen, und ich hätte gerne, dass du mich begleitest.«

Jeff seufzte und stand auf. »Aber nur, wenn du mir versprichst, dass wir dann nach diesem komischen Ort namens Eguisheim zurückfahren. Ich habe hier überhaupt keinen Empfang, und es interessiert sich jemand online für den Mazda. Der Jahreswagen, weißt du. Der in Türkis mit Silber.«

Catherine und Alain sahen sich vielsagend an. Marian nahm Jeff am Arm und ging über den belebten Klosterhof bis zu der großen Statue der Odilia. Sie sah hoch zu der Frau. »Jeff, ich habe diese Frau gesehen. Eben gerade! Sie lebte und ging im Wald spazieren.«

Jeff sah Marian fassungslos an. »Marian, ich werde sofort mit dir nach Hause fahren, wenn du noch mehr solche verrückten Dinge sagst. Ich mache mir sowieso größte Sorgen um dich. Dieser Ort hier und diese Leute und vor allem dieses halb verfallene Haus tun dir nicht gut. Du musst zu einem Neurologen. Ich werde Tanja nach einer Adresse fragen.«

»Unsinn. Sie hat mich gerettet«, sprach Marian träumerisch weiter. »Sie meint es gut mit mir. Weil ich aus dem Elsass stamme. Vielleicht meint sie es auch gut mit uns. Schau sie doch einmal an, Jeff.«

Irgendetwas an ihrem Ton veranlasste Jeff ,zu der Statue hochzublicken. Kurz sah er ihr genau in die Augen. Marian stand dicht neben ihm. Und für einen Moment war es, als stünde die Welt still. Alle Geräusche waren verstummt. Sogar die Vögel schwiegen. Die vielen Touristen um sie herum schienen für eine winzige Sekunde stillzustehen. Eingefroren in ihrer letzten Bewegung wie Figuren in einem Theater.

Dann wandte Jeff sich ab. »Gehen wir bitte!«, sagte er kurz und entschlossen. Seine Stimme klang ein wenig anders als sonst. Rauer.

Am Tor trafen sie Catherine und Alain. Schweigsam liefen alle vier zum Parkplatz. Jeff nahm wieder neben Alain Platz. Als sie unten im Tal waren, überraschte sie eine Straßensperre mit Umleitung.

Alain trommelte aufs Lenkrad und fluchte auf Französisch. Manchmal gewann sein mediterranes Temperament offenbar doch die Oberhand.

»Warte mal, ich schau in meinem Handy nach, wohin uns die Umleitung führt und ob es sich lohnt, auf die Autobahn zu fahren.«

Marian lächelte. Jeff war im Zweifelsfall immer für die Autobahn. Immer. So schön gerade und ohne lästige Burgen oder Kirchen, die den Weg verstellten. Sie beobachtete ihn von hinten, wie er in seinem Handy herumtippte. Doch dann fiel ihr etwas auf. »Jeff ... Jeff ... merkst du was? Du brauchst ja gar keine Brille mehr. Du liest die Schrift am Handy ohne Brille. Sie hat dich geheilt. Odilia hat dich geheilt.«

»Ach, Unsinn ...«, sagte Jeff, und dann brach seine Stimme. Er warf das Handy unsanft nach hinten auf Marians Schoß. »Ach, Unsinn!« Doch es klang alles andere als überzeugt.

Die Rückfahrt verlief schweigend. Es sah aus, als hege jeder seine eigenen Gedanken.

Schließlich waren sie zurück im friedlichen Eguisheim. Es war Sonntag. »Ruhetag«, sagte Jeff nur und legte sich dann schweigsam auf das Bett im Hotel und schlief fast sofort ein.

Marian fühlte sich nervös. Sie sah auf die Uhr. Um 18 Uhr sollte der Handwerker noch einmal kommen.

»Willst du mitgehen zu dem Treffen mit diesem Frédéric? Wir müssen ihm doch ungefähr sagen, was er nun im Detail machen soll.«

Jeff drehte sich zur Wand. Sogar sein Rücken sah beleidigt aus. Marian betrachtete ihn nachdenklich. Die Ereignisse auf dem Odilienberg erschienen ihr jetzt fast unwirklich. Das Auftauchen der rettenden Frau und ihre verblüffende Ähnlichkeit mit der Statue im Hof. Die Tatsache, dass sie wie vom Erdboden verschluckt gewesen war, als sie um die Ecke bog. Und noch unglaublicher: der Eindruck, dass Jeff offenbar besser sehen konnte als zuvor. War das alles Einbildung gewesen? Sie konnte sich denken, dass auch Jeff verunsichert war. Sollte sie mit Catherine darüber reden? Nein, dazu kannte sie sie noch nicht gut genug. Mit Alain heute Abend, wenn sie ihn zum *Boule* begleitete? Sie mochte ihn mit seiner ruhigen und souveränen Art. Sie vertraute ihm, obwohl sie nicht genau wusste, warum.

»Ich komme dann später. Unten im Hotel kannst du ja eine Kleinigkeit essen, wenn du Hunger bekommst. Ich hole mir unterwegs eines dieser leckeren Sandwiches, die sie überall anbieten. Wir können ja nicht jeden Abend ins Restaurant gehen. Ich bin froh, wenn wir unsere eigene Küche haben und kochen können. Die Lebensmittel haben hier viel höhere Qualität als bei uns.«

»Unsinn«, murmelte Jeff. »Alles ist hier teurer, so wird ein Schuh draus.«

Marian nahm eine Strickjacke vom Haken an der Hotelzimmertür und begab sich auf dem mittlerweile schon vertrauten Weg durch die von an ihren Haken baumelnden Stoffstörchen geschmückte Hauptstraße. Trotz Sonntag waren die Geschäfte geöffnet, da an diesem Tag viele Touristen im Ort waren. Fast jeder Laden schien das Gleiche anzubieten. Wie das alles wohl hier ausgesehen hatte, als ihre Großmutter noch eine junge Frau gewesen war? Es wäre schön, ein paar alte Bilder von damals zu sehen. Für einen Auftrag, als sie historische Kräuter für ein Märchenbuch hatte zeichnen sollen, war sie in Frankfurt in der Bibliothek des *Senckenbergmuseums* gewesen.

Die Schätze, die sich dort verbargen, hatten sie fasziniert. Am liebsten wäre sie täglich in dieses Archiv gegangen. Sie nahm sich vor, einmal hier die Bibliothek aufzusuchen. Vielleicht fand sie ein Buch mit alten Aufnahmen des Ortes. Das würde ihr helfen, sich die Lebenswelt ihrer fernen Oma vorzustellen. Überhaupt. Im Grunde genommen wusste sie viel zu wenig von Frankreich, von französischer Geschichte und Politik.

Der bestellte Handwerker stand mit Catherine wieder vor dem Haus. Sie sprachen ein Gemisch aus Französisch und Elsässisch und wechselten höflicherweise zu Deutsch, als sich Marian näherte.

»Es hat sich etwas geändert. Heute Mittag hat er es erfahren. Frédéric kann leider nicht genau zusagen, wann er verfügbar ist, da er einen Todesfall in der Familie hat und nach Paris muss. Aber ein Kollege wird mit den Vorarbeiten beginnen, und er macht dann weiter.«

»Raimond ist ein sehr guter Mann«, sagte Frédéric. »Besser als ich. Er ist Spezialist für alte Häuser, hat sogar im *Écomusée* gearbeitet. Ich komme dann in der zweiten Woche dazu.«

Es war Marian jetzt nicht ganz recht, dass ein Unbekannter in ihrem Haus arbeiten sollte, aber sie musste sich auf Catherine und ihre Ortskenntnis verlassen. Gemeinsam gingen sie noch mal durch das Haus.

Marian strich über das abgeblätterte Holz des Treppengeländers.

»Das könnte man vielleicht ein bisschen abschleifen und neu streichen. Aber, Catherine, ich möchte nicht, dass er im Dachzimmer etwas macht. Mir gefallen die uralten Holzbalken so, wie sie sind. Da möchte ich zuerst mal alles unberührt lassen.«

Frédéric holte einen Block hervor und notierte sich etwas. »D'accord mit das alles«, sagte er. »Unten tapezieren, das Bad und die Küche streichen, die Treppe wachsen, einen Handlauf anbringen.«

Er zählte noch weitere Dinge auf, die er am Haus reparieren oder verschönern wollte. »Ich würde Ihnen auch raten, ein neues Bad mit schickem lavabo einzubauen. Das hier ist nicht mehr schön.« Marian lächelte. »Toilette, Waschbecken und Badewanne. Ich glaube, das will ich wirklich alles neu.«

Sie freute sich schon, wenn das Haus hergerichtet sein würde. Doch was dann? Jeff zeigte keine Neigung, künftige Ferien hier zu verbringen oder sich gar länger in Eguisheim aufzuhalten. Vielleicht könnte sie ab und zu auch alleine herfahren. In dem Studio oben unter dem Dach ließe sich bestimmt ganz wunderbar kreativ sein.

Dieses Zimmerchen da oben hatte sowieso eine besondere Wirkung auf sie. Irgendwie schien es sie magisch anzuziehen.

Während sich Catherine und Frédéric noch unterhielten, klomm sie die steilen Stufen nach oben. Es hatte sich draußen ein eigenartiges Licht gebildet. Der Himmel war noch blau vom Tag, doch kündigte sich das Ende des Nachmittags und der Beginn des Abends durch eine leichte Rotfärbung der Welt an. Die Sonne begann sich unmerklich zu senken und lugte gerade noch über die Dächer, sodass sie die leuchtenden Farben auf ihrer Reise nach unten mitnahm. Marian öffnete das Lukenfenster des Dachzimmerchens. Von Weitem sah sie den Kirchturm. Es läutete mächtig und schwer. 18 Uhr. Sie schaute nach draußen und verlor sich in dem Gewirr von Dächern, Farben und entfernten Geräuschen. Und dann geschah etwas Seltsames. Sie hörte nicht nur Geräusche von draußen, sondern auch von innen. Als ob jemand im Raum wäre. Sie fuhr herum und sah plötzlich vor ihrem Auge eine seltsame Szene. Ein Mann in weißem Hemd und einer zerschlissenen weißen Hose sowie mit einer blauen Kappe machte sich an einer der Balken an der Decke zu schaffen. »Was machen Sie denn da?« Marian rief es, doch sie hörte ihre eigenen Worte nicht. Die Gestalt offenbar auch nicht, denn sie reagierte nicht. Marian wich zurück an die Wand und an das Fenster. Was war denn das jetzt? Wurde sie allmählich wirklich verrückt? Sie sah, wie der Mann eine Art Hobel herausholte und sich den Balken an der Zimmerdecke näherte. Dann, bevor sie mehr sehen konnte, verblasste das Bild wie das Negativ eines Fotos, das man in eine Lauge legt. Es wellte sich, wurde blasser und löste sich schließlich auf.

Marian hielt die Hand vor den Mund, um nicht zu schreien. Was würden Catherine und Frédéric von ihr denken? Dass sie eine hysterische Irre war. Vielleicht konnte man ihr sogar das Haus als Erbe absprechen, wenn sie sich benahm, als sei sie nicht normal. Man könnte sie amtsärztlich untersuchen lassen und ihr das Erbe aberkennen oder einen Verwalter einsetzen. Dies war zwar das nahe Elsass, aber die Gesetze waren französisch, und die waren ihr unbekannt.

Aber vielleicht stimmte auch wirklich etwas nicht mit ihr. Erst diese Frau, die der Heiligen Odilia so verblüffend ähnlich sah, dann dieser Mann in einem weißen Kittel. Dieser Mann … mit schweißnassen Händen fuhr sich Marian übers Gesicht. Er war ihr bekannt vorgekommen. Seltsam bekannt auch er. Was war hier nur los?

Langsam tastete sie sich wieder nach unten. Als sie auf der ersten Treppe war, sahen Catherine und Frédéric zu ihr hoch.

»Du bist ja so bleich«, rief Catherine, als sie ihre Cousine sah.

Seltsame Person. Eigentlich sieht sie ziemlich normal aus, aber jetzt wirkt sie, als hätte sie einen Geist gesehen. Im Grunde fand ich sie vorhin schon anders als beim ersten Mal. Weniger fröhlich. Es ist, als ob sie etwas wüsste. Oder etwas ahnte von dem kleinen Deal. Dabei ist das unmöglich. Sie sprich ja nicht einmal Französisch, hat er mir gesagt.

»Diese Treppe nach oben ist gefährlich.«

Marian nickte, doch konnte sie die Frage jetzt nicht mehr unterdrücken. »Catherine, erzähle mir doch mehr von diesem Haus. Wer hat alles drin gewohnt, und gab es mal merkwürdige Vorkommnisse in diesem Haus?«

Frédéric tippte sich an einen nicht vorhandenen Hut. »*Je m'en vais.* Ich lasse euch alleine. Muss noch zu meinen Leuten. Wir haben ja bekanntlich den Todesfall. Gibt es viel … zu regeln.«

Catherine lehnte sich an die elektrische Heizung – eine Form der Heizung, die in Frankreich offenbar nicht als so unerschwinglich galt wie in Deutschland.

»Ich habe es dir schon gesagt. Das Haus ist von etwa 1660. Es sieht noch fast aus wie damals. Es wurde nie zerstört. Die Vorfahren unserer Großmütter haben hier gelebt. Sie hatten verschiedene Berufe. Schneider, Schuster und einer, der offenbar eine verkrüppelte Hand hatte, arbeitete als Nachtwächter und Dorfschreiber. Einer war sogar Steinmetz, ein ehrenwerter Beruf bei uns. Der Vater unserer Großmütter war Schneider.

Du siehst also, alles seriöse Leute, die man im Alltag brauchen konnte.«

Marian überlegte. Sollte sie die Frage stellen, oder würde das für Verwunderung sorgen?

»War einer unserer Vorfahren eigentlich auch Bäcker?«

Catherine schien sich tatsächlich einen Moment lang zu wundern. Doch sie fing sich rasch wieder. »Bäcker? Wie kommst du denn darauf?«

»Einfach so. Weil es hier in Eguisheim überall so herrliche Backwerke in den Bäckereiläden gibt. Es duftet so köstlich. Und ich habe auch immer gerne gebacken.«

Catherine musterte sie. »Na, ob sich so etwas vererbt, weiß ich nicht. Du bist immer noch blass. Komm, wir gehen zu uns und trinken einen Aperitif.«

Marian schloss mit ihrem Schlüssel ab, was sie jedes Mal ein bisschen stolz machte, und folgte ihrer Cousine um die Ecke ins Nachbarhaus. Und doch hatte sie durchaus bemerkt, dass ihr Catherine keine Antwort gegeben hatte.

Sie nahm sich vor, demnächst der Bibliothek oder dem Archiv des Ortes einen Besuch abzustatten. Sie musste sich nur erkundigen, ob es so etwas wie ein Archiv hier überhaupt gab und wo es sich befand.

Im Haus zeigte Catherine Marian das Foto eines ernst blickenden Mannes mit einem kleinen Bart. Gut konnte man sein Gesicht erkennen. Er hatte ein sehr langes Kinn, doch einen sehr kleinen Mund, was ihm ein kleinliches Aussehen gab. Diesen Typen hatte Marian gleich bei ihrem ersten Besuch als altes Foto gesehen. Catherine strich über das verblasste alte Bild, als liebkoste die das Gesicht ihres Vorfahren.

»Toll, dass man damals schon Fotos hatte.«

»Frankreich ist die Wiege der Fotografie. Das erste Foto der Welt wurde 1826 im Burgund aufgenommen. Von dem großen Niépce.«

Dann stellte sie das Bild zurück.

»Unser Urgroßvater war ein wenig unglücklich, dass er nur zwei Töchter hatte. Das war die Zeit, als die Familie mit Namen und Beruf nur durch Männer fortgeführt wurde. Die Töchter heirateten in eine neue Familie, deren Werte sie übernahmen und ihrerseits weiter in die Zukunft trugen, und doch war es bei meiner Oma anders. Ihr Vater war Schneider gewesen, und sie hatte ebenfalls das Schneiderhandwerk erlernt.«

»Aber dann war sie wahrscheinlich hauptsächlich Ehefrau. Spätestens, als deine Mama geboren ist.«

Catherine lachte. »Ja, alle waren Ehefrauen. Alles andere wäre das große Dorfgespräch gewesen. Hier gab es keine ledigen Mütter. Sie hat den Tuchhändler geheiratet, der uns einmal in der Woche aufsuchte, um Stoffe und Nähmaterial zu bringen. Er stammte aus Mulhouse, dem Zentrum der Stoffindustrie im Elsass. Eine Großstadt. Tor in die Schweiz. War dadurch ein Zugereister. Sagt man so?«

Marian starrte in die milchig-gelbe Flüssigkeit und roch den Anis.

»Also kein Bäcker in der Familie?«, fragte Marian noch einmal und versuchte, eine schemenhafte Gestalt zu vergessen, die ihr immer unwirklicher vorkam, je mehr Zeit seit dem erschreckenden Ereignis vergangen war. Rasch dachte sie nach. Hatte sie eigentlich früher auch solche Bilder gesehen? Oder Menschen, die nicht existierten? Nein, niemals. Niemals.

Erst seit sie dieses Haus geerbt hatte. Und sie dachte an den seltsamen Film, den sie noch zu Hause auf dem Bildschirm empfangen hatte. »Nicht, dass ich wüsste«, sagte Catherine fest.

Plötzlich sagte Marian etwas, das sie selbst überraschte. »Catherine, meinst du nicht, es ist besser, dass der Ersatzmann für Frédéric, dieser Raimond, erst mit den Arbeiten anfängt, wenn ich wieder da bin?« Catherine sah sie erstaunt und auch ein wenig kritisch an. »Wenn Frédéric ihn empfiehlt, kannst du ihm durchaus trauen. Aber gut, überlege es dir.« Sie warf einen Blick auf ihre Uhr. »Wir müssen los. Die Männer haben schon längst angefangen.«

Um 20 Uhr, es war noch fast taghell an diesem ereignisreichen Sonntag, begleitete Catherine Marian zum *Boule*-Platz am anderen Ende des Ortes, wo die Straße nach Süden aus dem Ort herausführte. Es handelte sich um eine Grünfläche, die wohl als vielfältiges Sportareal gedacht war. Marian hatte in ihrem Führer gelesen, dass man diese beliebten Stätten *aréal polyvalente* nannte. Ein eingezäunter Platz wie ein Gitterkäfig, in dem man Fußball oder andere Ballspiele betreiben konnte, eine kurze Aschenbahn, ein kleiner Tennisplatz, eine Fläche für Kinderspielgeräte sowie eben jener *Boule*-Platz. Alles machte insgesamt einen erfrischend unperfekten Eindruck, um nicht zu sagen, das gesamte Areal wirkte etwas ungepflegt. Da schnitt der *Boule*-Platz noch am besten ab, und er war auch der einzige Sportbereich, der jetzt an diesem warmen Abend belebt war. Nur Männer standen um die Sitzbank herum, die neben der mit Kies bestreuten Bahn aufgestellt worden war, und auf der Taschen und Handtücher sowie Thermoskannen deponiert waren. Darin mochte sich möglicherweise Kaffee befinden, der ihnen von unbelehrbaren Ehefrauen mitgegeben worden war, doch tranken die Männer mitnichten Kaffee, sondern Wein aus kleinen Gläsern. Die Flaschen waren unter die Bank gestellt worden, damit sie nicht zu warm wurden.

»Visite, Alain«, rief ein älterer Mann mit Schnauzbart. »Attention. La Gendarmerie. Catherine.«

Alle lachten, auch die ansonsten eher ernste Catherine schmunzelte. »Ich bringe euch nur einen Gast zum Zuschauen. Vielleicht wird ja noch eine *Boule*-Spielerin aus ihr.«

Marian lächelte schüchterner als sonst in die Runde. Sie war hier vollkommen fremd, anders als in dem von Touristen belebten Ort. *Boule* war eine Tradition dieses Landes, und sie wollte nicht als neugierige Zuschauerin erscheinen. Als sie einmal in Bayern gewesen war, hatte sie etwa mit fasziniertem Abscheu gesehen, wie sich ausgewachsene Mannsbilder beim Fingerhakeln maßen.

»Ach, Alain, die deutsche Verwandtschaft. Na, das hätte schlimmer kommen können. Sieht aus wie Catherine. Nicht, dass du dich nachts im Bett täuschst«, sagte einer der Männer, und alle lachten. Marian wurde rot. Und als sie einen Blick auf Alain warf, bemerkte sie erstaunt, dass auch er unter seiner dunklen Haut errötet war.

»Und sie hat das alte Haus an eurer Rückseite geerbt. Na, da wird sie ja wohl die eine oder andere Überraschung erleben.«

Marian sah den Sprecher fragend an. Er war blond, kräftig, hatte blassblaue Augen. Wenn man nicht wüsste, dass er ein Elsässer war, hätte man ihn vom Typ her weit im Norden verortet. Dänemark etwa. »Bautechnisch gesehen«, sagte der Mann in fast akzentfreiem Deutsch. »Grenier, mein Name. Ich habe ein Reisebüro vor Ort und arbeite fast nur mit Deutschen zusammen. Ich schlage vor, dass ihr das Haus als Ferienhaus vermietet. Ich kann euch 50 Euro am Tag bieten.« Marian sah ihn unschlüssig an. »Ich weiß nicht. Es ist doch in gewissem Sinne mein Elternhaus. Auch wenn es mein Großmutterhaus ist. Aber fremde Leute? Dann riecht es nach anderen Menschen. Sie hinterlassen Spuren, auch wenn sie sich bemühen, es nicht zu tun.«

Der Blonde namens Grenier zuckte die Achseln. »Wenn ihr nur alle Schaltjahre mal herkommt, riecht es auch, und zwar muffig und ungelüftet. Es ist ein altes Haus. Die Wände speichern nicht nur die Erinnerungen, sondern auch die verbrauchte Luft.«

Marian war nicht begeistert von dem, was sie hörte. Und doch fürchtete sie, der Blonde hatte recht. Man konnte das Haus nicht leer stehen lassen. Als wollte er ein Ausrufezeichen unter seine Worte setzen, traf Grenier mit einem Knall die kleine Kugel und zerstörte ein Bild von drei gegnerischen *Boules*, die es sich neben der Sau gemütlich gemacht hatten.

»Gut«, sagte Marian kühl. »Sie spielen gut!«

»Nicht immer. Nicht alles gelingt. Manches bleibt unerreichbar.«

»Kennen Sie denn mein Haus?«

Grenier polierte seine zweite Kugel mit einem speziellen Handtuch. »Ja. Wir hatten ein Busunternehmen, und mein Vater hat hier Stadtführungen gemacht. Da zeigen wir die alten Häuser, und deines gehört zu den gut erhaltenen alten Gebäuden. Das Fachwerk ist noch original, ebenso die Tür. Er kannte alle Geschichten, die mit den Häusern in der Altstadt zusammenhängen. Aber wir durften ja nicht rein in das Heiligtum. Mit Catherine hätte man noch reden können, aber Alain war absolut dagegen.« Und als ob er darüber jetzt noch böse wäre, schleuderte er die zweite Kugel auf die Sau, die er verfehlte und weit im Feld landete.»Merde!«

Sie ließen sie dann ausprobieren und reichten ihr ein paar blank geputzte Kugeln, doch Marian entwickelte kein echtes Talent. Entweder warf die die Kugel zu nah oder zu weit. Alain schüttelte gutmütig den Kopf.»Du musst Schwung holen und dann vor allem das Handgelenk gerade halten. So …« Und er stellte sich hinter sie und führte ihr die Hand. Sein warmer Atem streifte ihren Nacken. Er roch schwach nach Wein und Zigaretten.

Marian versteifte sich unter seiner Berührung. Und aus gutem Grund. Es war das erste Mal seit langer Zeit, dass sie wieder etwas wie Erotik in sich aufsteigen fühlte. Und der Mann, der dies auslöste, war nicht Jeff. Es war niemand anders als Alain. Der Mann ihrer Cousine.

Später nachts lagen Jeff und sie Rücken an Rücken. Marian hatte bei Catherine ein paar kleine Brote mit Käse und Salami gegessen, und Jeff hatte tatsächlich im Hotel das *Menu du jour* verzehrt. Er war sauer, und sie war verunsichert. Vor allem, weil er recht hatte. Sie benahm sich rücksichtslos ihm gegenüber.

In die Dunkelheit hinein sprach sie:»Jeff, ich muss dir etwas sagen. Wir fahren ja morgen, am Montag, nach Hause, aber ich möchte bald wiederkommen. Für eine ganze Woche. Den Alltag hier erleben. Nicht nur Samstag und Sonntag, wenn die Touristen den Ort überschwemmen. Das ist nicht das richtige Leben.«

Er setzte sich aufrecht im Bett hin. Selbst in dem dunklen Zimmer konnte man erkennen, wie böse er war. Und sie konnte ihn sogar ein wenig verstehen.

»Du musst verrückt sein. Wozu hier den Alltag erleben? Dieses Abenteuer hier frisst fast meinen Jahresurlaub auf, und vielleicht denkst du daran, dass wir eigentlich nach Fuerte wollten. Mit Tom und Tanja und auch Bob und Caro, falls dir die Namen unserer Freunde noch etwas sagen.«

Marian setzte sich in dem unbequemen Bett auf und zog die Knie an. In der Tat schienen Bob und Caro, ein ziemlich oberflächliches Yuppiepärchen, zu einer anderen Welt zu gehören. Doch sie sollte Jeff beruhigen. Er hatte auch ein Recht auf sein Leben.

»Fuerteventura läuft uns nicht weg. Ich habe etwas, was dich trösten wird. In dieser bewussten Woche werde ich mir darüber klar werden, ob ich das Haus überhaupt behalten will und was ich damit machen werde. Du hast also eine Chance, dass dein Leben genauso weitergeht wie geplant.«

Jeff drehte sich ebenfalls um und stöhnte. »Mein Leben. Es war einmal unser Leben, Marian. Dieses Haus, dieses Erbe ist nur eine Belastung. Ich überlege, ob ich überhaupt noch einmal mitkomme.«

Marian legte ihrem Verlobten eine Hand auf sein wütend aus der Bettdecke herausragendes Knie. Sie war nicht streitbar.

»Jeff, es muss auch jemand dem Handwerker auf die Finger sehen. Schließlich ist er nur eingesprungen für diesen Frédéric, und wir haben ihn nicht einmal gesehen. Sogar Catherine kennt ihn nicht. Er kommt wohl aus einem anderen Ort. Ich bin mir nicht sicher, ob wir das überhaupt machen sollen.«

Jeff murmelte etwas und drehte sich zum Schlafen, obwohl er bestimmt auch nicht schlafen konnte. Marian seufzte, legte sich auf den Rücken, verschränkte die Arme hinter dem Kopf und sah die Sterne durch das kleine Fenster blitzen und blinken, so als kicherten sie. Eine laue französische Nacht verstrich erneut ungenutzt. Und sie dachte an Alain. In seinem kräftigen Nacken hatten Schweißtropfen geglänzt. Und das hatte unglaublich sexy ausgesehen.

Sie wandte den Kopf. Über Eguisheim zwinkerten ihr ein paar Sterne zu. Es waren nicht viele heute Nacht. Sie stand leise auf und sah aus dem kleinen Fenster über den Parkplatz hinweg in Richtung der Berge. Dort war es dunkel.

Leise ging der Schatten, der sie beobachtet hatte, weg. Sie hatte ihn nicht gesehen.

Am anderen Morgen, einem etwas verhangenen und damit griesgrämigen Montagmorgen, sahen sie zu, wie Frédéric Leitern und Eimer sowie Rollen mit Tapete ins Haus schleppte. »So, das werde ich jetzt alles vorbereiten, und dann kann der Kollege morgen mal anfangen. Nächsten Freitag ist er fertig.«

Kurzes Schweigen, dann streckte Frédéric die Hand aus. »Les clés s´il vous plaît. Der Schlüssel!«

Marian stand da wie angewurzelt. Sie hatte ein Gefühl, dass hier irgendetwas falsch war, aber sie konnte es nicht benennen. Sie hatte nie verstehen können, wenn ihr Freundinnen davon erzählten, dass sie manchmal das Gefühl hatten, mitten im falschen Leben zu stecken. Jetzt verstand sie es. Es war, als wäre man ein Puzzlestein, der nicht ins Bild passte. Im Grunde hätte sie gerne gesagt, dass sie es sich überlegt habe, dass nicht der andere Hand-

werker die Arbeiten machen solle, dass sie warten wollte
mit den Renovierungen, bis Frédéric Zeit hatte. Doch das
wäre unhöflich und sähe misstrauisch aus. Und doch war
es richtig. Sie wusste es.

»Nein«, sagt sie urplötzlich. »Ich habe es mir gestern
überlegt. Ich denke, wir warten noch ein paar Tage. Wir
möchten ja demnächst eine ganze Woche hier verbringen, und der andere Handwerker kann dann beginnen.
So lerne ich ihn wenigstens noch kennen und kann ihm
den Schlüssel persönlich geben. Das ist dir doch auch lieber, Jeff, wie ich dich kenne.«

Frédéric blieb erst einmal wortlos. Dann griff er nach
seinem Handy und wählte eine Nummer. Leise sprechend
trat er zur Seite.

»Warum denn jetzt wieder nicht?«, stöhnte Jeff. »Was
sind das nur für Launen? Seit du diese verdammte Ruine
hier geerbt hast, spinnst du, Marian. Es war alles ausgemacht. Der Mann kann doch jetzt anfangen. Wieso soll
er denn bis nächste Woche oder noch länger warten.«

Marian wusste, dass sie Frédéric und Jeff und bestimmt
auch Catherine gegen sich aufbrachte, aber sie fühlte, dass
der Schlüssel in ihrer Hand brannte, als sei er aus Feuer.
Und sie wusste gleichzeitig, dass sie ihn heute jedenfalls
nicht hergeben durfte.

5. Kapitel
Zu Hause und doch fremd

Das Leben zu Hause fiel ihr schwer. Sie versuchte, sich auf das Zeichnen von Kürbissen zu konzentrieren, denn sie hatte einen Auftrag für ein veganes Restaurant, das die Kürbiszeit vorbereitete. Lachende Kürbisse. Einander umarmende Kürbisse. Kürbisse, die tanzten und die in einen Suppentopf sprangen.

Jeff genoss die Großstadt umso mehr und warf sich in der Zeit mit aller Macht auf den Automarkt und verkaufte zwei E-Autos an einen Pfarrer sowie dessen Bruder. »Der Pfarrer gleitet jetzt leise durch die Wohnbezirke seiner Schäfchen, und der Bruder will natürlich nicht hintanstehen. Siehst du, wenn man sich anstrengt, dann geht auch was.«

Sie sahen sich nicht sehr oft in dieser Woche. Jeff versuchte, die Tage, die er gezwungenermaßen vielleicht noch in Eguisheim verbringen musste, schon vorzuarbeiten. Und Marian zeichnete, als ginge es um ihr Leben.

Von einem Kinderarzt erhielt sie den Auftrag, ein paar gesunde Sachen zu malen, die man Kindern anstatt Bonbons anbieten könnte: Äpfel, Birnen und Trauben. Er wollte eine entsprechende Broschüre in seiner Praxis auslegen. Im Besprechungszimmer saß er ihr gegenüber. »Finden Sie ruhig auch noch ein paar ungewöhnlichere

Sachen wie Papaya oder das Zeug, das es beim Chinesen gibt. Ich verlasse mich auf Sie.«

Und dann klopfte er ihr auf die Schulter, zog seinen Kittel an, auf dem auch eine lustige Sonne prangte, und eilte davon, um bei einem kleinen Mädchen eine Ultraschalluntersuchung zu machen. Marian sah ihm nach, erhaschte einen kurzen Blick auf das Kind, das auf einem Stühlchen im Untersuchungszimmer saß und mit einem ergebenen Blick wartete. Neben ihm die blasse unglückliche Mutter. Ihre Augen verrieten, dass sie viel geweint hatte. Es gab so viele schwere Schicksale. Heute und gestern. Das Leben war wie ein Teppich, gewoben aus den Schicksalen der Vorfahren, und er wurde ständig weiter geknüpft. Er war nie fertig, und auch ihr Schicksal würde ein paar Fäden ergeben, dachte Marian.

Marian verließ die Praxis und lief durch die geschäftigen Straßen der Stadt am Main. Sprachen aus aller Herren Länder schlugen an ihr Ohr, doch sie erreichten sie heute nicht. Sie strebte in Richtung der riesengroßen und bestens ausgestatteten Stadtbibliothek, die sich Frankfurt leistete. Kinder, die zu Hause keine Bücher fanden, konnten hier kostenlos ausleihen und schmökern, und auch für den Wissensdurst der Erwachsenen gab es Möglichkeiten, ihn zu stillen. Auch wenn manchmal Marian das Gefühl hatte, dass dieser Durst zu versiegen drohte. Jeff las nichts und seine Freunde auch nicht.

Sie wollte eigentlich hier heute nach den exotischen Früchten forschen, doch zögernd lief sie am Informationsdesk hin und her und machte auf den brillentragenden Mitarbeiter mit dem schütteren Haar den unschlüssigen Eindruck einer Leserin, die etwas fragen wollte, aber sich nicht traute.

*Das ist die nette Blondine, die manchmal kommt und
immer wieder Pflanzenbücher ausleiht und anschaut.
Heute wirkt sie ein bisschen aufgeregt. Fahrig. Mir kommt
sie auch blass vor. Ich fand die immer wirklich nett.
Hatte sogar überlegt, ob ich sie mal anspreche. Wird liiert sein,
aber ich habe niemals einen Mann an ihrer Seite gesehen.*
Marian entfernte sich wieder vom Desk. Es war mor-
gendlich leer und still in der Bibliothek. Es fehlten die
Schüler. Ein oder zwei Männer im Rentenalter lasen in
den Sitzgruppen in dicken Büchern. Hier hatten sie vielleicht ihre Ruhe vor der heimischen Gattin samt Staub-
sauger. Der heutige Rentner, dachte Marian nicht zum ersten Mal, hat eigentlich noch zu viel ungenutzte Lebenszeit
vor sich. Das führte ihren Gedankengang wieder zu ihrem
Haus in Eguisheim. Sollte sie es wirklich an Touristen vermieten und es damit aus seinem Dornröschenschlaf rei-
ßen? Wenn sie Catherine richtig verstanden hatte, hatte es
leer gestanden, seit ihre Großmutter nicht in die Heimat
zurückgekehrt war. Catherine und Alain hatten gelüftet
und es einmal im Jahr durchgefegt. Mehr nicht. Es gab nur
zwei Schlüssel zu dem ziemlich komplizierten Schloss.
Beide hatten sich bei Catherine und Alain befunden, und
beide besaß nun sie. Sie könnten das Tor zu einem neuen,
einem anderen Leben sein. Sinnlos blieben sie, wenn das
Haus weiterhin verwaist blieb.

Unruhiger als gewohnt, eilte sie durch die vertrauten
Gänge mit den langen Regalen voller Bücher. Im dritten Stock bei den sogenannten »Buchschätzchen«, alte
Bücher, die die Stadtbibliothek beim nächsten Flohmarkt
ausmustern würde und die man sich jetzt schon für einen
Euro kaufen konnte, roch es nach alter Druckerschwärze
und vergilbtem Papier. Marian blieb einen Moment ste-

hen, um Luft zu holen. Und plötzlich war er wieder da – dieser merkwürdige süße und warme Hauch, der wie ein südlicher Wind über sie hinwegstrich und die Welt um sie herum plötzlich veränderte. So wie im Dachgeschoss des Hauses in Eguisheim und wie auf dem Odilienberg. Doch es hatte schon früher begonnen. Genauso war es auch ihrer Wohnung gewesen, als der merkwürdige Film abgespielt worden war. Sie sah sich um, und wieder stand eine Frau vor ihr. Eine Frau mit langen Haaren, die ihr auch wieder seltsam bekannt vorkam, so als hätte sie sie irgendwo schon einmal gesehen, aber nicht als wirkliche Person. Aus ihrem Mund kamen jetzt mit tönerner Stimme die Worte:»Lies in meiner Geschichte und denke nach.« Kaum hatte sie diese Worte gesprochen, verblich die Gestalt. Löste sich auf wie der Bäcker und wie kürzlich die Erscheinung, die wie die Heilige Odilia ausgesehen hatte. Marian griff nach der Frau, doch da war nichts. Sie griff nur ins Leere. Es war unheimlich und verstörend. Marian spürte, wie ihr schlecht wurde.

Stattdessen tauchte der Bibliothekar um die Ecke auf. Er sah die sprachlose und atemlose Marian forschend und besorgt an:»Ist Ihnen nicht gut? Sie haben ja das Buch fallen lassen.«

Und er bückte sich vor der zittrigen Marian, die nach Atem rang, und sagte:»Hier ... es kostet einen Euro, wenn Sie es kaufen wollen.«

Und Marian blickte auf das Buch, das zu ihren Füßen lag, ohne dass sie es zuvor gesehen hatte oder aus den Regalen genommen hätte. Sie hatte nämlich gar nichts aus dem Regal genommen.

Es handelte sich um eine Biografie von Marie-Antoinette.

Ratlos und verwirrt starrte sie auf das Buch, und jetzt erst fiel ihr auf, dass die Frau, die sie zwischen den Regalen gesehen hatte, Deutsch mit österreichischem Akzent gesprochen hatte.

Sie versuchte, sich zu beruhigen. Atmete durch. Lächelte den Bibliothekar an. Nahm das Buch dankend entgegen, bezahlte und steckte es ein.

Marie Antoinette. Marian hatte sich niemals sehr für Geschichte interessiert. In der Schule war sie schlecht gewesen in dem Fach, das ihr zu rückwärtsgewandt und zu düster erschienen war. Ihre Welt war sonnig gewesen, heiter, voll von Gerüchen und Geräuschen und von Licht erfüllt. Licht, welches das Chlorophyll zu bilden half, das den Pflanzen, die sie malte, ihre herrlichen Farben gab. Nun war plötzlich alles anders. Mysteriös und beinahe unheimlich.

Was hatte sie mit einer österreichischen Adeligen zu tun, einer Tochter von Maria Theresia, die allzu jung nach Paris geheiratet hatte und dort den Kopf verloren hatte?

✳

Marians Freundin Julia hatte einen steilen Berufsweg hinter sich. Ursprünglich war sie Lehrerin gewesen. Irgendwann hatte sie festgestellt, dass es ihr viel mehr Spaß machte, mit den Kindern einfach nur zu reden, anstatt sie zu unterrichten. Es war immer wieder eine wunderbare Erfahrung zu sehen, wie man einen Knoten lösen konnte, wenn man der seelischen Ursache eines kindlichen Kummers auf die Spur kam.

Also beschloss sie, sich beurlauben zu lassen, um Psychologie zu studieren. Dies war ein jahrelanger Prozess des Studiums und der Supervision, bei dem sie auch lernte, sich selbst und ihre Umwelt zu betrachten und zu analysieren. Sie kehrte danach nicht mehr in den Schuldienst zurück

Julia und Marian sahen sich nicht besonders oft. Beide waren beschäftigt, und doch wussten sie, dass sie sich aufeinander verlassen konnten, wenn es notwendig war. So empfing sie Marian auch ohne lange Umschweife am Abend dieses Dienstags. Julias Praxis lag in der Frankfurter Innenstadt, war mit hellen, freundlichen Naturmaterialien eingerichtet. Es roch nach Räucherstäbchen und nach Holz. Der Sessel, in dem Marian später Platz nahm, war aus blauem Stoff, wirkte fröhlich und nordisch und war so bequem, dass sich die Patienten schnell entspannten.

Julia umarmte Marian herzlich und schob dann ein weißes Tuch zur Seite, das auf ihrem Schreibtisch lag. Darauf waren unzählige kleine Männchen gemalt. Neugierig sah Marian mit professionellem Interesse zu dem Tuch hin. »Was ist das, oder ist das ein Arztgeheimnis?«

Julia schmunzelte. »Ich nenne keinen Namen, aber da hat jemand ein Problem. Nach der ersten Klasse wurden alle Kinder aufgefordert, sich selbst zu malen. Dann hat die Schule die vielen Selbstbildnisse verkleinert für die Eltern auf solche Küchenhandtücher drucken lassen. Zu mir kam eine Mutter, die besorgt war, weil alle anderen Kinder sich mit Augen und Händen und Haaren gezeichnet haben, und einzig ihr Sohn lediglich einen Strich für den Körper und einen Kopf gemalt hat.«

Sie wies auf ein sehr minimalistisches Strichmännchen inmitten der anderen Strichfiguren.

»Warum hat der Junge das gemacht?«

Julia spielte mit ihrem Kugelschreiber. »Nun, das herauszufinden, ist den Eltern Zeit und Geld wert. Ich habe erst einmal mit dem Kind gesprochen und fand ihn sehr witzig und intelligent. Vielleicht hatte er einfach keine Lust, mehr von seiner Zeit in ein kindisches Projekt zu stecken.«

Marian lächelte auch. »Aus dem kann noch was werden. Manager oder so.«

Julia beugte sich vor. »Gewiss. Aber deshalb bist du nicht da, oder?«

»Nein. Ich habe ein Problem. In meinem Leben geschieht etwas, das ich nicht verstehe.«

Julia musterte sie vielsagend: »Aha, verliebt?«

Marian versuchte, entrüstet zu schauen. »Nein, aber ich habe in letzter Zeit seltsame – wie soll ich sagen – Begegnungen. Und es geschehen merkwürdige Dinge. Nicht normale Dinge, verstehst du?«

Julia lachte: »Was sagt denn da dein Jeff dazu? Oder ist etwa er selbst die seltsame Begegnung? Wenn ja, dann könnte ich es verstehen, so wie ich ihn in Erinnerung habe.«

Marian schüttelte den Kopf. »Jeff ist Jeff ist Jeff. Auf seine Weise ist er in Ordnung. Nein, ich hatte drei, wie soll ich sagen, Erscheinungen.«

Julia hob die Augenbrauen. »Also von meinen Freundinnen kriege ich ja die unterschiedlichsten Geschichten zu hören, aber von Erscheinungen hat mir noch keine erzählt.«

Marian wirkte verärgert. »Ich muss ja nicht!« Und versuchte, aus dem allzu bequemen Sessel aufzustehen, sank aber immer wieder zurück.

Julia legte ihr eine Hand auf den Arm. »Lass. Tut mir leid. Magst du mir davon erzählen?«

Marian seufzte. »Also gut. Aber, wenn du mich auslachst, werde ich deinen Therapiesessel hier sofort verlassen. Also, es begann alles mit dem Erbe.«

Julia griff nach einem Block und einem Bleistift und machte sich bereit mitzuschreiben.

»Ich habe ein halbes Haus in Eguisheim geerbt. Das ist ein kleiner Ort im südlichen Elsass. Ein hübscher mittelalterlicher Ort. Es hat meiner Großmutter gehört, die von dort stammte, aber das habe ich nicht gewusst. Ich habe sie nicht gekannt, und meine Eltern haben nie viel von ihr gesprochen.«

Julia hob Hand und Bleistift. »Moment mal. Also, du hast sie nie gekannt, und sie war schon tot, als du geboren wurdest.«

»Ja. Sie starb 1991. Und ich wurde zwei Jahre später geboren.«

»Nun, da haben wir es. Du sagst, du hast sie nicht gekannt, aber sie war doch ein Bestandteil deines Lebens, denn ihre Gene steckten in dir. Und die Erinnerung war noch frisch. Deine Mutter war ihre Tochter. Das sind zwei verschiedene Dinge. Nicht erlebt haben und nicht gekannt. Das bedeutet, du bist dir jetzt im Klaren darüber, dass du nicht sie nicht kanntest, aber wusstest, dass es sie gab und jetzt merkst du, dass du keine Ahnung hast, wer sie wirklich war.«

Verblüfft starrte Marian ihre langjährige Freundin an. »Du bist dein Geld wert. Nein, ich habe nichts von ihr gewusst. Ich meine, nichts, was ihr wirkliches Wesen betraf. Oder ihr Leben. Nur den Namen und den Beruf vom Opa, sonst nichts.«

»Und doch vererbt sie dir etwas sehr Wichtiges aus ihrem Leben: ihr Elternhaus. Sie vererbt es nicht irgendjemandem, sondern *dir*. Dadurch entsteht über den Tod hinaus ein starkes Band zwischen euch. Und solche Bänder können die eigenartigsten Formen annehmen. Es kann sein, dass sie dir ihre Gedanken sendet, die nicht verloren sind. Es gibt diese Dinge. Denke an das Telefon, das läutet, und genau derjenige ist dran, an den du gerade gedacht hast. Der Mensch ist mehr als Körper. Genau erforscht ist das nicht.« Marian lauschte. Julia fuhr fort: »Und nun erzähle genau. Was für Erscheinungen hattest du?«

Als Marian fertig war, schwieg Julia eine ganze Weile. Marian wartete ängstlich gespannt auf eine Reaktion ihrer Freundin.

Julia seufzte und schob den Block zur Seite »Im Grunde hast du viel Glück. Weißt du das? Denn bei dieser ganzen Sache mit Eguisheim und dem Haus spielt offensichtlich Liebe mit. Nicht nur hat deine Oma dich geliebt, auch deine Cousine liebt dich mehr, als du denkst. Ihr seid euch ähnlich wie Zwillinge, sie hat keine Geschwister. Liebe kann solche Schwingungen im Leben hervorrufen. Und du wirst geleitet, etwas zu finden. Vertraue dich den Hinweisen an, die dir gegeben werden. Folge ihnen.«

Marian spürte, wie sie begann, entspannter zu werden. Vielleicht liebte Catherine sie tatsächlich, doch was war mit Alain? Er mochte sie offensichtlich nicht einmal besonders, aber sie musste trotzdem oft an ihn denken. Doch das war alles egal. Bald war sie sowieso verheiratet, und dann war alles geregelt. Dann kam ihr ein neuer Gedanke. Den an ihren verstorbenen Onkel. Wäre er nett und lustig gewesen, ein richtiger Onkel, mit dem man Spaß haben konnte? Wäre er ihr nahe gewesen, und hätte sie ihn geliebt, und hätte er sie geliebt?

»Aber wer gibt mir diese Hinweise, Julia?«

Julia lächelte fein und zuversichtlich. »Auch, wenn es sich sehr esoterisch anhört. Das Leben gibt dir diese Hinweise, Marian. Deins und das deiner Großmutter und vielleicht noch das weiterer Menschen, die es gut mit dir meinen oder gemeint hätten, wenn sie noch leben würden. Das Universum, wenn du esoterisch denken willst. Nicht jedem von uns wird so etwas zuteil. Lies das Buch, das dir vor die Füße gefallen ist. Lies es. Gib dem Schicksal eine Chance.«

Ruhig und nachdenklich stand Marian auf, umarmte ihre Freundin und ging.

Am Abend waren Jeff und Marian mit Tom und Tanja verabredet. Es war Jeff regelrecht anzusehen, wie er es genoss, unter Seinesgleichen zu sein. Sie trafen sich in einem angesagten japanischen Restaurant, in dem es bunte viereckige Happen mit merkwürdigen Soßen gab. Das Restaurant war in konsequentem Schwarz gehalten, die Kellner trugen rote Schürzen, und auch die eher sparsame Dekoration war rot. Als ob das Äußere auf das Innere abfärbte, herrschte eine eher sakrale Stimmung in dem Lokal. An keinem der Tische wurde gelacht oder gescherzt. Kleine bauchige Teetassen animierten auch nicht gerade zum fröhlichen Anstoßen, sondern eher zu ernstem Genuss. Man sah sich vielsagend über grünem Tee und Reiswaffeln an und biss mit kleinen kontrollierten Gesten ab.

Marian war eher laut und ausgelassen, wenn sie in ein Lokal mit Freunden ging. Sie liebte Pizzerias oder kleine Lokale, in denen die Tischdecken wie bei Muttern aussahen, kariert oder bestickt, und wo von den anderen Tischen Lachen oder heftige Diskussionen herüberklangen.

Doch das *Tokyo Star* kämpfte angeblich um einen Stern am Kochhimmel und war deshalb schon lange im Visier von Jeff und seinen Freunden.

Marian wirkt irgendwie komisch. Gut, dass meine Tanja nicht solche Zicken macht. Und dass Jeff seinen Jahresurlaub in diesem Kaff da unten verplempert … also das käme bei mir nicht in die Tüte. Aber sie war immer anders als wir. Diese Kocherei zu Hause und diese vielen Bücher. Was sie wohl zur Zeit wieder liest. Alles weltfremdes Zeug. Ich frag sie direkt mal.

»Was hast du denn zurzeit auf deinem Nachttisch liegen, Marian? Du bist nämlich in Gedanken ganz woanders. Und wie ich dich kenne, steckt deine hübsche Nase wieder in einem Buch.«

»Oder lernst du etwa Französisch?«, kicherte Tanja.

»Französisch kann ich, nur mit dem Sprechen hapert es!«

Obwohl der Witz uralt war, grinsten die Männer. Tanja war halt eine der Ihren. Mit ihr war man im Fitnessstudio ebenso gut aufgehoben wie in der Cocktailbar oder beim Pferderennen.

Marian sah in die Runde und erwiderte beinahe trotzig. »Nein. Brauche ich nicht. Unsere Verwandten sprechen alle hervorragend Deutsch.«

»Klar, die leben ja auch von uns«, wusste Tom. Jeff nickte zustimmend und verzehrte ein grünes Blatt, aus dem Reis hervorlugte. »Von uns und anderen Touris. Geh mal am Wochenende nach Roppenheim. Ihr kennt ja das Dorf bei Baden-Baden, gleich über der Grenze. Besteht nur aus Kneipen. Kriegst keinen Platz, wenn du mal spontan eine kleine Spritztour machen willst. Außer du weißt, wie du es machen musst. Ein Scheinchen in Ehren ... alles klar? Elsässer sieht man da sowieso keine. Können die sich vielleicht nicht leisten.« Tom grinste.

»Wir kommen jedenfalls nächste Woche mit und gucken uns das Örtchen mal selbst an«, kündigte Tanja an. »Muss nur erst abwarten, ob ich freikriege.«

Marian hoffte, dass Tanjas Chef ein Einsehen hätte und ihr nicht frei gab, doch sie wollte den Abend nicht verderben.

Stattdessen sagte sie so freundlich wie möglich:»Wenn es euch interessiert: Ich lese gerade ein Buch über Marie-Antoinette.«

»Wen?« Tanja probierte ein braunes Blatt, aus dem Shrimps hervorlugten.

»Die französische Königin.«

Tom strich sich über den Waschbrettbauch.»Bald kann ich nicht mehr, aber der Japaner da drüben soll noch mal eine Platte bringen. Wir haben schließlich *Flatrate* gebucht. Maria-Antonia? Ist das nicht die, der sie den Kopf abgeschnitten haben? In der Revolution. Wann war das denn? Im 19. Jahrhundert?«

»Verdammt lang her«, sagte Tanja.»Echt. Dass dir so was aber Spaß bringt. Ich bin froh, dass ich den trockenen Hanf aus der Schule nicht mehr lernen muss.«

Marian überging die Bemerkung. Tapfer sprach sie weiter:

»Sie hieß Marie-Antoinette und hat ihren Kopf unter der Guillotine verloren. Das war 1793. Das Volk klagte sie der Verschwendungssucht an. Angeblich soll sie gesagt haben, wenn das Volk kein Brot hätte, sollte es doch Kuchen essen. Stimmt aber wohl historisch nicht. Ihren

Mann, den König, haben sie schon vor ihr enthauptet. Man nannte sie dann nur noch ›Witwe Capet‹. Sie sollte sein wie jede andere Frau. Keine Sonderrechte.«

»Der Verschwendungssucht würde mein Volk mich bestimmt auch anklagen, wenn ich Prinz wäre«, meinte Jeff. »Ich liebäugle nämlich mit dem hellblauen Aston Martin, den wir letztes Jahr von den Kanalinseln geholt haben.«

»War die verheiratet? Hatte die Kinder?« Das war meistens Tanjas Standardfrage. Erst, wenn sie über diese Informationen verfügte, konnte sie eine andere Frau in ihr Raster einordnen.

Marian seufzte. »Ja, sie hatte Kinder. Einige starben. Sie war doch mit dem französischen König verheiratet. Schon mit 14 Jahren musste sie ihr Land verlassen. Sie kam aus Österreich, war eine Tochter von Maria Theresia. Mit 18 war sie dann Königin. Nicht einfach für ein junges Mädchen. Sie war ja ganz unerfahren und stellte sich auch ungeschickt an. Der französische Hof war ein Intrigengeflecht.«

»Wie bei mir in der Firma«, sagte Tanja düster. »Kannst keiner trauen. Vorne freundlich, hinten Messer.«

»Na, dann hat sie als Kind wahrscheinlich zu viel Apfelstrudel und Knödel gegessen. So was gibt es ja nicht in Frankreich.« Tom lachte.

Jetzt wusste sogar Tanja etwas: »Diese Prinzessinnen hatten ihre eigenen Köche, habe ich mal im Heftchen beim Friseur gelesen. Brachten sie aus ihrer Heimat mit. Klar, wenn du in so ein fremdes Land kommst. Frage mich, ob Meghan Markle auch eine Amiköchin gehabt hat. Die mochten sie auch nicht drüben in England.«

Marian spielte mit ihren Stäbchen. Nachdenklich und obwohl sie sehr gut wusste, dass es die anderen am Tisch nicht interessierte, fuhr sie fort: »Zum Schluss hat sie ganz armselig gelebt. Aus dem Palast in die Conciergerie. Das war das Gefängnis. Sie hatte nicht einmal mehr einen Spiegel. Den musste ihr heimlich eine Zofe bringen. Aber offenbar hat wenigstens noch jemand zu ihr gehalten.«

Tom lachte: »Ach, diese gekrönten Großkopfeten. Sie wird schon nicht verhungert sein. In Paris gab es bestimmt auch damals schon immer was Gutes zu essen. Ich war mal in Paris. Lecker schmecker. Aber deutsches Brot hat mir gefehlt. Das ist was anderes als die weiße Pampe.«

In Tanjas Kopf schien sich langsam ein Gedanke zu formen.

»1793 haben sie die hingemacht. Genau 200 Jahre vor deiner Geburt, Marian. Komisch.«

»Ja, komisch«, erwiderte Marian. Daran hatte sie gar nicht gedacht. Verband sie etwa mehr mit der französischen Königin als das, was man über sie wusste und was jeder in Büchern nachlesen konnte und warum war ihr ausgerechnet das Buch über sie vor die Füße gefallen?

Jeff sah sich um. »Jetzt aber genug von dem Geschichtskram. Bestellen wir noch Nachtisch? Lycheeschaum auf irgendwas.«

Marian schüttelte den Kopf. »Danke! Ich habe keinen Hunger mehr.«

Und sie sah zu, wie Jeff und Tom die Köpfe über die Speisekarte beugten. Jeff würde schlechte Laune haben nächste Woche, wenn sie noch einmal eine Woche in Eguisheim verbringen würde. Sie konnte sich vorstellen, was er insgeheim hoffte: vielleicht die letzte?

6. Kapitel
Alsace mon amour

Das Wetter war diesmal nicht freundlich, als sie sich, wie immer von Norden kommend, dem Elsass näherten. Doch diesmal hatte Marian einen Plan, den sie erneut gegen Jeffs Widerstand durchsetzen musste.

»Lass uns unterwegs in Seléstat halten. Sie haben dort eine unglaublich berühmte Bibliothek. Die sogenannte *Humanistische Bibliothek*.«

Jeff stellte das Radio demonstrativ höher. »Also bei mir ist sie nicht unglaublich berühmt. Soll ich da rausfahren, oder was? Immerhin ist das anscheinend so etwas wie eine Stadt. Vielleicht kann man da mal bisschen shoppen gehen.«

»Shoppen?«

»Na ja, die Franzosen machen ganz ordentliche Hemden und Pullover, und auch die Jeans sitzen, wo sie hingehören.« Dann grinste er anzüglich. »Und auch die Damenunterwäsche soll nicht ganz so übel sein. Wie wäre es? Was willst du denn jetzt schon wieder in einer Bibliothek?«

»Ich möchte mich umsehen. Vielleicht haben sie Fotos. Dokumente. Zeitungsausschnitte. Wie es früher war. Hier im Elsass.«

»Mir reicht, wie es *jetzt ist*. Aber gut, parken wir, und dann geht jeder seiner Wege. Ich hoffe, das bleibt nicht unsere ganze Ehe lang so. Also, einen Blaustrumpf wollte ich eigentlich nicht heiraten.«

Sie trafen etwa um 11 Uhr in Seléstat ein. Das war eine reizende Kleinstadt, die an einem gemächlich treibenden Flüsschen gelegen war und freundlich und nicht allzu touristisch wirkte. Aus dem üblichen Gewirr von Dächern und alten Häusern ragten majestätisch zwei nahe beieinander stehende Kirchtürme hervor. Die wenigen Autos, die auf dem Parkplatz an einem morastigen Flüsschen standen, trugen französische Kennzeichen. Ab und zu sah man ein deutsches Nummernschild und ein oder zwei Wagen mit der GB-Plakette. »Die Tommies sind überall«, bemerkte Jeff. »Ich bringe dich zu dieser Buchhandlung und geh dann bisschen *downtown*.«

»Es ist keine Buchhandlung, sondern eine weltweit bekannte Bibliothek. Beatus Rhenanus hat sie gegründet, und dort werden Manuskripte, Landkarten und alte Bücher seit dem 16. Jahrhundert gezeigt und aufbewahrt. Ist doch toll, oder?«

»Ach, ganz toll. Traum meiner schlaflosen Nächte. Beatus – wer? Ich frage mich nur, was du da willst. Was suchst du eigentlich?«

Es sollte sich herausstellen, dass Marian gar nichts suchen würde. Die *Humanistische Bibliothek*, die als moderner gläserner Würfelbau am Ende eines heruntergekommenen Platzes thronte, wirkte verdächtig verlassen, als sie sich der Eingangstür näherten.

»Also, zeitgemäß bauen können die Franzosen. Das muss man ihnen lassen«, lobte Jeff wohlwollend. »Lässt sich alles auch leichter sauber halten.«

Tatsächlich lag das sachliche und schmucklos wirkende Gebäude wie ein Fremdkörper inmitten unrenovierter, manchmal fast verfallen wirkender mittelalterlicher Häuser, die den Platz umgaben. Man hätte fast meinen können, dass der Glasbau vom gleichen Architekten gebaut worden war wie die umstrittene Pyramide vor dem *Louvre* in Paris.

»Geschlossen. Fermé«, stellte Marian enttäuscht fest. Sie umrundete den Würfel unzufrieden. »Ich hätte mir zu gerne die Schätze angesehen, die sie hier hüten. Hier liegt der älteste Beweis für den Weihnachtsbaum. Und die erste Erwähnung des Wortes Amerika. Mist, das hätte ich alles gerne gesehen.«

Jeff war indessen offensichtlich nicht unzufrieden mit der Entwicklung und schlug sogar vor, in dem gegenüber dem Würfel liegenden Café eine Latte zu trinken oder sonst etwas zu sich zu nehmen.

Marian stimmte zu, obwohl ihr wirklich mehr nach kulturell-geistiger Nahrung zumute war als nach Essen. Wenn sie nicht aufpasste, würde sie durch dieses Erbe immer molliger werden. Die Leute aßen gut hier im Elsass. Sie versuchte zum wiederholten Male, sich ihre Oma vorzustellen. Auf dem Foto hatte sie eher hager ausgesehen..

Das Café gehörte zu einem kleinen privaten Museum, das sich der Backkunst gewidmet hatte. Am Eingang stand ein kleiner Tisch, an dem man einen sehr bescheidenen Eintrittspreis für das Museum entrichten konnte und damit den Freundeskreis unterstützte, der es betrieb. »Ich geh da mal rein. Wenigstens dieses Museum hier hat heute geöffnet«, verkündete Marian und kramte nach eine Zweieuromünze.

»Keinen Schritt setze ich in dieses Museum«, meinte Jeff fest entschlossen. »Wenn mich meine Kumpels vom *Harley Davidson Klub* in einem Bäckereimuseum sehen, strengen sie ein Ausschlussverfahren an. Ich setz mich da drüben an den Tisch und schaue anderen Frauen nach.«

Marian lachte. Manchmal hatte Jeff sogar Humor. Und sie wusste, dass er im Grunde gutmütig war. Wenn Jeff liebte, dann liebte er so unbeirrbar wie ein Kind. Denn er war markentreu, wie er immer im Scherz sagte. Aber reichte das für ein ganzes gemeinsames Leben? Sie hatte bei ihrem eigenen Vater gesehen, wie eine Ehe war, wenn das Gefühl nicht reichte. Er war ständig fremdgegangen.

Ein klein gewachsener älterer Mann näherte sich ihnen. Er musste irgendwo in der Nähe der Kasse gewartet haben. »Es gibt und gab wunderbare Bäcker und Konditors in unsere *région!*« Man merkte, dass sein Deutsch ein wenig eingerostet war und dass er vermutlich ein Opfer suchte, um eine kleine Unterhaltung zu führen.

Zusammen mit dem alten Mann klomm Marian eine steile Treppe nach oben in einen kleinen niedrigen Raum, der ebenso wie ihr eigenes Haus durch dunkle Balken an Decke und Wänden zusätzlich düsterer wirkte. Ein kleines Fenster mit Butzenscheiben ließ nicht genug Licht herein. Staubkörnchen tanzen müde davor.

Der alte Mann führte Marian umständlich durch das Museum, das im Prinzip nur aus dem ersten Stock bestand, in dem Backformen und Backbleche, Modeln und Schachteln sowie alte Öfen und riesige lange Paddel zu sehen waren, mit denen man das Backwerk aus den Öfen holte. Eine Wand mit historischen Fotos zeigte stolze Bäcker in weißen oder blauen Jacken. Je nach Alter trugen sie große Schnauzbärte oder sogar lange Bärte. Die meisten schauten würdig und verantwortungsbewusst in eine Kamera, die wahrscheinlich Minuten für die Belichtung gebraucht hatte. Die historischen

Bäcker standen stolz und ernst vor ihren kleinen Läden. Manchmal war das Firmenschild in deutscher Sprache, manchmal in französisch. Auf einer Urkunde war neben dem deutschen Text peinlicherweise ein Hakenkreuz zu sehen.

Marian liebte alte Fotos. Sie versuchte immer, sich vorzustellen, was in diesen Menschen damals vorgegangen sein mochte, was ihre Augen gesehen und was ihre Ohren gehört hatten.

»Grand bouffe a Eguisheim 1869« war ein Foto überschrieben. Mein Gott, war das lange her. Vor dem Krieg, der das Elsass wieder zu Deutschland befördert hatte. 1869 hatte man noch nichts von dem heraufdämmernden Unheil gewusst und gefeiert. Wohl ein Volksfest, welches zu längst vergangenen Zeiten auf dem Marktplatz stattgefunden hatte. Bäcker schoben riesige Bleche mit Flammkuchen und anderen Kuchen hin und her. Auf Tischen türmten sich Trauben. Schlanke schlichte Weinflaschen standen wie kleine Wachtürme dazwischen, im Hintergrund saß ein Mann in einem gestreiften Fischerhemd und spielte hingebungsvoll auf einem Akkordeon. Er spielte eine Melodie, die längst verklungen war, die *Suzette* vielleicht, und doch glaubte Marian, schwach leise Töne zu vernehmen. Es war eigenartig. Hörte sie da wirklich eine süße und sehnende Weise, oder existierte alles nur in ihrer Einbildung?

Marian schüttelte den Kopf, als müsste sie Wasser aus den Ohren vertreiben. Schon wandte sie sich ab, um nach unten zu gehen, um einem bestimmt sehr beleidigten Jeff Gesellschaft beim Kuchenessen zu leisten, als ihr Blick an einem Gesicht auf einem uralten, fast verblichenen Foto hängen blieb. Ein Gesicht, das ihr bekannt vorkam. Auffallend langes Kinn, kleiner Mund. Und ein kleinlicher Gesichtsausdruck. Sie runzelte die Stirn. Woher kannte sie diese Züge, diese Miene? Bestimmt war das schon wieder eine dieser Visionen und Einbildungen, die sie sich einredete, um sich hier besser einzuleben.

»Vielen Dank«, sagte sie zu dem älteren Herrn. »Das war sehr interessant. Kennen Sie die Leute auf diesem Foto hier?«

Der Mann betrachtete das gerahmte Bild. »Ja, in Eguisheim gab es immer ein Fest. Einmal im Jahr. *Fête de la Boulangerie*. Und da haben die besten Bäcker des Ortes ihre Ware dargeboten. Es gibt einige sehr gute Bäcker im Elsass. Und die ... wie sagt man denn auf Deutsch ... die wetteiern um die Gunst der Leute.«

»Wetteifern«, korrigierte Marian lächelnd. »Ja, ich glaube wir haben beide schon kennengelernt. Einer heißt Schreck und einer heißt Lamier.«

»Ja, das sind zwei Hirsche von der Platz. Renard und Alfonse. Aber es gab immer auch andere. Brot wird immer gegessen.«

»Zum Beispiel den«, meinte Marian und deutete auf das ihr vertraut erscheinende Gesicht. »Wer ist das?«

»Den kenne ich nicht«, erwiderte der alte Mann. »Tut mir leid. Aber wenn ich genau hinsehe, denke ich, dass er bei Schreck arbeitete. Er hat die gleiche Jacke an wie die Angestellten von Schreck. Hier das verzierte S.«

Marian tastete sich die steile Treppe hinunter in den Gastraum. Aha, dachte sie. Aber ich kenne ihn irgendwie. Es sieht so extrem ähnlich aus wie unser Urgroßvater auf dem Bild, das mir Catherine gezeigt hat. Aber er ist älter. Aber die Ähnlichkeit ist so, dass man denken könnte, er ist ein entfernter Verwandter von uns. Und einer, der bei Maître Schreck arbeitete. Vielleicht ein Cousin. Aber auf jeden Fall ein Bäcker. Wieso ist sich Catherine so sicher, dass keiner aus der Familie Minstrel jemals ein Bäcker war.«

Jeff stand ungeduldig bereits auf der Straße und sah auf seine Uhr.»Also, ich möchte jetzt in die Stadt gehen. Ich habe einen einigermaßen ordentlichen Handyladen gesehen. Mal sehen, was die *Apple Watch* hier kostet, aber man muss natürlich drauf achten, ob sie kompatibel mit meinen anderen Gadgets ist.«

Marian wandte ein:»Ich möchte mir lieber diese Kirche anschauen. Es ist eine der ältesten romanischen Kirchen im Elsass. Ich liebe diese uralten Kirchen.«

Jeff schüttelte den Kopf.»Ich will dich in einer Kirche heiraten, weil das sehr gut kommt in der Clique. Bisschen Segen von oben und bisschen Atmo. Aber ansonsten kannst du mich jagen mit alten Kirchen. Und ehrlich gesagt, man hat oft kein Netz in diesen Dingern, und das kann ich mir nicht leisten. Der grüne BMW Kombi hat zwei Interessenten. Ja, mein Schatz, einer muss den Belag für die Lachsbrötchen verdienen, die wir in Zukunft zum Frühstück essen wollen.«

Marian unterdrückte ein Lächeln. Jeffs Bemühen, cool zu wirken, war manchmal beinahe zu angestrengt. Eigentlich war es ihr sogar lieber, wenn er nicht mit in diese alte Kirche ging. Er würde sowieso nur schnell wieder ins Freie wollen.

Man trennte sich und verabredete, sich in etwa einer Stunde vor dem Elektronikladen in der Stadtmitte zu treffen. Marian freute sich, dass Jeff sich freiwillig für kurze Zeit alleine in einem der Orte hier aufhalten würde. Vielleicht würde das seine Bindung zu dem Haus und zu der Region stärken.

Die Kirche Sainte Foy stand an einem schmucklosen Platz in unmittelbarer Nähe zu ihrer jüngeren »Schwester« Saint Georges.

Marian lief auf den Bau zu, als hinter ihr eine Stimme erklang: »Diese Kirche könnte direkt die Hauptrolle in einem Mittelalterfilm spielen.«

Marian fuhr herum. Die warme und doch männliche Stimme, der Akzent. Es konnte nur Alain sein. Und er hatte recht. Mächtig und grau stand sie da, der Bau mit den Türmen, die in den blassen Himmel über der Stadt aufragten.

»Was machst du denn in Seléstat?«

Alain zuckte die Achseln unter seinem weißen Hemd, das einen deutlichen Kontrast zu seiner gebräunten Haut abgab. Er war der Typ, den man mit seinem schwarzen Haar, das ihm kühn in die Stirn fiel, auf einem Segelboot erwartet hätte. Aber nicht als schnieker Freizeitkapitän, sondern als einer, der rausfuhr, um zu fischen oder Leben zu retten.

»Ich hoffe auf einen Vertrag mit einem guten Restaurant. *La Couronne*. Die Krone. Neuer Besitzer. Sie legen jetzt viel Wert auf authentische Frische. Das verlangen die Gäste heute anstatt fetter Sahnesoßen oder riesigen Fleischmengen.«

Marian stimmte ihm zu. Das entsprach auch ihren Erfahrungen.

»Und warum bist du dann in die Kirche gegangen?«

Alain fuhr sich durch das dichte dunkle Haar, das sich an den Spitzen ein wenig kräuselte.

»Ich gehe immer vor einem wichtigen Termin in die

Kirche.« Er lächelte dieses unwiderstehliche Lächeln, das Marian an Urlaub erinnerte und an eine Sorglosigkeit, die ihr in letzter Zeit verloren gegangen war. »Ich hole mir ein wenig Unterstützung von oben. Man weiß es nie. *On ne jamais sait*, aber bisher hat es funktioniert. Meine Geschäftsidee ... wie sagt man ... läuft gut.«

Marian ging ein paar zögernde, fast schüchterne Schritte in Richtung Altar. Stille und der Geruch von uraltem Stein umgaben sie. In den farbenprächtigen Fenstern brach sich das Licht, und ab und zu erhellte ein Sonnenstrahl einen kleinen Teil des Innenraumes.

»Diese Kirche hat bestimmt eine interessante Geschichte«, sagte Marian ehrfürchtig. »Man kann sich in ihr ins Mittelalter versetzen. Fast höre ich leise den Gesang der frommen Mönche. Das ist etwas ganz anderes als die modernen Kirchen. Da fällt mir der Glaube schwer.«

Alain musterte sie mit mehr Wärme als sonst. »Ihr habt aber auch wunderbare alte Kirchen. Köln. Freiburg ...«

»Ja, aber sehr viele sind im Krieg zerstört worden und wieder aufgebaut. Das ist nicht das Gleiche. Diese hier sind authentischer. Ich stelle mir vor, wie ein Gläubiger im 14. oder im 15. Jahrhundert seine Hand auf den gleichen Stein legt wie ich heute.«

»Ja, der furchtbare Krieg. Er hat mehr zerstört als nur die Kirchen.«

»Auch unsere Familie hat er zerstört.« Marian berührte kurz eine steinerne Säule. Alain trat neben sie.

»Ja, auch eure Familie. Sie sind unversöhnlich geblieben, aber vielleicht ist die Fehde mit dir zu Ende.«

»Vielleicht. Es wäre schön.«

»Eguisheim ist ein uralter Ort. Das Gedächtnis ist lang. Die Menschen erzählen denen, die nach ihnen kommen, worauf sie achten sollen. Das bedenke bei allem.« Marian wunderte sich, was er ihr eigentlich sagen wollte. Doch sie fragte nicht.

Beide schwiegen einen Moment im Angesicht des Altars. Es war ein anderes Schweigen als jenes, das sie in letzter Zeit immer häufiger in Jeffs Gegenwart befiel. Mit Alain schwieg sie, weil sie wusste, es gab noch so viel zu sagen, doch jetzt war einfach nicht der richtige Zeitpunkt.

»Soll ich dir etwas über die Kirche erzählen?«, fragte Alain schließlich. »Weißt du, Catherine interessiert sich nicht dafür. Sie ist zwar sehr für das Elsass, sehr, sehr für das Elsass und seine politische und wirtschaftliche Eigenständlichkeit ...«

Marian schmunzelte. »Das Wort heißt Eigenständigkeit, aber mir steht nicht zu, dich zu korrigieren. Ich wollte, ich spräche auch nur einen Bruchteil so gut Französisch wie du Deutsch.«

»Meine Sprache ist nicht einfach. La grammaire! Und in Toulon spricht man sowieso anders als in Paris oder im feinen Genf. Du würdest kein Wort verstehen, wenn wir richtig loslegen.«

Toulon. Über Marians Augen legte sich einen Moment lang ein träumerischer Schleier.

»Ich hoffe, ich komme wieder einmal ins Midi. Jeff würde allerdings lieber in Olivenöl schmoren, als mit dem Auto in den Süden fahren. Stichwort: eingeschlagene Fensterscheiben.«

Alain lächelte wieder. »In diesem Punkt bin ich bei ihm. Es ist sogar mir zweimal passiert, und dabei war das jeweilige Auto eine alte Schachtel. Aber schauen wir die

Kirche hier an. Sie ist bedeutend. Hildegardis von Baren war eine fromme, im Elsass geborene Christin und litt darunter, dass ihr Sohn 1089 in den Mordfall an einem Konkurrenten um die Kaiserkrone verwickelt war. Sie unternahm deshalb eine, wie sagt man, Sünde, nein Sühnewallfahrt nach Santiago. Unterwegs übernachtete sie in einer Abtei in Conques, wo man ihr seitens der Mönche klarmachte, ihre Sühne sei für Mord zu gering. Sie müsse schon etwas mehr spenden, woraufhin sie ihren Schlettstadter Bodenbesitz dieser Abtei vermachte.«

»Hm …«, sagte Marian ein wenig misstrauisch. »Hat man die da ein bisschen reingelegt?«

Alain grinste spitzbübisch.

»Ja, man wusste wohl ganz gut, wie man zu neuen Ländereien kam, und die Leute von Conques kamen hierher, gründeten eine Zweigstelle, das Priorat Saint Fides, und errichteten diese Kirche. Von dem ersten Bau ist nur noch die Krypta erhalten, die man nach zahlreichen Umbauten in den Jahrhunderten danach, also Ende des 19. Jahrhunderts, überhaupt erst wiederentdeckte. Und man staunte nicht schlecht, als man dort einen Klumpen Kalkmörtel entdeckte, der sieben Jahrhunderte lang die Körperform und die Gesichtszüge einer Frau verheimlicht, aber auch bewahrt hat: voila unsere schöne Unbekannte.«

Marian lief es kalt den Rücken herunter. Es war ein wohliges Schauern, das sie erfüllte, als sie so weit und tief in die Vergangenheit des Ortes schaute, an dem sie heute – modern gekleidet, mit Smartphone und EC-Karte – auf dem gleichen Boden stand wie eine mittelalterliche Frau.

»Das Original der Büste befindet sich übrigens hier in der Stadt in der *Humanistischen Bibliothek*. Es kann nicht 100-prozentig geklärt werden, wer die Frau ist. War es Hildegardis, Stammmutter dieses Geschlechts der von Baren, die übrigens später Herzöge von Baden und Elsass wurden und die berühmte Burg Hohenstaufen bauten, oder war es ihre Tochter Adelheid? Mit Kalk hat man damals übrigens Menschen übergossen, die eine gefährliche ansteckende Krankheit hatten.«

»Schaurig!«

Alain sagte vorsichtig: »Marian, möchtest du in die Krypta gehen? Sie ist immer geöffnet, wenn auch die Kirche offen ist.«

Marian zögerte einen Moment. Krypta, das Wort rief in ihr irgendwie diffuse Angstgefühle hervor. Es schmeckte nach Dunkelheit, nach unheimlichen Mönchen, die Fackeln in den Händen und ein fanatisches Leuchten in den Augen hatten.

Dennoch stimmte sie zu. Es war so, als ob ihr mit Alain nichts passieren könnte. Sie stiegen eine steinerne Treppe hinab, und es öffnete sich vor ihnen ein quadratischer kleiner Raum, der in einem rötlichen Stein gehalten war. Das Auge wurde sofort von der weißen Gestalt angezogen, die hinter Glas an einem Ende der Krypta leuchtete. Es handelte sich um eine Frauenbüste mit einem zur Seite geneigten Kopf, ganz in Weiß. Das Gesicht war noch ziemlich jugendlich, ein leichter Schmerz schien über ihr zu liegen. Marian stand stumm vor dieser Gestalt. Es schien so, als gebe es auf der Welt nur noch sie und diese Unbekannte da. Und so war es auch. Sie nahm eine leise Bewegung wahr, und als sie sich kurz umwandte, bemerkte sie, dass Alain gegangen war und sie alleine gelassen hatte, Als wüsste er instinktiv, dass dies in dem Moment das Richtige war. Marian richtete den Blick erneut auf die Frau, und dann erklang wieder dieses merkwürdige Flügelschlagen, das sie nun hier bereits mehrmals erlebt hatte und das inzwischen in ihr eine Mischung aus Angst und Staunen hervorrief. Sie wappnete sich. Marian erstarrte, als der Hauch sie traf. Wollte ihr die weiße Frau etwas sagen? Marian wartete. Doch sie blieb stumm. Marian ertappte sich dabei, dass sie ein wenig enttäuscht war. Also hier kein Zeichen, das ihr den Weg wies? Sie drehte sich um, um zum Ausgang zu laufen, und stieg die Treppe nach oben in die Kirche. Alain saß auf einer der Kirchenbänke und wartete auf sie. Marian ging auf ihn zu und stolperte völlig unerwartet. Obwohl es gar kein Hindernis gab, glitt sie mit der Ferse aus ihren sommerlichen weißen Leinenschuhen, die nur vorne geschlossen waren, und fiel fast neben ihn auf die Kirchenbank. Wie instinktiv griff er nach ihr, und einen Moment lang berührten sie sich an den Händen, an den Armen. Doch Marian erschrak. Ihr Fuß war leicht umgeknickt, der Schuh vom Fuß gerutscht und war jetzt unbedeckt, etwas, das sie immer vermied, und ihre ungleichen Zehen fielen direkt in sein Auge. Marian lief rot an. Hastig suchte sie nach ihrem Schuh und streifte ihn so schnell wie möglich wieder an.

Alain sagte nichts dazu und wirkte scheinbar gleichmütig. Doch sie war sich sicher, dass er ihren Makel bemerkt hatte. War es ein Zufall gewesen, dass dieses Missgeschick ausgerechnet nach der Begegnung mit der Weißen Frau geschehen war? Und was sollte diese Begebenheit bedeuten und warum war es ihr ausgerechnet bei Alain passiert? Schweiß trat ihr auf die Stirn, und sie zitterte ein wenig. Das war ihr ganz persönliches Geheimnis, das sie nur mit dem teilen würde, der ein Leben lang zu ihr gehörte. Jeff hatte sie noch nie ihren Fuß gezeigt, aber er hatte auch niemals danach gefragt.

Alain und Marian traten gemeinsam wieder ins warme Licht des elsässischen Tages, der sich in alle Richtungen zu strecken schien wie jemand, der einen kurzen, aber erfrischenden Schlaf hinter sich hatte.

In den Ortschaften hier, das hatte Marian bereits bemerkt, herrschte eine sehr lange Mittagspause. Erst jetzt, um 15.30 Uhr, hatte man das Gefühl, dass die Menschen wieder zum Leben erwachten. Das war ein kleines Stück südländischer Lebensart, die sich ins Elsass vorgetastet hatte. Sie sah hinüber zu ihrem Begleiter.

»Du musst dich manchmal hier fremd fühlen, Alain«, sagte Marian vorsichtig. »Ich war einmal in Südfrankreich. In Cannes und in Menton. Ich kann mich nicht mehr genau erinnern, was wir dort gemacht haben. Vor meinem geistigen Auge sehe ich in der Erinnerung endlose Autoschlangen, die sich in den Straßen am Meer entlanggequält haben, volle Restaurants, überhöhte Preise und schicke Boutiquen. Es war sehr heiß. Die Glyzinien, diese Pflanze kannte ich bis dahin gar nicht, waren wunderschön. Ich ...«, sie errötete, »ich habe sie gezeichnet. Ich glaube, das war der Moment, an dem ich festgestellt habe, dass ich es liebe, Pflanzen und Obst zu zeichnen.«

Alain hatte ihr aufmerksam zugehört. Dann begann er mit seiner tiefen warmen Stimme zu erzählen: »Als ich ein Kind war, haben wir die Großeltern auf der kleinen Insel vor Toulon besucht. Sie war nur mit einer Fähre zu erreichen. Die Insel heißt *Île des Embiez* – die Bieneninsel – und war ein Paradies. Es gab nur wenige Bewohner dort, dafür aber Olivenhaine, Felder mit Lavendel, lichte Wälder mit Nahrung für unzählige Bienen und natürlich überall, wohin man blickte, das Meer. Dort habe ich meine Liebe zu Kräutern und zum Kochen entdeckt. Oma hatte ein ganz einfaches Restaurant für die wenigen Touristen, die vom Festland kamen. Man saß auf eher rohen Holzbänken und aß als Vorspeise nur die köstlichen Oliven, die auf der Insel reiften.«

Marian sah ihn an und erkannte die Sehnsucht in seinen Augen.

»Heimweh?«, fragte sie nur. Er antwortete nicht, drehte sich weg.

Sie versteht mich. Vielleicht zu gut. Sie ist wie eine Seelenverwandte. Aber die Sache mit dem Fuß fand ich seltsam. Es ist ein Gendefekt, denke ich. Sie versteckt es. Ich muss aufpassen und ich muss beobachten. Es könnte gefährlich werden. Irgendetwas geschieht hier. Strumpf hat es gesagt. Passen Sie auf, wenn die Erbin des Hauses kommt. Ich hatte damals keine Ahnung, warum er das gesagt hat. Strumpf! Ich glaube, er hat heimlich ein Faible für Catherine.

»Lass uns noch einen Kaffee trinken. Oder möchtest du etwas essen? Heute ist Markt hier. Er ist berühmt für seine Ausstattung. Man kann sich an verschiedenen Ständen etwas *à goûter*, wie sagt man, zum Naschen holen. Da hinten am alten Stadttor beginnt der Wochenmarkt zunächst mit Unterwäsche.«

»Zum Naschen?«, fragte Marian mit einem Lächeln. Alain wurde rot, was bei seiner gebräunten Haut bedeutete, dass sie ein wenig dunkler wurde.

Heiser sagte er: »Oder bist du mit Jeff verabredet, und möchte er vielleicht mitkommen?«

»Er wartet auf mich da vorne an einem Platz, wo die

Geschäfte sind. Ich rufe ihn an, ob er schon nach Eguisheim vorausfahren will. Ich komme dann mit dir nach.«
Jeff war zwar misstrauisch, war aber dennoch froh, dass er auf keinen Bauernmarkt gehen musste und jetzt gleich nach Eguisheim zurückfahren konnte, wo er sich mit seinem Handy in der *Médiathèque* einloggen wollte.

»Das passt mir alles gar nicht. Aber sag dem Typ, er soll vorsichtig fahren. Und komm nicht zu spät. Ich warte.«
Marian merkte, dass sie wirklich Hunger hatte. Der bunte und wuselige Markt erstreckte sich über verschiedene Straßen und war ganz anders als ein Wochenmarkt in Deutschland. Von Unterwäsche über Tischtücher, Geschirr und CDs gab es tatsächlich alles. Ein kleinerer Teil bot orientalische Lebensmittel, frisch gegrillte Hähnchen, Garnelen in Teig und geräucherte Salamiwurst sowie alle erdenklichen Sorten Käse an. Alain ging von Stand zu Stand, viele kannte ihn, und zum Schluss hatte er etwa zehn verschiedene winzige Kostproben gesammelt. Sie setzten sich in einen kleinen, nicht besonders gepflegten Park und knabberten an den kleinen Delikatessen. Hier eine Olive, dort eine Dattel. Dann ein Shrimp in köstlicher Erdnusssoße.

Marian kicherte: »Weißt du was? Sie sagen da vorne auf dem Schild, dass in dem Park Hunde verboten sind, aber ich habe noch in keinem Park so viele Hunde gesehen wie hier.«

Alain lachte. »Da sind wir Franzosen eben doch ganz anders. Wenn man uns etwas verbietet, machen wir es erst recht. Außer wir sehen es ein. Dann kann es sein, dass wir es nicht machen. Oder doch.«

Marian lachte und inspizierte ihre Uhr. »Wir sollten vielleicht nach Hause fahren.«

Alain nickte. »Ja, wir müssen wirklich langsam zurück, und übrigens, Marian …«

»Ja?«

»Du hast eben ›nach Hause‹ gesagt.«

Marian schluckte. Er hatte recht.

Über die Autobahn fuhren sie nach Eguisheim. Und es war eigenartig. Marian hasste eigentlich die Autobahn. Sie hatte immer Angst vor den anderen Autos gehabt, doch jetzt war sie absolut entspannt. Neben Alain zu sitzen, fühlte sich einfach sicher und richtig an.

»Jetzt haben wir uns so beeilt, dass wir uns noch einen letzten Café gönnen können«, schlug Alain vor. Marian zögerte, denn ihr war nicht wohl bei dem Gedanken. Für entfernte angeheiratete Verwandte hatten sie heute eigentlich zu viel Zeit miteinander verbracht und sich im Auto zu viel voneinander erzählt. Von der Kindheit. Von den Eltern. Von der ersten Liebe. In ihrem Fall ein gewisser Robin. In seinem Fall eine gewisse Odette. »Sie war blond und hat in einer Hafenbar bedient. Ich fand sie wunderschön.«

Gemeinsam betraten sie die *Pâtisserie Schreck*. An der Theke türmten sich unglaublich nahrhaft aussehende Gebäckstücke.

Marian seufzte. »Aber nur einen schnellen Café. Jeff wartet im Hotel auf mich. Ich glaube, länger als diese eine Woche kann ich ihn nicht mehr in Eguisheim festbinden. Es ist ihm langweilig. Unter einem gelungenen Urlaub stellt er sich etwas ganz anderes vor.«

»Und du? Was stellst du dir vor?«

Marian musste nicht lange nachdenken. »Für mich ist das hier kein Urlaub mehr, sondern eine Aufgabe. Ich hatte leider niemals eine enge Verbindung zu meiner

Großmutter. Ich kannte sie ja nur von zwei, drei verblassten Fotos. Für mich war sie eine alte Frau, die längst tot war. Sie war nichts Besonderes gewesen. Doch nun lerne ich sie kennen. Und das ist ziemlich spannend.« Alain musterte sie ernst. Dann stellte er eine ungewöhnliche und für Marian unerwartete Frage:»Wie wichtig ist dir Geld?«

»Geld?«

»Ja. Nehmen wir an, du könntest das Haus verkaufen. Würdest du es tun?«

Es war plötzlich, als krallte sich eine eisige Hand um ihr Herz. Ihr wurde schlecht. Nun war ja klar, warum sich Alain überhaupt so viel mit ihr abgab. Er wollte ihr wahrscheinlich das Haus abschwatzen. Natürlich. Sein eigenes Haus wäre doppelt so viel wert als jetzt durch diese höchst ungeschickte Teilung in der Mitte. Das hätte sie nie von ihm gedacht, aber im Grunde kannte sie ihn ja gar nicht. Der Verdacht machte sie traurig.

»Das käme darauf an«, erwiderte Marian kühl. »Und ich sollte jetzt besser gehen. Bevor ich das Haus verkaufe, will ich es erst einmal besser kennenlernen.«

Alain schien nicht von ihrer Antwort angetan. Vielleicht war ihr Verdacht falsch gewesen. Marian fühlte sich unruhig und auf eine unbestimmte Weise unzufrieden. Es tat ihr nicht gut, ihm zu misstrauen.

Alain sah sie mit seinen unglaublichen bernsteinfarbenen Augen an.

»Oh, da habe ich eine geradezu wunderbare Idee. Demnächst, am Vorabend des 14. Juli, findet der traditionelle Tanzabend auch hier in Eguisheim statt. In einem Festzelt mit Musik und Essen. Da könnt ihr die elsässische Seele wirklich live erleben.«

Marian tanzte für ihr Leben gerne, doch sie versuchte, Alain gegenüber keine Begeisterung zu zeigen. Er war ein verheirateter Mann und ein Verwandter, der ihr zunehmend unergründlich schien. Welche Motive hatte er für das Interesse an ihr wirklich?

»Mal sehen, wie sich alles entwickelt. Bald kommen die restlichen Möbel. Und wir schlafen die erste Nacht miteinander im neuen Haus. Also miteinander ...« Sie wurde rot. »Das meine ich nicht so. Ich meine, dass wir beide in dem neuen Haus schlafen.«

Sie ist verlegen. Warum eigentlich? Sie ist doch verlobt. Sie wird diesen deutschen Mann heiraten und wird Kinder mit ihm haben. Warum ist sie also verlegen, wenn sie daran denkt, mit ihm das Bett zu teilen?

»Ich bringe dich ins Hotel zurück.«

Schweigend legten sie den letzten Rest des inzwischen vertrauten Weges zurück. Über ihnen kreiste ein Storch und schien fast spöttisch auf sie herunterzuschauen.

Jeff war nicht da, als sie ins Hotel kam. Einerseits freute sie das, denn das ließ hoffen, dass er sich langsam mit dem Ort anfreundete. Trotzdem wurde sie so gegen 17 Uhr unruhig. Sie überlegte, ob sie ins Haus gehen und putzen sollte, denn morgen trafen ja die letzten Möbel ein. Und dann konnten sie endlich in ihr eigenes Schlafzimmer einziehen und ihr eigenes Bett einweihen. Aber sie konnte Jeff nicht wieder alleine im Hotel herumsitzen lassen, also würde sie auf ihn warten.

Sie setzte sich auf die Bettkante, und jetzt, da sie für einen Moment Ruhe hatte, überfielen sie merkwürdige Gedanken. Im Grunde hatten sich wieder rätselhafte Begebenheiten ereignet, unheimliche Dinge, die sich nicht mit dem Verstand erklären ließen. Das Gesicht des Bäckers, das dem ihres Vorfahren so auffallend glich. Das Stolpern in der Kirche, ohne dass es ein Hindernis gegeben hätte. Und die Tatsache, dass sie Alain unfreiwillig ihren Fuß gezeigt hatte und er ihre kleine Missbildung erblickt hatte. Es musste ein Sinn hinter all dem stecken. Aber welcher?

Sie hörte endlich Schritte auf dem Flur. Jeffs federnder und dynamischer Gang war nicht zu verkennen.

Er riss die Tür auf, und Marian erwartete Vorwürfe oder wenigstens schlechte Laune, doch Jeff wirkte ausgesprochen zufrieden.

»Hast du einen schönen Nachmittag gehabt? In der Kirche. Aha. Dort hast du also Alain getroffen. Also, für so eine Betschwester hatte ich den gar nicht gehalten. Obwohl einer, der sein Geld mit Kräutern verdient, ist eigentlich auch kein richtiger Kerl, sei mal ehrlich, Lady Marian!«

Marian richtete sich auf. »Vergiss nicht, ich verdiene mein Geld auch mit Kräutern in gewissem Sinne.«

Jeff lachte und kraulte ihr Kinn. »Du bist ja auch ein Weib. Da schließen sich Geld und Essen nicht unbedingt aus. Außerdem hast du mich.«

Marian ging ihm aus dem Weg und setzte sich aufs Bett. Jeff lief hin und her.

»Außerdem sind wir hier in einem Genussland! Die Leute kommen zum Essen her. Mit den richtigen Ideen kann man hier durchaus Geld verdienen, sollte ich meinen.«

»Ich möchte hier kein Geld verdienen. Ich möchte hier kreativ sein und das Leben genießen.«

»Jaja, aber ich habe seit heute Mittag eine wesentlich bessere Idee, wie wir aus dem Ding hier das Beste herausholen. Ich habe nämlich einen interessanten Mann kennengelernt. Rein zufällige Begegnung in dem Lederwarenladen am Ende von dem, was sie hier Fußgängerzone nennen. Ich habe mal nach einer Jacke geschaut, die sind ja bei uns so teuer, aber hier sind sie auch nicht billiger, also lange Rede kurzer Sinn, ich habe da einen relevanten Typen getroffen.«

Ein relevanter Typ. Eine Wortschöpfung von Jeff, die Anwendung fand für Leute, mit denen er Geldgeschäfte machte. War sie für Alain auch nur eine »relevante« Frau?

Marian zog heftiger als notwendig die Vorhänge zur Seite, um die Strahlen der sich langsam senkenden Sonne ins Zimmer zu lassen. Ich werde auf Gardinen in unserem Haus verzichten, dachte sie. So kleine Fenster brauchen keine Gardinen. Was Jeff betraf, wunderte sie sich eigentlich nicht. Jeff lernte ständig solche Typen kennen. Er zog sie magisch an. Endziel der Bekanntschaft war üblicherweise ein Autokauf.

»Und dieser Typ, ein Uwe Tritschel oder so ähnlich, sucht ein altes Haus in Eguisheim zu kaufen. Seine Tochter will nämlich eine Sprachschule oder so was hier aufmachen. War schon bei der Marie. Dem Rathaus. Ach ja, *mairie*. Egal. Die kann gut Französisch und Englisch, da hast du hier beste Chancen. Sagt er. Er kommt irgendwie aus der Gegend von Baden-Baden, naja, die haben ja Kohle, jedenfalls ist er sehr interessiert an unserem Haus. Und könnte sein, dass er nicht kleinlich ist.«

Marian traute ihren Ohren nicht. »*Unser* Haus? Auf einmal. Jeff, du kannst doch nicht das Haus zum Verkauf anbieten. Es ist *mein* Haus.«

Jeff seufzte. »Schatz, ich habe mir schon gedacht, dass du dich aufregst, aber schau mal, die Sache hier hat doch keine Zukunft. Denk mal an den Winter. Und eigentlich gehört dir ja auch ein Anteil an dem Kräuteracker von deinem Alain. Dann lassen wir ihm eben das Gelände. Also, jedenfalls kommt der Mann morgen früh und schaut sich die Immobilie mal an. Wir müssen ja sowieso zu Hause bleiben.«

Marian schwieg. Vielleicht wäre es wirklich das Beste. Seit sie das Haus besaß, war sie unruhig und verwirrt. Jetzt war Sommer. Da sieht alles schön aus, doch wie wäre Eguisheim im Winter an einem grauen Novembertag, und würden sie überhaupt oft hierherkommen? Das Haus stünde leer und würde auskühlen. Das Haus sollte aber endlich leben. Menschen sollten es wärmen und glücklich darin sein.

Zu Jeff gewandt, sagte sie jedoch trotzig: »Wir sind heute Abend zum Aperitif bei Catherine und Alain eingeladen. Bin mal gespannt, wie die reagieren, wenn du ihnen die frohe Botschaft überbringst.«

Jeff stöhnte. »Schon wieder Aperitif. Erst das gelbe Zeug und dann Oliven und Salzgebäck. Nichts Halbes und nichts Ganzes.«

»Es ist eben eine französische Tradition. Ich finde das besser als diese endlosen Zweigangmenus, die unsere Freunde vom Fernsehkoch abgekupfert haben und uns dann stolz servieren, als hätten sie sie selbst kreiert.«

»Du findest alles hier besser als zu Hause, Marian«, erwiderte Jeff ernster, als es sonst seine Gewohnheit war. Marian trat ans Fenster. Die Sonne lugte noch über die Kuppen der Weinberge tauchte die Burgen in ein geheimnisvolles Licht und färbte die Bäume abwechselnd schwarz und grellgrün. Die Einschnitte in den Tälern, die in ein einsames Gebiet in den Vogesen zu weisen schienen. Davor die bunten und herrlich uneinheitlichen Dächer der uralten Häuser. Irgendwo bellte ein Hund, und ein Storch zog in majestätischen Kreisen über das idyllische Bild.

Es war schön und friedlich hier, doch dies war Urlaub, und dies waren gestohlene Tage. Es wäre etwas anderes, für immer in einem Ort wie diesem zu leben, und was blieb, wenn die Touristen weg waren?

Sie seufzte.

»Machen wir uns fertig und gehen!«

Catherine und Alain empfingen sie freundlich und machten einen frisch geduschten Eindruck. Alains Haar war noch leicht feucht, und er roch nach einem teuren Herrenduft. Catherine legte durchaus viel Wert auf ihr Äußeres. Sie trug heute Abend eine schwarze Hose aus leichtem sommerlichen Stoff und ein graues T-Shirt. Dazu eine Kette mit einem silbernen Herz. Sie sah aus wie eine Frau, die nach oben wollte.

Marian, die eine unausrottbare Vorliebe für Folklore hatte, hatte einen langen bunten Rock und ein kurzes weißes Oberteil gewählt, das wie ein Mieder geschnitten war. Ihre blonden Haare fielen in Ringellocken auf ihre Schultern. Auf Schmuck und Make-up hatte sie wie so oft verzichtet. Sie sah hübsch aus.

Catherine begrüßte sie mit den obligatorischen Küsschen rechts und links. *Les bises.*

Und sie hatte eine Überraschung parat.

»Wir dachten, dass ihr vielleicht lieber etwas essen wollt. Das Konzept des Aperitifs gibt es ja bei euch drüben nicht, und da müssen wir uns eben umstellen.«

Jeff leistete nun geradezu Unglaubliches. Jovial und mit einem gönnerhaften Grinsen ließ er nämlich fallen, wobei er schamlos log:»Und wir haben es auch bisher nicht vermisst. Nicht wirklich. Es ist schön, wenn man vor dem Essen ein wenig plaudert.«

Im Wohnzimmer, dem *salon*, wie Marian gelernt hatte, stand eine Auswahl kalter Speisen wie etwa Parmaschinken mit Melone oder köstliche Pasteten mit Karottensalat als Garnitur. Auch einige Lachsbrötchen zierten das Buffet. Natürlich gab es Oliven, Trauben und aufgeschnittenen Gugelhupf.

»Der Hupf ist diesmal von Lamier«, schmunzelte Alain. »Wir wechseln immer ab. Die beiden *Boulangerien* verbindet nämlich bekanntlich diese furchtbare lebenslange Konkurrenz.«

Catherine hakte sich bei ihrem Mann ein.»Nicht erst heute. Schon ihre Vorfahren haben darum gekämpft, wer der Beste sein sollte, und sie waren in herzlicher Feindschaft verbunden. Romeo und Julia in Eguisheim.« Alain schloss das Fenster. Draußen gurrten aufdringlich die Tauben.

Alain spielte mit einer Olive. Sie rollte schwarz und glänzend zwischen seinen Fingern hin und her. Seine Fingernägel waren ganz hell, fiel Marian auf.

»Obwohl ich einmal auf dem *Boule*-Platz gehört habe, dass eine Mademoiselle Schreck bei den Lamiers eingeheiratet hat, oder war das umgekehrt? Das muss wohl sehr lange zurück liegen. Letztes Jahrhundert oder sogar noch davor.«

»Da weißt du mehr als ich«, meinte Catherine.»Die Lamiers sind eine charmante Familie. Renard wandelt auf Freiersfüßen, seit seine Frau weg ist. Er heißt nicht umsonst Renard, der Fuchs. Noch ist er nicht am Ziel bei seiner Beute angekommen.« Sie schenkte Jeff nach.

»Aber ich kann nicht alle Vorfahren jeder Familie im Ort auswendig hersagen. Das besorgt schon Frank Strumpf. Niemand kennt sich so gut aus wie er.«

»Dein Frank Strumpf hat seine Dokumente, aber auf dem *Boule*-Platz erfährt man etwa genauso viel. Vor allem, wenn ein paar Gläser Rotwein im Spiel sind«, erwiderte Alain und ließ es leichthin klingen, doch da war ein Unterton in seiner Stimme, der Marian kurz aufhorchen ließ.

Sie hatte heute feste Schuhe gewählt, eine Art sommerliche Turnschuhe, in denen ihre Füße verhüllt waren. Noch immer war ihr die Szene in der Kirche peinlich. Doch Alain sah niemals zu ihren Füßen. Vielleicht hatte er den Anblick vergessen oder hatte ihn doch nicht bemerkt.

Riesling stand in einem Kühler aus grauer Keramik bereit. Jeff betrachtete ihn anerkennend. »*Alsace gris*, nennt man die Technik«, sagte Alain. »Ist eine alte Tradition.«

Man schenkte ein, man prostete sich zu, wobei sich Alain und Marian nicht in die Augen sahen, als würden Blicke etwas verraten. Auch, als sie sich dann alle vier setzten, bemühten sich die Knie von Marian und jene von Alain, einander nicht zu berühren.

Es ist so seltsam. Sie sieht aus wie ein Zwilling von Catherine, also der Frau, die ich geheiratet habe, und trotzdem ist sie ganz anders. Sie ist wärmer und weicher.

»Jeff hat ein Angebot bekommen, das Haus zu verkaufen«, brach es aus Marian heraus, als man sich nun auf dem Sofa niedergelassen hatte. Draußen lärmten arabisch sprechende Kinder auf der engen Gasse. Von Weitem schlug die Kirchturmuhr siebenmal.

Catherine hob die Augenbrauen. »Wie bitte? Jemand aus dem Ort?«

Alain zog scharf die Luft ein. »Ihr wollt das Haus verkaufen? Das sollt ihr nicht tun. Das hätte Arlette nicht gewollt.«

In Sekundenschnelle war die Luft kühl geworden in dem behaglichen Salon, als klinge allein Arlettes Name schon feindselig.

Marian erschrak. »Nein, das ist nicht sicher, nein, das wollten wir damit nicht sagen ...«

Jeff genoss seine Rolle. Ihm waren diese Leute hier egal. Gut, es war zukünftige Verwandtschaft in einem Weinanbaugebiet. Konnte man vielleicht mal brauchen, wenn es drum ging, ein paar günstige Fläschchen einzulagern. Gruber aus der Einkaufsabteilung etwa gab immer mit einer Tante an, die an der Mosel lebte, und was war schon die Mosel?

Aber mehr war hier doch nicht zu holen. Er sah zu Marian hin. Anfangs war sie so glücklich gewesen über dieses Haus, das ihr in den Schoß gefallen war, aber in letzter Zeit wirkte sie auf ihn bedrückt. Und manchmal abwesend. Jeffs Blick wanderte zu Alain.

Dem Kräuterheini trau ich nicht über den Weg. Casanova vom Mittelmeer. Muss ich mehr sagen? Und sie ist eine typische Lehrerin. Humorlos und bisschen verbohrt. Was kann man denn mit den beiden schon machen? Die fahren einen uralten Citroën, nicht garagengepflegt, und interessieren sich nicht für mein Angebot, ihnen einen nagelneuen Peugeot zu vermitteln. Dabei hätte ich ihnen zehn Prozent gegeben.

»Wir wollen nicht, dass ihr das Haus an Deutsche verkauft!«, platzte es auch aus Catherine heraus. Einmal gesagt, ließ sich der Satz nicht mehr zurücknehmen. Deshalb färbte sich ihr Gesicht leicht rötlich. Die

Stimmung zwischen den vier unfreiwillig Verwandten, die gerade begonnen hatte, sich zu verbessern, kühlte spürbar ab.

Jeff ließ das belegte kleine Stück Brot sinken, in das er gerade hatte beißen wollen. Marian wusste, er würde es später essen, denn es war das letzte Brot, das mit Lachs belegt war, und Jeff liebte alles, was auch nur andeutungsweise teuer sein könnte. Steilvorlage für ihn, dachte Marian.

»Und warum nicht, wenn ich ganz bescheiden fragen darf?« Auf Jeffs Gesicht breitete sich ein Ausdruck aus, der überdeutlich »Siehst du« zu sagen schien.

Catherine ging den einmal begonnenen Weg nun zu Ende. »Wir möchten keinen Ausverkauf unseres Landes. So wie in der Normandie, wo jedes zweite Dorf von Engländern beherrscht wird. Sie schreiben ›Pub‹ und nicht mehr ›Bistro‹ über die kleinen Cafés. Es ist nicht gut.«

Sie sagte »Pöb«. Marian unterdrückte ein Lächeln über den lustigen Akzent ihrer Cousine.

»Aber gegen die zahllosen Algerier und Marokkaner habt ihr nichts einzuwenden, oder wie sehe ich das?« Jeff nippte an seinem Wein.

»Das sind Franzosen.«

»Das wüsste ich aber!« Jeff lachte überheblich. »Sie sehen nicht gerade aus wie Franzosen. Obwohl, wenn ich Alain hier so anschaue …«

Alains warme Bernsteinaugen wurden kühl. »Schluss mit der Diskussion. Catherine, Marian kann mit dem Haus machen, was sie möchte. Natürlich wäre es uns nicht recht, wenn die Hälfte an Fremde verkauft würde. Wir haben schließlich viele Jahre Wand an Wand mit einem stillen Haus gelebt.«

»Das war natürlich bequem für euch. Aber so läuft das nicht, mein Bester. Ich müsste es euch nicht sagen, aber der Typ, der es kaufen will, macht einen ganz guten Eindruck. Seine Schwester oder Tochter möchte hier eine Sprachenschule einrichten. Englisch und Deutsch, glaube ich. Die kann auch Französisch. Hat schon auf dem Rathaus gefragt, die sagen, kein Problem. Kann niemandem was schaden.«

Catherine sah ihn fassungslos an.

Alain schob seinen Teller weg. »Woher weiß überhaupt jemand in Deutschland von dem Haus?«

»Na ja, wir haben ein paar gute Freunde. Ach, Marian, habe ich eigentlich erwähnt, dass uns Tom und Tanja besuchen kommen? Da gibt es irgendein Outlet bei Baden-Baden, und dann rutschen sie die paar Meter zu uns herunter.«

Catherine und Alain schwiegen.

Jeff biss in sein Lachsbrötchen. »Also, um ehrlich zu sein, war es kein Freund, der mir das Angebot gemacht hat, sondern ein Typ, den ich im Café kennengelernt habe. Wir haben uns unterhalten, Chemie hat gestimmt, und dann hat er mir erzählt, dass er ein Haus sucht. Ist doch ein genialer Zufall, oder?«

Alain stand auf und öffnete das Fenster wieder, so als ob er Jeffs Worte aus dem Zimmer vertreiben wollte. Abendluft brach geradezu eilig in den kleinen Raum.

»Ja, das ist wirklich ein sehr großer Zufall. Fast scheint er mir ein bisschen zu groß.«

Catherine trug das Essen weg, da eine vorwitzige Fliege bereits auf dem Käse Platz genommen hatte. Erstaunt hielt sie inne und sah ihren Mann an. »Was meinst du damit?«

»Nichts«, sagte Alain lässig. »Warum sollen sich nicht zwei deutsche Geschäftsleute auf französischem Boden treffen? Wäre ja nichts Neues.«

Jeff stand mit verschränkten Armen am Fenster und sah hinaus. Er war beleidigt. Da fand er ganz selbstständig einen Käufer für diese gehobene Bruchbude und heimste nur Kritik ein. Marian folgte Catherine schuldbewusst in die gemütliche Küche. Überall standen Lavendelsträußchen und hingen Fotos vom Meer. Blau war die vorherrschende Farbe. Catherine bemerkte Marians fragenden Blick. »Erstens stillt es wenigstens ein wenig Alains Heimweh, und zweitens ist die Farbe gut gegen Spinnen. Spinnen haben wir hier nämlich genug. Und sie werden jedes Jahr größer.«

»Ich glaube, denen ist egal, ob sie einen Elsässer erschrecken oder eine Deutsche«, lächelte Marian. »Wir haben auch ganz schöne Monster gehabt letzten Herbst. Sie kommen aus dem Süden, mit den Urlaubern im Gepäck, glaube ich.«

»Es ist einfach warm am Oberrhein. Und das eint uns. Der Klimawandel marschiert hin und her über die Grenze.«

Einen Moment Stille. Catherine spülte die Teller ab.

»Hast du keine Geschirrspülmaschine?«

»Nein«, gab Catherine schmucklos zur Antwort. Marian schmunzelte. »Ich auch nicht. Der Hang zum Selbstspülen scheint bei uns genetisch verankert zu sein.«

Catherine lächelte fast scheu zurück. Dann setzte sie sich an den Küchentisch und klopfte auf den Stuhl neben ihr. »Setz dich. Ich will dir erklären, wo ich politisch stehe. Dann wirst du manches verstehen.«

Erstaunt und gespannt setzte sich Marian.

»Ich bin Mitglied in einer Partei, die sich *Unser Land – Le Parti Alsacien* nennt. Wir wollen endlich mehr Selbstverantwortung für das Elsass. Mein Vater war schon dort engagiert. Damals hieß die Bewegung noch *Elsässische Volksunion*. Manche von uns hier waren auch in der Gruppe *Fer's Elsass*, was soviel wie *Für das Elsass* bedeutet.«

Marian runzelte die Stirn.

»Ist das eine illegale Partei?«

Catherine lachte. »Nein, wir sind ganz geordnet, wir sind in einer Europäischen Allianz kleiner Regionalparteien. Als unsere Bewegung noch *Elsässische Volksunion* war, saßen wir schon im Europaparlament.«

»Aber was wollt ihr?«

Catherines Wangen röteten sich vor Eifer: »Mehr Regionalität. Mehr Geld für die lokalen Medien, Elsässisch als Amtssprache, unser eigenes Erziehungswesen. Wir wollen einfach nicht, dass unsere Kultur von Paris bestimmt wird. Was weiß ein Beamter in Paris von den Sorgen unserer Weinbauern?«

»Und seid ihr viele in dieser Bewegung?«

»Wir werden immer mehr«, gab Catherine trocken zur Auskunft und wechselte einen Moment lang ins Elsässische: »Unser Ziel isch unser Ideal: *die Ferderung vu unsera elsasserditsch Sproch und Kultur.*«

Sie lachte und wechselte ins Hochdeutsche. »Wir machen viel für unsere Sache. Theaterstücke, Vorträge und Stammtische auf Elsässisch. Radiosendungen, ein Fernsehprogramm. Protestveranstaltungen in Straßburg. Die Initiative nennt sich *Heimetsproch.*«

Marian spielte verlegen mit ihrem Verlobungsring. Sie war in diesem Punkt ganz anders.

Sie engagierte sich eher im Kleinen. Für das Nachbarskind. Für die herrenlose Katze, die an der Tankstelle saß und wartete, dass jemand sie mitnahm. Für Raima. Marian scheute die ganz große Öffentlichkeit, und sie war häuslich. Etwas, das Jeff stets versuchte zu verändern. Er wollte sich zeigen mit ihr und das Geld dafür ausgeben, womit er es verdiente: für Luxus und ein Leben im Licht.

Catherine und ich sehen vielleicht beinahe aus wie Zwillinge, doch wir sind ganz unterschiedlich, dachte Marian.

Ich«, jetzt wurde Catherine wieder ein bisschen rot, »ich möchte kandidieren für eine Position in der Partei und vielleicht eines Tages in die Nationalversammlung gehen. Eines fernen Tages.«

»Es ist schön, dass du dich engagierst.«

»Muss man doch.«

»Das ist also dein Ziel?«, fragte Marian leise. »Und Kinder? Familie?«

Catherine sah weg. Mit belegter Stimme antwortete sie: »Ich weiß nicht. Ich weiß es einfach nicht. Es scheint im Moment nicht das Richtige.«

Es gab eine kleine Pause zwischen den beiden Frauen.

»Und du?«, fragte Catherine fast vorsichtig.

Marian verzog das Gesicht zu einem kleinen Lächeln.

»Ich weiß es auch noch nicht.«

Dann nach einem Moment des Schweigens: »Weißt du, da habe ich noch nie nachgedacht. Wenn wir beide keine Kinder bekommen, geht die Familie unserer Großmütter nicht weiter.«

Catherine wandte sich ab und machte sich an der Espressomaschine zu schaffen. Es zischte, und warmer

Dunst stieg in die Luft, bevor die Küche vom Duft des Kaffees erfüllt war.

»Das ist eine Art Pflicht, die ich anderen überlassen möchte. Für Kinder muss alles stimmen.«

Marian sagte nichts dazu. Das ging sie nichts an. Sie musste ihre eigenen Entscheidungen treffen.

Sie nahm das Tablett und trug es in den Salon. Es war offensichtlich, dass sich die Männer gar nichts zu sagen hatten. Jeff stand abgewandt am Fenster und starrte hinaus, und Alain lehnte in einer aggressiv-lässigen Haltung am Türrahmen. Er nahm Marian das Tablett ab, als sie über die Schwelle trat. Ihre Hände berührten sich wie zufällig. Seine Haut war warm wie die Abendsonne. Widerwillig trennten sich ihre Hände.

Mir ist es lieber, wenn sie bald gehen. Ich habe sie gern. Verdammt, ich habe sie gern.

»Man könnte sich das Angebot ja zumindest mal anhören. Es geht ja auch um Wertermittlung. Konkurrenzbeobachtung.« Jeff hatte sich wieder gesetzt und rührte in seinem Espresso herum. Marian schüttelte den Kopf. »Ich möchte das Haus im Moment nicht verkaufen, Jeff. Und da es mein Haus ist, wäre das jetzt auch mein letzter Satz dazu.« Ihr Ton war schärfer, als sie es beabsichtigt hatte, und schärfer, als es ihrer eher sanften Natur entsprach.

Normalerweise war Jeff ein Mensch, der nicht schnell beleidigt war. Eine Eigenschaft, die Marian bei ihm immer gemocht hatte. In gewissem Sinne war er gutmütig, da er sowieso in seiner eigenen Welt lebte, die einem Computerprogramm glich. Entweder war jemand sein Freund, ein Kunde oder sein Feind. Drei Aggregatzustände. Alles andere betrachtete er misstrauisch, aber auch neugierig.

Doch diesmal war Marian zu weit gegangen. Etwas, das sie gar nicht beabsichtigt hatte. Doch seit sie das Haus im Elsass geerbt hatte, fühlte sie sich zwischen den Stühlen. Jeff mochte das Elsass nicht, er mochte Eguisheim nicht. Er mochte Catherine und Alain nicht und er wollte raus aus der ganzen Sache. Er hasste die französische Sprache, mit der sie hier früher oder später ja doch konfrontiert werden würden. Bis jetzt hatten sie Glück gehabt, dass so viele ihrer Begegnungen in Deutsch verliefen. Als Jeff jetzt das Wort ergriff, hörte er sich überraschend kühl an. Marian sah ihn erstaunt an. Jeff war selten ernsthaft gekränkt oder beleidigt.

»Gut, Marian. Dann fahre ich morgen nach Deutschland zurück, und du verbringst die restliche Woche im Schoß deiner wunderbaren neu entdeckten Familie. Ich jedenfalls habe genug. Dein charmanter, wenn auch angeheirateter Großcousin bringt dich bestimmt nach Colmar oder Straßburg zum Zug, und von dort sollte es kein Problem sein, in die Zivilisation zurückzukehren.«

Dann stellte er seine Kaffeetasse so heftig auf das kleine, grüne goldumrandete Tellerchen, dass die letzten Tropfen der schwarzen Flüssigkeit herausspritzten. Er stand auf und ging. Die schwere Holzeingangstür schloss sich mit einem Geräusch, das nach Endgültigkeit schmeckte.

Marian blieb wie betäubt zurück. Sie musste ihm natürlich ins Hotel folgen. Die Betten wurden erst morgen geliefert. Und sie konnte ihn nicht alleine lassen.

Catherine wandte sich an Marian und raunte: »Du kannst bei uns bleiben, heute Nacht, wenn du möchtest.«

Marian spürte, wie ihr Tränen in die Augen stiegen. Diesen Konflikt hatte sie so nicht gewollt. Sie liebte die Harmonie.

»Nein, lass. Ich gehe zu ihm ins Hotel. Vielleicht lässt er mit sich reden und bleibt.«

Marian unterdrückte die Tränen. Sie wusste, dass Jeff einlenken würde, aber sie wusste nicht, ob sie das überhaupt wollte. Es wäre schön, ein paar Tage alleine hier zu bleiben und sich darüber klar zu werden, was Catherine und das Haus, was die Wurzeln in Eguisheim ihr bedeuteten.

Und was Alain dir bedeutet? Sei ehrlich, wisperte eine Stimme tief in ihrem Inneren. Eine Stimme, die sie nicht hören wollte.

*

Marian und Jeff hatten eine schweigsame Nacht nebeneinander verbracht. Sie hatte kaum geschlafen, denn sie fühlte sich zerrissen und wälzte sich auf der Suche nach einer Lösung von einer zu anderen Seite..

Am Morgen setzte sie sich auf seine Bettseite. In versöhnlichem Ton erkundigte sich: »Was ist jetzt mit Tom und Tanja?«

Erst gab er keine Antwort und drehte sich weg, dann stupste sie ihn an. »Sag schon.«

»Also gut.« Er drehte sich um und setzte sich auf. Auf seiner Wange zeigten sich ganz feine helle Bartstoppeln.

In entschlossenem Ton sagte er: »Man kann dich ja nicht hier sitzen lassen. Ich bin ein Gentleman, auch wenn du das nicht mehr zu schätzen scheinst. Ich komme am Donnerstag oder Freitag wieder, bringe die beiden mit, und du kannst mit uns nach Hause fahren. So lange kannst du dich hier alleine vergnügen. Das ist mein letztes Angebot. Und bis dahin überlege dir bitte, was du vom Leben möchtest. Eine schicke Wohnung und gehobene Urlaube mit mir oder in einem Kaff im Nirgendwo versauern. Und denke mal dran ... du magst doch den Winter nicht und die Kälte. Wie du dich dann in dem Loch da fühlst. Aber es bleibt dabei. Nachher fahre ich und in ein paar Tagen komme ich und nehme dich mit zu uns nach Hause.«

Marian sagte nichts dazu, um ihn nicht zu reizen, aber vor allem sagte sie nichts, damit er nicht auf den Gedanken käme, seine Abreise käme ihr gelegen.

Doch tatsächlich kam sie ihr gelegen. Und als sie dann ins Bad ging, um die Zähne zu putzen, erschrak sie selbst über den triumphierenden Ausdruck in ihren Augen. Jeffs Abreise gab ihr Freiheit.

Woher hätte sie wissen sollen, dass Jeffs Abreise noch ein paar Leuten in Eguisheim höchst gelegen kam?

Gemeinsam gingen sie am anderen Morgen nach unten und wirkten dabei wie Fremde. Um 9 Uhr, nach einem kurzen und wortkargen Frühstück, zahlte Jeff mit trotzigem Gesicht an der Rezeption, stopfte seine schicke Weekendertasche in den Kofferraum und fuhr mit quietschenden Reifen, die den Staub des Hotelparkplatzes aufstieben ließen, Richtung Nordosten. Richtung Heimat. Ein kurzes unfreundliches Hupen ersetzte einen Abschiedskuss, und Marian winkte wohl umsonst. Er sah sich nicht mehr um.

Als sie vor ihrem Haus ankam, stand ein vierschrötiger Mann vor der Tür. Alles an ihm war viereckig. Die Figur, das Gesicht, das Kinn.»Excusez moi, je suis Raimond. Remplacement pour Frédéric.«

Der Ersatz für Frédéric. Marian sah den Mann an. Er hatte eine Werkzeugtasche dabei und trug einen blauen Anzug, wie ihn Handwerker tragen. Neben ihm, vor der

Tür, stand bereits Werkzeug, das er wohl in der Wartezeit da abgestellt hatte. Marian sah eine Art Gummihammer, eine Säge und einen Schlagbohrer. »Ich habe gehört«, brachte er hervor, »dass kommen Möbel später. Je peut commencer im *grenier*.«

Er betonte das französische Wort für Dachgeschoss auf die elsässische Weise auf der ersten Silbe. »Elsässisch isch halt mei Mutterproch, aber Ditsch und Elsässisch glicha sich zimlig, so wern mer uns scho verstehe.«

Marian sah den Mann an. Sie machte den Mund auf, um ihn zu fragen, ob er hereinkommen wolle und ob er etwas trinken wolle, doch kein Wort kam heraus. Und dann war da wieder der vertraute Wind, das laue süße Strom, nicht so stark, eher leise, und dann wurde der Mann plötzlich blass, ja, er verblasste. Marian hatte das Gefühl, er sollte eigentlich gar hier nicht sein.

»Tut mir leid«, sagte sie mit zitternder Stimme. »Ich habe es mir anders überlegt. Ich möchte doch noch warten mit den Renovierungsarbeiten.«

»Warum denn? Je suis venu extra.«

»Tut mir leid. Ich rufe Sie wieder an.«

Und Marian schloss ihr Haus auf, lächelte dem Mann kurz zu und schloss von innen. Sie hörte noch, wie er leise fluchte. »Dütsche!«

Immer noch aufgeregt ließ sich Marian auf einen Stuhl fallen. Dieser Lufthauch war unheimlich, aber doch tröstlich zugleich. Es wäre ein Fehler gewesen, diesen Mann ins Haus zu lassen. Wer war dieser Raimond überhaupt?

Sie schenkte sich eine Tasse Kaffee aus der Warmhaltekanne ein und wartete auf die Möbel. Tief drin richtete sie sich auf eine lange Wartezeit ein. Warum sollte es in Frankreich anders sein als in Deutschland, wo Handwerkerzeiten immer Etwa-Zeiten waren? Jedoch wurde sie angenehm überrascht. Um 10.07 Uhr trafen die Möbelpacker ein, und um 11.10 Uhr war alles aufgebaut. Es stand endlich ein eigenes Bett, ein altes, gemütliches Doppelbett. Es war ein Bett wie bei einer Oma. So eine Oma, bei der die kleine Enkelin unter die Decke schlupfen konnte.

Es stand dann jetzt mit ein paar zusätzlichen Teilen die Küche, die natürlich keine Einbauküche war, sondern aus einfachen Einzelteilen bestand. Tisch, Stühle, eine Anrichte, ein Sofa, ein Wohnzimmerschrank, ein gemütlicher Sessel, ein paar Teppiche. Auch ohne die nun verschobene Renovierung sah das Haus jetzt recht wohnlich aus. Man konnte die Möbel immer noch recht einfach zur Seite rücken, dahinter streichen, das Treppengeländer anbringen beziehungsweise streichen und die Fenster erneuern. Noch immer hatte Marian kein gutes Gefühl dabei, überhaupt einen Handwerker ins Haus zu lassen, doch Catherine wohnte Wand an Wand und konnte das Ganze beobachten. Besonders erfreute sich Marian an dem alten Schultisch, den sie gekauft hatte. An dem würde sie diese Woche versuchen, ein bisschen zu zeichnen. Vielleicht konnte sie aus Alains Garten einen Kräuterstrauß zusammenstellen.

Kaum waren die Männer gegangen, erschien Catherine, sah sich kurz um und lobte. »Jetzt hast du es richtig gemütlich. Ich hoffe, du musst hier nicht alleine leben.«

Nachdenklich musterte Marian ihre Cousine.

»Ich habe mal eine Frage, Catherine. Das Haus ist mit einem sehr komplizierten Schloss gesichert. Fast schon ein ganzes Sicherheitssystem. Warum eigentlich? Ich meine, es war doch gar nichts Wertvolles drin. Warum also die Mühe?«

Catherine schien zu überlegen, was sie antworten sollte.

Hastig fuhr Marian fort. »Wenn es hier im Ort gefährlich ist, als Frau alleine in einem Haus zu leben, dann sage mir bitte vorher Bescheid.« Sie lachte, um die aufkommende Unsicherheit zu kaschieren. »Dann versorge ich mich mit einem Wachhund. Ich bin zwar mehr der Katzentyp, aber ein Hund bellt immerhin.«

»Nein«, erwiderte Catherine mit Bestimmtheit. »In Eguisheim ist es eigentlich nicht gefährlich. Es ist noch niemals etwas passiert. Klar, es wird mal ein Fahrrad gestohlen oder ein Auto geknackt. Und es hat vorne in der modernen Ferienanlage schon mal den einen oder anderen Diebstahl gegeben, wenn die Leute so leichtsinnig waren und sind auf Besichtigungstour gegangen und haben ihre Türen nicht verschlossen. Die Diebe sind dann meistens Gangster, die aus Colmar kommen. Colmar ist nicht ganz ungefährlich, denn angeblich ist es ein Drehpunkt, sagt man so, für Drogen. Aber hier? Nein.«

Gegen ihre Gewohnheit bohrte Marian noch einmal nach. »Warum dann das aufwendige Schloss?«

»Das war Alains Idee«, gab Catherine zurück, und dann sagte sie zögernd: »Er meinte, wir müssten das Haus sozusagen bewachen, bis sich die Besitzer melden.«

»Ach so«, sagte Marian. »Das verstehe ich natürlich. Ihr habt das Haus für mich aufbewahrt wie ein Schatzkästchen.«

Catherine schien der Ausdruck zu gefallen. Sie lächelte. »Wenn wir gerade davon sprechen. Colmar solltest du natürlich unbedingt sehen. Und wir wollen mit dir heute eigentlich ins *Écomusée* fahren.«

»Wohin?« Eco. Das hörte sich nach Umwelt an.

»Das ist ein großes Freilichtmuseum, worin du dir das Leben von früher besser vorstellen kannst. Das Leben im Elsass in den kleinen Dörfern. Es ist wunderschön. Im Moment ist Alain noch auf der Plantage, aber so um die Mittagszeit könnten wir fahren. Es ist nicht sehr weit. Und wir haben Glück. Weil diese Woche der *14. Juli* ist, hat es auch am Montag geöffnet. Montags haben bei uns viele Attraktionen geschlossen.«

»Also gut. Dann fahren wir in dieses Museum. Ich freue mich.« Wäre Jeff noch hier, dachte Marian ketzerisch, dann könnte ich mich nicht freuen. Dann müsste ich fürchten, er langweilt sich und wartet nur, bis es vorbei ist.

Marian räumte auf und räumte ein und fühlte sich im Laufe des späteren Vormittags auf seltsame Art geborgen und mit sich im Reinen. Catherine hatte ihr zur Stärkung zwei Stücke Gugelhupf mitgebracht. Marian kostete. War er von Lamier oder von Schreck? Unmöglich zu sagen. Er war ein wenig fester im Inneren. So buk Lamier? Oder doch Schreck? Im Grunde schmeckten sie gleich und doch wieder nicht. Wahrscheinlich wurden Elsässer mit einem Gugelhupfgeschmackserkennungsgen geboren. Sie musste kichern angesichts des selbst konstruierten Wortmonstrums.

Sie räumte und putzte und kehrte. Und doch betrat sie bei allem nicht das oberste Stockwerk. Es war, als fürchte sie sich. Sie ertappte sich dabei, wie sie immer wieder innehielt und lauschte. So, als sei noch jemand mit ihr im Haus. Aber sie war allein. Ganz allein. Oder doch nicht?

Gegen 13 Uhr klingelte es, und Catherine holte sie ab. Alain saß am Steuer des Peugeot. Er vermied eine Begrüßung, nickte nur. Die Fahrt führte zuerst über die Autobahn, als deren Ende Basel ausgeschildert war. Es herrschte viel Verkehr. Lastwagen und Touristen, die diese Ecke Europas erkundeten, darunter neben den Deutschen viele Holländer, Belgier und etliche englische Autos. Irgendwann ging es links ab, und man folgte einer der typischen schnurgeraden französischen Landstraßen, die von kleinen Bächen, Buschwerk und Bäumen gesäumt wurden und jedes Mal Postkartenmotive abgaben. Mit den dichten gesunden Bäumen. Bäumen, die man in Deutschland vorsorglich abgeholzt hatte, um Unfälle mit ihnen zu vermeiden. Doch die Reihen von Bäumen machten die langen geraden Straßen so viel romantischer, dass man fast das Risiko eingehen sollte, dachte Marian. Ab und zu durchquerten sie ein Dorf, ab und zu passierten sie ein einsames Forsthaus oder ein Gehöft oder eine kleine Fabrik.

Irgendwann tauchten Schilder mit dem Wort »Écomusée« auf. Parkplatzhinweise folgten, ein mit Autos vollgestelltes Areal öffnete sich, und Alain bog elegant und schwungvoll in eine Lücke. Er war ein guter Fahrer. Marian saß auf dem Rücksitz und fühlte sich ein wenig wie ein Kind, das irgendwohin mitgenommen wird. Doch sie musste diese Empfindungen abschütteln. Auch die Gedanken, was aus ihr und Jeff werden sollte. Sie hatten sich über die Jahre hinweg auf eine eingespielte Weise gut verstanden, obwohl sie so verschieden waren. Es hatte kaum Konfliktpunkte gegeben, denn Marian war nachgiebig und passte sich an. Das französische Haus war jetzt das erste Mal, dass etwas wirklich zwischen ihnen stand. Wie würde es sein, wenn sie Kinder hätten?

Jeff verfolgte ganz andere Ziele als sie im Leben. Marian beschloss, es zu machen wie ihre Heldin Scarlett O'Hara aus dem Roman *Vom Winde verweht*, den sie mindestens zwanzigmal gelesen hatte. Sie würde morgen darüber nachdenken, nicht heute und nicht jetzt. Heute würde sie den Ausflug genießen.

Wie in Frankreich üblich, erwartete sie ein großer moderner Kassenbereich, wo man schon sehr viele Andenken, kleine Geschenke und sogar Nahrhaftes wie Marmelade, Honig, trockene Würste, Süßigkeiten und Fotos kaufen konnte. Auch ohne das Gelände zu betreten, hatte man bereits einen Eindruck von dem, was den zahlenden Besucher drin erwartete.

Alain löste ein Billet für alle drei, obwohl Marian protestierte. Jeff hätte das nie gemacht. Er war sehr spendabel, aber nur, wenn ein konkreter Nutzen dahinterstand.

Gemeinsam betraten sie das große Areal. Schon der erste Eindruck war ungewöhnlich und beeindruckend. Die Augen wanderten über weit verstreute Häuser, Straßen und bunte Gärten. Im Hintergrund grüßte ein Turm. Das Ganze sah aus wie ein gezeichnetes Modelldorf.

»Wer hat sich denn das ausgedacht? Dagegen sind die Vogtsbauernhöfe im Schwarzwald ja geradezu winzig.«

Catherine freute sich über das Kompliment. »Der Grund, das hier zu bauen, war, das kulturelle Erbe unserer Heimat Elsass zu bewahren. Unsere Kinder sollen sehen, wie ihre Vorfahren gelebt haben. Sollen die Werte erkennen und respektvoll mit unserer *patrimoine,* wie sagt man, unserem Vaterland umgehen.«

»Das ist wirklich beeindruckend.«

»80 Gebäude aus der Region«, erklärte Catherine stolz. »Es waren Häuser, die abgerissen werden sollten. Man hat sie Balken für Balken abgetragen. Häuser aus verschiedenen Epochen und aus den verschiedensten Regionen. Das älteste stammt aus dem 15. Jahrhundert. Aber eines haben sie alle gemeinsam ...«, Catherine schmunzelte, »eine Stube! Da wurde getratscht, gegessen, getrunken und gesponnen.«

Alain seufzte. »Das ist wieder so ein Moment, wo ich mich nach meinem Süden zurücksehne. Wir treffen uns auf einem Platz. Gutes Wetter, Olivenbäume, ein paar Bänke und eine *Boule*-Bahn. Und ein Blick aufs Meer.« Catherine warf ihrem Mann eine Seitenblick zu. Sie kann mit seinem Heimweh nicht umgehen, dachte Marian. Habe ich eigentlich Heimweh nach Frankfurt? Nein. Aber in den Süden würde ich jederzeit ziehen.

»Interessant sind die Häuser der Handwerker. Es sieht fast darin aus wie im richtigen Leben. Es gibt einen Barbier, einen Schmied, einen Töpfer, eine, wie sagt man, Wagnerei und einer, der für die Pferde den Sattel macht, eine Glasmalerei und das Weinhaus. Nein, das heißt Winzerhaus. Ach ja, und das Fischerhaus.« Catherine war sichtlich begeistert von der Fülle des früheren Lebens in ihrer Heimat. Ihre Wangen röteten sich. Sie wird eines Tages eine wunderbare Politikerin und Botschafterin für ihr Land sein, dachte Marian. Und als sie Alains Seitenblick bemerkte, dachte sie, dass er das Gleiche empfand.

Nun passierten sie die Sperre und tauchten ein in eine andere Zeit und eine andere Welt. Marian kam aus dem Staunen nicht heraus. In Amerika hätte ein solch künstliches Dorf bestimmt unsäglich kitschig gewirkt, aber hier war wirklich die Welt von früher behutsam und einfühlsam aufgebaut worden. Die farbenprächtigen Fachwerkhäuser standen entlang verschiedener Straßen, die wirkten, als seien sie immer schon da gewesen. Ein Pferdefuhrwerk mit begeisterten Kindern zog an ihrem Auge vorbei, auf dem kleinen Fluss schwamm ein Boot, ebenfalls zum Kentern voll mit Touristen, die die Hände im Wasser nachzogen. Ein Wehrturm bildete eine Art Zentrum, daneben befand sich ein Restaurant mit Tischen und Stühlen im Hof, das wirkte, als sei man nicht in einem Museum, sondern in einem richtigen elsässischen Dorf. Weiter hinten verlor sich das Freilichtmuseum in Feldern und lichten Wäldchen. Obstbäume säumten den Spazierweg dorthin, der offenbar nur von wenigen begangen wurde. Die meisten Familien hielten sich im Zentrum des aufgebauten Ortes auf und spazierten durch die Schulstube von einst, mit den Schulbänken und der alten Landkarte von einem früheren Frankreich.

»Mir haben es natürlich besonders der Renaissancegarten und der Mittelaltergarten angetan. Hier neben dem Burggraben. Es duftet fast wie bei mir. Aber von der einen oder anderen Pflanze würde ich mir gerne einen Ableger mitnehmen. Die Erlaubnis habe ich mir schriftlich eingeholt. Wir sind ja in Sichtweite von Deutschland und muss fragen, bevor man einen Zweig abschneidet.«

Catherine schmunzelte. »*Déformation professionelle* nennt man das. Du bist durch deinen Beruf verdorben und siehst überall nur Ableger. Genieße du deine Kräuter, und ich spaziere in der Zeit mit meiner Cousine ein wenig über die Felder. Da hinten ist doch der Köhler. Zu jeder vollen Stunde macht er eine Vorführung von seinem vergessenen Handwerk. Wollen wir da hingehen, Marian?«

Marian stimmte zu. Alles war so viel einfacher, wenn Jeff nicht maulte. Sie schämte sich dieses Gedankens. Eigentlich sollte sie ihn vermissen.

Die kleinen Häuschen zogen natürlich mehr Besucher an als das offene Feld, aber sie war sowieso ein Mensch, der die Stille suchte.

»Gerne gehe ich mit dir zu dem Köhler«, erwiderte sie, und gemeinsam marschierten die beiden so ähnlichen und doch so unterschiedlichen Cousinen über die blühenden saftigen und fruchtbaren Felder, gesäumt von Apfelbäumen, an denen schrumpelige kleine, aber wahrscheinlich schmackhafte Äpfel hingen. Das weitläufige Gelände gehörte noch zu dem Freilichtmuseum und zog sich bis hinüber in das kleine naturbelassene Waldstück, wo der bärtige Köhler gerade mit rußigen Händen Kohlestücke in einen Korb warf. Dabei summte er leise ein Lied. Eine Szene wie aus einem Märchenbuch von früher.

Catherine sah es mit Wohlgefallen. »Ein altes Handwerk. Tradition. Ich höre mir die Vorführung an. Magst du auch?«

Marian zögerte. Und da war es wieder. Das Seltsame, das Unerklärliche, das Geheimnisvolle. Sie spürte es, fühlte den sanften warmen und süßen Hauch, der sie umgab wie eine Aura. Aber sie konnte dieses lichte und ungreifbare Etwas nicht in Worte kleiden. Der Weg, der neben dem Wäldchen auf eine Art Acker führte, zog sie magisch an, aber sie konnte nicht erklären, warum. Würde der Weg sie diesmal in Gefahr bringen?

»Ich gehe kurz nach dort hinten hin, aber ich komme gleich wieder.«

Catherine folgte Marians Zeigefinger mit dem Blick. »Dort ist aber der sogenannte Friedhof«, sagte sie erstaunt. »Sie haben echte Grabsteine aus der ganzen Region zusammengetragen. Alte Grabsteine, die keiner mehr wollte, Gräber, die aufgelöst sind. Oder Grabsteine mit seltenen Namen. Aber warum willst du ausgerechnet dahin gehen? Marian, bleib lieber bei mir.«

Marian freute sich über die Sorge ihrer Cousine. Jetzt, da Jeff mit seinen Querschlägen weit weg war, schien sich ihr Verhältnis zu bessern. Einen Moment dachte sie an Alain und fühlte etwas wie einen kurzen, unerklärlichen und unwillkommenen Schmerz. »Es ist doch nicht weit. Nur ein paar Schritte. Wenn mich aus dem Grab heraus eine Skeletthand ergreift, schreie ich. Versprochen.«

Catherine tippte sich spielerisch an die Stirn. »Du bist ja auch verrückt. So wie Alain. Wenn der sich etwas in den Kopf gesetzt hat, dann setzt er es durch. Und genau wie du ist er manchmal so verträumt. Ganz verträumt. Liegt bestimmt an seiner Herkunft aus dem tiefen Süden unseres Landes.«

»Aber ich bin keineswegs aus dem Süden, Catherine.«

Catherine lachte. »Ach, über unsere Vorfahren wissen wir ja auch nicht alles. Wer weiß, wo sie herkamen. Hier sind so viele durchgewandert im Dreißigjährigen Krieg. Auch Schweden natürlich. Von denen stammen bestimmt wir beide ab, mit unseren blonden Haaren und den blauen Augen.«

Marian lächelte, doch sie hatte es jetzt eilig. Kurz und beruhigend winkte sie Catherine zu und machte sich auf den Weg zum dem nachgestellten Friedhof, der verlassen in der Nachmittagssonne lag. Es war warm und ganz still. Kein Vogel war zu hören. Keine Biene summte. In der Tat waren es nur lose Grabsteine, die wie hässliche Zähne in einem nicht gut gepflegten Mund durcheinander standen. Die Beete, auf denen sie standen, wurden natürlich von niemandem betreut, manche waren schon umgefallen, oder es wuchs alles Mögliche an ihnen hoch oder um sie herum. In dem bunten und schönen *Écomu-*

sée war der weit entfernt liegende Friedhof auf jeden Fall
ein Stiefkind. Keiner kümmerte sich um ihn.

Marian lief ein wenig an den Gräbern entlang. Und
wieder war es das Gleiche wie auf dem Odilienberg.
Sie hatte erneut das unbestimmte Gefühl, dass außer ihr noch
jemand auf diesem Areal war. Es knackten Äste, und es
knirschten Schritte. Und wieder war sie ganz alleine.
Doch roch sie den rauchigen Geruch des Köhlers. Er
war nicht weit entfernt. Wenn die Vögel einen Moment
lang schwiegen, konnte man sogar ganz leise Stimmen-
gemurmel hören. Sie hier zu überfallen, wäre keine gute
Idee. Warum, fragte sich Marian, warum ihr also hier
überhaupt nachschleichen?

Wenn sie schreien würde, wäre Catherine sofort zur
Stelle. Das musste der Beobachter wissen. Noch einmal
also die Frage: Was sollte dann die Verfolgung? Da fiel
es ihr wie Schuppen von den Augen. Um ihr Angst zu
machen. Nur alleine darum ging es. Sie hatten in Eguisheim von Anfang an das Gefühl gehabt, beobachtet zu
werden, doch geschehen war nichts. Wenn man jemanden beobachtet, wenn man jemanden subtil bedroht, dann
will man, dass er sich nicht wohlfühlt. Und ein Ort, an
dem man sich nicht wohlfühlt, den verlässt man. Könnte
es sein, dass einfach ein Unbekannter wollte, dass sie so
schnell wie möglich ihre Zelte abbrachen und Eguisheim
verließen? Das Haus verkauften und ab nach Deutschland. Aber warum?

Jemand wollte ihr Haus haben. Das war es. Marian
spürte, wie angesichts dieser Erkenntnis ihr Brustkorb
eng wurde, wie das Blut aus dem Kopf wich, wie ihr
schwindlig wurde. Doch dann wurde ihr klar: Wenn
jemand wirklich ihr Haus kaufen wollte, würde es wenig

Sinn machen, sie umzubringen. Sie hatte keine Kinder. An wen würde das Haus dann überhaupt fallen, und würde ihr Vater der Erbe sein? Mit diesen Fragen hatte sie sich so früh im Leben nie beschäftigt, doch das musste sie herausfinden. Inzwischen aber war es Zeit, Mut zu zeigen.

»Ich habe keine Angst«, schrie sie in den Wald hinein, dahin, wo es knirschte und knackte.

Es war, als stünde danach die Welt still, und die Geräusche erstarben. Das war fast beängstigender als zuvor, denn es bewies, dass es da tatsächlich ein gesichtsloses Gegenüber gab. Jemand, der ihr nichts Gutes wollte, davon war sie überzeugt.

Und sollte sich täuschen. Und sollte es niemals wirklich wissen, denn es gibt Dinge, die der Verstand nicht fassen kann.

Dann hörte sie wieder Schritte, diesmal vertraute Schritte, und schließlich erschien eine aufgeregte und verschwitzte Catherine neben ihr. Sie duftete ganz zart nach dem Rauch des Köhlers.

»Ich habe dich schreien hören«, stieß sie hervor. »Was ist denn los?«

Marian bemühte sich um eine ruhige Antwort, damit ihre Cousine nicht merken sollte, wie erschrocken und durcheinander sie war. »Wieso? Alles in Ordnung!« Das klang mühsam, und Catherine warf ihr einen scharfen Blick zu..

Misstrauisch blickte sich Catherine um. »Wirklich? Du bist so blass. Ich hatte dir gesagt, du sollst nicht auf diesen Friedhof gehen. Auch wenn es nur ein künstlich nachgestellter Friedhof ist ... Tote sind Tote. Komm, lass uns lieber zu Alain zurückkehren. Inzwischen wird er ja seine Kräuterfachsimpelei beendet haben.«

Marian strich sich das schweißnasse blonde Haar aus dem Gesicht. Unter dem Einfluss von Schweiß, Wärme und Aufregung begannen sie sich noch stärker als sonst zu ringeln. Sie strich sich mit einer müden Geste über die Stirn.

Catherine reichte ihr ein Papiertaschentuch.

»Komm, wir gehen zurück. Weg von diesem Ort. Wir sterben alle noch früh genug.«

Und da war es wieder. Ganz unvermittelt kam es. Diesmal im Beisein von Catherine. Es war wie ein summendes Singen und ein Flüstern, und es zog Marian magisch zu einer bestimmten Grabstelle ganz links außen an dem unordentlichen und unübersichtlichen Gräberfeld, das überwuchert war von Gestrüpp und wilden Blumen.

»Komm mit«, sagte Marian atemlos zu ihrer Cousine. Catherine folgte ihr kopfschüttelnd zu einem größeren Grabstein, an dem Efeu entlangkletterte.

»Da schau mal.« Marian blieb stehen, atmete tief durch und wies auf den halb verwitterten Grabstein eines Lucas Minstrel und seiner Gattin Adrienne Minstrel, geborene Schreck. Lucas war 1795 geboren und 1859 gestorben, und seine Frau ein Jahr später. Als Geburtsort und Sterbeort war Eguisheim angegeben.

»Ist das ein Vorfahr von uns? Von ihm aus ging dann die Linie zu euch. Er mag ja etwas anderes gearbeitet haben, aber seine Frau war wahrscheinlich aus der Bäckerdynastie Schreck. Ich glaube nicht, dass es so viele Minstrels gibt. Ich denke, es ist ein eher seltener Name. Und dann auch noch in Eguisheim.«

Catherine sah die Grabinschrift an und schüttelte den Kopf. »So weit zurück in die Vergangenheit habe ich noch nie geschaut. Eigentlich kenne ich nur drei Generationen Minstrels. Also bis zu unseren Omas, und der Rest besteht nur aus dem, was man sich in einem Dorf eben so erzählte.«

Marian betrachtete das Grabmal nachdenklich. »Du hast mir gesagt, dass keiner unserer Vorfahren Bäcker war. Aber Lucas hat wahrscheinlich in eine Bäckerfamilie eingeheiratet.«

»Woher willst du das wissen? Es kann ja auch andere Schrecks gegeben haben.«

Marian nickte. »Natürlich. Aber ich selbst habe erst kürzlich ein Foto im Bäckereimuseum gesehen. Da stehen Bäcker aus der Familie Schreck zusammen vor dem Laden, das war natürlich später, aber einer davon sieht unserem Urgroßvater mit dem auffallend langen Kinn wahnsinnig ähnlich. Er muss aus der gleichen Familie stammen. Sie haben alle dieses auffallend lange Kinn, auch wenn die Familie Minstrel hieß und nicht mehr Schreck. Adrienne Schreck hat dieses Erbe mitgebracht.«

Bei der Vererbung des langen Kinns musste Marian mit einiger Ironie an ihren geheim gehaltenen kleinen Zeh denken. Nun ja, andere Familien vererbten rote Haare. Die Frage war, was besser war.

Catherine schien leicht verärgert. »Davon weiß ich wirklich nichts. Warum soll *ich* auf einmal alles wissen. *Du* hattest ja nicht einmal gewusst, wer deine Großmutter ist, und das liegt nur eine Generation zurück.«

Ihre Augen waren kühl geworden. Sie fuhr fort: »Gut, und selbst wenn er in eine Bäckerfamilie eingeheiratet hat … das ist doch nicht wichtig. Warum interessiert dich das denn überhaupt? Doch ich werde nächste Woche mal in unser ganz persönliches Eguisheimer Archiv gehen und nachschauen, wenn es dich so brennend interessiert.«

»Gibt es denn in Eguisheim ein Archiv?«

Catherina schmunzelte. »Nicht offiziell. Für ein eigenes Archiv ist unsere Gemeinde zu klein. Aber es gibt ja Frank Strumpf, den Ortshistoriker. Er ist eigentlich Rechtsanwalt, und die Geschichte unseres Ortes ist sein Hobby. Keiner, keiner entkommt ihm. Er weiß alles.« Catherines Stimme klang geradezu begeistert. Marian fühlte, wie ihr Herz höher schlug. Ein Ortshistoriker. Vielleicht hatte dieser Mann einen Hinweis darauf, warum ihr so seltsame Dinge geschahen. Seit sie im Besitz dieses Hauses war, hatten diese merkwürdigen Erscheinungen sie heimgesucht.

»Dann lass uns bald zu diesem Mann gehen. Ist es dir recht, wenn ich mitkomme?«

Catherine sah sie von der Seite an und zögerte. Sie murmelte: »Mal sehen. Monsieur Strumpf ist sehr intelligent, kann aber auch sehr abweisend sein. Er ist nicht verheiratet, sondern hat mit seiner Mutter gelebt, bis sie vor Kurzem starb. Mme Veronique Strumpf war auch ein lebendes Lexikon. Beide waren auch sehr gläubig. Der Traum der Familie war es immer nachzuweisen, dass sie aus der Linie von Papst Leo stammen. Ich glaube, da arbeiten sie schon ein Leben lang dran.«

Da war ein Unterton in Catherines Stimme. Etwas Warmes und etwas beinahe mädchenhaft Verlegenes. Und auf ihrem Gesicht breitete sich eine fast unmerkliche Röte aus. Nun war Marian sehr gespannt, diesen fabelhaften Monsieur Strumpf kennenzulernen.

»Die würde ich sehr gerne kennenlernen«, sprach sie ihre Gedanken aus.

Catherine nickte. »Schauen wir mal. Komm, jetzt gabeln wir mal den Kräuterkönig Alain auf.«

Marian dachte, dass sie es sich vielleicht einbildete, aber es schien ihr, als lenke Catherine vom Thema ab. Sie beschloss, sich den Namen Strumpf gut zu merken.

Kurz darauf eröffnete ihr Catherine überraschend: »Morgen kann ich mich leider dir nicht widmen. Ich habe Lehrerkonferenz. Immer in den Ferien gibt es mehrere Lehrerkonferenzen. Wer wegen seines Urlaubes eine Konferenz nicht besuchen kann, sollte aber zu den anderen erscheinen. Oder am besten zu allen. So eine Besprechung kann ziemlich lange dauern. Wir haben viele Probleme zu klären, bevor das *rentrée*.«

»Was ist denn *rentrée*?«

»Der Tag, an dem in ganz Frankreich die Schule wieder beginnt.«

Marian wurde durch dieses Gespräch an ihre eigene Berufstätigkeit erinnert. Mehr als diese eine Woche konnte sie keinesfalls mehr aussetzen. Sie war freiberuflich und brauchte das Geld.

»Du brauchst kein Geld, sondern nur mich«, pflegte Jeff zu sagen. Er hatte sie verwöhnt, das stimmte. Das lag in seiner Natur. Was ihm gehörte, wurde poliert und auf einen Ehreplatz gestellt. Wie ein Auto. Wie würde es mit ihnen beiden weitergehen?

Alain saß entspannt auf einem Mäuerchen in der Nähe des Wehrturms. Zwei kleine Mädchen standen vor ihm. Marian hörte, wie er ihnen auf Französisch etwas erklärte. Vermutlich die Kräuter in dem Garten, der sich bis zum Flüsschen hin erstreckte. Die Worte glitten elegant aus ihm heraus. Der Tonfall hörte sich wie ein Gesang an. Marian musterte ihn. Sein korrektes weißes Hemd stand drei Knöpfe offen und offenbarte einen durchtrainierten braunen Oberkörper. Sein Haar war nie so schwarz wie jetzt in dieser hellen Umgebung. In der Sonne blitzte sein Ehering fast aggressiv. Er war wie ein Zeichen, dass sie besser nicht mehr genauer hinschauen sollte.

»Hallo«, begrüßte er sie lässig, »hier sind zwei junge Damen aus Paris, die gedacht haben, Kräuter werden tiefgefroren geboren. Aber nein. Jetzt haben sie begriffen, dass es einen Samen gibt und dass der sorgfältig gegossen und gepflegt werden muss, damit eine frische Petersilie dabei herauskommt, und Petersilie brauchen wir nun mal, um die beste Kräuterbutter der Welt herzustellen, und die gibt es nirgends anders als in Eguisheim.«

»Und den besten Gugelhupf der Welt?«, fragte Marian scherzhaft. Alain zuckte zusammen, als sie den Satz gesagt hatte. »Ja«, erwiderte er mit ruhiger Stimme. »Und mindestens zwei Mal den besten Gugelhupf der Welt.«

Eine merkwürdige Antwort. Doch Catherine beschwerte sich. Sie habe Hunger und Durst. In dem nachgebauten elsässischen Restaurant genossen sie zuerst einmal eine *Orangina* und musterten die Speisekarte. Alain deutete nach Osten.

»Da hinten ist noch eine Halle mit alten Musikautomaten, die schaurig klingen. Manchmal machen sie hier *dîner dansant*. Das ist etwas, das es nur in Frankreich und da vorwiegend auf dem Land gibt. Warte, bis du es bald am *14. Juli* selbst siehst. Es ist eine lustige Sache.«

»Für euch bestimmt lustig, aber ich bin vielleicht alleine. Ich weiß nicht, ob Jeff wirklich rechtzeitig für euren Feiertag zurückkommt. Ob ich mich dann so wohl bei einer Tanzveranstaltung fühle?«

»Staunen wirst du, wer beim *dîner dansant* alles mit wem tanzt. Der ganze Ort miteinander. Kinder mit der Oma, und der Opa mit der Zeitungsfrau. Du bist außerdem nicht alleine. Du hast doch uns«, scherzte Catherine, die jetzt entspannter aussah, denn sie hatte ihre *Orangina* in einem Zug leer getrunken. Sie würde eine zweite bestellen. Genau wie ihre Großcousine war sie keine schlanke Elfe, sondern fraulich gebaut mit rundlichen Hüften, einem vollen Busen und kräftigen Beinen. Genau wie Marian sah sie aber genau richtig aus. Ein grauhaariger Kellner mit tiefen Falten im Gesicht erschien. *Sind das jetzt Touristen oder nicht? Der schwarzhaarige Mann kommt aus dem Süden. Die beiden Frauen sind Schwestern. Ja, ich denke, es sind Elsässerinnen. Die mit den Locken wirkt nachdenklich. Die andere Schwester hat einen Kummer. Und es würde mich nicht wundern, wenn es mit dem Schwarzhaarigen zusammenhängt.* Catherine bestellte sich ein Schweineschnitzel mit Pilzsoße. Marian studierte noch die Karte.

»Was gibt es denn Vegetarisches? Ich esse kein Schwein.« Fast gleichzeitig platzten Alain und Marian damit heraus.

Catherine lachte:»Manchmal möchte meinen, ihr beide seid die Zwillinge und nicht beinahe ich und Marian!«

Der Satz war ausgesprochen, stand im Raum und war so zutreffend, dass eigentlich allen das Lachen verging. Auch wenn sie es nicht zeigten, sondern den Mund nach oben verzogen. Wie zu einem Lächeln. Doch es war ein falsches Lächeln.

An diesem Montagabend versuchte Marian krampfhaft, sich alleine in ihrem kleinen Haus aufzuhalten. Das war nicht so einfach, denn sie hatte noch keinen Fernseher und kein WLAN. Elektronik fiel also aus, und wie so viele moderne Menschen hatte sie verlernt, sich nur mit sich selbst zu beschäftigen. Mit hochgezogenen Beinen saß sie auf dem Sofa im ersten Stock, ein Buch vor sich und versuchte, keine Angst vor der Stille und dem Alleinsein zu haben.

Wie gut, dass das Schloss unten so einbruchssicher war, warum auch immer, und dass es nur die Fensterfront nach vorne gab, um in das Haus einbrechen zu können. Die Rückwand teilte sie sich ja mit Alain und Catherine. Sie hörte die beiden sogar, was etwas Beruhigendes an sich hatte. Sie vernahm, wie sie die Treppe hochliefen, sie hörte das Wasser im Bad rauschen, und dann war Stille. Sie waren bestimmt im Bett. Marian bemühte sich zu vergessen, was ein Ehepaar üblicherweise im Bett tat. Irgendwann war ihr die Stille zu erdrückend. Sie schaltete das Radio an. Eine französische Stimme sprach so schnell, dass sie kein Wort verstand. Dann kam feierliche Musik.

Sie lief zu dem kleinen Fenster und blickte hinaus auf die schlafende Straße. Machte das Scheibchen auf und sah angestrengt hinaus, drehte den Kopf nach links und nach rechts. Außer einem kleinen pelzigen Wesen – mit etwas Glück handelte es sich um eine Katze, mit viel Pech um eine Ratte – sah sie nichts und niemanden.

Einigermaßen beruhigt schloss sie das Fenster.

Das Schattenwesen, das an der Ecke hinter einem Mauervorsprung lauerte, hatte sie nicht gesehen. Sonst hätte sie bestimmt nicht schlafen können.

Der nächste Morgen, ein Dienstag, begann mit tiefblauem Himmel und einer fast aggressiven Sonne, die die engen Gassen von Eguisheim wie mit einem Scheinwerfer ausleuchtete. Dunkelgrün erhoben sich die Vorberge der Vogesen. Marian sah aus dem Fenster, verscheuchte damit eine gurrende Taube und ging ins Bad. Sie vermisste ihre komfortable Dusche. Das Badezimmer im Haus gefiel ihr nicht. Sie mochte nicht, dass es im Erdgeschoss lag, wo man den Schmutz von der Straße hineintrug. Und Schmutz gab es leider genug. Hundekot und vor allem Taubenfedern. Die Menschen fütterten die Tauben, und die Straße war gesprenkelt von ihren Hinterlassenschaften. In diesem Punkt musste sie Jeff recht geben. Nicht nur in diesem Punkt. Irgendwie vermisste sie ihn. Wie man seinen großen Bruder vermisst, der immer alles weiß und auf einen aufpasst.

Sie machte sich einen schnellen Kaffee und wärmte sich in dem kleinen Grillofen ein Baguette auf. Es schmeckte nicht besonders. Doch sie hatte es eilig. Sie wollte zu Monsieur Strumpf, solang Catherine bei ihrer angekündigten Besprechung in der Schule war. Warum sie unbedingt alleine dorthin wollte, ob er sie überhaupt empfangen würde … sie wusste es selbst nicht. Im Internet hatte sie problemlos Zugang zum Telefonbuch mit Adressen von Eguisheim gefunden. Es gab zwei Strumpfs: einen Docteur Strumpf, der wohl Tierarzt war, und einen Frank Strumpf, der neben der Feriensiedlung in der Rue du Petit Ballon wohnte. Das war in so einem kleinen Ort bestimmt leicht zu finden. Marian verließ ihr Haus durch den Hinterausgang, weil der Weg über den Parkplatz eine Abkürzung zur Umgehungsstraße war. Was sie nicht wusste: Ihr unsichtbarer und ungreifbarer Verfolger war schon da. Sie hatte ihn nicht abschütteln können.

Es waren ein paar 100 Meter bis zur Feriensiedlung. Ein Zaun, ein Schild. *Pierre et Vacances.* Die Siedlung bestand aus kleinen elsässischen Häuschen, wahrscheinlich irgendwo im Industriegebiet von Toulouse oder Brest gebaut, die pseudomalerisch und doch so steril um einen

Swimmingpool herum angelegt waren. Das Ganze sah aus wie ein richtiges Dorf, und es waren doch nur bessere Hotelzimmer.

Die Straße, die direkt seitlich an der Anlage vorbeiführte, musste laut *Google maps* im Handy die Rue du Petit Ballon sein. Es handelte sich ebenfalls um kleine einförmige Reihenhäuschen, die aber groß genug waren, um anscheinend zwei Parteien Unterkunft zu bieten. In der Nummer sieben und da im oberen Stock wohnte Monsieur Frank Strumpf. Ein Fenster stand offen, was ein gutes Zeichen war. Der Hausherr war also da. Marian überwand sich, denn im Grunde war sie schüchtern bei ersten Begegnungen, und klingelte. Wie sollte sie sich vorstellen? Als interessierte Touristin und sollte sie gleich Deutsch sprechen oder es höflicherweise erst einmal auf Französisch versuchen? Der Türsummer erklang, und Marian trat in einen schmucklosen Hausflur ein, der diesen leichten Hauch von Billigbauweise verströmte, die Marian nun schon öfter bei französischen Neubauten registriert hatte. Alles wirkte eine Spur zu bunt, eine Spur zu leicht und zu einfach.

»Monsieur Strumpf, je suis une touriste qui est tres intéressé par des choses historique et …«

Der Mann war nicht besonders groß und vielleicht 40 Jahre alt. Er hatte graues kurz geschnittenes Haar und entsprach nicht Marians Erwartungen an einen Historiker.

Sie hatte einen Waldschrat erwartet mit Rauschebart und langem zotteligem Haar, der das Licht des Tages scheute. Monsieur Strumpf war aber ein normaler, im Grunde gut aussehender Mann in gut schicken grauen Jeans, der ebenso gut ein Geschäftsmann sein könnte.

»Aber bitte nein, nicht solche Räubergewehre. Räuber-
pistolen sagt man besser, nicht wahr? Sie sind die junge
Frau, die das Haus der Minstrelschwestern geerbt hat,
nicht wahr?«

Marian sah ihn erstaunt an. Er lächelte. »Mademoiselle, dies ist ein altes Dorf mit gutem Gedächtnis. Wir
haben alle gewartet, wer kommen würde. Ich denke, mittlerweile weiß jeder, dass Sie da sind. Und Sie sehen aus
wie Catherines Sahmeks Zwilling. Wie sich doch die
Geschichte wiederholt. Alleine das schon macht Sie mir
sympathisch.«

Marian war verblüfft und ein wenig peinlich berührt.
Der Mann sah sie durchdringend an. Seine Augen waren
von einem eigenartig hellen Grau wie ein Wolf. Er trug
eine Brille mit einem grauen Gestell.

»Kommen Sie herein. Setzen Sie sich. Kaffee? Tee?
Nein? Nun, dann verraten Sie mir eimmal: Gefällt Ihnen
denn Ihr Erbe?«

Eine ungewöhnliche Frage, aber dies war ja auch ein
ungewöhnlicher Mann. Das spürte sie. »Nun, gefallen ist
vielleicht nicht das richtige Wort. Es ist …«

Der Mann sah sie an und schmunzelte. »Auch ein bisschen eine Belastung, n'est-ce-pas«?

»Nun, mein Verlobter findet es nicht so gut, dass wir
so viel Zeit hier verbringen.«

Er blickte sie amüsiert an: »Und warum verbringen
Sie denn so viel Zeit hier? Wandern Sie? Kaufen Sie Käse
im Munstertal? Überwinden Sie mit dem Fahrrad Col de
la Schlucht? Sind Sie an den Burgen interessiert? Waren
Sie in Colmar und haben sich das weltberühmte *Musée
Unterlinden* angeschaut? Waren Sie in Saverne am Kanal
und haben die Schiffe bewundert? Haben Sie den See in

Gérardmer besucht oder waren Sie in dem schönen Hallenbad in Ribeauvillé?«

Marian war es fast peinlich, dass sie alles verneinen musste. »Nein«, murmelte sie. »Das habe ich alles noch nicht gemacht.«

»Warum bleiben Sie dann da? Was wollen Sie tun?« Marian schwieg.

Frank Strumpf seufzte und deutete auf einen Stuhl. »Nehmen Sie Platz. Und lassen Sie mich raten. Sie wollen etwas erfahren. Über das Haus, über seine Bewohner. Über die Vergangenheit. Sie sind neugierig geworden.«

Etwas war an diesem Herrn Strumpf, dass Marian offen sprechen ließ. »Eigentlich wollte ich das gar nicht. Ich hätte das Haus einmal angeschaut und vielleicht ein paar Tage darin verbracht und es dann vermietet oder verkauft. Aber jemand lässt mich nicht. Es sind so seltsame Dinge passiert, seit ich hier bin. Nein, im Grunde schon bevor ich hierher kam. Seit ich den Brief bekommen habe, dass ich ein Haus im Elsass geerbt hätte. Manchmal hatte ich den Eindruck, dass ich Leute gesehen habe. Nicht wirklich gesehen, es war mehr wie eine Ahnung, wie ein Schatten, aber es sind auch sonst Dinge geschehen, die mir vorher nicht passiert sind.«

Sie dachte an den Schuh. Ein Leben lang versuchte sie zu verhindern, dass jemand ihren Fuß sah. Und dann geschah es vor den Augen eines fast fremden Mann in einer Kirche. Wo lag darin der Sinn? Alain sollte also wissen, wie ihr Fuß aussah. Aber warum?

Frank Strumpf nickte. »Sie werden mich jetzt sicher für verrückt halten, aber ich glaube, Sie sind ausgewählt worden, das Geheimnis des Hauses zu entschlüsseln. Und vielleicht die Geschichte zu Ende zu bringen. Den vorigen Generationen ist es nicht gelungen. Und vielleicht hilft Ihnen jemand dabei.«

Marians Atem stockte. »Welches Geheimnis denn?«

Frank Strumpf seufzte. »Ich weiß nichts Genaues, und das ärgert mich, denn ich kenne gerne exakt die Fakten, bevor ich etwas sage. Aber man hat mir berichtet …« Er hielt inne, schien einen Moment lang zu überlegen, was er ihr erzählen sollte. »Beginnen wir am Anfang. *Au debut*. Also bereits meine Vorfahren waren Stadtschreiber. Ortsschreiber vielmehr. Sie fertigten Dokumente zur Hochzeit und zu Gerichtsakten und zu Geburten an. Diese Dokumente wurden teilweise in Rouffach, teilweise in Eguisheim immer in der *mairie* aufbewahrt, und als diese 1815 einem Brand zum Opfer fiel, hat man sie meinem Ururururgroßvater gegeben, um sie vorübergehend aufzubewahren. Danach hat man es einfach dabei belassen und ihm alles Mögliche an Dokumenten gebracht. Er war Lehrer, und sein Bruder hat eine Art Papiergeschäft betrieben, das auch später frühe Zeitschriften und ein paar Bücher anbot. Man kann also sagen, dass meine Familie für eine Weile das Gedächtnis der Stadt war.«

Marian wartete gespannt. Einmal mehr musste sie bewundern, wie gut viele Menschen hierzulande Deutsch sprachen. Als ob Frank Strumpf ihre Gedanken gelesen hätte, ließ er trocken fallen: »Ich war mit einer Deutschen verheiratet. Sie ist vor drei Jahren gestorben.«

»Das tut mir leid.«

»Ich habe die alten Papiere und Protokolle sorgfältig studiert. Und es fand sich eine Anmerkung, dass im Jahre 1793 der Gemeinde Eguisheim, die damals verwaltungsmäßig an Rouffach gebunden war, von einem Sebastien Minstrel ein Dokument zur Aufbewahrung angeboten wurde. Doch der damalige Archivar lehnte ab. Mit den Worten, die ich mal für Sie ins moderne Deutsch übersetze. Das Dokument sei sehr wichtig, doch seine Aufbewahrung sei in den jetzigen Zeiten zu gefährlich. Der Mann, der die Dokumente anbot, hat sie dann wieder mitgenommen.«

Marian wartete. Sie ahnte, dass er von selbst weitersprechen würde.

»Dazu muss man den Hintergrund kennen. Ich vermute mal, dass Sie nicht allzu viel über unsere Geschichte wissen. Also gebe ich Ihnen nur einen Kurzabriss, der jedem Historiker die Haare, wie sagt man, zum Gebirge steigen lassen würde.«

Marian verkniff sich ein Lächeln. Ich glaube, Sprichworte, dachte sie, sind das Schwierigste, das man in einer Sprache lernen kann.

Sie ist ein bisschen zu naiv und harmlos. Sieht ihrer Cousine unglaublich ähnlich, aber sie ist mir fremder als Catherine. Das ist aber gar kein Wunder, denn ich liebe Catherine. Habe sie immer geliebt. Ich glaube nicht, dass die Enkelin von Arlette die Richtige für das Rätsel ist. Oder vielleicht doch?

»Als die Sache mit dem Dokument geschah, herrschte die Zeit und das Regime der Revolution in Frankreich.« Frank Strumpf warf einen Blick auf sein Gegenüber, als wolle er erraten, wie viel historisches Wissen er bei ihr finden würde. Feines Lächeln, als ihm klar wurde, dass es nicht allzu viel sein würde.

»Ach was, fangen wir mal mit dem Elsass an. Sie wissen ja, dass es immer wieder hin und her geschoben wurde, aber seit dem Dreißigjährigen Krieg fiel mehr und mehr Land auf halbwegs friedliche Weise durch Zugeständnisse

des deutschen Kaisers an Frankreich, und der katholische Glaube breitete sich aus. Wichtig war Straßburg, das 1681 durch Annektion an Frankreich fiel, und Lothringen war sowieso längere Zeit französisch gewesen. Das Land begann sich langsam Region zu Region von deutsch zu französisch zu wandeln. Es stimmt also nicht, was von Leuten bei euch immer behauptet wird – das Elsass sei eigentlich ursprünglich deutsches Gebiet.«
Marian wollte protestieren, aber sie ließ es bleiben. Er hatte ja recht. Jeff war dieser Meinung und seine Freunde auch, aber die hatten offensichtlich keine Ahnung.

»So ging das bis zur Französischen Revolution, die ja ab 1789 mit dem Sturm auf die Bastille begann und die im Elsass positiv aufgenommen wurde. Mit den Ideen der Gleichheit und Brüderlichkeit identifizierten sich viele Bewohner von Bas-Rhin und Haut-Rhin. 1791 trat die Bürgerliche Verfassung für alle, auch für das Elsass, in Kraft. Menschenrechte, Recht auf Privatbesitz und so etwas wie das freie Wahlrecht. Doch solch eine Umwälzung geht nie unblutig ab. Nicht nur in Paris rollten Köpfe wie der von Danton oder Robespierre, den Vätern der Revolution, die ihren Widersachern zu mächtig und zu gefährlich wurden, sondern auch in Straßburg fiel das Fallbeil. Adelig zu sein oder dem Adel zu dienen oder auch mit ihm zu sympathisieren, war für eine bestimme Zeit in Frankreich lebensgefährlich, denn die Jakobiner kannten keinen Spaß. Im Gegenteil, sie waren bierernst, wie man so treffend bei euch in Deutsch sagt. Es gab einen neuen Kalender, neue Maße, und der Gott der katholischen Kirche sollte durch ein sogenanntes Höheres Wesen ersetzt werden. Religion war nicht mehr erwünscht. Es kam eine Zeit des Kampfes gegen das Christentum und seine Anhänger. Sogenannte Verdächtige wurden festgenommen, Gottesdienste verboten; das religiöse Leben ging versteckt in Klubs weiter. Zur Taufe pilgerten fromme Elsässer in die Schweiz.« Marian hörte zu und versuchte, sich zu erinnern, ob sie dergleichen jemals in der Schule gehört hatte. Wenn, dann hatte sie es sowieso schnell vergessen. Aber wie hätte ein junges Mädchen, das damals in der Nähe von Mannheim gewohnt hatte, ahnen können, dass es einmal hautnah mit Frankreich und seiner Geschichte zu tun haben würde? Frank Strumpf lachte trocken. »Können Sie sich vorstellen, dass sogar das Straßburger Münster nur knapp einem Abriss entging? Da waren wirklich Fanatiker am Werk. Natürlich waren nicht alle begeistert. Die, die man enteignet hatte, wanderten aus. Übrigens viele nach Russland, was die wenigsten wissen. Auch nach dem Ende, nach der Niederlage Napoleons, blieb das Elsass französisch. Es gab wieder eine Monarchie, und alles war wie zuvor. Man nannte das ›Restauration‹. Na sagen wir, es war fast wie zuvor. Doch wenn ein Volk einmal von dem süßen Trunk der Bürgerrechte gekostet hat, lässt sie das Getränk nicht mehr los.«

Marian dachte an ihr Erlebnis in der Bibliothek in Deutschland.

»Wie es zu so einer Revolution kommt? Hunger. Ungerechtigkeit. Sterbende Kinder. Keine Aussicht auf ein besseres Leben hier und Zweifel, ob es im Jenseits wirklich schöner sein wird. Die Vernunft kam auf. Aufklärung. Plötzlich lassen sich die Leute nicht mehr alles gefallen.«

Marian schwieg und hörte fasziniert zu.

»Die Zeit der absolutistischen Herrscher war einfach

historisch vorbei. Die Aufklärung hatte begonnen. Und Ludwig XVI. hatte viele Fehler gemacht, Kriege geführt und nicht gewonnen, Schulden gemacht. Schlechtes Wetter kam hinzu, Missernten, Hungersnöte. Das sind Stolpersteine für Könige. Und wenn sie dann, so wie er, zu spät Parlamente einberufen, haben sie schon verloren. Das Parlament behauptete, für das Volk zu sprechen, übernahm die Macht, und damit ihnen der lästige König nicht mehr in die Quere kam oder Anhänger zusammensuchen konnte, sperrten sie ihn lieber ein. Er versuchte zu fliehen, als reicher Bürger getarnt, wurde bei Varennes erwischt und später in Paris enthauptet so wie nach ihm seine Frau Marie Antoinette. Von ihr soll der berühmte Spruch stammen, das Volk solle doch Kuchen essen, wenn es kein Brot gebe.«

»Ja, den kenne ich. Ich habe eine Biografie von ihr gelesen.«

»Ja, als Österreicherin hatte sie eine tiefe Affinität zu Kuchen. Ich glaube, unser Magen behält seine Nationalität. Angeblich soll sie sogar den Gugelhupf aus ihrer Heimat an den Hof in Versailles gebracht haben. Aber das stimmt wohl nicht, denn wir kennen Gugelhupfformen schon aus dem 17. Jahrhundert. Und der ganze Kuchensatz ist sowieso unbewiesen. Aber wie auch immer«, jetzt legte sich ein mitleidiges Lächeln über Strumpfs Gesicht, »sie wird sehr gerne Süßspeisen gegessen haben. Übrigens Sissis österreichischer Kaisergatte viel später auch. Angeblich hat sich der Kaiser jeden Morgen von seiner Geliebten, Katharina Schratt, einen sogenannten *Kaisergugelhupf* servieren lassen.«

Marian schmunzelte und fuhr sich ganz leicht über ihre kräftigen Oberschenkel.

»Ich mag auch Süßes, leider, und ich bin nicht mal Österreicherin. Zumindest weiß ich es nicht. Kann ja noch kommen. Ich wusste nämlich auch nicht, dass ich elsässische Wurzeln habe. Aber auch ohne diesen Kuchen … man kann hier wirklich wunderbar essen. Alles schmeckt feiner als bei uns. Der Mann meiner Cousine, Alain, er kocht ganz wunderbare Sachen aus Kräutern.«

Strumpf sah sie aufmerksam an und fragte unvermittelt. »Sie sind doch verlobt, nicht wahr?«

»Ja, warum?«

»Nur eine Frage.«

Marian drehte an ihrem Verlobungsring, als wolle sie ihn reiben, damit wie im Märchen ein Wunder geschehe und alle Zweifel an Jeff verschwänden.

»Übrigens wurde die *Marseillaise*, unsere Nationalhymne, in Straßburg komponiert. Wir sind also durchaus richtige Franzosen. Aber nur, wenn wir wollen.« Wieder dieses feine Lächeln, das Monsieur Strumpfs Gesicht weicher machte.

Was für ein interessanter Mann. Aber was hat er mit mir und dem Haus zu tun?

»Sie fragen sich, was das alles mit Ihrem Haus zu tun hat, nicht wahr?«

»Nun, wenn ich ehrlich bin, ja.«

»Ich glaube, dass das Haus ein Geheimnis hütet. Was ist mit dem wertvollen Dokument, wo ist es geblieben und was war es? Damals war es gefährlich, was wäre es heute? Das beschäftigt mich schon lange.«

Marian schüttelte den Kopf. »Unglaubliche Geschichte. Wie aus einem Buch. Doch wie kann ein einfacher Mann wie mein Vorfahre denn an solch ein Dokument kommen?«

Frank Strumpf sah sie aufmerksam an. Seine grauen Augen hatten ein wenig an Wärme gewonnen. »Sagen *Sie* es mir. Was sehen Sie, wenn Sie an Ihren Vorfahren denken.«

Marian musste nicht lange überlegen. Zu lebhaft stand ihr noch die Szene vor Augen, als sie alleine in dem Dachgeschoss war.

»Ich weiß es nicht und kann es nicht beweisen, aber ich glaube, dass er ein Bäcker war.«

Von der Ferienanlage hörte man das Geschrei von Kindern, die ins Wasser sprangen und dabei jubelten. Frank Strumpf stand auf und schloss das Fenster. Nun blieb auch die sommerliche Wärme draußen.

»Ein Bäcker?«

»Ja. Ein Bäcker. Es ist eine Intuition. Und es ist auch interessant, dass sein Sohn in die Bäckersfamilie Schreck hier vom Ort geheiratet hat. Ich meine, das würde doch passen. Und dann habe ich noch dieses Foto in Seléstat gesehen. Diese Ähnlichkeit.« Auf den fragenden Blick von Monsieur Strumpf schüttelte sie nur abwehrend den Kopf. »Nichts. Nichts, was ich beweisen könnte.«

»Ein Bäcker, also wirklich«, murmelte Frank Strumpf. »Das hört sich interessant an. In Straßburg gibt es ein Archiv für die Gewerbe des Elsass. Da tragen sie alles zusammen, was sie über die traditionellen Handwerke während der letzten Jahrhunderte finden können. Es soll einmal ein großes Museum entstehen aus all den Dokumenten. Ich habe dort einen Freund. Es ist der Bruder meines früheren Schachpartners. Ich kenne ihn, seit er ein kleiner Junge war. Ich werde ihn morgen kontaktieren.«

Marian stand auf. »Ich gebe Ihnen meine Handynummer. Rufen Sie mich an, wenn Sie etwas wissen. Und jetzt werde ich vielleicht wirklich diese Dinge machen, nach denen Sie mich vorhin gefragt haben.«

»Nämlich?«

»Das Elsass genießen.«

Strumpf lächelte. »Aber auch wenn es lächerlich klingt, sind Sie ein wenig vorsichtig ja?«

»Vorsichtig?« Das Wort löste einen Gedanken in ihr aus. »Monsieur Strumpf, haben Sie auch Catherine und Alain von dem Dokument und dem Haus erzählt?«

Strumpf räusperte sich und nickte: »Ertappt. Alain. Ich habe es nur Alain erzählt, als er und Catherine geheiratet haben. Schließlich ist er es, der auf Catherine aufpassen sollte, nicht wahr? Auch wenn das heute nicht mehr modern ist. Ich wollte, dass er weiß, dass sich ihr vielleicht jemand wegen der Sache nähern wird. Spätestens wenn das Haus vererbt wird und die Chance hineinzukommen schwindet. Aber ihr selbst wollte ich nichts davon sagen. Sie sollte nicht an dunkle Zeiten denken. Sie sollte unbelastet sein und ihre Lebensfreude und ihre Tatkraft nicht verlieren. Sie will eines Tages Politikerin werden und für das Elsass kämpfen.«

Marian musterte Monsieur Strumpf und sagte spontan etwas eigentlich Taktloses. »Sie sind verliebt in sie, nicht wahr?«

Wie kann sie das sehen? Sie hat mehr Intuition, als ich ihr zugetraut habe. Auf den ersten Blick dachte ich, dass sie ein Blondchen ist, das Hausbesitzerin im Elsass spielt. Und dem bald langweilig werden wird. Wir werden sehen.

Ein schmerzlicher Ausdruck zog über sein Gesicht. Dann sagte er leise und spöttisch: »Hat das eine Bedeutung?«

Marian fühlte sich jetzt plötzlich älter und weiser als

er. Vielleicht, weil sie eine Frau war. »Eines Tages vielleicht. Denn nichts bleibt, wie es ist.«

Dann wandte sie sich zum Gehen.

Als sie auf die Straße hinaustrat, warmer Sonnenschein sie umfing, die Berge sich leuchtend grün von dem azurblauen Himmel abhoben und die Bienen in den blühenden Sträuchern umhersurrten, machte ihr Handy den Ton, den es beim Eintreffen einer *WhatsApp* zu machen pflegte. Marian las den Text: »Ich koche heute Mittag zusammen mit meinen Kräutern. Lust zu kommen, denn alleine schmeckt es nicht.«

Marian schickte nur einen erhobenen Daumen und ein Smiley. Und erschrak, wie sehr sie sich freute.

Alain trug eine Schürze, als er sie in seine Hälfte des Hauses ließ, sah aber seltsamerweise damit nicht die Spur weniger männlich aus.

Marian lugte in die Töpfe.

»Lecker. Wie komme ich zu der Ehre einer Einladung bei dir? Am helllichten Tag und an einem Werktag?«

Alain zuckte die kraftvollen Schultern. Er trug ein olivfarbenes T-Shirt.

»Welcher Mann hat schon mittags Zeit? Die meisten meiner Freunde arbeiten. In der Bank, in einer Immobilienfirma oder als Lehrer. Da muss ich schon auf die Damen zurückgreifen.«

Marian lachte. »Na, da habe ich ja Glück. Was gibt es denn?«

Alain breitete Tischtuch aus. »Es ist schon vorbereitet. Etwas Kräftiges. Fleischsuppe mit Königskerzenblüten aus eigenem Anbau.«

Marian staunte. Und bewunderte den Mann ihr gegenüber für seine Leidenschaft.

»Und alles mit eigenen Kräutern?«

»Bekenne mich schuldig. Vor allem auf seltene und alte Kräuter wie diese hier bin ich stolz .« Sie aßen, prosteten einander zu, genossen das Mahl und genossen das Miteinander. Es war seltsam vertraut, mit ihm zu essen. Und als sie Alain einen kleinen Löffel von der Stachelbeercreme vom Teller klaute, weil ihre Portion schon aufgegessen war, erinnerte sie sich einen Ausspruch ihres Vaters: »Wenn man vom Teller des anderen isst, kann man ebenso gut auch mit ihm schlafen.« Am Ende fragte eine verlegene Marian nach dem Rezept der Suppe. »Ich liebe Suppen, und in Frankfurt kann es kalt sein!« Das war doppeldeutig, und sie wusste es. Alain lachte dieses halb spöttische und halb liebevolle Lachen, das tief aus seinem Inneren zu kommen schien. »Mal sehen, ob ich eine Ausnahme mache. Rezepte werden eigentlich geheim gehalten. Ich habe sie teilweise über Jahre hinweg selbst entwickelt, und sie bleiben Familieneigentum.«

Marian lachte. »Das kann ich verstehen. Aber ich gehöre doch zur Familie.«

Alain wurde ernst. »Das stimmt allerdings. Ich habe ja sowieso vor, meine Kräuterrezepte zusammenzufassen und als Buch drucken zu lassen.«

»Zum Verkaufen?«

Alain schüttelte den Kopf. Marian bemerkte, dass ein einziges frühes silbernes Haar sich an seiner Schläfe zeigte. Ein Sorgenhaar?

»Nein, ich habe einige Restaurants, die sich dafür interessieren. Aber dann wollen sie die Kräuterrezepte natürlich exklusiv haben. Und dafür würden sie mir etwas bezahlen.«

»Dein Konzept imponiert mir«, erwiderte Marian und löffelte auch noch den Rest seiner Nachspeise, die ihr Alain jetzt großzügig überlassen hatte. »Und außerdem schmeckt alles, als habe Gott in Frankreich gekocht.«

»Heute Abend musst du auch zum Essen kommen. Die Elsässer kochen nicht schlecht, doch ein Hauch Süden fehlt manchmal. Zum *diner* probiere ich heute etwas mit Fisch. Oder mit Kresse. Oder mit beidem!«

Marian zeigte auf ihre Taille. »Willst du mich mästen? Zum Schluss komme ich nicht mehr durch die mittelalterliche Eingangstür meines eigenen Hauses durch.«

Alain umfing ihre Figur mit einem Blick, in dem der Kenner, der Südfranzose und vielleicht auch ein wenig der Macho steckten. »Ich finde, du bist genau richtig, wie du bist.«

Der Satz stand im Raum. Er war nicht mehr zurückzunehmen. Und Alain hatte auch gar nicht die Absicht, ihn zurückzunehmen. Im Gegenteil.

»Ich finde dich sehr hübsch.«

Marian wandte sich ab. »Ich sehe ein bisschen aus wie deine Frau. Wahrscheinlich deshalb. Heute Nachmittag will ich ...«

»Non, non. Heute Nachmittag fahren wir beide nach Colmar. Du musst den Isenheimer Altar sehen. Er ist einmalig, und ohne ihn gesehen zu haben, bist du keine echte Elsässerin. Sie sind mächtig stolz auf diesen Altar in ihrem kleinen Land. Ohne ihn verstehst du das Mittelalter nicht. Und das Mittelalter lebt mit uns in Eguisheim. Das Städtchen hat sich kaum verändert seit dem 16. Jahrhundert.«

Marian dachte an die Bausünden der Stadt, aus der sie kam. Sie seufzte. »Und wann soll ich aufräumen und putzen im Haus? Bald kommen Jeff und seine Freunde. Nehme ich jedenfalls an. Jeff ist nie lange böse.«

»Seine Freunde oder eure Freunde?«

Marian lachte. »Ertappt. Seine Freunde. Aber sie denken natürlich, sie sind unsere Freunde. Ich habe nicht viel mit ihnen gemeinsam.«

Kurz überlegte Marian, ob sie mit Alain offen über den Besuch bei Strumpf sprechen sollte, doch sie entschied sich dagegen. Nicht alle Karten auf den Tisch legen, dachte sie, und zumindest das hatte sie von Topverkäufer Jeff gelernt.

Colmar war nicht weit von Eguisheim entfernt. In dem alten 2CV, den Alain, wie er sagte, liebevoll restauriert hatte, fuhren Marian und er zuerst über Landstraßen, dann über die etwas größere Einfallstraße in jene Stadt, die nach Straßburg bei den Deutschen bestimmt die beliebteste im Elsass war. Marian war noch niemals hier gewesen, hatte aber Weihnachtsmarktsüchtige vom Marché de Noël schwärmen hören. Doch jetzt war Hochsommer. Wenig begeistert sah sie sich um, als die Stadt sich aus der Landschaft schälte. Die in Frankreich üblichen riesigen Supermärkte säumten die Einfahrt. Werbebanner, hässliche Fabrikbauten, heruntergekommene Häuser, unvermittelt auftauchende Kirchen und kleine Parks und an jeder Ecke einfache bescheidene Restaurants. Auf den Straßen wuselte es. Marian registrierte sehr viele Menschen arabischer Herkunft. Unvermittelt erreichten sie das Stadtzentrum, erkennbar wie überall an Markständen und Kirche. Alain parkte im Hof eines etwas gehobener aussehenden Restaurants ein. Marian erhaschte einen Blick auf den Namen. *La couronne.* Zur Krone, also.

»Ich habe das Gefühl, dass hier sehr viele Lokale *La Couronne* heißen. Seltsam, wo doch die Franzosen so gerne den gekrönten Häuptern die Köpfe abgehackt haben.«

Alain lachte.

»Ich glaube, die Sehnsucht nach der Monarchie war nie ganz tot. Wir schauen neidisch nach England, und ich denke, auch in der Revolution war das einfache Volk nicht unbedingt dafür, seine Könige grausam umzubringen. Das wurde ihnen von jenen eingeredet, die davon profitierten. Die kleinen Leute hatten erst mal gar nichts davon.«

Marian blickte aus dem Fenster.

»Schrecklich, was Marie-Antoinette mitgemacht haben muss. Erst ein verwöhntes Leben in Saus und Braus und im Luxus. Und dann ist da kein Mensch mehr, der zu dir hält und der an dich glaubt.«

Alain räusperte sich. »Man findet immer Menschen, die kleine Gesten des … sag das Wort … Mitgefühls zeigen. Auch manchmal in ausweglosen Situationen.«

Er parkte ein, und Marian kletterte aus dem Auto. Es war warm, und doch nahm sie ihre Jacke mit. Die dicken Mauern von alten Museen können sehr viel Kälte abgeben.

Colmar war eine quirlige Stadt, die lebendigen Straßen gesäumt von prachtvollen Bürgerhäusern mit Erkern, mit Balkonen und mit Bemalungen. Touristen traten sich auf die Füße, die zahllosen Läden waren interessant, schick und alle ziemlich voll. Durch die Stadt lief, ähnlich wie bei dem gegenüberliegenden Freiburg, ein kleines Rinnsal, das spielende Kinder und Hunde anzog.

Gemeinsam mit Alain schlenderte Marian entspannt und heiter durch die bilderbuchschöne Innenstadt von

Colmar. »Es ist eine alte Stadt. Um das Jahr 800 herum wurde sie das erste Mal erwähnt. Eine Gründung der Franken. Der Name ist übrigens eine Ableitung von Taubenhaus!«

»Wie hübsch«, sagte Marian. »Ein hübscher Name. In Deutschland muss man Strafe zahlen, wenn man Tauben füttert. Man nennt sie bei uns ›Ratten der Lüfte‹.«

»Strafe!« Alain lachte und schüttelte ungläubig den Kopf. »Strafe, wenn man einem Lebewesen etwas zu essen gibt?«

Marian nickte nachdenklich. Dieser Satz würde später eine Bedeutung für sie bekommen, doch das konnte sie jetzt noch nicht ahnen.

»Auf dem Rückweg nehmen wir eine andere Strecke und fahren an unserer Mini-Freiheitsstatue am Stadteingang vorbei. Bei einer Dinnerparty entstand einst der Gedanke, dass die Französische Republik den USA ein Zeichen der Freiheit schenken sollte. Eiffel, ja genau *der* Eiffel, konstruierte die Dame, und der gebürtige Colmarer Künstler gestaltete sie. Allerdings ging den Schöpfern der *Lady Liberty* das Geld für den Sockel aus, und Madame wartete hier in Frankreich, bis man genug zusammengekratzt hatte, um sie nach Amerika zu verschiffen. 1886 konnte sie dann enthüllt werden.«

»Das wusste ich nicht. Aber das ist ja wirklich ein großer Sprung. Von Colmar nach New York.«

Alain lachte: »Aus Kleinstädten kommen manchmal Leute, die der Hauch der Geschichte anweht. Sie müssen nur zur richtigen Zeit am richtigen Platz sein.«

Marian sagte nichts dazu. Wo war eigentlich ihr Lieblingsplatz? Trotz ihrer Liebe zu Pflanzen und Tieren war sie eigentlich ein Stadtmensch. Sie liebte das Treiben von Menschen, sie liebte Lichter und Läden und Cafés und Kioske und Waschsalons. Es gab ihr ein Gefühl von Sicherheit, in das tägliche Leben eingebunden zu sein. *Petite Venise*, Klein-Venedig, hielt, was der romantische Name versprach. Überraschend detailgetreu spiegelten sich die Häuser mit den Holzbalkonen und den bunten Fenstern im träge dahinfließenden Fluss Lauch. Überall saßen Menschen auf Bänken oder an Tischen vor den Restaurants und Cafés und tranken Erfrischungsgetränke oder verzehrten große Portionen Eis. Auf dem Fluss tuckerten kleine mit Touristen gefüllte Barken, und an allen Ecken erklang Musik von Straßenmusikern. Die üblichen, ernst blickenden afrikanischen Händler mit Gürteln und Schmuck boten eher lustlos ihre Waren an. In einer alten von einem durchsichtigen Glasdach überspannten Markthalle gab es Köstlichkeiten zu probieren. Marian fühlte sich stolz, an Alains Seite gesehen zu werden, denn er war hier bekannt und beliebt. Viele begrüßten ihn mit Küsschen rechts und links, andere mit einem männlichen Handschlag, aber bei jedem steckte Respekt dahinter. Der südfranzösische Kräutermann hatte sich weit im Nordosten des Landes einen Namen gemacht.

Marian dachte, wie verächtlich Jeff über Alain sprechen würde, wenn er wüsste, dass sie hier auf dem Markt als Händler für Kräuter bekannt waren. »Auch schon was. Donnerwetter«, würde er sagen.

Sie schlenderten die Hauptstraße entlang. »Das ist das sogenannte *Alte Kaufhaus*«, erläuterte Alain und wies auf ein mächtiges Gebäude mit Giebeln und Vorsprüngen mit Türmchen und umlaufenden Balkonen. »Es stammt aus dem Jahr 1480.«

Marian sah bewundernd zu der Fassade empor. »Das ganze Elsass kommt mir vor wie ein Museum. Es ist unglaublich, wie vielfältig die Bauten sind. Diese wunderbar verzierten Erker und die romantischen Hinterhöfe!«

»Da vorne ist der Platz, und da ist auch das *Museum Unterlinden*. Das ehemalige Kloster wurde aufwendig renoviert, und jetzt kann man den Altar wieder besichtigen. Es ist ein mächtiger Flügelaltar, das Hauptwerk von Matthias Grünewald, und war für das Kloster in Isenheim bestimmt.«

»Von wann ist es?«

»Wohl vom Anfang des 16. Jahrhunderts. Du wirst sehen, das Gebäude hat wunderbare Lichteffekte, ganz intensive Farben und steckt voller mystischer Symbole.«

Marian sah bewundernd zu ihrem Begleiter hinüber. Ihre Eltern hatten sich beide nicht für Kultur interessiert, zumal ihre Mutter später ganz andere Sorgen gehabt hatte, und immer hatte Marian dieses Desinteresse als einen kleinen Mangel empfunden. Jeff und Kultur, das schloss einander sowieso geradezu aus. Alain hingegen schien mit so viel Intensität einzutauchen in die Welt, die ihn umgab.

»Du kennst dich bestens aus für einen Zuwanderer«, stellte sie mit leichtem Amüsement fest.

Alain zuckte die Achseln. »Marian, ich lebe nicht ungern hier, aber ich würde lieber in meiner Heimat wohnen. Aber wenn du dich schon entschließt, in einem Land zu leben, das nicht deines ist, dann musst du dich darauf einlassen. Es macht dann mehr Spaß. Und die Elsässer haben wirklich eine alte Kultur, auch wenn es nicht die Meine ist.«

»Sieht man das im eleganten Paris auch so? Ich meine, das Elsass als Kulturregion?«

»Es gab durchaus auch Elsässer, die in Paris Karriere gemacht haben. Mit was auch immer«, meinte Alain leichthin. »Komm, wir gehen rein in das Museum und versinken in der Vergangenheit.«

Das machen sie immer wunderbar, die Franzosen, dachte Marian im Museum und ließ die Augen schweifen. Diese Mischung von alt und neu. Es war ein altes Kloster, doch durch den Einsatz von Glas und moderner Technik und Architektur wirkte es nicht düster.

»Der Altar ist in der Kapelle«, flüsterte Alain. Marian folgte ihm, der sich hier auszukennen schien, und bald standen sie vor mehreren prachtvollen bemalten Tafeln. Zwei feststehende und vier aufklappbare Flügel erzählten die Geschichte der Kreuzigung Jesu mit so frischen intensiven Farben, als sei das Werk gerade erst entstanden.

Marian stand davor, es kamen noch mehr Touristen und drängten sie ein wenig zur Seite, dann winkte ihr Alain zu und deutete auf ein Stillleben mit viel Gemüse und Kräutern. Offenbar wollte er dort verweilen, sich vielleicht Notizen machen. Marian lächelte verständnisvoll und nickte, doch dann wurde sie weitergeschoben von den anderen Besuchern, gelangte ohne ihr Zutun in einen anderen Saal, und dann wieder in einen neuen Saal, überall waren Leute, Touristen und Gruppen, und sie drehte sich um sich selbst, um zu sehen, wo sie eigentlich war, und dann war es plötzlich wieder da. Das süße, warme Rauschen, das Gefühl, als berühre jemand sie mit einer Feder oder der Fächer einer parfümierten Dame mit weißgepuderter Perücke würde unmittelbar neben ihr geschwenkt.

Sie folgte dem Rauschen, so wie sie es nun schon mehrmals getan hatte. Es war eigenartig, doch sie hatte gelernt, diesem Rauschen zu vertrauen. Es bedeutete nichts Gefährliches. Es zeigte ihr etwas. Wie an einer unsichtbaren Schnur gezogen, strebte sie durch die Räumlichkeiten. Sie ging vorbei an Besuchern, hörte Sprachen aus aller Welt, sie passierte Museumswärter, und dann stand sie plötzlich vor einem Bild, und es war so, als verbiete ihr eine unsichtbare gläserne Wand weiterzugehen. Sie stoppte an dem mittelalterlichen Bild eines ihr unbekannten Malers namens Josef Moosgraber. Die Szene zeigte Jesus, wie er das Kreuz zu seiner Hinrichtungsstätte schleppte und wie üblich von Demütigungen und Schmerzen gezeichnet war. Das Ungewöhnliche an der Szene war, dass eine Frau aus dem Volk, die am Rande seines Elendsweges stand, ihm ein Stück Brot an einer langen Stange reichte. War es wirklich Brot? Marian beugte sich vor und ging ganz nahe hin. Es konnte auch Obst sein. Oder ein Fladen. Sie ging noch näher dran, doch dann erschien eine Wärterin und ermahnte sie: »Madame, prenez distance s'il vous plaît!«

Marian trat zurück. Das Bild wollte ihr etwas sagen, aber was war es? Sie rieb sich die Schläfe. Leichtes Kopfweh kam auf. Kurz atmete sie durch. Ihr Herz pochte. Wann würde dieser Traum enden?

Später traf sie Alain im Kreuzgang wieder, und sie hoffte, er sähe nicht, was mit ihr los war. Er saß da, das Hemd offen, ein wenig verschwitzt, und schien zu verschmelzen mit der Stein gewordenen Geschichte um ihn herum. Ein wenig müde sah er aus, und eine Woge von Zärtlichkeit erfasste Marian, die sie in dieser Intensität lange nicht gespürt hatte. Sie wandte sich ab, damit er ihr verräterisches Gesicht nicht sah.

Hoffentlich würde Monsieur Strumpf in Straßburg

etwas erreichen. Hoffentlich konnte sie bald nach Hause. Hier wurde es einfach zu gefährlich. In jeder Hinsicht.

✳

Am frühen Abend, bevor sie zu Catherine und Alain ging, räumte Marian ihr kleines Häuschen auf. Das Handy meldete, dass Jeff zweimal angerufen hatte. Sie rief zurück. »Wie geht es dir?«, fragte er in ausgesprochen freundlichem Ton. »Alles okay in deiner zweiten Heimat? Heute alle 1.500 Einwohner auf dem Markt gesehen?«

»Wenn es die richtigen Einwohner sind, können 1.500 durchaus ausreichen. Außerdem war ich heute in Colmar. Da gibt es ein paar mehr Leute auf den Straßen.« Warum sage ich jetzt *ich* und nicht *wir*, fragte sie sich.

»Alleine?«, fragte Jeff sofort. Marian hatte sich irgendwann vorgenommen, im Leben niemals zu lügen. Niemals. Jetzt verstieß sie gegen diesen Grundsatz.

»Nein. Mit meiner Verwandtschaft.« Das ließ offen, mit wem sie unterwegs gewesen war. Das konnten ein oder zwei Personen sein.

»Es war sehr interessant. Wir waren in einem ziemlich berühmten Museum.«

Ein leeres Gespräch. Jeff interessierte sich nicht für das Museum. Stattdessen kam in eher verunsichertem Ton: »Liebst du mich überhaupt noch?«

Marian lachte mit falschem Klang. »Was für eine Frage! Jeff, ich muss aufhören. Es klopft an. Jemand versucht, mich zu erreichen.«

Und das war nicht einmal gelogen. Sie legte auf, ohne den obligatorischen Kuss durch den Handyäther zu senden. Monsieur Frank Strumpf war am Apparat. Er machte nicht viele Worte.

»Morgen früh sehen wir uns. In dem Café an der Kirche. Um 10 Uhr.«

Nachdenklich legte Marian auf. Er hatte also etwas herausgefunden.

Sie nahm sich einen Zettel und schrieb auf, wo und wann ihr die seltsamen Zeichen erschienen waren. Die Heilige Odilia, der Bäcker, das Bild und das Grabmal. Irgendetwas war mit Bäckern und mit dieser Familie Schreck. Aber was? Sie sah auf die Uhr. Noch eine Stunde, bis Alain wieder für sie kochte.

Langsam und das erste Mal wirklich mit Genuss und Muße lief sie durch die kleinen konzentrisch verlaufenden Gassen mit dem Kopfsteinpflaster. Die Häuser, jedes ein Individualist, waren wunderschön, und jedes schien eine Geschichte zu erzählen. Alle waren mit Geranien über und über geschmückt. Auch hier wanderte das Auge über kunstvoll geschnitzte und verzierte Erker, über Giebelchen und über malerische Balkone. Die Häuschen leuchteten in Farben, die man in Deutschland keinesfalls seinem Haus verpassen würde. Sie waren rosa gestrichen oder in einem warmen Gelb, manche sogar in einem frechen Mint. Dadurch wirkten die Gassen, die sich entlang der ehemaligen Wehrmauer wanden, bunt und fröhlich. Marian schaute hier und dort hinein. Ach, da war ja auch eine Sprachschule. *Language School.* Zögernd trat sie in den geöffneten winzig kleinen Innenhof. Dort spielte eine Frau mit einem Hund und einem Stock.

»Ach, Sie sind interessiert zu nehmen eine Sprachenkurs?« Die Frau wischte sich das dunkle Haar aus dem Gesicht. Sie hatte jene intensiven ganz dunkelblauen

Augen, die man oft in England fand. Zusammen mit einer makellosen Haut.

»Nein, eigentlich … nicht so richtig. Gut, wenn ich vielleicht mal länger hier leben würde, dann ja. Aber im Moment, nein. Ach, Sie vermieten auch?«

Die Frau seufzte. »Ja, von die Schule kann man nicht so gut leben. Es gibt nicht *so many people* in Eguisheim, die fremde Sprachen brauchen. Das hatte mir der Mann auf die Rathaus gleich gesagt, aber ich habe hierher geheiratet und da dachte ich, du probierst. Bisschen geht. Bisschen.«

Marian betrachtete die Frau nachdenklich. Zwei Sprachschulen würden hier nicht funktionieren. Hatte der angebliche Käufer Jeff nicht gesagt, er hätte schon im Rathaus nach einer Erlaubnis gefragt? Das konnte also schon mal nicht stimmen. Das heißt, die Sprachschule war nur ein Vorwand gewesen. Der Käufer hatte unbedingt das Haus gewollt und eine Begründung erfunden.

»Vielleicht sehen wir uns mal wieder«, sagte sie. Und wies dann auf das Werbeschild an der hölzernen schweren Haustür. »Ich bin Grafikerin. Kann Ihnen vielleicht etwas zeichnen, das noch mehr Leute anlockt.«

Die Frau streckte die Hand aus. »Ich bin Jane. Aus Cornwall. Welcome to Eguisheim. Es ist zwar Provinz, aber die Leute sind toll. Ich will nicht mehr weg.«

»Ich habe eine Cousine hier. Ihr Mann hat den Kräutergarten da hinten am Ortsausgang.«

»Ach, Alain. Er ist wunderbar. Ich liebe ihn. So charmant. Und er kennt sich gut aus. Mit der Geschichte vom Ort. Er hat mit uns einmal eine Führung gemacht, hoch auf die drei Burgen, wo wahrscheinlich geboren ist *the Pope*. Das ist schon great. Obwohl es ist Provinz, gab es doch auch viele Sachen hier, die die Welt betreffen. Oh, *Lordie*, ich muss spielen mit die Hund.«

Marian lief weiter Richtung ihres eigenen Häuschens und dachte, dass es nicht einfach war, mit einem Mann verheiratet zu sein, den alle mochten. Sie mochte ihn ja auch. Verdammt.

An diesem Abend übertraf sich der südfranzösische Hobbykoch sowieso fast selbst. Er servierte mit sichtlichem Stolz einen frisch und köstlich aussehenden Salat in bunten Farben. Es war Sommer. Alains Kochkünste konnten sich an Salaten abarbeiten. »Was ist das? Es sieht wunderhübsch aus.«

»Nur ein Kressesalat mit Feigen. Franzosen können nicht ohne Vorspeise leben.«

Anschließend gab es eine kulinarische Überraschung, und zwar Jakobsmuscheln mit Basilikum. »Magst du Muscheln?«, fragte Catherine missmutig. »Alain, das hättest du sie vorher fragen sollen. Ich mag sie nämlich nicht allzu gerne. Ich vertrage sie nicht.«

Marian lachte. »Ich bin ein Müllschlucker, sagt Jeff. Ich esse alles und überall.«

Alains Blick veränderte sich zu Bewunderung. »Das trifft man selten. Catherine, da du Muscheln nicht magst, habe ich dir etwas von heute Mittag aufgewärmt.«

»Na, wunderbar. Aufgewärmtes für die Elsässerin. Frisches für die Deutsche. Ich gehe ins Bett. Mir ist sowieso nicht gut, und ich bin müde.«

Die Holzstufen knarzten. Eine Tür kreischte. Und dann war Stille. Alain und Marian blieben betroffen sitzen.

»Wir können die Muscheln schlecht aufbewahren. Also müssen wir sie essen. Jetzt.«

Die flachen Jakobsmuscheln schmeckten köstlich, aber die Stimmung war kaputt.

Mit rauer Stimme sagte Alain:»Catherine kann manchmal schwierig sein. Sie ist sehr kompromisslos in vielem. Sie wird sich noch ändern müssen, wenn sie wirklich eine gute Politikerin werden will.«

Marian seufzte.»Ich glaube, sie hat doch unterschwellig Ressentiments gegen Deutsche. Und dann erbt ausgerechnet eine Deutsche das Haus und lebt Wand an Wand mit ihr. All die Jahre hat sie wahrscheinlich auf mich gewartet. Sie wusste ja, dass ich irgendwann mal 30 werden musste.«

»Ja. Ich glaube, deine Oma hat da weise entschieden. Mit 20 wäre das Erbe zu früh gekommen. Was hättest du in diesem Fall mit dem Haus gemacht? Wahrscheinlich schnell verkauft und dir dein erstes Auto gegönnt.«

Marian lachte.»Sehr gut erkannt. Ich hatte mein Auge auf einen 2CV geworfen.«

Alains Augen nahmen einen schwärmerischen Ausdruck an.»Das ist mein Traumauto. In Blau.«

Marian hielt den Atem an. Er träumte vom gleichen Auto wie sie. Vielleicht auch vom gleichen Leben?

Alain stand auf.»Komm, wir setzen uns in den Salon zur Nachspeise. Es gibt süßen Reis mit Rosengeranien.«

»Das hört sich wundervoll an. Wie ein Gedicht, wie ein Lied.«

Die beiden saßen zusammen, bis die Kerze niedergebrannt war.

»Ich sollte nun gehen«, meinte Marian verlegen. Alain akzeptierte ihre Bitte sofort.

»Soll ich dich heimbringen?«

»Ja, das wäre nett. Ich erschrecke immer noch, wenn mir hier im Dunkeln eine Katze über den Weg läuft.«

Als Alain sie am Haus ablieferte und sie das komplizierte Schloss öffnete, gab er ihr einen hauchzarten Kuss auf die Wange. Dann drehte er sich rasch um und ging. Sie schloss die Tür, öffnete sie gleich wieder, um ihm noch ein »*Merci*« nachzurufen. Doch dann sah sie, wie er an der Ecke mit einem Mann zusammentraf. Sie konnte nicht erkennen, wer es war und auch nicht, ob Alain mit ihm sprach. Der Mann aber wurde dann eins mit dem Mauervorsprung des Nachbarhauses, und Marian sah kurz ein Funkeln im fahlen Licht der Straßenlaterne, so als ob Brillengläser aufblitzten. Angst rann Marian in Form von Schweiß den Rücken hinunter.

Wer war dieser Mann mit den Brillengläsern. Warum kam ihr das Wort »Brillengläser« plötzlich so wichtig vor? Brillengläser …?

Sie schlief unruhig in dieser Nacht, denn Bilder tauchten auf wie Schiffe im Nebel und verschwanden wieder. Jesus am Kreuz. Jemand, der ihm etwas zu essen anbot. Und dann immer wieder Alain. Alain …

Zwischenspiel
Erkenntnisse

Es war Mittwoch. Am Morgen machte sie sich fertig, kämmte ihr langes blondes Haar, trank nur hastig eine Tasse Kaffee und lief nervös auf und ab, bis es Zeit für die Verabredung mit Frank Strumpf war. Später betrat sie das behagliche Café, in dem man auch zu Mittag essen konnte und das mit einem appetitlich hergerichteten Büffet aus Salaten und Sandwiches ausgestattet war. Es roch verführerisch nach Croissants, nach Kaffee, nach Milch und nach Zucker. Eine unvergleichlich französische Duftmischung. Strumpf saß schon alleine an einem Tisch, der eigentlich für vier Personen gedacht war, und empfing sie mit einem Ausdruck von Triumph im Gesicht. Er setzte seine Brille ab und putzte sie feierlich. Vor ihm lagen einige Papiere, in gebührender Entfernung stand ein Glas mit der bereits vertrauten milchigen Flüssigkeit. Monsieur Frank Strumpf hatte sich offensichtlich schon am Morgen einen Aperitif geleistet. Schöne Tradition. Die Leute schienen danach viel entspannter. Und sinnlos Betrunkene, wie man sie leider in deutschen Städten sehen konnte, hatte sie hier nirgends bemerkt. Vielleicht, dachte Marian, ist ein bisschen erlaubte Sünde besser als ein unterdrücktes Laster.

Sie bestellte Kaffee und Croissant mit Honig. Die mollige Kellnerin begab sich würdevoll in die Küche. Der Kaffeeautomat zischte.

Frank Strumpf begann fast feierlich:»Wir haben etwas gefunden. Und es ist höchst interessant.«

»Ja?« Marian konnte sich nun, in der hellen Öffentlichkeit, ein wenig von den Schrecken der Nacht entspannen. Eines war ihr klar geworden: Sie konnte nicht ohne Jeff in Eguisheim bleiben. Das war kein Haus für eine allein lebende Frau. Sie würde sich immer fürchten, vor allem in der dunklen Jahreszeit. Die Frage quälte sie: War es Jeff, der ihr fehlte, oder einfach nur der männliche Schutz? Hier und jetzt fühlte sie sich jedoch sicher. Sie blickte auf den Platz mit Brunnen, Blumen, Bänken und kleinen Treppen, Sonnenkringeln auf dem Pflaster und Tauben. Die ersten Busse spuckten Touristen mit Handys und Reiseführern aus. Die Einwohner von Eguisheim gingen mit einer fast südlich anmutenden Gelassenheit ihren Geschäften nach. Frauen mit Einkaufstaschen standen beim Metzger an. Alte Männer mit französischen *barrets* führten ebenso alte Hunde aus. Kinder waren nur wenige zu sehen. Es waren Ferien in Frankreich. Wer konnte, fuhr ans Meer, hatte ihr Alain erklärt.

Frank Strumpf erhob sich höflich ein Stück von seinem Stuhl, als Marian ihre dünne Jacke auszog und über den Stuhl hängte.

»Madame, Sie sehen müde aus, wenn ein Mann das sagen darf, ohne uncharmant zu sein.«

»Ich schlafe nicht gut alleine in dem Haus. Ich höre auf jedes Geräusch. Dabei wird alles ganz harmlos sein.«

Aufmerksam betrachtete er sie, bevor er ganz langsam nickte.

»Das könnte durchaus sein. Oder auch nicht. Ich werde

Ihnen nun mitteilen, was ich herausfinden konnte. Sie haben mir von dem Grabstein im Écomusée berichtet, aus dessen Inschrift hervorging, dass Lucas Minstrel in die Bäckersfamilie Schreck eingeheiratet hat. Adrienne war die einzige Tochter. In dem umfangreichen Archiv meines Freundes findet sich der Name Schreck natürlich oft, aber wir konnten die Sache einkreisen. So wie es aussieht, war Lucas Minstrel selbst allerdings kein Bäcker. Sein Sohn, Pierre, ist wohl auch andere Wege gegangen. Er findet sich nicht in den alten Innungsbüchern der Bäcker. Wir werden noch herausfinden, was er war.«

»Ach, dann hat Catherine also die Wahrheit gesagt.«

»Sie hat gesagt, was sie wusste, vermute ich einmal. Lucas Minstrel hat die einzige Tochter der Schrecks geheiratet, Adrienne Schreck. Ihre Tätigkeit, wenn man das damals so nennen will, wird als Weißnäherin angegeben, und auch er war Schneider.«

»Aha.«

Frank Strumpf genoss die Aufmerksamkeit seiner hübschen Besucherin ein wenig, das merkte man. »Gut. Also soweit alles normal. Aber nun kommen wir zum Vater von Lucas Minstrel. Laut den Eintragungen im Register der Gewerke war Sebastien Minstrel, Lucas' Vater, sehr wohl ursprünglich Bäcker. Es ist ein wenig ungewöhnlich, dass der Sohn nicht auch Bäcker wurde, denn das war eigentlich damals üblich. In Handwerksfamilien blieb man im gleichen Milieu. Freie Berufswahl gab es eigentlich nicht.«

Marian wartete.

»Nun aber kommt das Eigentliche. Sebastien Minstrel verließ Eguisheim 1779 mit 19 Jahren und nahm eine Bäckersstelle in Paris an.«

»In Paris?«

»Ja, in Paris. Dort arbeitete er bei einem gewissen Boulanger Robert.«

Marian wartete wieder. Sie spürte, wie sich in ihr eine große Spannung aufbaute.

»Leider hat die Zeit nicht gereicht, um etwas mehr über diesen Boulanger Robert herauszufinden. Aber das habe ich bereits in Angriff genommen. Es gibt ein Archiv in Paris, ähnlich wie dem in Straßburg, das die Akten der Zulassungen zu den Handwerkszünften, wenn wir mal ein deutsches Wort bemühen, aufbewahrt. Dort finden sich auch zeitgeschichtlich interessante Unterlagen. Einiges ist allerdings in der Revolution vernichtet worden, doch manche katholischen Gemeinden haben in den jeweiligen Arrondissements heimlich Papiere versteckt und sie später dem Archiv wieder übergeben. Der Bruder meines Freundes hat bereits eine Anfrage in dem Archiv gestartet. Aber es wird mindestens einen Tag dauern – wenn sie die Anfrage vorziehen, wegen Dringlichkeit. Sie sind natürlich nicht digitalisiert.«

Marian hörte zu und bewunderte erneut, wie schön Monsieur Strumpf deutsch sprach. Seine Frau musste eine gebildete Person gewesen sein. Gewiss hatten sie gute Gespräche geführt. Eine gute Ehe, die nicht hatte zu Ende reifen dürfen. Marian verscheuchte die kleine Traurigkeit, die in ihr aufkam. Es ging um Leben. Und um die Jahre, in denen das Glück währte. Und die Reue, wenn die Jahre verschwendet wurden. Sie schluckte. Wandte sich wieder ihrem Gesprächspartner zu.

»Er war also tatsächlich in Paris. Ein Vorfahr von mir?«

Frank Strumpf lächelte. »Nun, gar so ungewöhnlich ist das nicht. Paris war und ist der funkelnde Stern, um den sich alles dreht. Und gedreht hat. Dort fand bis zur Revolution, bis zum Sturz auf die Bastille, alles glanzvolle Leben statt. Da konnte durchaus auch ein Elsässer Wurzeln schlagen. Das Elsass war damals überwiegend französisch, und man beherrschte das Französische.«

Marian dachte wieder an das Buch, das ihr in der Stadtbibliothek vor die Füße gefallen war. Was für ein schreckliches Ende dieses glanzvolle Leben der Königin genommen hatte. In Paris.

Strumpf fuhr fort:»Elsässische Handwerker waren überall gerne gesehen. Manche sind bis nach Amerika gekommen und haben sich gut integriert. Brotbäcker aus dem Elsass dürften damals aus dem gleichen Grund angesehen gewesen sein wie heute: Das kräftige nahrhafte Brot wird den Parisern gut gemundet haben. Und der Kuchen auch.«

»Also müssen wir warten, bis aus Paris Nachricht kommt. Aber es ist alles so seltsam.«

»Was ist seltsam?«

»Alles. Das Haus. Die Vorkommnisse. Ich …« Konnte sie sich diesem Mann anvertrauen? Sie kannte ihn schließlich kaum.»Seit ich hier bin, habe ich das Gefühl, beobachtet zu werden.«

»Beobachtet?« Frank Strumpf sah sie aufmerksam an.

»Ja, immer scheint jemand da zu sein, wo ich bin. Doch ich sehe niemanden. Nur einen Schemen. Ich habe noch nie ein Gesicht gesehen. Vielleicht bilde ich es mir ein, weil ich zu viel alleine bin, doch es erschreckt mich.«

Strumpf sah sie mitfühlend an.

»Sie sind ja nicht alleine hier. Sie haben Catherine und Alain an ihrer Seite.«

»Ja«, murmelte Marian in Gedanken.»Ich habe Alain.«

Frank Strumpf sah sie mit einem aufmerksamen kleinen Lächeln an.

Marian stand auf. »Ich gehe jetzt besser.«

Strumpf stand auch auf und deutete eine Verbeugung an. »Was haben Sie heute vor?«

»Wir fahren nach Kaysersberg. Alain und Catherine wollen, dass ich den Ort sehe, an dem Albert Schweitzer gelebt hat. Es ist freundlich von ihnen.«

Monsieur Strumpf nickte anerkennend. »Kaysersberg ist ein ausnehmend schöner Ort. Da werden Sie noch einmal ein besonderes Stück Elsass sehen.«

Marian lächelte. »Erst einmal werde ich ein weiteres köstliches Mahl von Alain genießen. Er mästet mich.«

Strumpf lächelte. Sein Gesicht verwandelte sich in einen freundlichen Faltenwurf. »Ja, Monsieur Sahmek ist ein exzellenter Koch. Er könnte sich einen Namen machen mit seinem eigenen Restaurant. Ein Name ist wichtig. Wir sind traditionell und legen Wert auf Qualität. Ein guter Koch, ein guter Bäcker, ein guter Patissier ist bei uns angesehen wie ein Künstler.«

Marian dachte an den schönen Renard Lamier. Er benahm sich tatsächlich wie ein launischer Künstler, der selbstbewusst mit den Frauen flirtete.

Alain und Catherine warteten in ihrem Haus schon unruhig auf Marian. »Warst du einkaufen?«, erkundigte sich Catherine.

»Ja, ich habe noch einen Kaffee getrunken. Allmählich komme ich ein wenig in Urlaubsstimmung. Es gefällt mir hier. Und das Essen erst …«

Alain schmunzelte.

»Ich weiß noch nicht genau, was es heute Abend gibt. Geplant hatte ich Perlhuhnragout in Rahmsoße mit frischem Estragon. Eines meiner Lieblingsrezepte. Vielleicht entscheide ich mich kurzfristig noch für eine schöne frische Ratatouille ...«

Marian legte scherzhaft die Hand auf ihren Bauch. »Mein Gott, wie werde ich das vermissen.«

»Hoffentlich nicht nur das Essen«, sagte Catherine. Marian schüttelte lächelnd den Kopf. Liebevoll beobachtete sie Alain beim Zubereiten. Sie dachte an das Gespräch mit Strumpf. Ein Koch ist hier so etwas wie ein Künstler. Alain war ein Künstler, doch er war nicht eitel wie Renard Lamier. Er war bodenständig und voll Respekt für die Kräuter, die er verwendete.

»Hättest du eigentlich gerne dein eigenes Restaurant?«, kam es fast ungewollt aus ihr heraus. Alain wandte sich kurz zu ihr. »Dafür haben wir nicht das Geld. In meiner Heimat vielleicht. Da könnte ich das Restaurant von meinem alten Onkel übernehmen. Aber hier ist es unmöglich. Die Mieten sind in Grenznähe zu teuer.«

Catherine zog die Luft ein. Ihre Augen wurden schmaler und kühler. »Ich möchte das Elsass nicht verlassen. Die Gründe kennst du.«

»Ja«, erwiderte Alain nur. Marian fragte sich, warum Catherine keinesfalls in den schönen und warmen Süden ihres Landes ziehen wollte. Sie könnte Alain damit vielleicht glücklicher machen, als wenn er ein Leben lang von einem kleinen Kräutergarten lebte, der ihm streng genommen nur zur Hälfte gehörte.

Kaysersberg war ein wunderschönes kleines Städtchen. Es war von der mittäglich hochstehenden Sonne beschienen und schien sich liebevoll in die umliegenden schützenden Berge hineinzuschmiegen. Überall erstreckten sich Weinberge bis in den Ort hinein wie grüne Finger. Durch das Städtchen purzelte ein lebhafter kleiner Fluss, der, überspannt von Brücken, pittoreske Anblicke und Postkartenmotive bot. Alain ermutigte seine beiden Damen, mit ihm auf die Burg zu wandern, die nur noch eine Ruine war. Schnaufend kamen alle drei oben an. Von dort sah man das sich in die Berge windende Tal und den lang gestreckten Ort mit seinen prachtvollen Häusern, viele davon Fachwerk. Die Straßen waren bunt von Läden mit ihren Auslagen, von Tischen und Stühlen, die mit farbenfrohen Tischdecken geschmückt waren, und von Bänken, kleinen Parkanlagen und verwinkelten Ecken. Der Ort war größer und lebendiger als Eguisheim. Im Hintergrund sah man eine Straße mit viel Verkehr, auf der sich die Lastwagen wie schnaufende Käfer den Hang hinaufarbeiteten, um im Gebirge zu verschwinden.

»Es sind noch viele Renaissancehäuser mit ihren Höfen hier erhalten«, erklärte Catherine. »Bei uns im Elsass gab es immer eine wohlhabende Mittelschicht.«

»Ja, es ist ein wirklich reizender Ort. Gehen wir doch gleich zum Museum für Albert Schweitzer.«

Das Museum befand sich neben dem Geburtshaus des berühmten Arztes und Forschers, von dem Marian im Grunde nicht viel wusste, außer, dass er moralisch über alle Zweifel erhaben war und noch zu der Zeit gehörte, wo Kindern seine Geschichten im Religionsunterricht erzählt worden waren. Heute war der würdige Mann etwas aus der Mode gekommen; deshalb war das Museum auch nur schwach besucht, jedenfalls allemal schwächer als die zahllosen elsässischen Restaurants drum herum, die alle mit einem *menu du jour* warben, das sich in Gestaltung und Preis erstaunlich glich. Meistens wurden ein Salat oder eine Suppe angeboten, dann ein Fleischgericht von Schwein oder Rind und ein Dessert. Auch die Preise waren wie von Zauberhand angeglichen. Das Menu war meistens für günstige 20 Euro zu haben. Aber dafür durfte man wahrscheinlich keine kulinarischen Höhenflüge erwarten.

Catherine schien sich etwas zu langweilen und wirkte müde. »Ich war schon unzählige Male mit meinen Schulkindern hier. Seid ihr beiden mir böse, wenn ich im Café warte?«

Alain schüttelte den Kopf, und Marian tat es ihm gleich. »D'accord, Cathi, ich begleite Marian. Ich war zwar auch schon da, aber nicht unzählige Male.«

Gemeinsam gingen Marian und Alain, nun schon fast vertraut miteinander, durch das kleine Museum. Man erfuhr etwas über den Lebensweg des Mannes, der von Kaysersberg nach Afrika gegangen war, um dort zu leben und zu helfen. Es gab Fotos, Dokumente und persönliche Erinnerungsstücke. Marian schlenderte entlang der Vitrinen und Schaukästen. Alain neben ihr. Manchmal berührten sich ihre Schultern unabsichtlich. Jedes Mal zuckten sie zusammen und entschuldigten sich viel zu förmlich.

»Ich gehe mal zur Toilette«, sagte Marian schließlich verlegen. »Es ist heiß. Kaltes Wasser über die Arme laufen lassen.«

Alain war nicht weniger verlegen. »Gut. Ich warte hier. Ich schaue mir dieses Foto von Lambarene noch mal genauer an.«

Sie nickte. Fast hätte sie ihm ihre Handtasche gegeben, wie es Frauen oft machen, wenn sie lieber unbeschwert auf die Toilette gehen wollen und nicht unbedingt nach einem Haken suchen wollen, wo sie sie aufhängen können. Doch das wäre viel zu intim. Das machte man mit einem Partner und nicht mit einem angeheirateten Verwandten.

Sie strebte also eilig fort, um nach dem internationalen Zeichen für das Klo zu suchen. Obwohl es gar keinen echten Grund für Eile gab, denn sie musste nicht so dringend. Es war eher das Gefühl gewesen, sie sollte Alain aus dem Weg gehen. Sie lief also an der Kasse vorbei und folgte einem Pfeil, der ein fliehendes Männlein zeigte. Ob es auch der Weg zur Toilette war? Ein kleiner Gang öffnete sich, der offenbar zu den Verwaltungsräumen des kleinen Museums führte. Nein, das war nicht richtig. Doch, da war das bekannte Symbol. Nur eine einzige Toilette. Sie ging in den Vorraum, von dort in die Zelle. Es war sauber und roch frisch nach einem der künstlichen Lavendeldüfte, die man in Frankreich so liebte.

Sie drehte sich um, dann fiel ihr Blick auf eine Art Postkarte, die an der Innenwand der Toilette angeklebt war.

Es war ein Bild des Forschers mit einem Zitat von Albert Schweitzer. »Was ein Mensch an Gutem in die Welt hinausgibt, geht nicht verloren.«

Darunter war mit Handschrift geschrieben »Man muss es nur suchen, damit es nicht verloren ist.«

Marian nahm die Postkarte so vorsichtig von der Wand, als sei sie eine gefährliche Spinne, und ging damit zur Rezeption. Stumm wies sie die Karte vor. Dann nach einer Weile mit eher brüchiger Stimme. »Wo kann ich diese Karte finden? Ich möchte sie noch ein zweites Mal kaufen.« Die Frau an der Kasse warf einen kurzen Blick auf die Karte. »Nein, die haben wir nicht«, sagte die Frau mit starkem Akzent. »Die hab ich noch nit g'sehe. Die verkaufen wir nit.«

Marian versteckte die Karte in ihrer Tasche. Niemand sollte sie sehen. Doch eines war ihr klar: Hier geschah etwas, das sie nicht verstand und dem sie nicht mehr entfliehen konnte. Was war die Botschaft der Karte? Sie musste nach etwas suchen. Jemand hatte Gutes getan. Sie dachte an das Bild in Colmar und an die Person am Wegesrand, die Jesus ein Stück Brot gereicht hatte. Sie dachte an all die Zeichen, die sie bekommen hatte, und versuchte, sie gedanklich ins Lächerliche zu ziehen, um damit umgehen zu können. Sie war niemals jemand gewesen, der an Übersinnliches glaubte. Marian war fröhlich, weltoffen und unkompliziert. Das alles hier war ihr unheimlich, und sie konnte nur hoffen, dass bald Nachricht aus Paris käme. Noch vor dem Wochenende, an dem sie sich entscheiden musste, wie es mit dem Haus und wie es mit ihr weiterginge.

»Du siehst blass aus«, sagte Alain, als er sie sah. »Aber genau den gleichen Gesichtsausdruck hast du gehabt, als du ohne mich im *Unterlinden Museum* unterwegs warst. Ich glaube, ich sollte dich nicht mehr alleine lassen.«

Der Satz war missverständlich, und beide wussten es.

＊

Kurz darauf trafen sie Catherine in einem Café gegenüber dem Museum. Sie blätterte in einem Prospekt und sah auf die Uhr. Kühl: »Gehen wir?«

Alain stürzte seinen Espresso hinunter und stellte die kleine grüne Tasse auf den goldumrandeten Unterteller.

»Ja. Heute Abend muss ich in den Kräutergarten. Ich habe einen neuen Kunden. Ausnahmsweise kein Restaurant. Deutsche Firma. Stellt Hautcremes aus pflanzlichen Stoffen her und interessiert sich für meinen Wiesenfrauenmantel. Das Kraut ist gegen große Poren. Magst du mitkommen, Marian? Immerhin ist er ein Landsmann.«

»Bald sieht sie ja wieder Landsleute genug. Für immer«, warf Catherine in spitzem Ton ein.

Marian sah ihre Großcousine erstaunt an. »Wie meinst du das?«

»Nun, ich denke doch, du wirst das Haus verkaufen. Du wirst nämlich Jeff heiraten. Jeff will das Haus nicht. Also ist alles ganz einfach.«

Marian schwieg nachdenklich. Natürlich hatte sie recht, aber trotzdem hatte sich das Ganze angehört, als wollte Catherine, dass sie ihre Zelte in Eguisheim abbräche.

Nach Eguisheim zurück war es nicht weit zu fahren. Der hereinbrechende Abend war wunderschön. Über das weite Land und die blühenden Felder legte sich ein zarter lilafarbener Schleier, der alles weicher machte und verzauberte.

»Ich komme mit zum Kräutergarten, aber ich muss mich erst frisch machen. Und Jeff anrufen. Ich sehe auf meinem Handy, dass er es schon zweimal probiert hat.«

»Gut, ich warte auf dich dort, aber verlaufe dich nicht.«

Marian lachte. »Ich habe einen sehr sehr guten Orientierungssinn. Also, bis später. Ich brauche eine Stunde, um mich auszuruhen.«

In ihrem eigenen kleinen Haus war es kühl und dunkel. Die alten Wände hielten die Hitze draußen, aber auch das Licht und das Leben hatten keine Chance. Die Wände ... es war etwas Seltsames mit diesen Wänden. Sie zogen Marian magisch an. Was sie wohl erzählen konnten, was sie gesehen hatten? Welche fieberheiße Wange eines Kindes hatte sich an sie geschmiegt. Welche bettlägerige Frau daran geklopft, wenn sie Hilfe brauchte. Welche müde Hausfrau sich daran gelehnt, wenn sie die Wäsche gemacht hatte.

Marian ging nahe an die Wand heran. Die zarte Rosentapete, mit der sie bedeckt war, wirkte richtig alt. Sie roch alt. Sie stammte wahrscheinlich noch aus dem vorletzten Jahrhundert und war glänzend und glatt. Anders als die Wand im obersten Stock. Marian runzelte die Stirn. Sie scheute beinahe, die steile Treppe hinaufzugehen, und doch erklomm sie Stufe um Stufe. Es handelte sich im Grunde mehr um eine Leiter als eine Treppe, doch oben war wohl das Schlafzimmer für die Kinder gewesen oder für die ältere Tochter. Marian hielt an. Hier war die Wand anders als unten. Sie war von einem verwaschenen Hellgrün und sehr viel roher und primitiver getüncht als die Wände unten. Diese hier wies Erhöhungen auf wie kleine Krater, die durch den alten Verputz entstanden waren. Wahrscheinlich hatte jemand einfach über die ganz alte Wandbemalung drübergestrichen, ohne etwas abzuschleifen. Keine Zeit, keine Lust, hier oben etwas zu machen. Sie berührte die Wand, sie ging ganz nahe an sie heran. Schön, weil alt und voller Geschichten. Wann wohl dieser alte grünliche Verputz auf die Wand gekommen war? Das Zimmer hier war lange nicht mehr renoviert worden. Nur die Fenster waren neueren Datums, aber die Wand war noch sehr alt.

Dann fiel ihr etwas auf. Die Wand im hinteren linken Winkel direkt neben einem Holzbalken war ein ganz kleines bisschen anders. Wahrscheinlich hatte es hier einmal einen Schaden durch eine brennende Kerze gegeben. Oder einen Fleck durch ein Kind, das seinen Kakao ausgeschüttet hatte.

Es war ihr wieder unheimlich hier oben. Gegen das schräge Fenster flatterte jetzt eine der zahllosen Tauben, die die kleine Straße bewohnten und beschmutzten. Marian erschrak. Sie dachte an die seltsame Erscheinung des Bäckers, der ihr verblassend hier erschienen war, und floh geradezu nach unten.

Dort raffte sie schnell ihre Jacke und ihre Tasche zusammen. Vor dem Haus stieß sie mit einem Mann zusammen, der sich an ihrem Briefkasten zu schaffen machte. Sie sah ihn an. Er kam ihr bekannt vor. Es war doch ...

»Oh, pardon«, sagte er höflich. »*Je n'ai pas voulu de vous déranger.* Sie sind deutsch, nicht wahr. Ich wollte nur das machen, das ich *toujours* ... immer mache, wenn neue Leute nach Eguisheim ziehen.«

Marian wich ein Stück zurück. Auch seine Augen zeigten Erkennen. »Aber wir kennen uns doch, nicht wahr?«, sagte er. »Sie sind die schöne Frau, die bei mir einen Kaffee getrunken hat. Es ist eine Weile her. Also nicht mehr ganz so neu.«

Er sprach die deutschen Wort »Leute« und »neu« mit dem typischen eu-Laut aus, der wahrscheinlich überall in Frankreich den Elsässer verriet. Verlegen wirkte er jetzt.

Marian blickte auf das, was er in der Hand hielt. Es war eine leere Papiertüte mit einem lachenden Brot darauf, darunter die Werbeschrift Lamiers Boulanger: »Pain traditionel. Gâteau artifice.«

Ratlos schaute Marian in die Tüte. Darin waren ein kleines Croissant und ein Gutschein für ein Baguette.

»Ich bin doch Renard Amiers und kümmere mich um

ein bisschen *publicité*. Man muss ansehen, wo man bleibt«, sagte der Fremde, der jetzt zumindest einen Namen trug. »Ich habe große Konkurrenz mit Maître Schreck. Oh, Alfonse backt auch gut. Aber er geht nicht wie ich persönlich zu die Leute, die neu in unsere Ort kommen.« Marian musterte den Bäcker, der allerdings Jeans und ein kariertes Hemd trug. Wie ihr schon bei der ersten Begegnung aufgefallen war, war er ein wirklich attraktiver schlanker Mann mit wachen hellbraunen Augen. Sein Alter schätzte sie auf etwa 40. Kein Ehering. Könnte er der Kerl ein, der sie verfolgt hatte und der sich nur schnell eine Ausrede hatte einfallen lassen? Nein, der geheimnisvolle Verfolger war größer gewesen. Hatte zumindest größer gewirkt.

»Das ist sehr freundlich von Ihnen.« Ihre Stimme zitterte ein wenig.

»Leben Sie alleine in diesem Haus?«, erkundigte er sich beiläufig.

Das geht ihn eigentlich nichts an, dachte Marian. Sie wich aus. »Ich war gerade am Gehen.«

Der Mann lächelte entgegenkommend.

»Es ist so schönes Wetter. Nicht mehr so heiß heute Abend. Ich muss heute Nacht wieder in meine Backstube. Dann funkeln nur die Sterne über mir und ich sehe keine Sonne. Darf ich Sie ein Stück begleiten?«

»Ich wollte zu Alains Kräutergarten. Er ist der Mann meiner Cousine. Ich mag auch Kräuter sehr gerne.« Letzteres klang wie eine trotzige Entschuldigung.

»Aber natürlich«, versicherte der Bäcker in Zivil. »Wer mag Kräuter nicht? Darf ich Sie begleiten? Ich kenne den Garten. Ich mag auch Kräuter, aber für das Gebäck braucht man nicht so oft. Gugelhupf mit *Persil*, pardon, deutsch Petersilie, wäre nicht das, was die Deutschen erwarten, oder?«

»Ich weiß nicht, was man alles in den Gugelhupf tut«, antwortete Marian etwas schroff. »Ich habe noch keinen gebacken und auch nur einmal davon gegessen.«

»Dann müssen Sie dringend zu mir kommen.« Ein schmeichelndes Lächeln begleitete seine Worte. »Schöne Frauen haben bei uns einen Extraplatz.«

»Wenn Sie halt ein paar Schritte mitgehen wollen.« Marian wollte nicht unhöflich sein.

Es war durchaus angenehm, an der Seite des gutaussehenden Bäckers durch den Ort Richtung Weinberge zu laufen. Er kannte natürlich jeden, der ihm entgegenkam. Und er konnte ihr einiges erzählen.

»Bäcker sind sehr angesehene Leute im Elsass. Brot war Lebensmittel *numéro un* in Frankreich. Teigreste, was man auch warm machte und dann Flammkuchen nannte. Dann mit Speck und Zwiebel. Wenn es Speck gab. Bei die Arme nicht oft.«

»Das glaube ich. Da vorne ist der Kräutergarten schon. Vielen Dank, dass Sie ein Stück mitgegangen sind.«

Marian hatte erwartet, dass Renard Lamier ihr anbieten würde, sie noch bis zum Garten zu begleiten und vielleicht Alain noch zu begrüßen, doch er verbeugte sich nur höflich und verabschiedete sich. Das imponierte ihr. Ein attraktiver Mann ,und den ganz speziellen Blick, den er ihr schenkte, kannte sie von früher aus der Disco, wenn ein Mann mit ihr flirten wollte.

»Wir werden uns hoffentlich am Tanzabend sehen. Jetzt am Abend vor dem 14. Juli. Da werden Sie erleben ein Stück Frankreich.«

»Man hat mir gesagt, ich solle kommen. Gut, bis dann.«

Im Kräutergarten saßen Alain und der Gast aus Deutschland bereits im Gartenhaus bei einem Glas Champagner.

»Wir sind uns schon einig geworden.«

Der Gast, ein älterer Mann, der mit seiner leicht gebeugten Gestalt und dem schütteren Haar sowie den aufmerksamen Augen ein wenig an den amtierenden amerikanischen Präsidenten erinnerte, reichte Marian die Hand.

»Bruckmann aus Iffezheim bei Baden-Baden. Firma Bruckmann. Und Sie sind Familie, höre ich. Deutsche mit elsässischen Wurzeln. Aber da haben Sie sich ein schönes Stück Erde ausgesucht. Wir werden mit diesem Herrn und seinen wunderbaren Kräutern eine Salbe herstellen, die den Markt revolutionieren wird. Großen Poren sagen wir den Kampf an.«

Kleine Pause. Dann fuhr er mit veränderter und tönerner Stimme fort: »Allerdings muss die Rezeptur immer streng geheim bleiben. Wie bei *Coca-Cola*. Ein geheimes Rezept. Geheime Rezepte sind wertvoll. Enzigartig.«

Bruckmann trank sein Glas aus, verabschiedete sich höflich mit einer kleinen Verbeugung und strebte seinem Wagen zu, den er in Sichtweite am Feldrand geparkt hatte. Marian sah ihm nach.

»Angenehmer Mann. Alain, das ist doch etwas wert, dass er dich und deine Kräuter mit dem Weltmarktführer *Coca-Cola* vergleicht.«

Alain sah Marian mit einem leicht verwirrten Gesichtsausdruck an. »Mit *Coca-Cola*?« Er schmunzelte. »Mit *Coca-Cola*? Als Franzose bin ich eigentlich nicht allzu sehr fürs Amerikanische. Das würde mir nicht gefallen.«

»Aber du hast nicht mal mit der Wimper gezuckt, als er es gesagt hat.«

Alain runzelte die Stirn. Die späte Sonne malte einen Kringel zu seinen Füßen, eine Haarsträhne fiel ihm ins Gesicht. »Was gesagt?« Marian schüttelte lachend den Kopf. »Was heißt eigentlich Hörgerät auf französisch? Ich glaube, bei allem Respekt, aber du brauchst bald mal eines.«

Alain sah sie forschend an. »Na, das Kompliment könnte ich zurückgeben. Hat meine schöne Beinahe-Cousine etwa zu viel elsässische Sonne abbekommen? Er hat nichts von *Coca-Cola* gesagt.«

Marian spürte, wie sie trotz der schmeichelnden Wärme des anbrechenden Sommerabends innerlich erstarrte. Was war denn jetzt los? Eine Museumspostkarte, die es gar nicht gab. Ein Satz, der gesprochen wurde, den außer ihr niemand gehört hatte. Wurde sie verrückt oder hatte sie einen Gehirntumor? Oder war es das Gleiche wie am Anfang, und ihre Seele bekam eigene Informationen? Und sie musste diesen Informationen folgen. Das alles war unheimlich und fast unglaublich im Computerzeitalter, in dem man alles erklären und alles herleiten und alles beweisen konnte. Da gab es also noch eine geheimnisvolle Zwischenwelt, die sich dem Verstand entzog.

Marian lachte das Thema weg. Es hatte keinen Sinn, mit jemand anderem darüber zu sprechen. Sie beschloss, gleich, wenn sie wieder im Haus war, alles zu sammeln, was ihr an Hinweisen und Zeichen gegeben worden war. Vielleicht konnte sie ein Muster daran erkennen.

Sie drehte sich um und schaute Richtung des Ortes, der sich mit einem rosafarbenen Schleier auf den Abend vorbereitete. War es eine Täuschung oder drückte sich da wieder ein Schatten an eine Wand? Ach was, sie sah nun wirklich Gespenster. Ein Zeichen pro Tag reichte.

Im Haus, später, war alles still und stumm. Ein paar schon vertraute Staubflocken tanzten in der späten Sonne, die hartnäckig versuchte, durch die kleinen Fenster zu lugen.

Marian wusste, die Sache duldete keinen Aufschub mehr. Sie musste alles aufschreiben, so lange es noch frisch war.

1. Zeichen: die Gestalt der Odilia, die mich vor dem Verfolger gerettet hat. Die Tatsache, dass Jeffs Augen gut wurden.
Was bedeutete das? Es bedeutete, dass sie der Kraft der elsässischen Schutzpatronin vertrauen sollte. Es bedeutete, dass sie das Elsass als Schutz sehen konnte.

2. Zeichen: das Buch über Marie Antoinette und deren Tod

3. Zeichen: der Bäcker in ihrem Zimmer

4. Zeichen: das Bild im Bäckereimuseum, das ihr einen Vorfahren zeigte

5. Zeichen: das Grabmal im Écomusée, das zeigte, das einer ihrer Vorfahren in eine Bäckerfamilie geheiratet hatte

6. Zeichen: die Tatsache, dass sie ihren Schuh verloren hatte

7. Zeichen: das Bild in Unterlinden

8. Zeichen: die Karte im Museum

9. Zeichen: der Spruch von *Coca-Cola*

Marian starrte auf die Liste. Wo war das Muster, was sollten diese Hinweise ihr sagen?

Undeutlich verdichtete sich irgendetwas in ihr. Irgendetwas. Irgendetwas schien greifbar nahe zu sein. Ein Zeichen hatte sie vergessen. Was war es noch gewesen?

In dem Moment läutete das Handy. Marian erkannte Jeffs Nummer. Seine Stimme klang betont munter. »Na, wie geht es dir in der Tundra?«

Marian war verärgert.

»In der Tundra gibt es Öl. Oder verwechselst du es mit der Taiga? Hier jedenfalls nicht. Hier gibt es Wein, Jeff.« Er lachte flach. »Es war ja nur so gesagt. Also, wir kommen übermorgen schon mal angerauscht. Freitag. Tom und Tanja haben sich einen Tag mehr als geplant freigenommen. Die beiden Shoppingverrückten fahren erst ins Outlet und decken sich mit preiswerter Markenware ein, dann gehen sie in deinem Örtchen ins Hotel. Wir bleiben bis 14. Juli, und dann nehme ich dich mit nach Hause. Keine Widerrede. Frankfurt braucht dich und mich. Das Duo Power!«

Marian spürte einen fast körperlichen Schmerz in der Brust. Frankfurt brauchte sie. Sie waren ein Powerpaar. Doch brauchte sie umgekehrt eigentlich Frankfurt?

»Ja, ich muss gehen. Ich bin zum Abendessen eingeladen.«

Und Marian drückte auf den roten Knopf, bevor er fragen konnte, wo sie eingeladen war. In ihrem Kopf schwirrte es. Sie war nervös und angespannt.

Doch zunächst stand ein weiteres reichlich spätes Abendessen bei Alain und Catherine an. Es war so, als öffnete Alain eine Geheimtür. Dahinter warteten ungeduldig alle Kräuter, verwendet zu werden.

Diesmal gab es tatsächlich eine wunderbar bunte Ratatouille mit selbstgebackenem Brot. »Es geht also doch auch ohne Fleisch«, bemerkte der stolze Koch. »Und es geht auch mit heimischem Gemüse. Dies ist ein Gericht aus meiner Heimat.«

»Alain, bitte hör auf. Es ist einfach zu gut. Ich komme nach Hause und kann meinen Kleiderschrank ausmisten.«

»Nach Hause«, bemerkte Alain nachdenklich. »Ich dachte, du bist hier auch ein wenig zu Hause. Haben dich die Schönheiten unserer pittoresken Burgen und Berge, unserer Städte und Dörfer nicht überzeugt?« Das Wörtchen »unserer« klang etwas ironisch. Er hat die gleiche Spaltung wie ich, dachte Marian. Er weiß nicht, wohin er gehört.

Schweigen am Tisch.

»Warten wir übermorgen Abend ab. Die große Party im Vorfeld des Nationalfeiertages. Da zeigt Frankreich, was es kann.«

»Das Elsass zeigt, was es kann. Für eine Feier für die Freiheit brauchen wir keine Franzosen. Außer dir natürlich. Ich habe morgen übrigens keine Zeit. Wir haben ein Regionaltreffen in Straßburg.«

»Da kommen wir doch glatt mit«, sagte Alain schmunzelnd. »Wenn wir sie mit Straßburg nicht überzeugen, dann mit nichts.«

Um 22 Uhr ging Marian nach Hause. Sie lehnte Alains Begleitung ab. Sie musste eine weitere Nacht alleine überstehen in dem Haus. Sie hatte außerhalb der Mauern jedenfalls weniger Angst als in ihren vier Wänden. Dadurch, dass das Haus an der hinteren Wand an ein anderes Gebäude angebaut war, fühlte sie sich manchmal wie in einer Falle.

Sie näherte sich ihrem Haus. Etwas huschte über das warme Kopfsteinpflaster. Eine Katze. Ein Miauen erklang. Sie holte ihre Schlüssel hervor, als jemand hinter ihr herlief. Sie schrak zusammen und dachte, dass sie in einer Sekunde an der Klingel der Nachbarn wäre.

Doch es war eine vertraute Gestalt, die plötzlich hinter ihr stand. Frank Strumpfs Silhouette. Er legte den Finger auf den Mund. »Pssst. Gehen wir ins Haus. Was ich Ihnen zu sagen habe, darf keiner wissen.«

»Haben Sie Nachricht aus Paris?«, flüsterte Marian.

»Ja. Und es ist *vraiment*, wirklich, interessant.« Der elegant gekleidete Strumpf nahm ganz vorne auf der Stuhlkante in der Küche Platz. Er akzeptierte einen Schnaps und holte ein Blatt Papier aus einer dünnen Aktentasche.

»Ihr Vorfahr, Sebastien Minstrel, kam nach Paris, weil er wohl aus der Provinz hinaus wollte in die weite Welt, wo er vorankommen könnte. Er fand eine Stelle bei dem renommierten Robert, wie wir bereits wissen. Aber was wir nicht wussten: Robert arbeitete für den Hof. Er war der Leibbäcker des Königs Ludwig XVI. und der Königin Marie-Antoinette. Damit hatte er sich bereits verdächtig gemacht und musste um sein Leben fürchten. Kurz nachdem auch Marie-Antoinette enthauptet worden war, ist er verhaftet worden. Es gibt keine Spur mehr von ihm. Wahrscheinlich Kerker oder auch hingerichtet. Und auch nicht von Sebastien Minstrel, der ebenfalls geflüchtet ist. Nach den Revolutionswirren findet sich kein Hinweis mehr auf seine Boulangerie in Paris. Sie ist verschwunden, untergegangen, und er ist ebenfalls verschwunden. Wir wissen aber, wohin er ging. Zurück nach Eguisheim, woher er stammte. Und er hat aus Angst, dass man nachfragen würde, was er in Paris gemacht hat, wohl den Beruf gewechselt und arbeitete nicht mehr als Bäcker.«

»Er kannte also tatsächlich die historische Marie-Antoinette?«

»Vielleicht ein bisschen mehr als nur kennen. Und das weiß nur einer, nämlich mein Freund Professor Voltaire.«

Atemlos wartete Marian.

»Sie müssen morgen nach Straßburg. Nur noch einen Tag, den morgigen Donnerstag, ist er da. Professeur Voltaire, keine Verwandtschaft mit Jean Jacques. Er ist Spezialist für Marie-Antoinette, die verborgenen Seiten. Er wird Ihnen vielleicht etwas zu Monsieur Robert sagen können. Hier ist die Adresse des Hotels, in dem er logiert. Das *Trois Roses*. Er wartet um 14 Uhr auf Sie. Er hat nicht viel Zeit. Melden Sie sich an der Rezeption.«

Marian starrte auf den Zettel.

»Das ist ein Zufall. Wir wollen morgen sowieso nach Straßburg fahren. Ich muss nur meiner Familie sagen, dass ich alleine sein will für ein oder zwei Stunden. Aber da wird mir etwas einfallen. Spricht er Deutsch?«

»Ja. Er ist … wie sagt man … weltgewandt. Er spricht auch perfekt Englisch.«

»Was für ein Glück.« Marian atmete tief durch. Ob sie heute nacht überhaupt schlafen konnte? Sie war in dieser geheimnisvollen Geschichte gefangen, und bevor sie das Ende nicht kannte, würde sie keine Ruhe finden.

Der Donnerstag, der 12. Juli, zeigte sich launisch. Der Himmel war bewölkt, es war schwül. Marian sah aus dem Autofenster. Landschaft huschte vorbei. Es war doch eine längere Strecke bis Straßburg. Alain wählte nicht die Autobahn, sondern erneut die Landstraße, die sich in ihrem letzten Abschnitt im Hafengebiet am Rhein entlangzog. Fast Urlaubsstimmung und Sehnsucht nach dem Meer stellten sich ein, denn es roch frisch und ein wenig nach Abenteuer. Dann schälte sich die Stadt mit ihren mächtigen Bürgerhäusern, mit ihren Parks, ihren Kirchen und kleinen Palästen aus dem Horizont. Straßburg war eine wunderschöne Stadt mit lebhaften Boulevards, malerischen Winkeln, und überall mit dem Fluss, der die Stadt durch romantische Brücken teilte. Die Menschen, die sich in den Straßencafés aufhielten, die Gruppen, die in den Straßen flanierten und die Auslagen der schönen Läden bewunderten, kamen aus aller Welt, das war deutlich zu sehen. Über allem erhob sich mächtig und stolz das uralte Münster mit seinen filigranen Toren und Türmchen wie ein kleines Weltwunder.

Catherine und Alain zeigten Marian die schönsten Ecken der Stadt. Marian war entzückt und hätte überall stehen bleiben können. Sie kam sich vor wie in einem kleinen Paris. Überall pittoreske Ecken mit Cafés und kleinen Parks. Über allem der Schatten des mächtigen alten Münsters. Ein Weltwunder.

Sie gingen dann essen in *Petit France*, dem ehemaligen Gerberviertel wie Alain erläuterte. Es war ein versecktes kleines Lokal, das nur wenige Tische und noch weniger Gerichte auf der Karte hatte, die aber dafür köstlich schmeckten.

Catherine musste dann zu ihrem Termin im Schulamt. Marian räusperte sich. »Ich würde gerne etwas machen, wozu du bestimmt keine Lust hast, Alain.«

Beide sahen sie erstaunt an. »Nun«, Marian errötete plangemäß, »ich bin nun mal ein Riesenfan von Handtaschen. Ich liebe Handtaschen. Und ich würde gerne in diesen schicken Geschäften da auf die Jagd gehen. Und das«, wieder ein zartes Erröten, das ihr nicht schwerfiel, da sie ja im Moment log, was sie doch einst sich selbst geschworen hatte, niemals zu tun, »geht am besten alleine, denn ein Mann würde es nicht verstehen.«

Alain stutzte zwar ein wenig, doch er sagte nichts. Marian sah auf die Uhr. »Vielleicht zwei Stunden. Von 14 bis 16 Uhr. Ich bin um 16 Uhr am Münster.«

»Und du wirst dich nicht verlaufen? Straßburg ist frankophon, das heißt, es wird hier mehr Französisch und kaum noch Deutsch gesprochen.«

»Ja, ich komme zurecht. Ein paar Worte kann ich ja. Aber ich werde lernen. Ich werde jetzt intensiv Französisch lernen.«

Alain sah sie an und lächelte. Es war ein warmes und ein freies Lächeln.

Noch in der Nacht hatte sich Marian mit dem Handy die Adresse von *Google Maps* zeigen lassen. Die Straße lag in einem Viertel namens Krutenau auf der anderen Seite des Flusses, dennoch nicht weit vom Münster. Das Viertel Krutenau war etwas weniger bei Touristen bekannt und die kleinen winkligen Gassen eher von Einheimischen bevölkert. Man sah auch viele schöne junge Menschen mit interessanten Gesichtern, die wahrscheinlich Studenten waren. *Google* hatte ergeben, dass die Kunstakademie in der Nähe lag.

Das Hotel *Trois Roses*, in dem der Professor logierte, war ein schmalbrüstiges hohes Haus mit kleinen Balkonen, auf denen man niemals stehen könnte und die mit schmiedeeisernen Gittern abgesichert waren. Es war ein gemütliches Hotel mit einer familiär wirkenden Atmosphäre mit den tiefen Sesseln und den Teppichen. Überall lagen Zeitungen, und es roch nach Kaffee.

»Ich möchte zu Monsieur Voltaire. Könnten Sie ihm bitte sagen, dass ich da bin.«

»D'accord Madame. Prenez place, Madame.«
Der höfliche Rezeptionist telefonierte, sprach kurz und
wandte sich dann an Marian. *»Un moment, Madame. Il
viendra en quelques minutes.«*
Marian verstand es, weil die Worte international waren.
Aber auf Dauer war es wirklich lästig, kein Französisch
zu sprechen. Im Süden käme sie mit Deutsch nicht weit.
Im Süden? Wer sagte denn, dass sie sich im Süden aufhalten würde.
Der Aufzug gab ein dezentes französisches Rattern
von sich. Dann entstieg ein Mann dem Lift, der nicht
dem entsprach, was sich Marian unter einem Professor vorgestellt hatte, der den geheimen Seiten einer ent-
haupteten Königin nachspürte. Professeur Voltaire war
groß, blond, sportlich und schick angezogen. Sein Alter
schätzte Marian auf etwa 60. Er schritt forsch auf Marian
zu und schüttelte ihr mit kraftvollem Druck die Hand.
»Guten Tag. Nehmen Sie Platz. Etwas zu trinken?«
»Sie sprechen auch ganz wunderbar Deutsch.«
Er lachte. »Sollte man hoffen. Ich bin nämlich Deut-
scher.«
»Aber der Name?«
»Voltaire? Meine Vorfahren waren wohl Hugenotten.
Ich habe in Berlin Geschichte studiert und lebe jetzt als
Privatgelehrter und Buchautor in Paris. Zufrieden?«
Marian nickte. »Entschuldigung, aber unter einem
Gelehrten stellt man sich immer einen alten Mann mit
Rauschebart vor.«
Voltaire schmunzelte. »Vorbei die Zeiten der staubigen
Archivare mit Ärmelschonern. Wenn ich nicht über alten
Akten im unglaublich reichen Archiv von Paris brüte,
spiele ich Tennis und Golf.«

Marian seufzte. »Wieder ein Vorurteil zum Teufel.«

Der Mann lachte und bestellte sich ein Mineralwasser.
Marian entschied sich für eine Tasse Kaffee.

»Also, steigen wir gleich ein. Es gibt einen Bericht über
die letzten Tage der unglücklichen Marie-Antoinette und
zwar von einem Augenzeugen. Der ist nicht gerade minu-
tiös, aber doch recht genau. Es beschreibt die elende Situation der Witwe Capet, wie sie in ihrem Gefängnis in der
Comciergerie auf der Île de la Cité genannt wurde, und
dass man ihr nahezu alles nahm, was sie zum menschli-
chen Wesen machte. So war sie der Gnade einer Wärterin ausgeliefert, um überhaupt einen Spiegel zu bekommen. Dieser Bericht ist ziemlich bekannt.«

Marian nickte und wartete gespannt. Wie interessant
das alles war. Und was würde es nun mit ihr zu tun haben?

»Ich mache es kurz. Mein TGV geht in zwei Stunden.«

Er dehnte sich. Man sah seine immer noch straffen
Muskeln unter dem Hemd spielen. »Ich kürze ab. Es
ist mir durch Querverweise und Hinweise und kleine
Bemerkungen, an den Rand von Briefen und Dokumenten gekritzelt, gelungen, einen zweiten Augenzeugenbe-
richte zu finden.«

Marian beugte sich vor. »Und?«

Voltaire wandte seinen Blick von ihrem Ausschnitt ab.

»Er stammt von einem Aufseher und entspricht im
Wesentlichen dem ersten Bericht. Nur erwähnt er eine
Sache, die der erste Bericht auslässt. Kurz bevor sie geholt
wurde, um auf dem Wagen zur Hinrichtungsstätte gefahren zu werden, war der Priester bei ihr. Es war ein protes-
tantischer Pfarrer, und sie lehnte ihn als gute Katholikin
ab. Dann war sie kurz alleine, und eine Frau kam herein.
Sie war verschleiert und sie trug etwas in einem Handtuch.

Der Aufseher war natürlich neugierig. Es handelte sich um einen kleinen Gugelhupf. Der Bericht sagt, Marie-Antoinette habe zwei Stücke davon genommen und sich höflich bedankt und gesagt, es sei das letzte Mal, dass ihr Lieblingsbäcker sie mit diesem Kunstwerk erfreue.«

»Wie schön, aber woher weiß man das?«

»Weil sie um ein Stückchen Papier bat. Man reichte ihr das Rezept für diesen königlichen letzten Gugelhupf und nannte ihn ›Gugelhupf de la Reine‹. Seinerzeit eine höchst gefährliche Sache. Mit einem Bleistift, der übrigens damals schon erfunden war. Bis Herr von Faber, bekannt als Namensbestandteil von *Faber Castell*, auf den Plan trat, fristete unser Deutschland schreibtechnisch übrigens ein Schattendasein, aber in England und Frankreich gab es bereits Papier und Stift. Übrigens bestanden Bleistifte nicht aus Blei, sondern aus gestrecktem Graphit. Als man den Rohstoff entdeckte, hielt man ihn fälschlich für Bleierz. Daher.«

Marian dachte ungeduldig, dass dies ein Wissen war, ohne das sie hätte gut weiterleben können aber hier galt es, sich in Geduld zu üben. Der smarte Professor fuhr fort: »Was aus dem Dokument geworden ist, ist unklar. Man vermutet aber, dass der Gehilfe von Monsieur Robert, der den Kuchen, als Frau verkleidet, ausgeliefert hat, das Papier mit der Unterschrift der französischen Königin mitgenommen hat. Und das war ein Elsässer, der als Bäcker bei Robert arbeitete. Also kein anderer als ihr Vorfahr, Moniseur Minstrel.«

»Mein Vorfahr hat einen Kuchen zu der zum Tode verurteilten Königin von Frankreich geschmuggelt? Ist das krass!« Marian verfiel vor lauter Begeisterung und Erstaunen in ihre Jugendsprache.

Monsieur Voltaire schmunzelte.

»Ich habe in alten Polizeiakten sowie in den Unterlagen der damaligen Gerichte und der Revolutionsbehörden, die erstaunlich penibel geführt haben, Einsicht genommen. Diese habe ich natürlich schon lange gesammelt, da ich eine Publikation zum Vorgehen der Revolutionsgarden gegen die Mittelschicht vorbereite. Eine Terrorgruppe. Man muss die Revolution entzaubern.«

»Ach.« Marian fiel nicht mehr ein als zu staunen und zu warten. Ob die Franzosen glücklich waren, wenn ausgerechnet ein Deutscher ihre heilige Revolution entzauberte, blieb dahingestellt.

»Die Ereignisse stellen sich nun so dar: Sebastien Minstrel erhielt von seinem Chef den Auftrag, mit Hilfe einer Wärterin heimlich zu der Königin vorzudringen, vielleicht war er aber auch selbst verkleidet. Robert war offenbar, wenn man zwei Briefen glaubt, die an ihn gerichtet waren, ein glühender Verehrer des Herrscherhauses und vielleicht sogar in die missglückte Flucht mit der Kutsche verwickelt. Sebastien wurde von ihm beauftragt, und er hat seiner Königin den Hupf gebracht und dafür das Dankschreiben erhalten. Er kehrte dann zurück in die Bäckerei und fand seinen Chef in Ketten vor. Als Diener des Adels verhaftet. Sebastien gelang es, sich zu verstecken oder zu fliehen, nahm später das Rezept für den berühmten Hupf aus den Kochbüchern von Robert an sich, kam zu der Erkenntnis, dass sein Leben ebenfalls gefährdet war und floh in seine Heimatgemeinde.«

Marian hatte noch niemals etwas so Spannendes gehört. Doch dies war kein Film, kein Roman. Es war ein Stück eigene Geschichte.

»Doch auch dort wüteten die Revolutionsfanatiker. So verhielt er sich unauffällig, ergriff einen anderen Beruf, um sich zu tarnen. Zu Hilfe kam ihm hier die Tatsache, dass seine Mutter aus einem Schneiderhaushalt stammte. Ihr genauer Name ist nicht mehr identifizierbar. Er selbst heiratete eine entfernte Verwandte, die Schneiderstochter Marie. Doch natürlich bestanden noch die Verbindungen der alten Handwerkszünfte unter den Familien. Deshalb heiratete sein Sohn Lucas mit Bäckerstochter, Mademoiselle Schreck, in die vertrauten Kreise. Man hatte sich gewiss gekannt. Er selbst arbeitete aber jetzt als Schneider, da sein Vater Sebastien nun als solcher tätig war. Das Ganze war riskant. Man glaubt nicht, mit welcher Brutalität die Schergen der Revolutionsbeamten die Bevölkerung durchkämmten. Wenn das Dokument bei ihm gefunden worden wäre, hätte das seinen Tod bedeutet. Also musste es versteckt werden. Seine drei Söhne ergriffen dann auch andere Berufe. Ihre Spuren sind verwischt.«

Marian lauschte so gespannt, dass sie fast vergaß zu atmen. Sie hatte das Gefühl, sie sei in einem jener üppig ausgestatteten Fantasyfilme mit dünnem historischem Hintergrund gelandet.

»Und was steht in dem Rezept? Ist es ein besonderes Rezept?« Marian vergaß ihren Kaffee und beugte sich gespannt vor. Die Gegenwart schien vergessen. Der Professor zuckte die Achseln. »Das weiß niemand, denn Dankschreiben und Rezept sind verschollen. Bedauerlicherweise. Sie wären sehr interessant für die Historiker gewesen.« Er lächelte und fügte an: »Und für die Bäcker. Es mag ein besonders leckerer Hupf gewesen sein, den man für die Todgeweihte buk.«

Marian hörte die Worte. Sie schloss die Augen. Plötzlich war es ganz ruhig in der vorher so lebendigen und von vielen Stimmen und Sprachen erfüllten Rezeption. Wie in Watte gehüllt lag die Welt um sie da.

Sie sah einen Mann, der als Bäcker verkleidet war, und sie sah einen Grabstein. Sie sah alles und doch nichts. Sie rieb sich die Augen. Dem schicken Gelehrten musste sie wie ein erschöpftes Kind vorkommen.

»Verschollen?«

»Ja. Und so ein Rezept und eine Unterschrift der französischen Königin in ihrer Todesstunde wären natürlich viel wert. Das Rezept wäre ein Schatz für jeden Boulanger in Frankreich, ja sogar für jeden Bäcker in Deutschland, und der Brief ein Schmankerl für die französischen Museen und Universitäten.«

Voltaire sah auf die Uhr. Er kritzelte hastig eine Nummer auf ein Blatt. »Ich muss los. Ein TGV wartet nicht. Er will ja auch nicht, dass man auf ihn wartet. Französische Technologie. Hier ist meine Handynummer. Denken Sie über alles nach.«

Einen herben Herrenduft hinterlassend, eilte der ungewöhnliche Professor davon. Nachdenklich lief Marian durch die Straßen. So tief versunken war sie in die Geschichte, die sie eben gehört hatte, dass sie diesmal nicht einmal spürte, dass ihr wieder jemand folgte. Schweigend saß sie auf der Heimfahrt bei Alain und Catherine im Auto. Den Rest des Abends verbrachte sie ebenfalls schweigsam und in sich gekehrt. Wie mochte sich Marie-Antoinette gefühlt haben, als sie diesen letzten Bissen ihres Lebens tat. Hatte sie zurückgedacht an ihre Kindheit in Wien im Kaiserpalast? An die wenigen glücklichen Momente in Paris? Oder war sie verbittert

gewesen, halb verrückt vor Angst? Die Aussicht war
grausig: Man würde ihr den Kopf abschlagen, und ganz
Paris würde dabei zusehen.

7. Kapitel
Das Finale

Jeff sowie Tom und Tanja trafen am nächsten Tag, Freitag, dem 13. Juli, gegen 11 Uhr ein. Hupend stand er vor dem Haus, vor dem man nicht parken, nur etwas abladen konnte. Wen Jeff ablud, waren Tom und Tanja. Die beiden schüttelten sich nach der Fahrt wie junge Hunde und streckten ihre im Sportstudio gestählten Glieder. Sie hatten schickes Handgepäck dabei, aber das ließen sie im Auto, denn es sollte ja nach einer ersten Begrüßung weiter ins Hotel gehen. Jeff würde natürlich erstmals im Haus schlafen. Er trug ein Hemden-Case sowie alle möglichen anderen Utensilien ins Haus.

»Hey, das hatte ich mir aber anders vorgestellt«, schrie Tanja grell. »Mehr so romantisch. Das ist ja nur ein altes Haus in einer Innenstadt. Könnte mal frisch gestrichen werden.«

Jeff stupste sie an. Sie hielt sich erschrocken die Hand vor den Mund. Wahrscheinlich hatte er ihr verordnet, sie sollte sich benehmen.

»Außerhalb von deinem Seléstat gibt es einen tollen Supermarkt. Nicht billig, aber tolle Sachen. Wir haben einiges zum Mittagessen mitgebracht. Champagner, Lachs, Crevetten, Melonen, Parmaschinken. Solche Sachen. Komm, ich bringe diese zwei Chaoten da ins

Hotel, dann plaudern wir zwei ein bisschen, später hole ich die Bagage wieder ab, und dann laden wir die bucklige Verwandtschaft zum Essen ein.«

Er fuhr sich energiegeladen durch das blonde kurze Haar. Marian betrachtete dieses Haar. Was hatte Jeff immer gesagt: »Wenn wir mal Kinder kriegen, ist eines ganz sicher: Sie werden blond.«

Wie würden die Kinder aussehen, die sie mit Alain bekäme? Im Unterschied zu jenen, die sie mit Jeff zu erwarten hatte, wären sie eine Wundertüte. Sie könnten alles sein.

Die kleine Gruppe fuhr wieder davon. Marian hörte nur noch, wie Tanja ihrem Tom zuflüsterte: »Dass man aber so leben kann!«

Um die Mittagszeit waren sie wieder zurück, und die drei Paare versammelten sich eher schweigend und, ohne dass man sich viel zu sagen hätte, im Salon, der natürlich noch keine echte Wärme ausstrahlte. Marian hatte in der knappen Woche, seit sie alleine hier war, keine Zeit gehabt, sich um die Details der Einrichtung zu kümmern, die sie sonst so liebte,

»Wohnt ihr schon lange hier?«, versuchte es Tanja tapfer und lächelte Catherine an wie ein freundlicher Haifisch.

Catherine sah sie erstaunt an. »Ich bin hier geboren.« Tom richtete seinen Blick auf Alain: »Du auch? So siehst du gar nicht aus. Ich meine, die Elsässer sehen doch aus wie … wir …« Er verhedderte sich. »Fast wie wir. Ich meine, es sind ja Deutsche. Irgendwie.«

»Jedenfalls kann man hier sehr gut essen«, umschiffte Jeff die Klippe. »Also, kochen können sie. Und auch sonst. Es ist nicht so schlecht hier.«

»Vielen Dank«, sagte Catherine. Alain schmunzelte. *Er frisst Kreide. Warum?* Es lebe die Republik. Alle legten sich über Mittag zu einem Schläfchen hin, um für den Abend frisch zu sein. Den Tanzabend in dem Zelt auf dem Busparkplatz. Der 13. Juli. Überall in Frankreich würde heute Abend gefeiert. Mit Feuerwerk und mit Musik. Mit Tanz und Essen und mit Gesang.

Das Wetter meinte es nicht so besonders gut mit dem Vorabend der glorreichen Revolution. Der Himmel war grau mit blauen Fetzen dazwischen. Französische Fahnen waren drapiert, und die Tische zierten Luftschlangen und Luftballons in den französischen Farben. Der *Tricolore.* Nur die Musik, die bereits begonnen hatte zu spielen, passte nicht dazu.

Marian traute ihren Ohren nicht. Es waren deutsche Schlager.»Sie lieben hier diese Volksmusik«, wisperte ihr Alain zu. Man hatte zu sechst an einem Tisch Platz genommen. Tom und Jeff begaben sich an die Theke, wo eifrige Damen aus dem Ort die Getränke und das Essen ausgaben, und besorgten sich Bier.

An Essen gab es Merguez und Flammkuchen und Gugelhupf mit Trauben und Weißwein. Der Gugelhupf stammte von Lamier, und Renard Lamier war natürlich persönlich anwesend. Als er Marian sah, kam er wie ein Grandseigneur auf sie zu und verbeugte sich galant.

»Erlauben Sie mir einen Tanz?«

»Ich würde gerne zuerst etwas essen. Der Alkohol steigt mir sonst zu Kopf.«

»Oh, das trifft sich bestens, denn ich habe noch einen zweite Sorte Gugelhupf gemacht. Es sollte sie erst später geben, wenn die meisten auch wieder Appetit haben. Ein sogenannter saurer Gugelhupf, bei dem ich mit durchwachsenem Speck, Semmeln, Milch und Ei einen Teig forme. Oh, Sie müssen einmal kommen und zusehen, wenn ich meine Hupfe herstelle. Dann werden sie noch besser gelingen.«

Marian lächelte. »Wenn ich es so früh aus dem Bett schaffe, dann komme ich gerne einmal.«

Jeff beobachtete Marian und Lamier von Weitem mit einem übellaunigen Blick, doch er war nicht der Einzige, der das neue Pärchen observierte.

Auch Alain warf scharfe Blicke in die Richtung der beiden Plaudernden.

Lamier ist ein ewiger Casanova. Aber diesmal steckt etwas anderes dahinter. Und ich weiß auch, was es ist.

»Komisches Essen haben die hier. Ich hatte mir ein bisschen was Schickeres vorgestellt«, maulte Tanja. Catherine übersah sie, was Tanja noch niemals gestört hatte. »Immerhin sind wir im Urlaub. Da will man sich ja auch mal was gönnen. Das ist ja wie Kirmes bei uns daheim.«

Marian konnte nur hoffen, dass die Umsitzenden Tanjas auffallenden Gelsenkirchener Slang nicht verstanden.

Irgendwann begann die Musik, zum Tanz aufzuspielen. Jeff tanzte nicht gerne und überließ Marian seinem Freund Tom, der mit Tanja zusammen einen Tanzkurs belegt hatte und den man deshalb auf die Verlobte loslassen konnte.

Alain und Catherine tanzten neben Tom und Marian. Dann klatschte Lamier ab, und Marian drehte sich mit ihm in einem fast aggressiven Wirbel. Zwischendurch setzte sie sich, doch der Wein begann seine Wirkung zu tun. Sie sah entzückend aus in ihrem leuchtend blauen Kleid, das einen weißen Saum hatte, so als trüge sie einen Petticoat. Lamier zog sie wieder hoch auf die Tanzfläche. Sie kicherte. Er hielt Marian fest. »Sie gefallen mir sehr gut«, flüsterte er ihr ins Ohr. »Wir sind doch beide erwachsen. Sollen wir uns nicht nachher ein bisschen zurückziehen? Ich würde gerne einmal mit Ihnen sprechen. Zu Hause, alleine. Am besten bei Ihnen.«

»Aber nein«, Marian machte sich los und wurde fast wieder nüchtern, »wie kommen Sie denn auf so was. Ich bin mit meinem Verlobten hier.«

Lamier versuchte, den Schlag zu verdauen, und mühte sich weiter ab. »Nun, immerhin hat er Sie alleine hier gelassen. Ich dachte, vielleicht ist die Beziehung eher lockerer Natur.«

»Monsieur Lamier, da täuschen Sie sich. Wenn ich Zuneigung für jemanden empfinde, dann ist das nichts Lockeres.« Marian machte sich los und ging zum Tisch zurück. Renard Lamier sah ihr nach und biss sich auf die Lippen.

Merde. Das Spiel habe ich verloren, glaube ich. Nun, es war einen Versuch wert. Ich will nur nicht, dass Schreck gewinnt. Beide verlieren, das kann man ertragen.

Marian hielt empört Ausschau nach Jeff, doch der Verlobte, den sie soeben noch so verteidigt hatte, war gar nicht da. Wo war er?

Tom sah den suchenden Blick. »Vermisst du deine bessere Hälfte? Er ist da nach hinten gegangen. Bei den Strohballen, da müsste er sein.«

Benimmt sich seltsam, unser Freund. Also ich kenne ihn. Der führt was im Schilde. Marian kenne ich nicht so gut

*wie ihn, aber ich könnte wetten, er hat sie verloren. Und
ich habe auch an eine Ahnung, an wen.*
Marian wurde neugierig. Was machte Jeff denn in dieser dunklen Ecke in der Nähe der Toiletten? Da sah sie
ihn halb verdeckt von den malerisch dekorierten Strohballen stehen und mit einem Mann reden. Einem Mann,
der Marian seltsam vertraut vorkam, als ob sie ihn oder
jemanden, der ihm glich, bereits gesehen hätte.
Wer konnte das sein? Seit wann redete Jeff mit Leuten, die er nicht kannte und die nicht wie Autokäufer
aussahen. In der Nähe der Ballen beugten sich Männer
fachsimpelnd über Dinge, die bereits im Rasen steckten,
und steckten weitere Dinge in den Rasen. Das Feuerwerk
wurde offenbar vorbereitet.
Sie wusste, dass es Alain war, der hinter ihr stand,
bevor sie sich umdrehte. Sie spürte es einfach. Am liebsten würde sie sich umdrehen und ihren Kopf an seine
Brust legen. Seine Arme spüren. Seine Lippen. Doch es
war verboten.
*Ich muss sie küssen. Ich muss sie in den Arm nehmen.
Ich wollte es von Anfang an, doch es ist verboten.*
»Seltsam«, murmelte Marian leise. »Seltsam. Man feiert
ein so blutiges Ereignis. Es hat immerhin vielen Menschen
den Kopf gekostet. Wie kann man das feiern?«
Sein Atem streichelte ihren Nacken. Er roch schwach
nach Wein und Rauch. »Wir feiern nicht den Tod sondern die Freiheit. Und manchmal ist sie teuer bezahlt.«
»Vor allem für die arme Frau. Für Marie-Antoinette.
Was konnte sie denn dafür? Sie war ein Kind, das es nicht
besser wusste.«
»Sie war ein Bauernopfer«, erwiderte Alain. »Sie hatte
einen schlechten Platz auf dem Schachspiel erwischt.«

Und dann wies er mit dem Kopf auf Jeff. »Mit wem redet Jeff denn da?«

»Ich weiß es nicht.«

Von der Tanzfläche jubilierte jemand und besang den »Stern, der deinen Namen trägt«.

Man sah, wie die beiden Männer gestikulierten. »Aber ich habe eine Ahnung«, sagte Alain bitter. Das Feuerwerk begann. Ohrenbetäubende Schläge hallten durch die warme Sommerluft. Sternschnuppen flogen zum Himmel und verglühten dort widerstrebend. Dazu passte der Song »Ich bin so hoch geflogen«, der jetzt den Platz beschallte. Es war dunkel. Auf den Tischen flackerten Kerzen. Kinder spielten Ringelreihen. Die Mädchen trugen adrette Kleider.

Und trotz des Lärms und des Geruchs umwehte sie wieder dieser Hauch, den sie kannte und fürchtete. Sanft und bestimmt. Sie drehte sich um und folgte seiner Luftbewegung. Wo zog sie hin?

Zum Haus, zu ihrem Haus. Es war gefährdet, das spürte sie mit einer stechenden Intensität. Hatte eines der brennenden Feuerräder das alte Dach entzündet? »Ich muss zum Haus!«, schrie Marian auf. Angst ergriff sie und schüttelte sie mit einer kalten Faust.

»Ich komme mit.« Alain fasste nach ihrer Hand.

»Lieber Gott, lass es nicht abbrennen. Das kann ich meiner Oma nicht antun. Sie hat mir vertraut. Bitte! Rette unser Haus!«

8. Kapitel
Wahrheiten

Sie rannten gemeinsam zum Haus. Alain war schneller als Marian, doch er zog die stolpernde junge Frau fast brutal mit sich mit. Es fing leicht an zu regnen. Die Tropfen rannen an ihren Wangen herab. Sie gelangten atemlos zum Haus. Sie schlossen hastig und mit zitternden Händen die Tür auf. Sie war zwar verschlossen, aber anders als sonst. Der zweite Riegel griff nicht. Das Paar eilte die Treppe nach oben. Die Stufen kreischten unter ihren Schritten, ihr Atem keuchte. Im Dachgeschoss irrlichterte eine Taschenlampe.

Ein Mann stand auf Zehenspitzen und leuchtete die alten Balken ab.

Es war kein anderer als der Handwerker, der Frédéric vertreten sollte. Es war der vierkantige Raimond.

Was wollen die hier? Ach, das Ganze war missraten von Anfang an. Irgendwie war die Kleine cleverer, als ich dachte. Und wenn Alain zu ihr hält, ist das Spiel sowieso verloren.

Als er die beiden sah, trat zuerst Angst in seine Augen, Panik und Flucht, doch dann wechselte sein Ausdruck zu wildem Trotz. Er deutete auf Marian und begann in Elsässisch, dann in Deutsch: »Die kann doch gar nichts damit anfangen. Mein Freund, Maître Schreck, wird mit diesem Rezept Werbung für seine Boulangerie machen. Der letzte Wunsch der *Reine* vor der Guillotine.« Raimond machte eine wenig schöne Handbewegung an seiner Kehle. »Zack. Das ist eine Sensation. Wir haben es verdient. Wir sind blutsverwandt. Sie kann nichts damit anfangen. Sie ist nur eine verdammte Dütsche.« Alain musterte dein Mann verächtlich. »Beleidige Marian nicht. Halt deinen Mund. Und lieber verbrennen wir das Rezept vor deinen Augen, als es dir zu geben.« »Ha«, sagte der Mann und wandte sich zum Gehen. »Erst mal finden. Und da sind noch mehr hinter dem Rezept und dem Brief her, und alle haben es jetzt eilig, bevor die Dütschen abhauen und das Haus an irgendjemanden verkaufen, und sie kommen nicht mehr in Ruhe rein.«

Marian strich sich das verschwitzte und zu aufgeregten Locken geringelte Haar aus dem Gesicht. Ihre Lippen waren trocken, ihre Hände zitterten.

»Lass ihn reden, Alain. Woher wissen denn die beiden Bäcker, Schreck und Lamier, überhaupt von dem Geheimnis, und woher kennen es anscheinend noch mehr Leute?«

Raimond sah eine Chance, sich zumindest ein wenig zu rehabilitieren, und schnappte Luft.

»*Le secret*, das Geheimnis, wurde in der Familie Minstrel von Generation zu Generation weitergegeben. Immer *l'enfant ainé*, wie sagt man, das Älteste erfuhr davon. So kam das *secret*, das Geheimnis, auch in die Familie Schreck, denn Lucas Minstrel, der älteste *fils* von Sebastien, hat *marriage* gemacht mit der Tochter.«

»Adrienne«, sagte Marian, ruhig geworden. Raimond nickte.

»Und Lamier hatte von dem Rezept und dem Brief erfahren, weil ein Lehrling von Schreck im Streit zu ihm gewechselt hat, und der hat einiges aufgefangen. Aufgeschnappt, sagt man, n'est-ce pas? Wie Lehrlinge sind. Immer das Ohr an der Wand anstatt *boulot*, wie sagt man *travailler*. Aber *les details* wusste Renard nicht. Nur, dass es da etwas Interessantes gab, und wenn das Haus den Besitzer wechselte, hätte man vielleicht ein Chance, mal reinzukommen. Oh, der schöne Renard ist aber ein Spieler, und er wusste nur, dass es sich lohnen würde, die Mademoiselle hier zu verführen und sich mal in Ruhe in dem Haus umzusehen. Aber mit *Madame allemande* würde es sich auch ohne Rezept lohnen.«

Er grinste in Marians Richtung. Alain ballte die Fäuste.

Marian wurde in diesen Minuten klar, dass sie von Anfang an in Eguisheim in einem Netz von Intrigen eingesponnen gewesen war. Und doch blieb noch eine Frage: Wer gab ihr die Hinweise und wer hatte sie stets verfolgt?

»Hau ab!«, sagte Alain nun in eiskaltem Ton, und diesmal meinte er es sehr ernst. Er versetzte Raimond einen Stoß, und dieser polterte die Treppe hinunter, vor sich hin fluchend.

Marian wandte ich wieder ungläubig an Alain.

»Der Mann, mit dem Jeff sprach, das ist also der Betrüger, der das Haus kaufen will … aber er ist ein Deutscher. Was will er und wer schickt ihn?«

»Oh, ich habe eine wunderbare Idee«, sagte Alain. »Komm mit.«

Sie eilten zurück ins Erdgeschoss.

Und zu Raimond, der immer noch unschlüssig herumstand: »Verschwinde jetzt endlich sofort und sei froh, wenn ich der Innung nicht mitteile, was für ein Lump dein Alfonse Schreck ist. Dann heißt es *adieu, Boulangerie.*«

Hand in Hand rannten sie zurück zum Festplatz. Die Musik hatte wieder begonnen zu spielen; das Feuerwerk war erloschen, die Menschen tanzten und feierten wieder ausgelassen; der Regen hatte fast aufgehört.

Jeff saß an dem gleichen Tisch wie zuvor, wirkte aber leicht angetrunken und winkte Marian mit einer müden Geste zu. Als er sah, dass sie in Begleitung von Alain war, schnarrte er undeutlich:»Du machst dich aber ganz schön an sie ran, was, du schöner Südländer? Du willst an das Haus, jeder will dieses verdammte Haus. Warum eigentlich? Und ich sage dir, *ma chérie*, oder ist es *mon chérie*, ich heirate dich nur, wenn wir dieses Gemäuer verkaufen.«

Marian stemmte die Arme beherzt in die Seite und musterte ihren aufgelösten Verloben:»Da kann ich dich beruhigen. Ich will dich sowieso nicht heiraten.«

Alain, Gentleman und sich seiner Sache nun sehr sicher, war nicht auf den Disput eingegangen, sondern hatte die Umgebung aufmerksam mit den Augen abgesucht.

»Warte mal, Marian, da hinten ist er …«

Alain spurtete los und packte den Deutschen, der gerade fliehen wollte.»So, Bürschchen, jetzt hab ich dich. Du willst also unbedingt das Haus kaufen. Aber weißt du was – erst ziehst du mal die Schuhe aus.«

Alles nur das nicht. Und die guckt zu. Die weiß dann doch Bescheid. Diese verdammten Füße.

Der Mann kämpfte und wehrte sich, doch Alain riss ihm den Schuh vom Fuß.

Und dann sah man den langen Zeh. Es war der Zeh,

der eigentlich der kleine sein sollte. Alain ließ den keuchenden Kerl zurücksinken.

»Der gleiche niedliche Gendefekt. Er ist offenbar mit dir verwandt. Ich denke, ein Cousin oder Großcousin. Kai Burger und du, ihr habt ja die gleiche Uroma. Eure Großväter waren Brüder. Du hast die Sache mit dem Zeh also von der väterlichen Familie geerbt. Er weiß alles, woher, weiß ich nicht, aber ich werde es noch herausfinden.«

»Das kann ich dir sagen, Franzose«, spuckte der Mann hervor, »denn die gerissene Ausländerin hat sich wichtig machen wollen und angegeben mit einem ganz besonderen Rezept und dass jemand sehr Prominentes darauf unterschrieben hätte und das wäre viel wert. Und das wäre in ihrem Haus im Elsass versteckt. Damit wollte sie sich bei den Eltern einschleichen. Die waren nämlich nicht glücklich über diese neue Schwiegertochter. Ich bin ein Cousin vom Kai, der Sohn vom dritten Bruder, und da hat der Franzose da ganz recht. Naja, haben wir gedacht, kaufen wir die Bude eben, und dann kann man rein. Das ging vorher nicht. War alles dreimal abgeriegelt. Kann man ja wieder verhökern, wenn sich die Story als Ente rausstellt. Bei den Froggern weiß man nie.«

»Wieso wusste dann Catherines Mutter nichts davon?« Der Deutsche spuckte auf den Boden. »Weil immer nur das älteste Kind davon erzählt bekam. So hat es die ausgebuffte Französin jedenfalls erzählt, und sie war ja wohl die Älteste. Und ihr Sohn, der ist ja früh gestorben, wusste es wahrscheinlich auch, und mit ihm ist das angebliche Geheimnis ja wohl – schwups – verschwunden.«

Marian hielt die Luft an. Immer, wenn von ihrem Onkel die Rede war, überfiel sie eine seltsame Traurigkeit.

»Gut, dass uns die Wichtigtuerin davon geschwatzt hat, weil die sich einen Deutschen mit Landbesitz schnappen wollte. Und die in dem Haus gelebt haben, haben immer schon in den Mauern gesucht, haben aber wohl nichts gefunden. Heute hat man jedoch andere Methoden.« Er lachte gerissen: »Da kann man die Wände mit Infrarot durchleuchten. Wir finden das Ding schon noch.« »Das sogenannte ›Ding‹ geht euch nichts an. Und warum sollte es sich nicht auf Catherines Seite befinden?« Kai Burgers Cousin grinste: »Wir sind Deutsche. Haben unsere Hausaufgaben gemacht und die Sache schön nachgeprüft. Die konnte ja viel erzählen damals. Die Minstrels hatten die hintere Hausseite wohl zwischendurch mal vermietet und alle im vorderen Teil gelebt. Vielmehr gehaust. Da würde man nichts in dem Teil verstecken, wo andere Leute drin wohnen. Wär man ja blöd. Auch wenn sie Elsässer sind, so blöd sind sie nicht.«

»Pass auf, was du sagst.« Alain stieß den Mann an der Schulter zur Seite. Mit Trotz, die sich mit Angst und einem gewissen Respekt mischte, trat er zurück.

Marian sah hoch zu dem Mann ihrer Cousine und fühlte nichts als Stolz. Sie schämte sich für dieses Gefühl, aber sie hatte ihn vom ersten Tag an geliebt.

»Und du? Du weißt das alles auch?«

Alain strich sich das Haar aus der Stirn. »Nicht alles, nur, wie sagt man, Bruchstücke. So wie diese Geschichte als Gerücht existierte. Mal eine Bemerkung auf dem *Boule*-Platz, wenn alle was getrunken hatten. Mal ein Scherz. Und Strumpf hatte mir gewisse Andeutungen gemacht. So wusste ich einiges, aber nichts Genaues oder das, was dir der Professor im Hotel *Trois Roses* erzählt hat. Und ich denke, darauf kommt es an.«

Marian seufzte und schwankte. Das war alles zu viel. Alain umfasste sie fest. Sie sah zu ihm hoch und lächelte. »Du hast mich in Straßburg also zu Monsieur Voltaire verfolgt. Hast mir die Handtaschengeschichte nicht geglaubt?« Alain zuckte halb lächelnd, halb schuldbewusst mit den Schultern und sagte lapidar: »Du bist gar nicht so sehr der Handtaschentyp, *chérie*.«

Marian fragte: »Warum hat dir Strumpf wirklich davon erzählt? Und wann?«

Alain seufzte.

»Du willst es also genau wissen. Frank Strumpf hat mir von seiner Vermutung erzählt, dass es da ein brisantes Dokument in der Familie gebe, als Catherine und ich geheiratet haben. Er wollte sie offenbar schützen, denn er wusste aus den alten Unterlagen, dass irgendetwas Wertvolles in dem Haus versteckt sein könnte. Und zwar vermutlich in der Hälfte der älteren Schwester. Er fürchtete, dass ein solch wertvolles Dokument in Privathand auch Diebe anlocken könnte. Es gab einmal eine Briefmarke, habe ich gelesen, die bei ihrem Druck zehn Cent wert war und jetzt bei Versteigerungen acht Millionen bringt. Es gibt also solche Dinge, die Begehrlichkeiten wecken. Aber wir wussten ja nicht einmal, worum es sich genau handelte.«

»Strumpf ist ein kluger Mann«, meinte Marian leise. Alain runzelte die Stirn, und ein kleiner trauriger Ausdruck legte sich über seine Züge.

»Marian, und ich glaube, da ist noch mehr zwischen den beiden. Sie wissen es vielleicht selbst nicht, aber ich habe es gesehen, gespürt. Sie sind in der gleichen Bewegung politisch aktiv. Sie haben sich viel zu sagen. Und sie lieben das Elsass, so wie ich es niemals lieben kann. Ich werde zurückgehen in meine Heimat, nach Südfrankreich.«

»Bitte nicht, Alain.« Marian schluchzte. Sie war plötzlich so erschöpft. Sie würde ihn verlieren, wenn er ging.

Dann sagte sie dumpf: »Es war wirklich ein Eguisheimer Puzzle mit vielen kleinen Tricks und Schlichen. Der falsche Handwerker kam von Schreck und sollte im Haus in Ruhe suchen. Schreck hat Frédéric bestochen, dass er sich wegen eines angeblichen Todesfalls abmeldete. Raimond sollte alles da oben aufklopfen, wenn ich längere Zeit nicht da war und er ungestört arbeiten konnte. Eventuelle Geräusche hätte er mit den Renovierungsarbeiten erklärt. Dann habe ich ihm den Zugang verweigert, und Schrecks Plan war gescheitert. Er wird es verschmerzen. Sein Laden läuft gut – auch ohne das Rezept für eine tote Königin.«

Alain lächelte zärtlich und widerstand sichtlich der Versuchung, die Hand nach ihr auszustrecken.

Marian fuhr fort: »Aber wir beide haben Zeit. Wir werden das Rezept und die Unterschrift aufspüren. Es ist eingemauert, und ich glaube, ich kenne die Stelle. Es ist zwischen unseren Häusern. Ich habe sie … gesehen, die Balken, an denen jemand herumgewerkelt und gesucht hat. Ich habe in dieser Zeit so vieles gesehen, was eigentlich nicht da war, und ich bin gespannt auf die Wahrheit …«

»Die werden wir finden«, sagte Alain nachdenklich.

»Wenn wir es denn überhaupt wollen.«

»Aber warum hat sie das Rezept nicht gleich nach dem Krieg geholt und mit ihrem Mann zu Geld gemacht?«, fragte Marian leise. Es war, als befänden sich Alain und sie ganz alleine auf einer einsamen Insel.

Tom und Tanja, fast vergessen, standen staunend und ungewöhnlich stumm im Hintergrund. Sie wirkten vollkommen irritiert, was für ein Schauspiel ihnen hier geboten wurde. Jeff, der die Szene mit trüben Augen beobachtete, nestelte nervös an seinem Handy herum, als gebe es darin eine Wahrheit zu finden. Auf seinem Gesicht lag ein Ausdruck von Angst, der langsam einer traurigen Gewissheit wich. Er würde Marian verlieren. Nein, er hatte sie schon verloren. Was würde sein Vater sagen, der Marian so sehr gemocht hatte? Jeff schüttelte sich. Das Leben musste nach vorne gelebt werden. Und in Frankfurt gab es noch mehr Frauen. Aber keine Marian ... Er verdrängte die Traurigkeit und setzte ein zuversichtliches Gesicht auf.

»Dafür kann es nur eine Erklärung geben«, sagte Alain inzwischen langsam. »Sie ist nach dem Krieg wiedergekommen, hat danach gesucht, aber sie hat es nicht da gefunden, wo sie es vermutet hat. Es ist eben nicht im Haus und nicht in den alten Balken unter dem Dach versteckt. Da das Haus keinen Keller hat, wären die uralten Balken im Dachgeschoss die ideale Stelle gewesen. Irgendeiner ihrer Vorfahren muss sich einen anderen Platz ausgedacht haben. Aber welchen?«

Schweigen. Dann richtete sich Marian auf.

»Ob wir es jemals aufspüren?«, träumte sie. »Wenn ja, dann werden wir das Rezept und die Unterschrift dem Bäckereimuseum in Seléstat spenden.«

»Wir?«, fragte Catherine scharf. Sie hatte mittlerweile ihren freiwilligen Arbeitsplatz an der Theke verlassen und war zu Alain und Marian gestoßen. Natürlich war ihr der Aufruhr aufgefallen, doch sie hatte abgewartet. Jetzt konnte sie nicht mehr zusehen, was sich da vor den Augen des ganzen Ortes abspielte. Ihre Ehe und ihr gewohntes Leben waren in Gefahr. Also ging sie hin und stand einfach so da. Ruß im Gesicht, Feuer in den Augen. Aus der Ferne erklangen Musik und Gelächter. Der deutsche Verwandte war ebenso verschwunden wie Raimond, und auch von Lamier war weit und breit nichts mehr zu sehen.

Alain verschränkte die Arme hinter dem Rücken, als habe jemand ihn gefesselt. Vielleicht wollte er auch nur vermeiden, eine der Frauen zu berühren, zu umarmen, die vor ihm standen. Mit Catherine war es vorbei. Für Marian würde er noch viel Zeit haben.

Heiser und der Versuchung widerstehend, französisch zu sprechen, sagte er:»Catherine, es ist einfach passiert. Ich konnte nichts dagegen tun.«

Sie sah ihn traurig an. Dann sagte sie ganz weich:»Es passiert nie einfach so, Alain. Man lässt es zu. Und du hast es zugelassen. Und du auch, Cousine Marian. Du bist in meine kleine Stadt gekommen und hast meinen Mann gefressen. Schönes Ebenbild.«

»Nein«, sagte Marian.»Ich habe versucht, Jeff zu lieben. Ich wollte ihn wirklich heiraten, aber ich kann nicht. Alles hat sich verändert.«

Catherine wandte sich ab, damit man ihre Tränen nicht sah.

»Du wirst uns nicht sehen. Wir werden in Südfrankreich leben«, sagte Alain ruhig.»Hier wäre es nicht gut.«

Marian lächelte. Bei keinem Mann hätte sie diese Bestimmtheit geduldet, doch bei ihm war es schön, und sie fühlte sich sicher.

Catherine wandte sich ab. Und dann schickte sie ihn fort. Ohne viele Worte. Nicht eine einzige Nacht wollte sie ihn mehr im Haus dulden. Sie war entsetzt und enttäuscht und wütend.

So schlief Alain die erste Nacht Wand an Wand und Ohr an Ohr mit seiner Frau in Marians Haus. Doch er lag unbequem auf dem Sofa. Jeff, Tanja und Tom hatten sich tief beleidigt mit einem verbitterten Jeff ins Hotel zurückgezogen. Auch Jeff schlief bei seinen Freunden auf dem Sofa im Hotelzimmer. Am anderen Tag würden sie nach Hause fahren. Jeff wusste, dass es vorbei war. Und wenn er ein klein wenig erleichtert war, so zeigte er es nicht.

Im Bett wälzte sich Marian herum. Von Weitem hörte man noch die Feiernden nach Hause torkeln. Manche sangen in betrunkenem Zustand die *Marseillaise*. So liefen die von ihrem König befreiten Franzosen durch die kleinen Gässchen, an denen manches deutsch war und manches französisch. Und alles elsässisch.

Marian dachte an alles. An all die Hinweise, an all die Zeichen, die sie bekommen hatte. Einen unheimlichen frühen Fingerzeig hatte sie fast vergessen. Der Film, der niemals irgendwo gelaufen war. Der Film über die Kirche. Sie sprang aus dem Bett. Hinunter zu Alain. Der saß auf dem Sofa, den Kopf in den Händen vergraben. Als er sie sah, hob er müde den Kopf. Sie setzte sich neben ihn.

»Alain, das Rezept ist wirklich nicht hier. Wir können alle Wände aufklopfen und das Haus auseinandernehmen. Kennst du einen Ort im Elsass, wo man durch einen Torbogen fährt, einsam gelegen, eine Kirche im Wald mit zwei Türmen und mit so Figuren. Eine davon ist ein alter Mann und ein Engel und zwei Männer streiten sich um einen Engel …«

»Das muss die uralte Abtei Murbach sein. Die Figuren kenne ich. Sie sind selten. Die Abtei stammt aus dem achten

Jahrhundert aus der geheimnisumwitterten Merowinger-zeit. Man sagt von den Merowingern, sie seien Nachfahren von Jesus. Eberhard, der Gründer des Klosters, war übrigens erblindet und hatte seinen einzigen Sohn verloren ...« Diese Worte drangen tief in Marians Seele. Sie atmete tief durch und straffte sich.

»Nun höre zu. Einer meiner Vorfahren war Steinmetz. Es wurde nie viel von ihm gesprochen, denn es gab vielleicht nichts Besonderes an ihm. Außer, dass auch er der Älteste war und das Geheimnis kannte. Er hat Kirchen restauriert. Wenn wir nachforschen, werden wir herausfinden, dass er auch in Murbach gearbeitet hat. Dort befinden sich das Rezept und der Brief. Irgendwo in dieser alten Kirche sind sie verborgen, und da gibt es zahllose Möglichkeiten. Ich habe die Abrei in der allerersten Vision gesehen. Alain, wir werden das Dokument dort niemals finden, und das ist gut so. Wir können nicht die Ruhe einer Kirche stören, und vielleicht hatte der Steinmetz Minstrel auch genau das im Sinn gehabt, indem er dieses Versteck wählte. Im Haus der Familie, deren zukünftiges Schicksal er ja nicht kennen konnte, wäre es immer gefährdet gewesen. Und weißt du was: Ich will es eigentlich gar nicht finden. Es soll das Geheimnis sein, das der elsässische Bäcker, Sebastien Minstrel, und Marie-Antoinette, die aus Österreich stammende Königin von Frankreich, in alle Ewigkeit miteinander teilen.«

Alain stand auf, zog sie hoch und umfasste Marian. Endlich war das erlaubt, das er sich so lange schon insgeheim gewünscht hatte. Er küsste ihren Nacken, und zart strich er ihr die blonden Haare aus dem Gesicht. Seine Hände waren warm und groß, und er roch nach Tabak und nach Wein und nach Begehren.

»Du bist wunderbar!«, sagte er. »Ich liebe dich!«

Und dann kam da wieder dieser seltsame, dieser weiche und warme Hauch, der sie die ganze Zeit begleitet hatte, seit das Schreiben vom Notar gekommen war. Und wieder das Gefühl, jemand sei in ihrer Nähe. Doch jetzt ahnte sie: Keiner von denen, die das Rezept gesucht hatten, war ihr Verfolger gewesen.

Nicht Lamier, nicht Alfonse Schreck, nicht Kais Cousin und damit sein Strohmann als Käufer? Sie wollten das Rezept, ja, aber nicht um jeden Preis. Das Wesen, das sie begleitet hatte, war ER gewesen. Sebastien, ihr verstorbener Onkel. Sein Name war ebenso wenig ein Zufall wie ihrer. Marianne hieß die weibliche Symbolfigur der Franzosen. Seine Mutter hatte gewusst, welches Erbe auf ihm lastete. Doch sein Tod war ein Trauma, das sich in Marian fortgepflanzt hatte. Ihre eigene Angst, auf der Autobahn zu fahren. Die blitzenden Brillengläser in der Nacht. Er hatte sie aber nicht bedroht. Und wenn er nur eine Einbildung war, nur eine psychologische Fantasie und für niemand anderen sichtbar. Für *sie* war er spürbar und erfahrbar gewesen. Er hatte auf sie aufgepasst, so wie er auf ihre Mutter aufgepasst hatte. Er hatte sie geliebt. Vielleicht hatte auch ihre Mutter sich die Gegenwart ihres Bruders eingebildet, vielleicht bildete sie, Marian, sie sich auch ein, doch gibt es Dinge, die der Verstand nicht kennt.

Marian löste sich von Alain. Und sprach zu dem sanften und süßen Luftstrom gewandt: »Du kannst mich jetzt loslassen und dich ausruhen, Sebastien. Es ist jetzt gut. Es ist alles gut.«

Und dann war der Hauch weg und hinterließ nur Stille.

*

Einmal im Jahr kamen Marian und Alain und ihre beiden Kinder, von denen eines rothaarig war und eines rabenschwarzes Haar hatte, nach Seléstat. Sie waren dann Ehrengäste in dem kleinen Museum, das inzwischen gewachsen und ein Besuchermagnet geworden war, denn man berichtete dort von dem wunderlichen Abenteuer des Sebastien Minstrel. Auch ohne Rezept war die Geschichte spannend genug. Und immer wieder gab es Hobbyhistoriker, die rätselten, wo Rezept und Brief sein könnten.

Marian und Alain übernachteten dann mit ihren Kindern in einem kleinen Hotel. Auf der Straße hingen Wahlplakate für die nächsten Regionalwahlen. Catherines Gesicht war darunter. Es hing direkt neben dem von Monsieur Strumpf.

Nach Eguisheim fuhren sie nie wieder.

THE END

Rezepte

Baeckeoffe aus der Zeitschrift
»Essen und Trinken«
(11/2011)

Man häute 2 Entenkeulen, schneide das Fleisch von den Knochen und schneide es in 4 cm große Stücke. Ebenso 500 Gramm Rinderschulter und 500 Gramm Lammschulter. Die Fleischwürfel mit 400 Gramm Zwiebeln, 3 Knoblauchzehen, 10 Stielen Thymian, 12 Wacholderbeeren und 4 Lorbeerblättern in einen Gefrierbeutel füllen und kräftig pfeffern sowie 2/3 elsässischen Rieslings zugeben und über Nacht im Kühlschrank marinieren.

Die Mischung am anderen Tag abtropfen lassen, den Weinsud auffangen und die Entenhaut in einer Pfanne 10 Minuten auslassen.

Einen großen Bräter mit dem ausgelassenen Entenfett einfetten.

Lauch, Karotten und Zwiebeln putzen und in 1 cm dicke Scheiben schneiden. Dies mit der Fleischmischung mischen und immer abwechselnd 1, 5 Kilo Kartoffeln zu 3 Millimeter fein gehobelten Scheiben und die Fleischmischung in den Bräter schichten.

300 Gramm Mehl und 150 ml Wasser zu einem elastischen Teig kneten. Teig halbieren, zu zwei Rollen for-

men und beide Rollen je links und rechts an den Enden überlappend auf den Rand des Bräters drücken. Deckel in den Teig drücken, nun ist der Bräter fest verschlossen. Im vorgeheizten Backofen bei 160 Grad (kein Umluft) auf der untersten Schiene 4 Stunden garen.

Fenchelsalat (aus: Gräfe und Unzer Küchenbibliothek: Salate. 5. Auflage 2001)
Man mische Zitronensaft mit Salz, Pfeffer und 1 Prise Senfpulver und rühre 4 EL Olivenöl darunter.
Man halbiere eine geschälte Gurke längs, schneide sie in Scheiben und vermische sie mit der Salatsoße.
2 Stangen Staudensellerie putzen und in Scheiben schneiden und mit der Gurke vermischen.
2 kleine geputzte und von den äußeren Blättern befreite Fenchelknollen und mit in Ringe geschnittener Frühlingszwiebel unter den Salat geben.
Lollo Rosso Salat sowie Römischer Salat putzen und in mundgerechte Stücke teilen. Das marinierte Gemüse aus der Sauce heben und nun auf den Salatblättern verteilen. Man gieße die Sauce über alles und bestreue den Salat mit Parmesan.

Fleischsuppe mit Königskerzenblüten (aus: Marie-Luise Kreuter: Kräuter und Gewürze vom Balkon und aus dem Garten. BLV Verlagsgesellschaft mbH, München 2003)
Man koche aus einem guten Stück Rindfleisch oder aus einem Hühnchen eine kräftige Fleischbrühe, die man zum Schluss durchsiebe.
Man würze die Brühe nur mit Salz und Pfeffer.
Man werfe eine Handvoll frische Königskerzenblüten hinein.

Man lasse die Suppe noch mindestens 10 Minuten bei kleiner Hitze ziehen.
Man serviere die Suppe heiß, aber nicht kochend.

*

Gebratene Jakobsmuscheln
(aus: Cornelia Schirnharl, Sebastian Dickhaut: Gräfe und Unzer: Big Basic Cooking, München 2006)

Man hacke 2 geschälte Schalotten und fast alle Blätter von 1 Bund Basilikum fein.

Man schmore die Schalotten in 1,5 EL zerlassener Butter zu gelber Farbe, füge die Basilikumblätter bei und gieße mit 1/4 l trockenem Weißwein und 200 Gramm Sahne auf. Dickflüssig einkochen.

Man brate die gewaschenen, gesalzenen und gepfefferten Muscheln mit 1,5 EL Butter für 1 Minute je Seite und lasse sie nochmals 2 Minuten in der mit 1 TL Zitronensaft abgeschmeckten Sauce ziehen.

Mit Basilikum bestreuen und mit der Sauce servieren.

*

Gugelhupfrezept salzig (eigenes Rezept der Autorin)

Man gebe 500 Gramm Mehl in eine Schüssel.

Man forme eine Mulde, bröckelt 1 Würfel Hefe hinein, bedecke die Hefe mit etwas Mehl und gieße 10 dl lauwarme Milch darüber. Die Mischung mit einem Tuch bedecken und warten, bis die schäumende Hefe aufgelöst ist.

Man gebe 1 Teelöffel Salz, 2 Esslöffel Zucker, 1 Ei sowie

1,5 dl Milch zu dem Teig hinzu, knete ihn und lasse ihn zugedeckt auf das Doppelte hochgehen.

150 Gramm Cranberrys in einer Pfanne sanft anrösten, herausnehmen und in der gleichen Pfanne 250 Gramm in Würfel geschnittenes Lachsfilet andünsten.

Lachs und Cranberrys sowie einen Esslöffel Meerrettich und ein EL Frischkäse zu dem durchgekneteten Teig geben und in einer gebutterten und gemehlten Form für etwa 50 Minuten bei Ober – und Unterhitze bei 200 Grad backen. Herausholen, Stürzen und lauwarm servieren.

*

Gugelhupf Nuss-Marmor
(aus: 365 Backrezepte,
Naumann & Gögel Verlagsgesellschaft, Köln)

Man verrühre 5 EL lauwarmer Milch mit 1 zerbröckelten Würfel lauwarmer Milch und 1 TL Zucker und lasse dies 15 Minuten an warmem Ort gehen. 100 Gramm Butter in der restlichen Milch zerlassen. 500 Gramm Mehl in eine Schüssel sieben. Restlichen Zucker und Salz unterrühren und den Vorteig und 2 Eier sowie die Butter-Milch Mischung hinzufügen.

Man verrühre alles zu einem glatten Teig und lasse ihn an einem warmen Ort für 1, 5 Stunden stehen.

Eine Gugelhupfform einfetten und bemehlen. Nun die Füllung herstellen, indem man 200 Gramm Marzipan in Stücken mit 175 ml Sahne püriert und jeweils 100 Gramm gemahlene Hasel – und Walnüsse sowie 75 Gramm gewürfeltes Nuss-Nugat daruntermischt.

Den gegangenen Teig zu einem Rechteck ausrollen, die Nuss-Mischung mit den Nuss-Nugat Würfeln darauf streichen. Den Teig rolle man von der Längsseite auf und lege dann den Teigstrang in die vorbereitete Form. Nochmals 30 Minuten gehen lassen.

Im vorgeheizten Backofen auf 200 Grad 50 Minuten backen, wobei nach 20 Minuten auf 175 Grad reduziert wird. Ruhen lassen. Stürzen. Essen.

*

Gugelhupfrezept schnell und süß
(Internet: Gute Kueche.at)

Man rühre folgende Zutaten sieben Minuten lang zusammen, bis eine glatte Masse entsteht:

250 Gramm Zucker, 200 Gramm weiche Butter, 100 Gramm geriebene Nüsse, 1 Päckchen Vanillinzucker sowie 125 Gramm Wasser und 4- 5 Eier.

Man füge hinzu:

100 Gramm Mehl mit 125 ml Wasser vermischt

100 Gramm Mehl vermischt mit ½ Päckchen Backpulver

Man fette eine Gugelhupfform mit Butter ein und man fülle die obige Masse ein.

Man backe den Kuchen bei 170 Grad für etwa 45 Minuten.

Man öffne das Backrohr nicht während des Backens.

Man lasse den Kuchen abkühlen und bestreue ihn mit Puderzucker.

Wahlweise können
Rosinen
Schokostückchen
in den Teig beigegeben werden

*

Gugelhupf traditionel
(aus: La cuisine moderne, France Loisirs, paris 1983)

Mettez dans une casserole 1 grand verre de lait, 3 cuil. a soupe de sucre en poudre et 125 gramms de beurre. Faites chauffer legerement sur feu doux. Des que le beurre est fondu versez dans une terrine. Laissez tierdir. Incorporez alors la levure emiéttée. Mélangez soigneusement. Maintenant ajoutez 2 oeufs et peu a peu, la farine, un pincée de sel et 50 grammes de raisins secs trempés dans du kirsch. Laisser lever dans un edroit tiede jusqu'a ce que la pate est pratiquement double de volume.

*

Gugelhupf mit Schwips (Privatsammlung Bernadette K. aus Scherwiller, France)

150 Gramm, 3 Eier, 150 Gramm Butter und 75 ml trockenen Weißwein schaumig schlagen. Das Mark einer Vanilleschote sowie den Saft einer ausgepressten Zitrone unter die Wein-Zucker Masse rühren. 100 Gramm weiße Schokoladenraspel, 75 Gramm gehackte Mandeln und 3 EL Milch sowie 200 Gramm Weizenmehl und 1 Päckchen

Backpulver nach und nach unter die Masse heben und alles zu einem glatten Teig rühren.

In einer gefetteten Form bei 170 Grad Umluft 40 Minuten backen.

Für das Topping 50 Gramm gehackte Mandeln rösten. Zitronensaft, Puderzucker und nochmals 5 EL Weißwein zu einem Guss anrühren und über den abkühlenden Kuchen gießen, beziehungsweise den Kuchen mit den Mandeln bestreuen.

*

**Gugelhupf spezial von Inge Brünett,
Konditormeisterin Café Rieberg
am Ostendorfplatz, Karlsruhe**

Man weiche 150 Gramm Rosinen und 50 Gramm Orangeat in 3 EL Cointreau ein.

Man röste 50 Gramm Cashewkerne und 50 Gramm Haselnusskerne und hacke sie grob.

Man reibe die Schale einer halben Zitrone ab.

Man erwärme 375 Gramm Süßrahmbutter und schlage sie schaumig.

Man gebe 8 Eier, 750 Gram Weizenmehl 550 und einen Viertelliter lauwarme Vollmilch sowie 80 Gramm Zucker und 1 Prise Salz hinzu.

Man gebe 25 Gramm Hefe in diese Masse, die mit einem Schneebesen in 3 EL armer Milch glatt gerührt wurde

Man hebe die eingeweichten Früchte, die Nüsse und die Zitronenschale unter.

Man fette eine große Gugelhupfform ein und streue sie mit Mandelhobeln aus.

Man fülle den Teig in die Form und lasse ihn 1 bis 1,5 Stunden gehen.

Man schiebe den Kuchen in einen 190 Grad vorgeheizten Ofen und backe ihn 45 Minuten.

Man lasse ihn 10 Minuten stehen, stürze ihn heiß und nehme die Form weg.

Auskühlen lassen.

Mit Puderzucker bestäuben und servieren.

*

Käse-Schnittlauch-Brot
(aus: Ratgeber: Die ganze Welt
der Kräuter. Garant Verlag 2013)

Man löst 25 Gramm getrockneter Hefe mit 1 TL Zucker in wenig Wasser auf, bis die Mischung schäumt.

450 Gramm Mehl und 100 Gramm Vollkornmehl sowie 1 Prise Salz mischen und in die Mitte die Hefemischung gießen, diese gut mischen, etwas warmes Wasser hinzugeben und dann das restliche Wasser ins die Schüssel geben und alles gut durchkneten.

Den Teig zu einem Ball formen, mit Mehl besprenkeln, mit einem feuchten Tuch bedeckt an einem warmen Ort 1,5 bis 2 Stunden bis zur doppelten Größe gehen lassen.

Man knete den Teig leicht, rolle ich rechteckig aus, falte ihn dreifach und rolle ihn dann wieder aus. Mit 250 Gramm geriebenen Käse sowie 1 EL gehacktem Schnittlauch bestreuen, einen Rand lassen und von der schmalen Seite aus aufrollen.

Den Teig in einer 900 Gramm Brotform nochmals 30 Minuten an einem warmen Ort gehen lassen.

Das Brot mit geschlagenem Ei einpinseln und etwa 40 Minuten bei 220 Grad backen.

Schmeckt mit frischer Butter und warm am besten.

*

Kressesalat mit Feigen und Ziegenkäse (aus: Rukmini Iyer, Die Küche des Orients, NGV Verlag, Köln, 2020)

Man breite 60 Gramm Brunnenkresse auf einer Servierplatte aus.

Man stelle ein Dressing aus 4 EL frisch gehackter Minze, dem Saft einer ½ Zitrone, 1 EL flüssigem Honig, 1 EL Olivenöl, 1 Prise Salz und 1 Prise Pfeffer her.

6 längshalbierte Feigen, 60 Gramm Ziegenfrischkäse und 40 Gramm blanchierte Mandeln verteile man auf dem Salat und gieße das Dressing darüber.

*

Perlhuhnragout in Rahmsoße mit frischem Estragon (aus: 1000 Recipes to try before you Die. 2008 h.f.ullman im Tandem Verlag GmbH)

Man wasche, trockne, salze und pfeffere das etwa 1 Kilo schwere Perlhuhn und teile es in vier Teile.

Man brate es in einem Schmortopf mit 3 EL Butter rundum an und füge zwei Estragonzweige hinzu.

Das Huhn mit 100 ml Weißwein und 200 ml Geflügelfond ablöschen und zugedeckt bei kleiner Hitze garen.

Nun stelle man das Huhn zur Seite und halte es warm, während man den Fond mit 200 Gramm süßer Sahne aufgießt, mit Salz, Pfeffer und Cayennepfeffer abschmeckt und restliche Estragonblätter hinzugibt. Man lege das Huhn wieder in die Sauce und lässt das Ganze noch 5 Minuten bei kleiner Hitze ziehen. Anrichten. Sauce getrennt dazu reichen.

*

Ratatouille (aus: Lust auf Vegetarisch. Linda Fraser (Hrsg) Eurobooks Cyprus Limited, 2000)

Jeweils 2 große Zucchini und Auberginen mit Salz bestreuen und 30 Minuten in einem Sieb ziehen lassen, um die Bitterstoffe zu entziehen.

150 ml Olivenöl mit 2 Zwiebeln und 2 Knoblauchzehen sanft anbraten.

1 große rote und 2 gelbe Paprika grob hacken. Zusammen mit abgetupften Auberginen und Zucchini in die Pfanne mit dem Öl geben und sautieren, bis die Paprika bräunen.

Frischen Thymian, Rosmarin und 1 TL Koriandersamen hinzugeben. Man lasse die Mischung 40 Minuten schmoren.

Erst am Schluss die 3 gehäutete und gehackte Tomaten hinzufügen und etwa 10 Minuten köcheln lassen, bis das Gemüse weich ist. 8 Basilikumblätter unterrühren und mit Salz und Pfeffer abschmecken.

Mit Brot servieren.

*

Süßer Reis mit Rosengeranien
(aus: Ratgeber: Die ganze Welt
der Kräuter, Garant-Verlag, Renningen 2013)

100 Gramm Milchreis und ¼ Liter Milch zusammen in einen Kochtopf geben, 4 Geranienblätter hinzufügen. Man koche die Mischung mit abgedecktem Topf leicht köchelnd etwa 30 Minuten.

Man nehme den Topf vom Herd, entferne die Blätter und heize den Backofen auf 190 Grad vor.

Die Raspeln von 25 Gramm getrockneter Kokosnuss, 50 Gramm dünne Mandelscheiben, 50 Gramm Rosinen und 50 Gramm weichen braunen Zucker in die Reismilch geben und gut umrühren.

Man backe die Mischung in einem großen hitzefesten Gefäß für 45 Minuten und lege dabei 4 weitere Geranienblätter obenauf.

Alle Bücher von Eva Klingler:

**Ex-Kriminalbeamtin
Viktoria Herrmann
ermittelt:**

1. Fall: Badische Sünde
ISBN 978-3-8392-2497-7

2. Fall: Badisches Gold
ISBN 978-3-8392-0232-6

Weitere:

Alsace, mon amour!
ISBN 978-38392-0451-1

GMEINER SPANNUNG

WWW.GMEINER-VERLAG.DE
Wir machen's spannend

DIE NEUEN
Lieblingsplätze

WWW.GMEINER-VERLAG.DE
Mensch, Kultur, Region